The Oriental Collective
Imagination in the
Cultural Transformation

文化转型中的东方集体想象

黎跃进 等 / 著

北京大学出版社
PEKING UNIVERSITY PRESS

图书在版编目(CIP)数据

文化转型中的东方集体想象 / 黎跃进等著. —北京：北京大学出版社，2019.7
ISBN 978-7-301-30542-3

Ⅰ.①文… Ⅱ.①黎… Ⅲ.①文学研究—东方国家 Ⅳ.① I300.6

中国版本图书馆 CIP 数据核字(2019)第 103183 号

书　　名	文化转型中的东方集体想象
	WENHUA ZHUANXING ZHONG DE DONGFANG JITI XIANGXIANG
著作责任者	黎跃进　等著
责任编辑	朱丽娜
标准书号	ISBN 978-7-301-30542-3
出版发行	北京大学出版社
地　　址	北京市海淀区成府路 205 号　100871
网　　址	http://www.pup.cn　　新浪微博：@北京大学出版社
电子信箱	zln0120@163.com
电　　话	邮购部 010-62752015　发行部 010-62750672
	编辑部 010-62759634
印刷者	河北滦县鑫华书刊印刷厂
经销者	新华书店
	650 毫米 ×980 毫米　16 开本　22.5 印张　350 千字
	2019 年 7 月第 1 版　2019 年 7 月第 1 次印刷
定　　价	72.00 元

未经许可，不得以任何方式复制或抄袭本书之部分或全部内容。
版权所有，侵权必究
举报电话：010-62752024　电子信箱：fd@pup.pku.edu.cn
图书如有印装质量问题，请与出版部联系，电话：010-62756370

目 录

- 第一章　东方现代民族主义文学思潮的基本概念 ……………… 1
  - 第一节　时空范围："东方"和"现代" ……………………… 1
  - 第二节　思潮·社会思潮·文学思潮 ………………………… 4
  - 第三节　东方现代民族主义文学思潮 ………………………… 11
- 第二章　东方现代民族主义文学的地域色彩 …………………… 26
  - 第一节　南亚现代民族主义文学的地域特征 ………………… 26
  - 第二节　阿拉伯地区现代民族主义文学的区域色彩 ………… 35
  - 第三节　撒哈拉沙漠以南非洲地区的民族主义文学 ………… 49
  - 第四节　特例：日本现代民族主义文学 ……………………… 59
- 第三章　东方现代民族主义文学思潮的不同倾向 ……………… 94
  - 第一节　"传统派"：留恋民族的过去 ……………………… 94
  - 第二节　普列姆昌德：复兴民族文化及其自我矛盾 ………… 104
  - 第三节　"现代派"：向往民族未来 ………………………… 118
  - 第四节　马哈福兹：现实的未来思考 ………………………… 130
  - 第五节　"民主派"：立足民族现实 ………………………… 150
  - 第六节　泰戈尔：自由主义民族主义 ………………………… 165
- 第四章　东方现代民族主义文学思潮与其他文学思潮的关系 … 182
  - 第一节　民族主义文学与无产阶级文学 ……………………… 182
  - 第二节　东方民族主义与东方唯美主义 ……………………… 191
  - 第三节　东方民族主义文学与东方现代主义文学 …………… 199

第五章 民族历史：民族主义文学的热门题材 …… 211
  第一节 历史题材兴盛及其成因 …… 211
  第二节 东方现代民族主义历史题材创作的特征 …… 221
  第三节 移民三雄后殖民创作中的"历史"主题 …… 230
  第四节 个案研究：乔治·宰丹的历史小说创作 …… 238

第六章 东方现代民族主义经典作家研究 …… 246
  第一节 纪伯伦：异乡人的哀伤与幸运 …… 246
  第二节 赫达雅特：哀伤的民族情感 …… 259
  第三节 伊克巴尔：巴基斯坦的精神之父 …… 271
  第四节 安纳德：民族寓言与三四十年代小说创作 …… 285
  第五节 库切：后殖民语境中的身份焦虑 …… 301

第七章 散论：禁书、国歌与侨民作家 …… 313
  第一节 禁书：民族政治文化的冲突 …… 313
  第二节 国歌：民族主义文学的集中体现 …… 322
  第三节 侨民作家与民族文化 …… 338

后　记 …… 354

第一章　东方现代民族主义文学思潮的基本概念

随着"现代化"浪潮从西方袭向东方，古老的东方面临严峻的挑战。东方传统文化在应对挑战中转型变革，东方文学在文化转型中完成了由古典文学向新文学的渐变过程。东方作家在困惑中寻觅，在艰难中选择，在民族的集体想象中构建自己的审美世界。在相似的历史遭遇与文化语境中，东方形成了"民族主义文学思潮"。

"东方现代民族主义文学思潮"的论题规定着本著论述对象的时空范围和论题的本质方面。本章在辨析"东方""现代""思潮""社会思潮""文学思潮"几个术语的内涵的基础上，对东方现代民族主义文学思潮的复杂性、时间跨度、创作宗旨、审美原则等几个问题进行探讨。

第一节　时空范围："东方"和"现代"

"东方"是一个有着多种内涵，具有几分模糊又广泛使用的概念。它至少有下列几种含义：

第一，方位概念。讲方位就有一个立足点的问题。以中国为立足点，中国的东面称为东方，中国的西面称为西方，因而长时期把印度当作西方。唐代高僧玄奘从凉州出玉门关赴天竺，称为"西天取经"，以此为题材创作的小说名之《西游记》。

第二，地理学概念。按照国际的地理疆域规定，以西经20°和东经160°的经线圈，把地球分为东、西两个半球。这样，亚洲和非洲的大部分都属于东方范围。非洲的阿尔及利亚、尼日利亚不在东方圈内，又把欧洲的俄罗斯、东欧部分国家包括进来,大洋洲也属东方。

第三,政治学概念。随着20世纪国际政治关系的演变,"东方""西方"又具有政治的内容。第二次世界大战后长时期形成两大阵营的冷战对峙,发达资本主义国家属于西方,曾沦为殖民地半殖民地的国家属于东方。因而地处亚洲的日本却是"西方七国首脑会议"的成员。

第四,历史文化概念。古代西亚两河流域的亚述人把太阳升起的地方称为"亚细"(意为日出之地),古代希腊、罗马人把地中海东岸地区称为"亚细亚",还分为近东、中东、远东。历史文化概念的东方指除了古希腊罗马之外的几大古代文明发源地,因而包括亚洲和非洲北部地区。

我们所说的"东方",是指亚洲和非洲。它综合上述的历史文化概念和地理学概念的"东方",外延有所拓展。

"现代"作为历史时间概念,在人们的运用中有"虚"和"实"的两种用法。虚化的"现代",就是不确指具体的哪一个时间段,而是相对"古代"而言的概念,这个"现代"是一个动态的、不断延伸的时间单元,从这样意义上说,每个时代作为历史过程,都曾经是"现代",而每一个当时的"现代"又会成为"古代"。实化的"现代"是通行的历史分期的用法,即把人类历史分为古代、中古、近代、现代和当代,而"现代"的具体时段是20世纪第一次世界大战爆发到第二次世界大战结束的30多年时间。

"现代"还是一个哲学的和文化的概念,那就是"现代性"和"现代化"的"现代"。对于"现代性",西方现代哲学家福柯不赞成用来指称一个历史时期,而认为是"一种态度",他说:"所谓态度,我指的是与当代现实相联系的模式;一种由特定人们所作的资源的选择;最后,一种思想和感觉的方式,也就是一种行为和举止的方式,在一个相同的时刻,这种方式标志着一种归属的关系并把它表述为一种任务。"[①] 而对

[①] 福柯:《什么是启蒙》,汪晖译,《文化与公共性》,生活·读书·新知三联书店1998年版,第430页。

于"现代性态度"的内涵,有论者归纳:"现代性态度是在启蒙运动过程中形成的。文艺复兴以来科学观念的传播以及人文主义思潮的发展,使科学、自由和追求世间的幸福成了推动启蒙的主要因素。与科学革命和启蒙运动的开展相伴随的,是对宗教的猛烈批判。这使社会表现为一个世俗化的过程,或者用韦伯的话来说,是一个'世界的祛魅'过程,他改变了人们的思维方式与世界观,形成了人们的理性意识,推动了反宗教蒙昧迷信运动,催生了主体性意识,产生了现代的自由、平等、博爱等价值观念,所有这些为现代资本主义社会的产生提供了思想基础,它们也因此构成了哲学意义上的现代性的基本特征。"①这里的"现代性",是用来区别"前现代"的社会价值体系,即从文艺复兴开始,到18世纪启蒙运动时期确立的理性精神、个人主体意识、自由、平等、博爱等,而它们是资本主义社会的思想基础。这里的"现代"就是指资本主义社会。

从学理上讲,"现代性"和"现代化"是密切相关、相辅相成的一对概念。现代化是现代性形成与实现的过程,现代性是现代化所形成的不同于现代化之前的社会价值体系。就是说,现代性是在现代化过程中实现的。但在实际运用中,"现代性"的指向偏重精神价值的内涵,"现代化"的指向偏重社会文化的内涵。我国现代化研究专家罗荣渠先生认为:"现代化主要是指自工业革命以来现代生产力导致社会生产方式的大变革,引起世界经济加速发展和社会适应性变化的大趋势;具体地说,这是以现代工业、科学和技术革命为推动力,实现传统的农业社会向现代工业社会的大转变,是世界历史的必然进程。"②具体说,现代化的特点表现为:1. 大工业生产。现代化的生产是社会化的大工业生产,突破以往自然形成的孤立状态,在世界范围内以自然资源、技术优长、资本力量的最佳组合进行生产,极大地提高生产力。它是现代化过程中最根本的最活跃的因素,是决定其他方面进步的第一位因素。2. 经济市场化。现代经济是一种社会化程度越来越高的经济类型,其基本模

---

① 陈嘉明等:《现代性与后现代性》,人民出版社2001年版,第3页。
② 罗荣渠:《现代化新论》,北京大学出版社1995年版,第95页。

式必然是对社会资源实行市场配置,即市场经济。3. 居住城市化。传统的乡村或逐步建成现代城市,或为城市化所改造。城市化不仅是居住地的转变,更重要的是生活方式的转变,是工业化过程所造成的物质生产方式延伸到社会生活、直至精神生活方面的一系列转变过程。4. 政治民主化与法制化。社会的物质技术和经济结构的进步,亦将在上层建筑领域引起相应变化,政治民主化与法制化一步步提上现代社会的建设日程,并成为现代社会的制度规范。5. 历史活动的主体化。人是历史活动的主体,现代化运动的最后意义在马克思看来,应当是人向其本质的回归和人的全面发展。无论是物质技术上、经济结构上,还是社会与政治层面上,现代化的目的都在于人的现代化,或人的解放,即人在历史活动中主体性的发挥。

这样的"现代性"和"现代化"起始于欧洲,以欧洲17—18世纪的资产阶级革命和工业革命为标志。随着欧洲先进工业国的"现代化"追求,力图拓展自己的原料基地和世界市场,从而将这种"现代意识"传向全世界。在欧洲现代化的示范和刺激下,19世纪中期以来,世界各地区各民族国家都把现代化作为追求的目标。对有着古老文明而又相对落后、受到西方列强入侵和威胁的东方国家,更是把实现现代化作为民族复兴的出路,但"现代化"至今还是东方各国努力实现的目标。在西方嚷嚷"后现代"的今天,东方还在现代化的过程中。

本书中的"现代",既是一个时间概念,又蕴含着上述的现代性、现代化的"现代"的内涵。它是东方在西方现代化扩散和启示下,"现代意识"自觉,努力实现各自的现代化的历程。具体的时间断限是19世纪中期和整个20世纪。

第二节 思潮·社会思潮·文学思潮

思潮、社会思潮、文学思潮是几个相关的概念。厘清它们的含义,对我们理解东方现代民族主义文学思潮很有帮助。

一 思潮与意识焦点、思维结构

说到"思潮",离不开"思维""意识"等概念,从哲学上讲,"思潮"是主体对客体反映的结果。

(一)夏目漱石的"F"说与思潮

日本现代著名作家夏目漱石在其理论著作《文学论》中提出文学内容的公式:"F+f"。所谓"F"表示"焦点的印象或观念","f"代表"附随那个观点或印象的情绪"。通俗讲,F就是经过作家选择加工过的生活或由生活而形成的观念,f则是与之相随的作家的情感。

夏目对"F"作了阐释:"F是焦点的印象或观念。"这里的"焦点的"就与人的"意识"相关。他用西方心理说的"意识波浪"来说明人的意识状态。意识在任何瞬间,种种心理状态不断地出现,不久又消逝:它的内容是这样一刻也不停留在同一地方。比如仰视一座大教堂。先从下部的柱子,逐渐移到中部的栏杆,最后达到最高的半球塔和顶端。在知觉中,最初是柱子,其余部分不太清晰,但视线移到栏杆。柱子的知觉开始淡漠,而栏杆的知觉明晰起来……意识就是这样形成波浪形,其顶点即是焦点,是意识中最明确的部分。连续状态如下图表示:

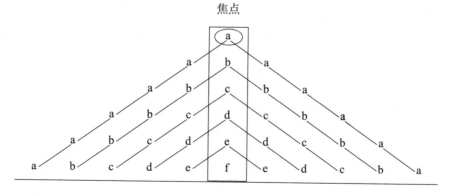

由上述瞬间的意识状态推至更大范围,可以说瞬间有瞬间的F,一小时有一小时的F,一个人一生有一生的F,一个社会的某一个时期的意

识也有它的F，一个时代有一个时代的F。这种时代性集合的"F"，就是"思潮"。

(二) 思维结构与"思潮"

上述的"F"由瞬间意识的焦点看思潮显得单一、静态化，而从"思维结构"的角度可以在复杂的动态过程中加深对"思潮"内涵的理解。

思维结构是一个十分复杂的观念系统和精神世界。它是主体把握客体，主体和客体相互作用中的思维定势、格局、模式，是思维诸要素相对固定的联结方式、组合方式，因而是主体在认识特定客体之前的先在"框架"。从功能上说，思维结构把主体和客体联结起来，是主体和客体相互沟通、相互作用的观念"中介"，主体通过思维结构对客体进行观念的加工、改造和转换，因而思维结构是主体对客体的观念加工厂和转换器。思维客体、思维材料通过思维结构的筛选、加工和整合而被同化和变形，产生思维结果。同时，思维结构又有指导实践的功能，是实践活动的观念准备状态和趋向性的观念框架。换句话说，人总是按照自己形成的思维定势去改造客体，使主观的东西、观念的东西对象化、客观化、实现主体客体化的实践过程。

人的思维结构、思维定势是在实践中形成的，但它一旦形成就具有"先入为主"的性质，仿佛是一个"先验的框架"，过滤、筛选、加工、整理和组合客体的信息材料，在此基础上创造出主体所需要的精神产品。

表面看，好像思维结果是头脑纯粹的主观创造，实际上是在获得客体信息的基础上，主体思维结构对客体信息的能动改造、转换和创造过程，是主体对客体的能动反映和建构。按照马克思主义认识论的基本观点，思维作为精神活动，在本质上是社会的思维，是同社会存在、社会生活过程和社会实践密切联系在一起的。实践活动是形成思维结构的现实基础，而社会文化则是形成思维结构的背景条件。一定的思维结构总是同一定的社会文化密切相关。一个民族或国家的社会文化状况、传统和特点，影响、制约着人们的思维结构，影响、制约着人们的思维方式,使不同民族、不同国家的人们的思维结构、思维方式具有自身的特点而彼此区别开来。人们的思维结构首先受到他们所处时代的社会文化的强烈影响,在这种影响下形成具有时代特征的认知结构和评价体系结构。

人们的思维结构不仅有它的时代的社会文化影响,而且有社会文化传统的作用。社会文化传统是一种巨大的趋向稳定的力量,它给思维结构以及思维方式打上鲜明的民族特征。在人们的思维方式中,总是沉积着某些社会传统,有着以往社会文化的历史遗传。

人的思维结构总是在现实的和历史文化背景下发生和发展的,特别作为观念形态的社会文化,如意识形态、社会心理、民族传统等,对人的思维结构有着直接的影响。一个国家、民族历史形成的某些思想观念,如政治、法律、道德、哲学等的观点,以及历史上形成的民族心理、民风民俗,必然或多或少地保留、凝结在后来人意识中,经过人们的筛选、过滤和改造,成为该国或民族的社会文化的组成部分,并作为社会文化的历史遗传内化为思维结构的成分、因素。

思维结构不是主体在孤立、封闭的状态中形成和发展的。主体总是处在一定的时代,一定的社会文化氛围中,是属于一定的时代和一定的社会文化氛围中的主体。因此,主体思维结构的形成和发展总是与时代、与社会文化环境紧密联系在一起,具有时代性和社会性。主体通过各种渠道,通过交往,与他所处的时代和社会相接触,时代和社会也就通过这些渠道将其特征赋予主体的思维结构,使之打上时代和社会的烙印。任何思维结构的发展都是从属于它的时代和社会的。

正是由于人的思维结构是以社会存在结构和实践活动为现实基础,以社会、文化为其背景,以时代精神作为变化依据,因而同时代人往往形成思维和意识的"焦点",从而形成"思潮",正因为思潮的这种社会性和时代的特征,又称之为"时代思潮"或"社会思潮"。

梁启超在《清代学术概论》中开头就提出"时代思潮":"今之恒言,曰'时代思潮'。此语最妙于形容,凡文化发展之国,其国民于一时期中,因环境之变迁,与夫心理之感召,不期而思想之进路,同趋于一方向,于是相与呼应汹涌,如潮然。"①

二 社会思潮

社会思潮是在一定时空里反映特定群体的某种利益或要求,并对社会生活产生广泛影响的思想趋势或倾向,社会思潮有时表现为由一定的理论形态的思想作主导,有时又表现为特定环境中人们的社会心理,是社会意识的综合表现形态。

凡称为"思潮",其一,必须有"思",其二,其思已形成"潮"。所谓"思",就是其思想观念必须有相当的价值,能够影响时尚。所以,并非每种思想学说,都可以称为思潮。所谓"潮",就是一种思想学说,能够反映一部分群体在某些重大问题上的普遍心理、共同愿望,能凝聚并引导这种思想趋于同一方向。一种思想学说,有群体性的基础,又有强大的导向力,才能感召呼应,形成潮流。

在实际运用中,社会思潮有广义和狭义的两种理解。广义的社会思潮是从思潮的"社会性"而言,思潮总是一定群体的共同意识。因而社会思潮泛指所有思潮,包括哲学思潮、经济思潮、政治思潮、文化思潮、文艺思潮、史学思潮等。狭义的社会思潮是指在一定的理论观念指导下,以对社会的评价性认识为内容,以广大社会群众为载体的流行思想。这里强调社会思潮的内容指向对象是现实社会,是直接表达人们对于社会的理想、评价和要求。而不以现实社会为直接对象的思潮不属狭义的社会思潮,如一些学术理论思潮:唯意志主义、科学哲学等。狭义的社会思潮还强调其载体的主体是广大群众。学术理论思潮通常只在理论界和知识分子中流行,而社会思潮则是在整个社会中流行。

社会思潮从本质上说,是时代精神和社会心理的一种动态表现。什么是时代精神?时代精神是历史发展的客观趋势、历史时代的本质和主流在人们意识中的反映。时代精神是一个总体概念,它表现在这个时代所产生的各种意识形式、社会心理之中。有论者认为:社会思潮的构

---

① 梁启超:《清代学术概论》,东方出版社1996年版,第1页。

成因素主要有三个方面，即"（一）社会心理因素"；"（二）思想体系因素"；"（三）思想运动因素"；并认为："社会思潮的三种基本构成因素是相互制约不可分割的，其中思想体系因素是社会思潮的'硬核'，这种思想体系硬核是一定社会思潮的理论代表，通常也是人们直接考察的对象。而思想体系是对社会心理的概括和反映，社会思潮的形成也有着相应的社会心理基础。"①

三　文学思潮

在理解"社会思潮"的基础上，进一步把握"文学思潮"。

"从文学社会学的观点看，文学思潮是某个历史阶段社会思潮的组成部分和特殊形态。文学思潮不仅是诸多社会思潮中的一种，而且是社会思潮的'反映'或'表现'。"②从文学批评的角度讲，文学思潮是社会批评的概念，西方对"流派"研究多，"思潮"研究少，在苏联和我国不乏研究，但理解不太一致。

我国关于"文学思潮"从20世纪30年代初已开始探讨。但对其涵义的理解各有侧重。有的侧重于从文学创作角度理解文学思潮；有的重视从文学思潮与社会思潮的关系角度来理解；有的把文学思潮理解为文学理论潮流；有的偏重从创作方法上来把握文学思潮；有的注意到思想潮流和创作潮流并重的特点。在对"文学思潮"的众多界说中，有几点是共同的：（1）文学思潮具有群体性倾向；（2）文学思潮包含理论潮流和创作潮流；（3）文学思潮受一定的社会思潮、哲学思潮影响，并反作用于社会思潮、哲学思潮。③

在对"文学思潮"的理解中，有一点分歧是明显的：即文学思潮作为时代精神在文学领域的反映，这种反映是否具有群体的理论自觉，即

---

①　王家忠：《社会思潮的起源、作用及发展趋势探析》，《齐鲁学刊》1997年第2期，第56—60页。

②　王又平：《文学思潮史：对象与方法》，《新东方》2002年第4期。

③　近年关于"文学思潮"的研究成果，可参阅卢铁澎博士的《文学思潮论》（青岛出版社2000年版）和刘增杰教授的《云起云飞》（上海文艺出版社1997年版）。

文学思潮是否要求有明确的理论纲领。

苏联学者波斯彼洛夫描述"文学思潮":"是在某一个国家和时代的作家集团在某种创作纲领的基础上联合起来,并以它的原则为创作自己的作品的指导方针而产生的。这促进了创作的巨大组织性和他们作品的完整性。"① 对于这一界说中特别强调要有"某种创作纲领",以此来指导创作,这一点我们持不同看法。我们认为:有了明确的创作纲领的作家群,是文学流派,而不是文学思潮。某一文学思潮的作家,就个体而言,当然有自觉的创作意识,但就群体而言,不一定自觉地意识到遵守着某一种创作纲领。如果用波斯彼洛夫的界定来衡量欧洲文学,大概只有法国的古典主义和苏联的"社会主义现实主义"能称得上文学思潮。

我们认为,文学思潮是这样的一种文学现象:在某一特定的历史时期内,相同或相似的社会现实,形成某种鲜明的时代精神,成为一代作家和批评家普遍的精神冲动,从而在文学创作和批评中自觉或不自觉地产生一定的审美原则,并将这些原则具体体现为思想上和艺术表现上的共同特点,同时产生广泛的社会影响。

概言之,"文学思潮"必须具备三个条件:时代性、共同性、广泛性。"时代性"就是与特定历史时期内的社会变革紧密联系,是当代社会主导思想潮流在文学领域的投影,文学思潮必须具有坚实的现实性基础,其特征必须鲜明地体现时代的特征。"共同性"就是属于某一文学思潮的作家、批评家表现出共同的东西,包括审美原则和思想、艺术方面的创作特点。"广泛性"是指在社会上造成广泛的影响,不是少数理论家、作家的拼命呐喊,也不是转瞬即逝的过眼云烟,而是一大群卓有成就的作家、理论家长时期内活跃文坛,"通过各种各样的方式,同时来实践和表现某种思想主张,形成一种普及全社会的思想趋势"②。

---

① 波斯彼洛夫:《文学原理》,生活·读书·新知三联书店1984年版,第173页。
② 刘梦溪:《文学的思考》,中国文联出版公司1985年版。

第三节　东方现代民族主义文学思潮

至此，我们对本课题的核心概念"东方现代民族主义文学思潮"作出界定：

东方现代民族主义文学思潮是指19世纪后半期和整个20世纪150余年间在亚洲和非洲地区盛行，以民族国家的生存与发展为创作宗旨，以功利性、现实性和民族性为创作原则的文学思想、创作潮流。

对于这个尝试性的概念，我们稍作展开。

一　"东方现代民族主义文学思潮"是一个非常复杂的综合开放体系

对文学思潮考察"应当建立起'社会学的'和'文学的'双重视野。所谓社会学的视野就是把文学思潮同社会的变动、社会的一般意识形态背景、社会集团的精神冲动和价值取向等等联系起来予以考察，简言之，就是社会既被视为文学思潮的发生背景，又被视为文学思潮的宏观语境，通过社会去发现和阐释文学思潮产生和形成的缘由及其社会内涵。这是大多数文学思潮史和文学史著述都沿用的传统方法。所谓文学的视野就是从文学的'内部'（如美学原则、写作常规、话语构型等方面）去考察文学思潮生成、递嬗的文学缘由，即着眼于文学和文学思潮演化的自律和动势，去分析文学思潮如何建立或改变关于它自身的普遍意识，并以其特殊的意识形态形式去作用于社会。"[①]用这"双重视野"来审视东方现代民族主义文学思潮，它横跨两大洲，纵贯一个半世纪；它既有作为社会思潮的"东方民族主义"的全部复杂性，又有"文学思潮"自身特有的复杂因素。具体可以从几个方面来理解：

第一，东方民族主义文学思潮的产生和发展与东方现代的社会历史进程相伴相随，两者紧密相连，东方民族主义思潮是东方民族主义

---

① 王又平：《文学思潮史：对象与方法》，《新东方》2002年第4期。

作家共同的精神冲动源泉，东方现代民族主义文学思潮是东方民族主义思潮的重要组成部分。因此，东方现代民族主义文学思潮的纵向发展经历了不同的发展阶段：19世纪后半期到20世纪初与启蒙主义文学合流的早期阶段；20世纪60年代前的发展成熟阶段和20世纪后半期的演变阶段。这几个阶段与东方现代民族主义的民族自我意识启蒙、建立独立国家的民族解放运动、独立后的民族国家建设和发展几个明显的阶段相应。这样，长达一百多年文学思潮在不同阶段具有不同的表现形态。

第二，东方现代的民族主义作家—批评家生存于东方复杂矛盾的社会文化中，他们的创作或理论在"民族国家的生存发展"这一主题的统摄下，呈现出各自不同的价值取向、不同的思想倾向，或不同的思考重点。有的着眼于民族的政治前景，有的着眼于民族的文化建构，有的着眼于民族的宗教复兴，有的着眼于民族的经济发展；对于民族前途有的充满信心向往未来，有的悲观消极满怀感伤，有的立足现实探索道路；在题材选择上有的沉迷民族历史或传统题材，有的放眼域外跟踪世界风云。这不同的思想倾向和不同的兴奋点，使得东方现代民族主义文学异彩纷呈，各具千秋。

第三，东方现代民族主义文学思潮的现实表现形态丰富多样，既有各具特色的民族主义文学理论，也有各种各样的文学运动和流派，更有大批优秀的民族主义作家的创作。这里我们仅就东方民族主义文学理论稍作议论。东方现代文学理论在我国的研究基本上是个空白，民族主义文论更是没人做过清理。事实上东方现代文学理论中有相当大的一部分属于民族主义文论。一些民族主义思想家的著述和文章中，常常涉及文学问题，一些诗人、作家、批评家在谈论文学的本质、功能、目的时，或对具体作品评论时，也经常论及文学对现实、对社会、对民族的建设和发展的能动作用。他们倡导文学的民族性，从理论的层面推动民族新文学的确立和发展。我们列举一些东方民族主义重要的文论著述：印度赛义德·艾哈迈德·汗被称为"乌尔都语文学发展史上的一个重要里程碑"①的《印度民族起义的原因》,穆罕默德·侯赛因·阿扎德的《诗与诗学》,阿尔塔夫·侯赛因·哈里的《诗歌导论》等论著,泰戈尔的《孟加拉文学的发展》、普列姆昌德的《文学在生活中的地位》等论文;埃及穆罕默德·阿布杜在《金字塔报》刊发的评论,塔哈·侯赛因的论著《论蒙昧时代的诗歌》《埃及文化的前途》《谈诗论文》《文学与批评》,穆斯塔法·萨迪克·拉斐仪的论著《笔的启示》,陶菲格·哈基姆的《文学艺术》;撒哈拉沙漠以南非洲一批留学或旅居西方的诗人、作家和评论家也留下一批著作,如桑戈尔的《自由一集:黑人性和人道主义》《行动的诗歌》《非洲性的基础;或"黑人性"和"阿拉伯性"》,艾梅·塞泽尔的《殖民主义话语》,弗朗兹·法农的《黑皮肤、白面具》和《地球上不幸的人们》,钦努阿·阿契贝的《非洲的一种形象——谈康拉德〈黑暗的心〉中的种族主义》等;还有20世纪八九十年代活跃在西方的后殖民理论,实际上也是一批旅居西方的东方学者、评论家所为,他们的论述是东方民族主义在全球化背景中的新变化。

第四,亚非地域辽阔,包括众多的民族和国家,每个民族都有他们各自的文化和文学传统。东方各民族虽然在现代有着历史类型的相似和大体相同的历史遭遇与命运,但在前现代时期,各自的文化、文学传统差异甚大,各有各的价值观念体系,各有各的社会管理模式,各有各的宗教信仰,各有各的语言系统,各有各的文学表达样式……从社会进程看,有的已进入高度成熟的封建社会,有的还处于原始部落时期;在文学方面,有的经历数千年的发展,成就辉煌,有的还停留在口头文学阶段。

东方社会经过长时期的演变,不同文化之间的冲突、交流与融合,到公元7世纪左右,形成了几个文化圈,各以一种古老文明为核心,向四邻周边辐射而成,即以儒家文化、汉字和佛教为标志的东亚文化圈,以印度教、佛教为标志的南亚文化圈,以伊斯兰教、阿拉伯语为标志的西

---

① 尼·弗·格列鲍夫等:《现代乌尔都语文学》,王家瑛译,载《东方文学专辑》(二),中国社会科学出版社1981年版,第93页。

亚、北非文化圈。圈内各民族的文化和文学有其共性，但也有各自的民族个性。

除了上述三大文化圈的文化、文学，现代东方还有几种具有特殊性的文化和文学。一是东南亚地区的文化和文学，这里是三大文化圈延伸的边缘地带，因而是多种文化彼此交错渗透的地区；二是撒哈拉沙漠以南非洲地区的文化和文学，这里没有统一的文化联系，各种部族文化并存；三是日本文化和文学，日本本来是深受中国文化、文学影响的典型东亚文化，但它是东方最早走上现代化道路的国家，很快发展为侵略扩张，其民族主义是东方民族主义的另类；四是以色列文化和文学，历史上的犹太人长期流散世界各地，备受欺凌与屈辱，是一个没有民族实体的民族，19世纪末开始"犹太复国运动"，到1948年建立以色列国，才结束民族整体的流散漂泊。

第五，东方民族主义文学思潮是一个可以识别和描述的结构，但不是一个自我封闭的体系，社会和文学的变动，各种思潮（文学的和非文学的）、观念，都会对它产生影响，从而改变它的"形式"，这种变化最敏感、迅捷地表现在其具体的表现形态中。这既表现为东方现代民族主义文学思潮纵向演变的阶段性（前已述及），也表现在东方现代民族主义思潮整体中有最能代表其各方面特征的典型形态，还有具有某些异质因素的变异了的具体表现形态。比如说作家，现代东方有一批典型的民族主义作家，他们的思想观念和主要创作可以作为民族主义文学的范本（如：菲律宾的黎萨尔，塞内加尔的比拉戈·迪奥普、乌斯曼·桑贝内、利奥波德·桑戈尔，尼日利亚的钦努阿·阿契贝，喀麦隆的斐迪南·奥约诺，埃及的巴鲁迪、塔哈·侯赛因，印度的帕勒登杜·赫利谢金德尔、般吉姆·查特吉、迈提里谢苍·古伯德、纳兹鲁尔·伊斯拉姆、苏比拉马尼亚·巴拉蒂、普列姆昌德，印度尼西亚的迪尔托·阿迪·苏里约、穆罕默德·耶明、鲁斯丹·埃芬迪、阿卜杜尔·慕伊斯等）；有的作家具有民族主义文学的部分特质，同时又有其他思潮的深刻印痕（如：泰戈尔、陶菲格·哈基姆、马哈福兹、赫达亚特、纪伯伦等）。他们有些作品是民族主义创作，有些作品则不是民族主义创作，或者在一部作品中多种思潮的因素并存。

总之,东方现代民族主义文学思潮是一个复杂的、开放性的综合体系,对它的把握必须以宏阔的视野做多层面、多角度的审视,要作弹性的理解,容许边缘地带的模糊性,不要过于刚性和僵化,不能只做静态的、封闭的、定型化的研究。

二 "东方现代民族主义文学思潮"时间跨度长,而且还在继续

人们一般认为"思潮"(社会思潮、文学思潮)具有时代性和易变性,它是随着社会矛盾运动的发展变化和具体条件的改变而改变,一种思潮在一定时期可以迅速形成和传播,但也很可能很快地又被另一种思潮所取代。一种思潮不可能是稳固不变的,而是变动易逝的;并会由于条件或社会的变化而为另一种社会思潮所取代,呈现潮起潮落的景象,这也是思潮之"潮"的比喻意义。尤其是20世纪中国和日本文学思潮的发展,走马灯似的一波接一波,令人应接不暇。这样的文学史实强化了研究者对"文学思潮"变化迅捷的印象。

但东方现代民族主义文学思潮历经150余年,在新世纪还在以新的形态继续发展,这有悖于人们对文学思潮的一般印象。现代东方在西方的冲击下不得不打开国门,西方文学历经几百年的各种思潮几乎一起涌入东方文坛,启蒙主义、人文主义、现实主义、浪漫主义、古典主义、自然主义、现代主义、象征主义、表现主义等等都在东方文坛匆匆上演一遍。现代东方文学在借鉴中来不及好好消化,这些外来的文学思潮显示出东方现代文学浮泛躁动的一面。但东方社会的现实问题不能在这种浮泛躁动中解决,东方民族的生存发展与建设必须是多少代人长期努力才能获得成功的大事业。因而立足于东方本土社会需求的东方现代民族主义文学思潮一直绵延纵贯。

一个半世纪,甚至几个世纪,以有限的人生来衡量,是很长的时段。但摆到人类社会发展的长河中看,那只是其中的一小段。东方社会

的现代化肯定不会一蹴而就，但人类历史在向东西社会平等对话、交流融合的势态发展。当然，真正平等的前提是东方民族的自身富强和人类一体意识的自觉。

国内有学者论述中国的"民族主义文学思潮"："它与源远流长的传统文化有千丝万缕的联系，虽然近百年来根据'救亡图存、振兴中华'的社会主题赋予了民族主义以新的内涵，但在文化层面上仍承续了民族文化的优秀传统，这不能不带来民族主义文学思潮的复杂性。具体来说，既有狭隘的民族主义又有开放的民族主义，前者如辛亥革命时期尊汉排满的文学思潮，后者如五四时期的民族自省意识或民族反思意识及反帝爱国主题，都体现了现代型的民族主义文学思潮，这种思潮蔓延至抗战时期形成高潮，演化为独特的战争文化思潮，出现了一代具有鲜明民族特色的战争文学；如果从政治上看既有反动的民族主义文学思潮又有进步的民族文学思潮，前者的突出代表是30年代的民族主义文学运动，后者主要体现于40年代文艺民族化大众化的讨论、抗战时期的救亡文学潮流乃至新时期的寻根文学思潮等。"①虽然论者不是专论中国民族主义文学思潮，但这段文字至少表明了几点：第一，中国民族主义文学思潮以"救亡图存、振兴中华"为基本宗旨；第二，中国民族主义文学思潮是复杂的，有"狭隘的民族主义"，也有"开放的民族主义"；有"反动的民族主义文学思潮"，也有"进步的民族文学思潮"；第三，中国民族主义文学思潮贯穿整个20世纪文学，从世纪初的"尊汉排满的文学思潮"，到世纪末的"寻根文学思潮"。要补充的是：中国现代（本书的"现代"）民族主义文学思潮的时间要往前推，应该是19世纪中期开始。19世纪后半期的洋务运动、维新运动和国粹保存运动，都是民族主义思潮的表现形态。在这样的普遍的精神冲动之中，民族主义文学思潮在19世纪后半期的中国文学中是重要思潮。比如鸦片战争中的诗歌潮流，有论者论述："不断加深的民族灾难和民族危机，逐

---

① 朱德发：《中国百年文学思潮研究的反观与拓展》，《烟台大学学报》1999年第1期。

渐唤醒中国人的生存危机意识,在一种避害自卫、报仇雪耻心境的支配下,探求民族自信和富强的道路,中国近代历史正是在这样一种逻辑顺序上逐渐展开的。鸦片战争是中国近代民族灾难和民族自信的起点,人们还无法预料战争将给中国带来何种结果,只是从西方的船坚炮利中感受到生存的威胁,从不平等条约的签订中品味到民族的耻辱,从清政府的软弱行为中认识到东方帝国正在走向衰微,由睥睨一切到忍辱签约造成的心理落差,由盛衰巨变所带来的沧桑之感,以及悲天悯人、救国救民、殄敌雪耻的情怀,构成了战争诗潮的情感基础。写史意识支配着一代诗人的心胸,他们以手中的诗笔,记录了鸦片战争时期民族情绪的初潮与喧闹。"[1]笔者曾将印度和中国近代的民族主义诗歌作比较研究,得出结论:"中、印近代诗人在民族压迫与反抗、侵略与反侵略的现实背景下,自觉承当民族解放'号角'的使命,'诗人'的身份被'民族成员'的身份压倒,使诗歌工具化,为民族的痛苦而痛苦,为民族的灾难而悲愤,为民族的前途和命运而鼓与呼。"[2]中国现代民族主义文学思潮是东方现代民族主义文学思潮的组成部分,当然具有东方现代民族主义文学思潮的一般共性。

在世界文学史上,时间跨度大的文学思潮不是没有先例。欧洲的人文主义文学思潮与文艺复兴运动相依相随,一般认为始于14世纪,终于17世纪初,长达300多年。欧洲社会从中世纪的神权统治中解放出来,确立起人的自我意识;挣脱封建等级制的枷锁,树立平等人权的价值观念不是短时期能完成,经过几个世纪的努力才初见成效,这一目标的真正实现是18世纪启蒙运动的事情。与东方现代民族主义文学思潮几乎并行发展的西方文学思潮是现代主义文学思潮。西方现代主义文学思潮崛起于波德莱尔的《恶之花》(1857)[3],随后经历唯美派、象征派,

---

[1] 关爱和:《19—20世纪中国文学思潮史(第1卷)悲壮的沉落》,河南大学出版社1992年版,第112—113页。

[2] 黎跃进:《确立民族自我——中、印近代民族主义诗歌的共同宗旨》,《南亚研究》2005年增刊。

[3] 廖星桥:《外国现代派文学导论》,北京出版社1988年版,第7页。

到20世纪成为西方文学的主潮,一直到今天还在发展的后现代主义诸流派(正像东方的后殖民主义是东方现代民族主义文学思潮的一个发展阶段一样,西方的后现代主义也是西方现代主义的一个阶段)。东方的民族主义文学思潮与西方的现代主义文学思潮双峰并峙,这是为东、西方现代社会文化的现实需求和历史进程所规定的。

三 创作宗旨:民族国家的生存与发展

"从文学社会学的观点看,文学思潮是某个历史阶段社会思潮的组成部分和特殊形态。文学思潮不仅是诸多社会思潮中的一种,而且是社会思潮的'反映'或'表现'。就是说,文学思潮不单是关于文学自身的,同时它也总是社会的观念体系、思想原则的产物,它总是'反映'和表达着某个社会集团的精神冲动。文学思潮的这种一般性质要求我们在研究它时必须将它同某个时期的社会思潮紧密地联系起来考察,也就是把种种社会思潮和观念体系当作理解文学思潮的社会—历史—文化的语境。"[①]以此来看,探讨东方现代民族主义文学思潮,必须将它摆在东方民族主义思潮的社会文化语境中加以审视。事实上东方现代民族主义文学的作家、诗人和批评家,就是在文学领域以自己的情感体验来诉说民族主义,传播民族主义,推动民族向前发展。可以说,东方现代民族主义追求的目标,就是东方现代民族主义文学思潮的创作宗旨。东方现代民族主义文学思潮区别于其他文学思潮的根本性质,就在于它具有鲜明的民族主义政治文化诉求:唤醒民族意识、摆脱民族危机、维护民族尊严、建立民族国家、憧憬民族富强。

当然,东方现代民族主义文学思潮作为东方民族主义思潮的特殊形态,不仅是通过理论的、逻辑的方式(如理论批评的方式)来"反映"或表达民族主义的目标,更重要的是它还以审美的、感性的方式(如文学创作的方式)折射出东方民族主义的精神流向。文学创作的世界,是一个形象化的情感世界,民族主义政治文化诉求是在诗人、作家

[①] 王又平:《文学思潮史:对象与方法》,《新东方》2002年第4期。

的艺术构思中得到表现，融凝在具体的画面、真实的场景和人物的悲欢离合当中。有学者把东方现代民族主义文学思潮称之为"东方文艺复兴"，并概括其"总的主题"和"主要内容"："亚非两大洲，土地辽阔、民族众多，各个国家文化传统不同，民族特色也各异，然而，在这个地区所兴起的现代进步文学，不仅汇合成一个文学潮流，而且表现为东方文艺复兴，原因何在？这不仅因为它们产生的历史背景相同，而且还在于它们具有新的主题和新的内容。历史相同，只是这种文学成为一个潮流的客观条件，主题和内容上的一致，才是构成这种文学潮流的基本因素。反帝反殖民、争取民族独立和民主，是这种文学总的主题。它的主要内容表现在：充分地揭示了亚非被压迫民族同帝国主义、殖民主义的矛盾，深刻地描绘了亚非人民痛苦的生活和觉醒的过程，无情地鞭挞殖民主义侵略者，热情地歌颂亚非人民的斗争，预示亚非人民革命胜利的前景。"①

四　创作原则：功利性、现实性和民族性

从文学思潮的角度看，"创作原则"指的是在时代精神的感召下，一批作家、诗人和评论家自觉或不自觉地体现出来的创作立场和态度，即对写什么、怎样写、写出怎样的美学效果等一系列问题的认识和实践。东方现代民族主义文学思潮是以功利性、现实性和民族性作为其创作原则。

（一）功利性

东方现代民族主义文学思潮以民族国家的生存与发展为创作宗旨，文学成为达成民族主义目标的重要手段，其作家、诗人笔下奔涌的是民族集体的情感与意志，因而具有鲜明的社会功利价值。印度诗人伊克巴尔曾说："我信奉，无论是散文、诗歌，还是绘画、音乐，或是建筑，

---

① 彭端智：《东方文艺复兴的曙光——关于亚非现代民族革命文学的几个问题》，《外国文学研究》1979年第2期。

这些艺术都应该服务于生活。我正是在此基础上视艺术为创造。"并说自己的诗歌是"为一个民族的生活奠定基础"。[①]埃及诗人穆特朗在诗集的序言中说:"我作诗是为了表达我独自思忖的心潮,是为了在发生重大的不测事件时,对我们人民进行教诲,我既像古代阿拉伯人那样抒发感情和忠于爱情,也适应时代的需要。"[②]缅甸的民族主义文学团体"红龙书社"于1937年成立,成立宣言中写道:"为了促使缅甸独立斗争目标早日实现,以使每个人能过上人的生活,书社每月出版一本介绍独立斗争策略的书,激励人们为争取独立而斗争的小说、剧本,或使人奋发向上的传记。"并明确宣布组织的宗旨,其中前两条就是:"(1)向全体缅甸人民灌输争取独立的思想;(2)引导人民早日实现民族独立的目标……"[③]

东方现代民族主义文学思潮这样强调文学的价值直接作用于文学之外的社会,体现出文学的功利性。对于文学的功利性,学界一直有不同的看法。有论者把文学的功利性与审美性对立起来,认为功利性必然损害审美性,因而功利性不可取。这在理论认识上,有两点值得考虑:一是对"功利"和"审美非功利"的理解;二是对"文学价值"的全面把握。

"功利"有两层含义:一、功效和利益;二、功名利禄。"功利"本身分为"社会功利"和"个体功利"两个方面。"社会功利"即有利于提高和增加社会某方面的功效和利益。"个体功利"则追求个体的功名利禄。"个体功利性"又分为个体政治功利、个体经济功利及个体名誉功利等。东方现代民族主义文学思潮的功利性,当然属于社会功利,东方民族主义作家的创作,不是追逐个人的功名利禄,不是出于小集团利益的考虑,而是为了民族国家的生存和发展。这样的"功利"符合人类社会发展的价值取向,应该充分肯定。对于"审美非功利",有论者论述:

[①] 季羡林主编:《东方文学史》,吉林教育出版社1995年版,第1298页。

[②] 邵武基·戴伊夫:《阿拉伯埃及近代文学史》,李振中译,人民文学出版社1980年版,第188页。

[③] 高慧勤、栾文华主编:《东方现代文学史》,海峡文艺出版社1994年版,第523页。

"审美发生和审美规律的研究表明,所谓审美的'非功利性',指的是美的事物所引发的人的愉悦性情感体验,它不同于生理功能等功利性需求得到满足后的心理体验;当一个事物作为审美对象而存在时,同审美主体相联系的不是它的实用功利性,而是与人的形式知觉相对应的外形或形象。仅仅在这一意义上,审美的'非功利性'原则才可以成立。这一原则,决不意味着美的事物不可以具有功利内容和价值成分。……人的审美意识是和生存环境与社会现实紧密相连的。文艺的创作和欣赏活动,其最终目的都是为了激发出有认识和教育意义的审美感,……只有正面的、积极的、向上的社会功利性,才能成为审美感受、审美价值和审美属性的必备前提与精神支撑。"①

文学的功利性和审美性,是文学价值的范畴。文学价值的生成是一个动态的复杂过程,它是作家创作的作品作用于读者而产生的结果,而作家创作和读者阅读目的都不会是单一的,因而对文学价值就不能是单向度的、非此即彼的把握,"应该看到文学价值动态的生成机制,看到在审美—功利、个人创造—社会审美文化价值等互动关系中所形成的文学价值多层面、多向度的现实构成。……正是在文学价值的动态展开过程中,文学价值才获得多方面多层次的呈现,以创作主体的审美创造与接收主体对文本的审美把握为依托,形成了以审美价值为中心的文学的多元价值"②。以此来看,东方现代民族主义文学思潮的功利性与其审美价值不是一对矛盾的构成,它的社会功能正是以审美价值为基础而得以实现。

(二)现实性

从哲学层面讲,"现实性"是指所探讨的问题与人的社会实践密切相关并注重理论的价值指向和功能的实现。文学的现实性,指的是作家在其作品中对社会现实生活反映的真实程度以及由此体现出来的价

---

① 董学文、李志宏:《"泛意识形态化"倾向与当前文艺实践》,《求是》2007年第2期。
② 姜文振:《中国文学理论现代性问题研究》,人民文学出版社2005年版,第136—141页。

值判断和思想倾向，它与真实性、深刻性、准确性等现实主义创作原则相关。一般而言，具有较强现实性的作品，都在真实、深刻、准确地反映社会生活本质的同时，也表现出与历史发展趋势相一致的价值判断与思想倾向。它是实现文学社会功能的重要环节。东方现代民族主义文学思潮以实现民族国家生存与发展为宗旨，直接面对民族生存和发展的基本问题，选取当下社会现实的重大题材，从不同角度表现东方被压迫民族同帝国主义、殖民主义的矛盾，揭露殖民统治给东方人民带来的深重灾难，呼唤民族精神，探索民族独立和富强的道路。通过这些题材的描写，反映东方民族的呼声，表现东方人民的智慧和意志，维护民族尊严，关注民族命运。

从文学题材角度看，历史题材是东方现代民族主义作家喜好的题材。但他们写历史，并不是回避现实，而是用现实之光去烛照历史，从历史中吸取现实所需要的力量，或者用从历史中获得的文化哲学精神来审视现实生活、审视当下民族的命运。

对于这种"现实性"，东方现代民族主义作家大都有一种自觉意识。20世纪30年代，在伦敦成立了"印度进步作家协会"，主要作家有穆尔克·拉吉·安纳德、帕德、高士、森哈、达西尔、查希尔等，在协会成立宣言中有这样的文字：

> 本协会的目的是使我们的文学和其他艺术形式从婆罗门、吉斯和反动阶级的控制之下解放出来，让文学和其他艺术形式接近人民群众，使之具有生命力和现实性，从而使我们能创造光明的未来。……我们认为，印度的新文学应该协调我们对待现代生活的基本事实的态度，这就是我们的吃饭问题，我们的贫穷问题，我们的社会倒退和我们在政治上处于从属地位的问题。这样，我们才会对这些问题有所理解，从而产生积极的力量。[①]

埃及作家、第二次亚非作家会议筹备委员会主席尤素甫·西巴伊在

---

① 普列姆昌德：《伦敦一个印度文学家的新组织》，《普列姆昌德论文学》，刘安武、唐仁虎译，漓江出版社1987年版，第118—119页。

第二次亚非作家会议的报告中说:"当我们集会时,我们不光是讨论美学和文学批评的问题,我们尤其要讨论我们的生活和生存的问题。作为作家,我们不但要讨论文学上有关形式、内容及表达方法的问题,同时还要讨论有关当前生活、民族独立以及和平的问题。我们的问题和我们的历史遗迹,人民目前和将来所进行的斗争有着根深蒂固的关系。……我们的文学和作家面临的和要解决的问题是人在整个人类中如何生活。"①

(三)民族性

坚持文学的民族性,是东方现代民族主义文学思潮重要的创作原则。所谓文学的民族性,是指一个民族的文学相对于其他民族文学所具有的特性和个性特点所达到的鲜明程度。文学的民族性包含着内容和形式两个层面,而其灵魂和核心是民族精神和民族意识。其中包括民族的价值准则、信仰体系、生存智慧、审美意识、思维方式等,这些是民族成员身份认同的文化标识,是民族凝聚力形成的动力因素。当然,民族文学的传统风格特征、特有的体裁样式、富于民族风情的题材、历史上的英雄人物等都构成文学民族性的内容。

在文学创作实践中,民族性有两个维度。一个是作为**客观存在**的民族性,即"作为一个特定民族成员的作家,在他创作的过程中,不管它是否有意去追求本民族的风格,其创作出来的作品都是本民族文学的一部分,都不可能绝对脱离本民族的特色"②。这是因为作家总是生存活动于特定的民族文化之中,耳濡目染,为民族文化所浸染涵化,他的创作总会不由自主地以民族文化的有色眼镜透视描写对象,即使描写的是异域题材,也会体现其民族性。对此,别林斯基曾以莎士比亚、歌德和普希金的外国题材创作为例子作了充分的论述。③这种客观存在

---

① 亚非作家会议中国联络委员会编:《第二届亚非作家会议文件汇编》,作家出版社1962年版,第21页。
② 胡良桂:《世界文学与国别文学》,湖南人民出版2004年版,第191页。
③ 参见《别林斯基选集》第3卷,满涛译,上海译文出版社1980年版,第203—204页。

的民族性，不以任何人的意志为转移，是一个民族的文学长期发展、自然而然积淀所形成。

文学的民族性的另一个维度是作为**主观追求**的民族性。这是作家在自觉的民族意识作用下，出于民族文学和文化建设、发展的自觉追求，有意识地去发掘、弘扬、突出、强化民族性，将民族性作为审美目标。毫无疑问，东方现代民族主义文学思潮的民族性属于后者。印度乌尔都语文学评论家萨利姆（1869—1928）强调："每一个国家的诗歌都必须代表这个国家和民族的特点及其价值观念，诗歌的任务是发扬这些东西。"他还批评当时文坛的不良倾向："看看我国的诗歌和散文就可以清楚地了解到其中没有我们本国的特色，我们的诗歌和全部散文只是外国文学的仿制品而已。"[①]在第二届亚非作家会议的一个决议中有这样的文字："一、研究反映民族斗争的当代亚非文学，保存、促进和发展民族文化，并吸取外国文化中的进步因素，这对亚非国家反对依附帝国主义文化是有好处的。二、很好地关心民族语言并以它作为文学表现的基础，使它们能在反对帝国主义的文化统治的斗争中发挥作用。三、复兴民族的，即民间的和传统的艺术和文学，收集和研究包括传说和民歌在内的民间文学。四、组织亚非展览会，展出民间艺术的范本，以便得到了解和同情。……"[②]在这样的一次盛会上，东方作家是把复兴、弘扬民族文化、民族传统当作自觉的追求。

民族传统是一个动态发展过程，民族性也不是僵化不变的东西。事实上，东方民族主义文学思潮产生发展的一百多年里，正是在西方文学冲击下，东方文学偏离民族文学传统，发生巨大变化的时期，由传统文学向现代新文学转型变革，逐步迈上世界文学的现代进程。民族性和世界性看上去矛盾，其实，都为东方现代民族主义文学思潮所追求。使民族文学和文化立于世界民族之林，以优秀的文学创作显示本民族

---

① 阿布赖司·西迪基：《乌尔都语文学史》，山蕴译，中国社会科学出版社1993年版，第377页。

② 亚非作家会议中国联络委员会编：《第二届亚非作家会议文件汇编》，作家出版社1962年版，第78页。

的创造才能和成就,这是东方民族主义作家追求的目标,是民族文化发展的具体体现。民族性倒是成为实现目标的手段,以鲜活、独特的民族个性,成为世界文学史上独一无二的存在。从这样的意义上说,文学的民族性和世界性并不矛盾。而且任何民族文学都是世界文学的一个组成部分,任何民族都不可能放弃传统从零开始,离开传统的求变求新是不现实的。所谓"越是民族的越是世界的",并不是不加选择地将民族中落后的、原始的东西展示出来就具有民族性;相反,弘扬的应该是民族传统的精华,代表着一个民族的民族精神和品格,而且是用现代意识镀亮的民族传统。因此越有民族性才越具有世界性,才为世界所认可。民族文学必须自觉地吸收、融合世界各民族一切优秀的文化遗产,才能使本民族的文学得到丰富与发展,获得永久的生命力。所以,在现代化、全球化时代的民族性,不是抱住祖宗传下来的某些信条、某种模式,更重要的是一种当下的民族立场和民族视野,一种崇高的民族责任感和使命感,对民族前途和命运的真切关怀。

综上所述,东方现代民族主义文学思潮从价值取向、功能实现和他我关系三个方面确立自己的创作原则,在功利性—审美性、现实性—超越性、民族性—世界性三个张力场域中有所倚重,从而规约着这一文学思潮的基本特征和风貌。

第二章 东方现代民族主义文学的地域色彩

东方包括不同文化传统的民族和地区。本土文化的差异、殖民统治采用不同的方式和手段，使得东方现代民族主义文学呈现出不同的地区色彩。下面分节对南亚地区、阿拉伯地区和撒哈拉沙漠以南非洲地区的民族主义文学地域特色做出具体的论析。

第一节 南亚现代民族主义文学的地域特征

南亚民族主义文学，是亚洲大陆以反抗殖民统治、争取民族独立为主要目标的殖民地民族主义潮流的一部分，具有东方民族主义文学的共同特征，同时又呈现出强烈的地域色彩。

一 在对抗中选择吸收

南亚民族主义文学对西方文化的对抗与选择吸收，是有其历史原因的，它是殖民与反殖民、东西方文化冲突的必然结果。这种对抗与吸收涉及思想和语言艺术的各个方面。

从19世纪上半叶开始，英国殖民者就在印度大力兴办教育，进行文化入侵，目的是宣扬资产阶级文化，培养洋奴买办文人。但历史的辩证法无情地嘲弄了英国殖民者，他们输入的西方资产阶级文化中的民主自由思想，唤醒了大多数印度知识分子的民族意识，反而成为颠覆殖民话语的武器。在被殖民的一方，面对西方殖民者在经济、政治及文化等方面的奴役和征服，面对本国的封建统治的落后状况，知识分子认识到只有立足于本民族传统，在与殖民文化的对抗中有选择地吸收西方文化中的进步成分,才能完成救亡与启蒙的双重任务。正如季羡林先生曾指出的:"任何一种文化都有两部分,一是传统,一是时代。西化属于时代的方面,而时代又总是依附于传统……只有传统的方面与时代的方面相结合,文化才能发达,这是一般的道理,自然也适合于印度。"① 事实上从一开始起,南亚对殖民统治就既有抵抗,也有合作,两者始终并存。南亚民族主义文学的发展,一直处于这种现代化的历史进程中,处于双向选择的境遇中:一方面要抵抗西方列强的侵略;另一方面又要学习西方的先进思想和先进的科学技术。传统文化要选择现代化道路,现代化要求对传统文化进行选择。如何运用传统文化的积极因素推动现代化的进程,如何通过现代化来发扬、改造传统文化,是南亚现代文学面临的重要任务。

殖民地的民族主义作家一直面临着非常尴尬的境地,他们的自我表述是靠了宗主国的文化权威才使自己得到界定的。正如本尼迪克特·安德生所指出的,民族主义在殖民主义的边缘虽然也会有它的开花期,但连同这些民族主义的理想本身——殖民地人民用以表明自己独立性的理想,其实最初也是从欧洲传过来的。② 印度于19世纪就奠定了以英语为基础的教育体制,20世纪初,整个帝国的学生所接受的,则是所谓世界一流的英国文学。民族主义者在寻求自我表达的中介时所表现出来的是一种双重的联系——与欧洲既依附又脱离的关系。"许多的反抗形式,如甘地所提倡的'不合作主义',都是一些思想杂交的产物,既不是沿袭纯粹的现代模式,也不是纯粹的传统模式。这在文学中就更普遍了,本土的思想精英们往往利用其对手提供的套路去创造新的具有个性的风格。"③ 他们从殖民者那里借用来的文学程式和文学话语一般都被挪用、转用或调离中心,使文学为印度的民族解放运动服务。在这方面,泰戈尔是突出的代表。他生活在印度民族解放运动日益

---

① 张光璘、李铮编:《季羡林论印度文化》,中国华侨出版社1994年版,第280—281页。

② 转引自艾勒克·博埃默:《殖民与后殖民文学》,盛宁等译,辽宁教育出版社1998年版,第192页。

③ 同上书,第193页。

高涨的时代,他的民族主义思想,在时代精神和印度关于"梵"的传统文化结构中,融入了西方民主、人道和博爱思想的进步文化因素。对阻碍民族解放运动中的教派偏见和反对不合理的种姓制度起了积极的作用,对唤醒民族觉悟、提高民族自信心和抗拒民族压迫具有积极的意义。他的作品既汲取了西方进步的文化思想和写作技巧,又保留了鲜明的民族特色,将东西方文化和谐地糅合在一起。伊克巴尔是信奉伊斯兰教的民族主义诗人,在他的思想体系中,既具有强烈的爱国主义和民族主义思想,又融入了西方资产阶级人道精神和民主思想,是传统的宗教观念与近代思想的融合。他反对狭隘的民族主义,主张印度教与伊斯兰教和睦共处,他的超越宗教界限的圣爱观,适应了当时反帝反殖斗争的需要。安纳德是一个典型的将西方先进的文化思想运用于印度民族解放运动的作家。他辩证地处理西方社会文化与印度社会文化之间的关系,在《拉卢三部曲》中塑造了一个受西方文明的影响成长起来的新农民的形象拉卢,拉卢把西方文化作为观察、反思印度落后现状的一个基准点,但他并不崇洋媚外,而是具有强烈的民族自尊心和民族责任感,积极参加并领导了农民的解放斗争。克里山·钱达尔接受了马克思主义和进步文学思潮的影响,积极参加进步作协的活动,他关注现实的民族独立斗争,有强烈的社会批判意识。还有一些作家如帕勒登杜、巴拉蒂、瓦拉托尔等,均受到西方进步思想的影响,积极从事社会活动和文学活动,探讨民族的命运和出路。

在艺术方面,欧洲文学对印度文学影响最大的,是文学体裁和形式。"最初是英国文学的影响占垄断地位。其后德、法、俄以及北欧文学也传入印度。印度19世纪以来的长篇小说和短篇小说,以及戏剧和诗歌,从形式上来看,几与欧洲无异,同东方其他国家一样,是欧洲文学影响的一统天下了。"[①]印度先进的知识分子逐渐摆脱僵死的封建文学的束缚,运用西方文学中的新形式和新技巧,表达争取民族独立和人民民主的新思想和新内容。迈克尔·默图苏登·德特开创了民族传统与外

---

① 季羡林:《简明东方文学史·绪论》,北京大学出版社1987年版,第21页。

来文化相融合的风气,他首次引进了西方的十四行诗、无韵体诗和话剧技巧,丰富了孟加拉语文学的体裁。他吸取亚里士多德的诗学观点,强调史诗的戏剧性。般吉姆的作品大多是传统的传奇故事与司各特式的浪漫主义历史小说的结合,用炽烈的爱国主义激情宣传印度传统的历史文化,表现出司各特式的传奇性、通俗性和趣味性。泰戈尔的美学体系以东方和谐统一的美学理想为基础,吸收西方现实主义的美学思想,形成了客观唯心主义和现实主义相结合的美学观。在创作中突出表现为由浪漫传奇小说转向社会问题小说,加大了文学的社会功用、教育作用和认识作用。萨拉特在西方现实主义作家萨克雷、狄更斯的影响下和前辈作家的启发下,确立了孟加拉文学中的现实主义创作原则,使"具有艺术概括力的真实生动的描写,取代了传统的宗教浪漫主义的虚幻性和主观性"①。布达德卜·巴苏的诗歌创作,从总体上看是现实主义的,但也大胆地吸收了一些西方现代派手法。以乌尔都语为主体的巴基斯坦文学,继承了南亚古老的文化遗产及波斯和伊斯兰文化的传统,同时又接受西方文化的影响。诗人伊斯拉姆在民族诗歌的传统基础上,借鉴了外国文学大师们的艺术技巧,形成了自己独特的风格。

二 在传统回归中复兴

马克斯·韦伯说:"民族主义的基本价值在于对民族文化和民族声望的关怀。"②在南亚长期的民族解放运动中,南亚人民对西方殖民者的对抗不仅是政治、经济、军事上的,而且是精神文化上的。"在争取民族独立的历程中,许多民族运动的领袖都把印度的传统思想作为一种精神武器,利用宗教在广大教徒心目中的影响力和凝聚力,去发动民众、团结民众,激励民众投入到民族独立的斗争中,为祖国的解放而献

---

① 王向远:《东方文学史通论》,上海文艺出版社1994年版,第241页。
② 转引自余建华:《民族主义:历史遗产与时代风云的交汇》,学林出版社1999年版,第253页。

身。"① 在文化界，由于南亚知识分子长期生活在英国文化霸权的阴影下，他们获得的话语身份与殖民者相比总是处于一种不平等地位，因此他们深深感到了殖民主义对社会的重大危害，认识到研究本国人民的历史，恢复民族传统的重要性。近代印度复兴运动产生的民族文化复兴意识，振兴民族的责任感和使命感，促使知识分子在自己的文化遗产中探寻自尊和自信的本源。他们审视中西文化关系，思考传统文化价值与现代文明之间的关系，社会文化心理呈现为向传统文化的回归。但这种回归不是复古，而是对民族文化的复兴，是借复兴民族的宗教哲学、历史传统和文化传统，驱除盲目崇英心理，提高民族自信心。为了抵制西方文化的侵略，弘扬民族文化，他们最初的对于西方无条件的崇拜开始被批判精神所代替，越来越生出民族自主、表达自我的愿望，很多作家举起文学的旗帜，以争取和捍卫本民族的利益。其中般吉姆、泰戈尔、伊克巴尔和普列姆昌德等作家是印度文化复兴的代表。

般吉姆虽然明显地受到西方文学的影响，但他对西方文化采取否定和怀疑的态度，认为只有严格遵守印度教传统，才能建立民族意识。他"承认理性主义、进步、个人主义等现代观念的重要性和不可缺少性。但从其民族主义立场出发，他声称，经过净化后再生的印度理想，作为一种理性的人生哲学，将远比西方的宗教或哲学所能提供的任何东西都要优越"②。他通过历史小说中的英雄人物来激励人民，唤醒人民起来斗争。20世纪初孟加拉秘密革命组织的成员把般吉姆看作导师，以《阿难陀寺院》中的秘密革命组织作为他们组织的原型，《阿难陀寺院》也因此成为他们的教科书。对于英国的文化殖民，当时的泰戈尔曾表达了自己的忧虑，他担心印度出现"荒唐的闹剧"：印度人从殖民教育中吸收的英国思想和语汇，"根本无法和我们实际的生活有机地融为一体"。他竭力与这一影响作斗争，和其他孟加拉作家一起在诗歌和

---

① 刘建、朱明忠、葛维钧：《印度文明》，中国社会科学出版社2004年版，第500页。
② 杜赞奇：《从民族国家拯救历史：民族主义话语与中国现代史研究》，王宪明译，社会科学文献出版社2003年版，第203页。

故事中赞美孟加拉的自然环境,将此作为原本真切的印度所在。①他在1928年同穆尔克·拉吉·阿南德的"谈话"中,对叶芝让作家们回到传说和神话的号召甚为赞同。他说:"我同意他关于继承过去的想法——如果能使过去与现在相关的话。"②他的《故事诗》取材于佛教和印度教的传说、民间故事和印度历史,歌颂民族英雄,宣扬爱国主义,赞美印度光荣的文化传统和古代各民族反抗异族侵略的斗争精神。这时期还有很多作家试图找回业已失去的精神传统,开始重构归属故事。帕勒登杜的创作着意美化印度的传统和过去,借以唤醒印度的民族意识,振兴民族精神。古伯德热情歌颂古代印度的繁荣和灿烂的文化,他的理想就是回复到光辉的古代印度。他的诗作一方面表现出民族主义和爱国主义的思想,另一方面也带有复古主义和教派主义的色彩。伊克巴尔被认为是印度穆斯林复兴的象征。他认为西方文明主要是建立在物质和商业基础之上,与伊斯兰教的精神和道德是相违背的,因此他企图以伊斯兰教的精神主义对抗西方的物质文明。在《印度之歌》中,他把花园比作传统的形象,象征着祖国的丰饶与和平,人民只有栖身在这座美丽的花园,才能自由自在地生活,体现了诗人对传统的回归和祈求祖国英名永存的愿望。他的诗歌不仅散发着伊斯兰精神,而且保留着民族诗歌的传统格式,采用古典诗歌惯用的比喻、象征手法,以此唤起读者的民族感情。普列姆昌德继承了古印度文学真实地反映人民的思想和生活、语言朴素等优良传统,发扬了中古时期毫不畏惧地描写抵抗外族入侵,表达人民反对异族统治的文学品格。他站在民族文学的根基上,对殖民统治者的禁令毫不畏惧,从思想上摆脱了文化殖民的影响,使自己的创作具有了复归传统和复兴民族文化的意义。他受提拉克领导的民族运动、斯瓦密·达雅南达·索罗斯瓦蒂领导的印度教复兴运动和甘地主义的影响,将以城市为代表的现代工业文明与以乡村为特征的传统农业文明对立起来,对前者进行鞭挞,对后者加以赞扬。他的很多有影

---

① 艾勒克·博埃默:《殖民与后殖民文学》,盛宁等译,辽宁教育出版社1998年版,第125页。

② 同上书,第130页。

响的小说都具有这一典型特征,反映出他对传统农业文明理想化的倾向。如《舞台》中把农村人物苏尔达斯作为印度传统道德理想的化身加以赞扬;《恩赐》中通过两个女性的对比来否认西方文化,赞美印度的传统文化;《戈丹》以农民何利终生对印度教母亲神——母牛的崇拜和向往,表达了作者的民族文化情结和复兴传统文化的心态。

还有一些作家虽然接受西方的进步思想,但反对全盘西化。如纳兹尔·艾赫默德、萨尔夏尔等作家,在作品中表现了对民族身份的关注,提出如何处理印度人民与英国殖民当局关系的问题和追随现代思潮的时代问题。对于拉·克·纳拉扬和拉迦·拉奥的早期创作,可以看成是民族文化复兴的另一种形式。前者的小说表现了明显的印度自给自足的特点,虽然作家以英语作为叙述媒介,但却毫不含糊地用语言界定了一方非英国的文化空间。《斯瓦米和朋友们》用英国文学程式,表现印度南部城市马尔谷蒂的社会生活。《文学士》和《英语教师》中的主人公都有一段从学习英语和攻读英国文学中摆脱出来,转而奔向新生活的经历。他们表达了作者的一种思想:面对英国的殖民统治,印度需要来一个文化心态的转变——从依赖到自主,到更加完整的自我再现。后者的创作表现出从民族的历史、种族和隐喻方式中,重新构筑被殖民统治所破坏的文化属性的愿望。《甘特普尔》中的老祖母讲述着甘特普尔村发生的千奇百怪的古老故事。表现了一种寻根、寻源、寻找原初的神话祖先及恢复历史的需求。为了暗示一种民族的内在凝聚力,作家使用了本土表述,采用了印度"往世书"连贯的、不间断的、流水似的叙述风格和游移、回荡重复的手法。带有明显的文化复兴的特点。

三 强烈的母语情结

在传统文化面临着挑战、冲击和考验的情况下,南亚人民首先面临的是语言上的被殖民。英国殖民统治下的南亚,英语是官方语言,一百多年的英语教育,形成了英语与民族语言的对峙。在语言和民族文学创作的关系上,很多作家非常重视发扬民族文化传统,表现出强烈的母语情结，认为只有用民族语言才能创作出杰出的反映人民生活和感情的作品。他们使用本地方言的叙述声音，来反映人民真实的生活，在民间大受欢迎。其中孟加拉语、印地语、乌尔都语文学的成就最大，其他民族语言和地方语言文学也有很大发展。

孟加拉语诗人古普特的诗歌为孟加拉讽刺文学奠定了基础。般吉姆被誉为现代孟加拉语文学的先驱，他与泰戈尔、萨拉特、普列姆昌德等作家的创作对印度文学的发展产生了极大的影响。戏剧家迪纳本图·米特拉和吉里希金德尔·考什是孟加拉戏剧的创始人，为孟加拉戏剧做出了巨大的贡献。现代印地语文学之父帕勒登杜创办的文学刊物《诗之甘霖》，后发展为著名的印地语文学杂志《文艺女神》，他的文学创作开拓了近代印地语戏剧、散文和诗歌的新天地。另一位颇有影响的印地语诗人古伯德被甘地称为"民族主义诗人"，他的诗作采用日常口语，热情歌颂古代印度的繁荣和灿烂的文化，他的理想就是回复到光辉的古代印度。迦利布用乌尔都语和波斯语创作，被誉为乌尔都语现代散文的开拓者。伊克巴尔是近代乌尔都语诗歌的开拓者，他认为只有熟悉民族的脉搏，并以自己的艺术医治民族病症的人，才是真正的文学艺术家。纳兹尔·艾赫默德是乌尔都语小说的开创者，萨尔夏尔为乌尔都语小说的发展做出了积极的贡献。密尔·穆罕默德·特基·密尔的诗包括了乌尔都语所有的诗体和诗韵，至今被作为乌尔都语的诗谱。在泰米尔语文学中，巴拉蒂以朴素易懂的口语和传统民歌曲调写诗，开创了泰米尔的新诗体。此外还有马拉雅拉姆语诗人瓦拉托尔、阿萨姆语诗人A.拉乔杜里、马拉提语作家赫利·纳拉扬·阿伯代、印地语作家高西格、苏德尔辛、孟加拉语作家毗菩蒂·菩山·班纳吉、泰米尔语作家卡尔基等，都以自己的创作为民族文学的发展做出了贡献。普列姆昌德作为地地道道的民族作家，被称为印度第一位与"土地更加亲近"的作家。他一生都为民族语言和民族文学的发展奔波操劳，认为印度作家有发展本民族语言的责任。他用乌尔都语和印地语写作，作品大多采用活生生的民间语言，特别是农民日常口语的运用，简洁朴实，很好地表达了他们的思想感情，具有浓郁的地方色彩和土生土长的现实主义风格。

甘地非常重视民族语言的价值,"在他的讲演及著述中,为了使成千上万的印度人了解他的主张和思想,他尽量使自己的语言质朴,形成朴实而生动的语言风格"[①]。这对很多作家产生了直接的影响,使作品的语言进一步生活化、口语化。

语言作为民族文化的主要载体,对民族的存续发挥着举足轻重的作用。印度多数作家一直使用民族地方语言进行创作,一些原先用英语写作的作家也先后改用母语进行创作。般吉姆和米歇尔·莫图苏丹·都特都是以英语开始自己的创作的,后来都转向用孟加拉语写作。罗梅什·昌德·都特最初也用英语写作,受般吉姆的影响也改用孟加拉语。虽然泰戈尔获诺贝尔文学奖是"凭借着他那娴熟的技巧和他的英文,使得他那充满诗意的思想成为西方文学的一部分",然而他却一再强调,不用自己的母语写不出任何伟大的作品。他为了进行民族传统教育,到圣地尼克坦创办了一所自然学院。他亲自用民族语言授课,教导青年一代要珍视和了解印度的民族文化。

印度独立后,各种文学流派都充分发挥民间语言的功用,在语言上大量采用方言土语、俚语,追求朴实、形象的民间语言风格,富于浓郁的地方色彩。

"'民族'是一个历史性的概念。在不同的历史时期,'民族'的内涵和外延都不相同。"[②]印度独立前,印度教徒与穆斯林之间的宗教分歧属于民族国家发展过程中的内部矛盾和冲突,民族主义文学面临的不可推卸的历史任务是:救亡与启蒙双向选择,在传统与现代的有机融合中确立自我形象。"穿着借来的袍子而要成为真正的自我,这就是殖民地民族主义者两难处境的核心……民族主义的精英分子从他们诞生的一刻起,就已经被笼罩于一个'分裂的感知'或'双重的视界'之中。他们操双语,有两种文化背景,如同门神有两张面孔,既能进入都市文

---

① 石海峻:《20世纪印度文学史》,青岛出版社1998年版,第82页。
② 黎跃进:《文化批评与比较文学》,东方出版社2002年版,第48页。

化,亦能进入地方文化,却又游离于两者之外。"①他们面对边缘地位或附属身份,终归会诉诸或许能称为自己的经验的那些东西,回归传统,找到自己的地位,进行自我再造和更新。印度独立后,宗教分歧成为国家民族内部建设中的主要矛盾,民族主义文学同样面临着文学的相互渗透与交融、重构与复兴的问题,而回归和更新即使在后殖民作品中仍是重要的模式。南亚民族主义文学所面临的这种文化困境,也是全球化和文化多元化发展的今天所要思考和解决的问题。

第二节 阿拉伯地区现代民族主义文学的区域色彩

现代阿拉伯世界出现了民族主义、社会主义和宗教激进主义等各种政治、社会、文化思潮。这其中民族主义思潮对现代阿拉伯人和中东政治格局产生了极为重要的影响。而阿拉伯现代文学恰恰为这种思想的传播与发展提供了最为有效的途径和载体。

具有民族主义倾向的阿拉伯文学作品在中东的政治生活中所起的巨大作用是显而易见的。就连西方的一些学者也不得不承认这一点。他们认为阿拉伯"反殖民主义和反帝国主义的文学在40年代和50年代在动员群众把英国人和法国人赶出这一地区中起过作用"②。的确,民族主义倾向的文学作品唤醒了阿拉伯民众的民族意识,从而有力地推动了阿拉伯各国争取独立、自由的民族解放运动。

一 强烈的民族忧患意识和阿拉伯大一统的梦想

1798年拿破仑攻占埃及,阿拉伯的大门被打开。19世纪70年代,英国资本已在伊拉克占统治地位。1916年,英、法签署《赛克斯—皮柯协

---

① 艾勒克·博埃默:《殖民与后殖民文学》,盛宁等译,辽宁教育出版社1998年版,第131页。

② 凯马尔·H.卡尔帕特编:《当代中东的政治和社会思潮》,陈和丰等译,中国社会科学出版社1992年版,第29页。

定》，将阿拉伯世界瓜分，纳入各自的势力范围。当时英、法两国密约将伊拉克划为英国的势力范围。1830年法国入侵阿尔及利亚并于1905年占领了它的全境。1881年突尼斯沦为法国的保护国，1912年摩洛哥也遭遇了同样的命运，同年利比亚沦为意大利的殖民地……阿拉伯各地相继成为西方国家的殖民地。随着西方殖民势力的渗透和阿拉伯国家的对外开放，西方的各种思想观念包括民族国家（Nation）理念也逐渐传入阿拉伯。民族主义的思想越来越使阿拉伯国家的精英知识分子和许多有识之士认识到民族独立、解放是阿拉伯国家未来道路的必然选择。阿拉伯的诗人和作家们义无反顾地扛起民族独立解放的大旗，引领阿拉伯人民走上反对帝国主义和殖民主义、争取民族独立解放的道路。于是，民族主义成了阿拉伯现代文学反帝反封建的主旋律。

但斗争形势的严峻，阿拉伯社会现实的贫穷、落后、愚昧、分裂使许多具有民族主义倾向的作家和诗人倍感痛心。尼扎尔·格巴尼在1956年发表的诗集《诗篇》中，有一首题为《面包、大麻、月亮……》的诗，以其批评的尖锐性引起了阿拉伯世界的巨大反响。他写道："人民丧失了尊严，/活着只知道祈求上天。/每当月亮出现，/人群便如同死去一般；/他们摇动先知的坟墓，/希望它降赐稻米、孩子、鸦片、精美的礼拜毯……//在我的国家，/单纯的人们在哭喊；/他们生活在亮光中，/却什么也看不见；/在我的国家中，/人们活着像没有长眼。/他们叩拜、祈祷，/在依赖中生活——因为他们对依赖早已习惯。//在东方的夜晚，/当月儿变得满圆时，/我们的国家，/就彻底丢掉斗争和尊严。/单纯的人民的国家，/至今仍在咀嚼古老的光华。/这窒息东方的死症/——古老的光华。/啊，我们咀嚼历史，/咀嚼懒散的梦，/咀嚼虚假幻想的东方。/我们在艾布·宰德·希拉勒中寻找英雄壮举的东方……"充满忧患意识的诗人格巴尼在这里以辛辣的笔触揭示了阿拉伯社会的保守、愚昧，同时也表达了他对祖国进行变革，以求得社会进步的强烈愿望，表现出明显的民族主义倾向和爱国主义热忱。

特别是20世纪60年代末第二次中东战争所造成的严峻形势，使许多具有民族主义倾向的政治诗人更加关注阿拉伯世界的政治现实，尼扎尔·格巴尼也一样受到六月战争的强烈震撼。1967年的6月,阿拉伯各国的联合部队在6天的时间内,被以色列军队打得一败涂地,导致以色列占据了埃及、叙利亚和约旦的大片领土。整个阿拉伯世界都感到极为震惊,说阿拉伯语的人民在刚刚取得独立后的那种乐观主义被击得粉碎。诗人格巴尼在诗中吟道:"六月之后,我丧失了性的冲动/颓然跌落情人的怀抱/犹如一面破烂的旗帜。"[1]他似乎从原先一味沉溺于爱情的幻想中醒过来,越来越多地涉入政治和社会问题的宏大叙事,表达诗人自身对于阿拉伯政治现实的深入思考。因此有评论家说:"在60年代末,他的政治内容表现出了最完满的形式。"[2]"他同时为阿拉伯民族的命运和处境担忧,两伊战争、阿拉伯国家始终战败失地,继而不得不签订《戴维营协议》,以及阿拉伯民族内部的矛盾、危机、腐败、愚昧、落后……深深刺激着他,使他痛苦、忧伤……"[3]

阿拉伯文坛上,无论是作家还是诗人,其民族忧患所涵盖的范围是很广的。"不应该只是始于地区的分裂与统一的问题,终于战败的问题。"[4]还应该包括阿拉伯所有的情况:逝去的光荣、价值的危机、人民的痛苦、文化的冲突等等。

在历史上,阿拉伯曾拥有光荣的过去,有过辉煌的文化,有过统一的大帝国。但现实无情地粉碎了这片土地上许多人的阿拉伯之梦。阿拉伯世界四分五裂,不再是一个团结一致的整体。近代以来阿拉伯民族落后于时代,在西方殖民主义者的强权凌辱下软弱无力。作家和诗人们深感阿拉伯民族自尊的丧失,昔日荣耀已春光不再。他们同许多阿拉伯知识分子一样,对此有着深刻的认识,希望阿拉伯世界能够结束分裂

---

[1] 尼扎尔·格巴尼:《读自圣辛普顿教堂地下室》,《尼扎尔·格巴尼全集》(第3卷),尼扎尔·格巴尼出版社1993年版,第309页。

[2] Salma Khadra Jayyusi ed. *On Entering the Sea: The Erotic and Other Poetry of Nizar Qabbani.* New York, Interlink, 1996. p. 33.

[3] 郅溥浩:《斯人长逝 诗名永存——记叙利亚诗人尼扎尔·格巴尼》,《外国文学动态》1998年第5期。

[4] Yunus Faqih. *Malamih al- iltizm fi shi'r Nizar Qabbani.* Beirut Dar Barakat, 1998. p. 132.

的状态,盼望阿拉伯各国能够重新走向统一。诗人格巴尼以自己独特的方式表达了他的这种思想:

> 底格里斯河探访他的情人大马士革,
> 我害怕这令人惊异的一梦南柯:
> 一个高贵者来看望另一个高贵者,
> 但你们和我们的梦想都被打破。
>
> (《大马士革爱上巴格达月亮的轮旋曲情歌》)[①]

尼扎尔·格巴尼以大马士革和巴格达的关系来隐喻阿拉伯世界当前的分裂状态:"十年来,忘记了我的字母,/我的墨盒,还有话语,/忘了我们写下的东西,忘了如何写诗,/忘了是谁遭受分裂和破碎的痛苦。/不再有同一个祖国,我的诗也同样如此,/即便歌咏一个部落或一种制度。"(《大马士革爱上巴格达月亮的轮旋曲情歌》)诗人格巴尼同许许多多的阿拉伯人一样,梦想阿拉伯人有一天会重新实现统一,阿拉伯民族能再现辉煌,重新成为一个强大的民族。

二 追忆阿拉伯往昔的光荣

对阿拉伯历史和文化深厚的感情是诗人萨巴赫的民族主义思想的根基。近古以降,阿拉伯社会由于种种原因渐趋衰微,盛况不再,在世界民族之林中渐落于后。西方殖民主义者的侵犯与压迫,则无异于雪上加霜,在阿拉伯文化的复兴道路上设置障碍。对此,那些有着强烈的民族自尊心的阿拉伯作家和诗人无法缄默不语。如科威特女诗人苏阿德·萨巴赫大声喊道:

> 兄弟,点燃你们的仇恨,
> 我们血管中的自尊并未丧尽,
> 荣耀吸吮的营养,

---

① Nizar Qabbani. *Al- a' mal as- siyasiyah al- kamilah*. Manshurat Nizar Qabbani, 1979.

正是我阿拉伯主义之心的底蕴,
那是高尚,
是勇于献身。

(《阿拉伯的呐喊》[①])

那优良的传统、高尚的道德统摄于"豪侠"的最高标准之中。在宗教或部落之间发生冲突、战斗时,敢于冲锋陷阵,即便赴汤蹈火、牺牲性命亦在所不辞;在宰牲待客、济困扶危、帮助他人时,即使倾其所有亦在所不惜。[②]总之,慷慨大方、豪迈仗义、勇敢善战、扶危济困等各种美德仍然存在于阿拉伯社会。这种善的根源正是阿拉伯未来前途的基础。

哈菲兹·易卜拉欣对埃及光荣历史的追述带有泛阿拉伯主义的色彩。他在《埃及自述》一诗中吟道:

全人类都看在眼里,
是我曾为这光荣奠基。
金字塔的建筑者可为我作证,
面对挑战我无需标榜自己。
我是中东头上的一顶王冠,
邻国似我颈上明珠光灿无比。
……

三 对纳赛尔的崇拜

对纳赛尔的崇拜和对纳赛尔主义的拥护,是阿拉伯作家和诗人们的民族主义倾向的另一重要表现。在阿拉伯的土地上,发生了种种事

[①] 苏阿德·萨巴赫:《阿拉伯的呐喊》,《希冀》,苏阿德·萨巴赫出版社1996年版,第18—19页。

[②] 参见艾哈迈德·爱敏:《阿拉伯—伊斯兰文化史》(第一册·黎明时期),纳忠译,商务印书馆1982年版,第10页。

情:"一部分被侵占,/一部分被租借,/一部分被割让,/一部分被撕裂,/一部分被屈服,/一部分被封闭,/一部分被开放,/一部分相安共处,/一部分举手投诚,/一部分无门也无顶"①,阿拉伯人民陷入了无穷的灾难之中。而纳赛尔正是他们的希望所在,他能带领阿拉伯人民摆脱殖民统治,走出困境。许多阿拉伯人坚信纳赛尔的政治、社会思想(即纳赛尔主义)可以使阿拉伯社会摆脱这种困难的局面,恢复阿拉伯的尊严。

纳赛尔主义是一个丰富复杂的混合思想体系。其主要内容包括两方面:即阿拉伯民族主义和阿拉伯社会主义。纳赛尔的阿拉伯民族主义思想,旨在加强阿拉伯各国人民之间的联系,并在各个领域进行有效的合作,发挥阿拉伯联盟宪章为阿拉伯民族服务和实现共同愿望的作用。力图把阿拉伯民族锻造成一个坚固的实体,以维护阿拉伯人民的民族尊严、壮大阿拉伯民族的力量,从而使之在国际舞台上发挥更大的作用。因此,纳赛尔主义在其全球对外政策中,"反对新老殖民主义、帝国主义、势力范围、外国军事基地以及同大国的结盟……"②纳赛尔所主张的阿拉伯社会主义则是实现阿拉伯民族团结和统一的政治思想条件。它主张消灭封建和剥削制度,消灭垄断制度和资本控制政权的现象,提倡生产和消费方面的合作,赋予每个公民在使用国家资源和享受教育、文化、卫生等社会服务的均等机会,等等。

1952年7月革命后,纳赛尔提出了指导埃及政治生活的六项原则:消灭帝国主义及其卖国的埃及代理人、根除封建主义、消灭垄断和结束资本对政府的控制、建立社会公正、建立强大的国家和建立健全的民主政体等。这便是纳赛尔主义的雏形。遵照这些原则,纳赛尔做出了一系列震撼阿拉伯社会的大事。特别是1956年他宣布苏伊士运河公司国有化,并击退了英、法、以三方联军的进攻,对他在中东地区的形象和国际形象产生了重要影响。这种影响主要表现在两个方面:"一是极

---

① 苏阿德·萨巴赫:《致纳赛尔》,《女人的悄悄话》,苏阿德·萨巴赫出版社1994年版,第141页。

② 凯马尔·H. 卡尔帕特编:《当代中东的政治和社会思潮》,陈和丰等译,中国社会科学出版社1992年版,第214页。

大地提高了纳赛尔在阿拉伯世界的声望,使他成为一个势不可挡的大众英雄或拯救者,一个以扫除残余的殖民影响、解放巴勒斯坦土地、统一整个阿拉伯世界为使命的现代萨拉丁。二是加强了阿拉伯各国潜在的反西方或反帝国主义的趋势。"①

此外,纳赛尔从1956年开始走社会主义发展道路,实行国有化政策,发展国有经济,大搞土地改革,缩小了社会分配的两极化;1958年,在纳赛尔的努力下,建立了阿拉伯联合共和国,实现了埃及和叙利亚的合作,"虽然后来又分开了,但仍不失为阿拉伯世界发展史上的一个创举"②。在1967年的阿以战争中,虽然最后以阿拉伯的败绩而告终,但纳赛尔领导的埃及始终站在阿拉伯民族主义斗争的前沿。纳赛尔的这些业绩,加上他的个人魅力,使他受到阿拉伯人民的景仰。

在纳赛尔时代成长起来的一代阿拉伯作家尤其推崇这位民族领袖。苏阿德·萨巴赫就是个明显的例子。她的青少年时代适逢纳赛尔思想主导阿拉伯社会的重要时期,而她的大学时代又恰好是在开罗大学度过的。她自己在谈到这段日子对于她的阿拉伯民族主义思想的形成所起的积极作用时说道:"我在埃及生活的时候,正是阿拉伯民族主义高涨的巅峰,是繁荣与昌盛时光的巅峰。60年代对我来说是形成我的民族主义和文化结构的年代,那是一生中最鲜艳、最丰饶的岁月。"③她非常直接地感受到了纳赛尔对阿拉伯民族主义所完成的种种业绩。她把纳赛尔看成是一座伟大的历史丰碑,是将阿拉伯人带到安全彼岸的有着坚强翅膀的"神鹰",他像灯塔的光芒一样照射四方,他像预言一样给人们带来新的希望;他的声音像祭司一样深沉威严,他的双眼总是像闪电一样充满着智慧之光;他是阿拉伯历史上最完美的一个

---

① Muhammad A. Shurayd: "Pan-Arabism: A Theory in Practice", See Hani A. Faris ed: *Arab Nationalism and the Future of the Arab World*, Association of Arab-American University Graduates, Inc. Belmont, Massachusetts, 1987. p. 98.

② 陈嘉厚主编:《现代伊斯兰主义》,经济日报出版社1998年版,第267页。

③ 苏阿德·萨巴赫:《这就是埃及——我青年时代的游乐场》,《大家》,1996,372(4),第48页。

形象,是沙漠中高耸云天的枣椰树;他是指示阿拉伯航程的北斗星,是阿拉伯文化遗产中的绿色瑰宝……种种溢美之词都被诗人萨巴赫用来歌颂纳赛尔:

> 他,
> 是我们梦寐以求的指路人,
> 在他的大衣下藏着风雨。
> 当他吹起长笛,
> 参天大树也婆娑起舞。
> 他的额头标志着麦穗。
> 他的声音如宣礼一样动听。
> 有了他,麦穗增产。
> 有了他,部落团结。
> 有了他,骑士无畏。
> 有了他,王权又回到阿德南人的故乡。
>
> (《致纳赛尔》[①])

尽管纳赛尔身上也存在着专制独裁的缺点,而且这种缺点随着时间的推移越来越明显地暴露出来,但他维护阿拉伯民族的团结和统一的业绩是阿拉伯历史上最光辉的一页。纳赛尔为实现阿拉伯民族的团结和统一而进行的不懈努力"构成了他一生的经历,也促成了他的死亡"[②]。正因为如此,萨巴赫和许许多多的阿拉伯人一样,把纳赛尔视为神圣,把他当成阿拉伯的救星。因此,当纳赛尔逝世的时候,诗人感到世界变得黯然无光,太阳变得漆黑一片。所幸的是纳赛尔虽然离去,但他的思想已播散在阿拉伯人民心中:"不要说纳赛尔已经死去,/他曾是阿拉伯的理想、祖国的希冀。/不要说久长的不眠已令他疲惫,/他是我们岁月中精良的装备。/不要说骑士从骏马上跌落,/希望的梦幻已

---

① 苏阿德·萨巴赫:《致纳赛尔》,《女人的悄悄话》,苏阿德·萨巴赫出版社1994年版,第141页。

② 穆·侯·海卡尔:《开罗文件》,上海人民出版社1974年版,第20页。

经平寂,/摩天大楼摇晃倾圮……"①诗人要求历史给予纳赛尔正确的评价:

> 历史啊,请把他讲述:
> 为真主,为正义和幸福,
> 为拯救奴隶,
> 他用生命书写战绩。
> 请把他讲述,
> 在真主那里,他享有最高的席位,
> 为变成包扎伤口的绷带,
> 他毅然牺牲自己。
> 为在那黑色的灾难之后,
> 实现阿拉伯人的统一,
> 他把高贵的热血奉献,
> 直至最后一滴,
> ……

(《当纳赛尔离去》②)

诗人萨巴赫对纳赛尔的溢美之词虽然带有浓厚的文学笔法,但都有着一定的历史依据。纳赛尔自从登上政治舞台之日起,就把阿拉伯民族的团结和统一视为自己的毕生使命,并为促成它的实现而奋斗不息。为了对抗英国组织的由伊拉克、伊朗和土耳其等国参加的"巴格达条约集团",纳赛尔毅然举起"阿拉伯革命"的旗帜,奔忙于各阿拉伯国家之间,终于在1956年促成了由埃及、叙利亚、也门、约旦、沙特阿拉伯组成的"阿拉伯防御体系";为了反对"艾森豪威尔计划",纳赛尔在1958年又建成了阿拉伯联合共和国,把埃及和叙利亚联合在一起;1963年,他又建立了埃及、叙利亚和伊拉克的"三国联邦",再次实践他统一阿

---

① 苏阿德·萨巴赫:《当纳赛尔离去》,《希冀》,苏阿德·萨巴赫出版社1996年版,第15—16页。

② 同上。

拉伯的构想。在处理阿以冲突的过程中，虽然他对阿拉伯方面的屡次败绩负有不可推卸的责任，但他却在推动阿拉伯各国共同对付以色列的统一行动中努力消除阿拉伯内部的分歧和摩擦……纳赛尔在进行这些丰功伟业的过程中，时时为严重的糖尿病、心绞痛、神经炎和静脉炎等多种疾病所折磨。1970年9月，为了协调巴勒斯坦解放组织和约旦、以色列之间的冲突（即萨巴赫在诗中所说的"黑色的灾难"），纳赛尔召集阿拉伯国家首脑会议，以便解决这一不利于阿拉伯团结的事件。但由于过度疲劳，他在会议结束的当天，就不幸辞世。因此，诗人萨巴赫说"他把高贵的热血奉献/直至最后一滴"一点也不过分。

诗人格巴尼有着类似的看法。在对阿拉伯苦难的深刻感受和对阿拉伯未来道路的探索中，诗人格巴尼和所有的阿拉伯人都需要有坚强智慧的领导人带领大家走向美好的明天。他们在苦苦的等待中迎来了阿拉伯民族主义的领袖纳赛尔。诗人格巴尼在《加麦尔·阿卜杜·纳赛尔》《在他的生日向他致意》《第四座金字塔》《致信纳赛尔》和《来自苏伊士前线士兵的一封信》等诗中集中地表达了对纳赛尔的敬仰之情，对纳赛尔的阿拉伯民族主义思想和行为的赞赏，和对他领导之下的埃及共和国的关注。

诗人格巴尼看到纳赛尔为实现阿拉伯的统一和强大而做出的努力，看到了在他领导之下的埃及欣欣向荣的局面。他不由地爱上了埃及。他在《同塔哈·侯赛因的革命谈话》中吟道："啊，埃及，请原谅，假如诗歌过于放肆，/请品尝我舌头底下火的味道，/请原谅，假如我把火烧起，/我无法躲避，/埃及啊，埃及，我的爱恋很危险，/请宽恕我，假如我失去了稳重。"① 因此，当纳赛尔死去的时候，诗人格巴尼倍感痛惜和痛心，他觉得所有的阿拉伯人都要为他的逝世负责，因为他是为阿拉伯的事业操劳过度而死的："我们来到你这里，身带残疾，/带着我们的仇恨，和我们染病的身体，/直到我们用悲伤之剑，/将你杀死。/真愿你没在我

---

① Nizar Qabbani. *Al-a'mal as-siyasiyah al-kamilah.*

们的土地上出现！/真愿你不是我们的先知！"① 如前所述，可以说纳赛尔是为了阿拉伯人民而累死的。因此，诗人格巴尼宁愿觉得是阿拉伯人民将他"杀死"。

诗人们对纳赛尔的肯定反映了很大一部分阿拉伯人的心声，同时也表达了诗人本身对于为阿拉伯的统一而献身的英雄们的钦敬之情。

四 坚定的巴勒斯坦立场

巴勒斯坦问题是任何一个阿拉伯民族主义者都无法绕开的问题。阿拉伯的作家和诗人们在这一问题上更是持守着坚定的阿拉伯立场。一位西方学者指出："阿拉伯世界所有国家的小说家们，都在他们的作品中涉及同以色列的持续冲突和巴勒斯坦人的状况。"苏阿德·萨巴赫也一样，她在这个问题上表现出了坚定的阿拉伯立场。她为巴勒斯坦人的悲惨命运扼腕叹息，为阿拉伯在屡次阿以战争中的败绩深感失望，对以色列人痛加斥责，对美国人援以制阿的态度表现出了强烈的憎恶。诗人质问"鹊巢鸠占"的以色列人：

> 请你们说说，
> 谁是你们的家人？何处为根？
> 你们父为何人？母为何人？
> 亲属为何人？
> 哪里有你们的历史？
> 哪里是你们建设的迹痕？
> 你们先辈的功德飘逝扬尘，
> 在西奈的荒漠中沉隐，
> 摩西之后，
> 他们过客匆匆，
> 不过是稍现即逝的镜头，

---

① Nizar Qabbani. *Al- a' mal as- siyasiyah al- kamilah.* Manshurat Nizar Qabbani, 1979.

未留身形不闻声音。

(《阿拉伯的呐喊》)[①]

诗人承认犹太人的祖先曾在这里生活过,但那已是遥远的历史,自从摩西时代以后,犹太人便从这一地区销声匿迹,再没有与这一地区发生过任何联系,而阿拉伯人却一直在巴勒斯坦这块土地上生活、生产、建设,生儿育女、繁衍生息。与以色列人在这里的情况恰恰相反,巴勒斯坦的阿拉伯人家居此地,父母家人、亲朋好友形成了一个完整的社会体系。如今把巴勒斯坦阿拉伯人驱逐出去,使他们妻离子散,背井离乡,直至老之将至仍不得叶落归根。这是20世纪的一幅多么凄惨的景象。

诗人萨巴赫在这里也隐约地指出了她自己和许多阿拉伯人坚持巴勒斯坦立场的一个深层原因,即在宗教方面巴勒斯坦对阿拉伯人具有十分重要的意义,尤其是巴勒斯坦境内被占领的耶路撒冷城是伊斯兰教的一个具有特殊纪念意义的地方,它与先知穆罕默德的一次特别旅行有关。传说先知穆罕默德于公元621年7月27日前夜骑乘着一匹长翅膀的神马,在很短的时间里由麦加的禁寺到了耶路撒冷的阿克萨清真寺(又称"远寺")这个地方[②]。先知穆罕默德从神马上下来以后脚踩在一块岩石上,由此升上天空,在天使哲布拉伊勒的导引下,先后穿过六重天,分别见到以前的各位先知,最后到达最高的一层天,即七层天,来到了真主的宝座前,天亮时回到麦加。信仰伊斯兰教的阿拉伯人对此深信不疑。首先是因为他们的宗教经典中记载了这次特别的旅行:"赞美真主,超绝万物,他在一夜之间,使他的仆人,从禁寺行到远寺,真主在远寺的四周降福,以便向他的仆人昭示自己的一部分迹象,真主确是全聪的,确是全明的。"[③]其次,他们认为阿克萨清真寺附近的圆顶清

---

① 苏阿德·萨巴赫:《阿拉伯的呐喊》,《希冀》,苏阿德·萨巴赫出版社1996年版,第19—20页。

② 阿克萨清真寺所在的地方,被犹太人称为"圣殿山",认为是公元前10世纪古希伯来统一王国国王所罗门的宫殿遗址所在地。犹太教和伊斯兰教都把这个地方当成各自宗教的圣地。

③ 《古兰经》,马坚译,中国社会科学出版社1981年版,第213页。

真寺现在依然屹立着的一块岩石就是确证，认定这块岩石就是当年先知穆罕默德升上七重天之前脚踩的那块岩石，视之为那次旅行的见证和纪念物。耶路撒冷所在的巴勒斯坦因此被赋予特殊的宗教意义，具有了神圣的特性。① 作为一个虔诚的穆斯林，萨巴赫深谙伊斯兰教对于阿拉伯人生活的意义，因此她也出于这种宗教动机而支持巴勒斯坦人民的解放事业。

诗人格巴尼越发关注巴勒斯坦问题，对巴勒斯坦人民的不幸遭遇感同身受，他描述了巴勒斯坦人几十年来的命运：

> 所有这些人三十年来一起群集
> 在安全局的房间在警察中心在监狱
> 他们像泪花集聚在眼里
> 所有他们这些人
> 待到何时，何时
> 从哪个巴勒斯坦的大门进去？
>
> （《以色列墙上的传单》②）

何时能够结束他们现在这样的生存困境？这仍然是个未知数。而对巴勒斯坦人民的痛苦，作为兄弟姐妹的阿拉伯人必然共同承担他们的悲痛："这里没有你们的面包，没有你们的位置，/我们的男人不约而同地来了，/在雨滴的光芒中，像闪电一样愤怒生气。我们的女人，/在树木的眼泪上画下巴勒斯坦的悲伤忧郁，/带着人类的哀悼埋葬了巴勒斯坦的孩子。"（《以色列墙上的传单》）

这种局面是诗人所不愿意看到的。他希望尽早改变这种局面，结束巴勒斯坦人的苦难。从而使阿拉伯人摆脱长期以来缠绕在他们身上的梦魇。但要改变自己的命运，只有奋起反抗："我们的诗歌啊，你愤怒吧！/我们的时代是愤怒者的时代。/我们的散文啊，你愤怒吧！/我们的仇恨啊，你燃烧吧！/我们的智慧啊，你愤怒吧！/以便我们不会都变成一

---

① 陈嘉厚主编：《现代伊斯兰主义》，经济日报出版社1998年版，第561页。

② Nizar Qabbani. Al- a'mal as- siyasiyah al- kamilah.

群难民!"(《难民》①)巴勒斯坦被占领土上的诗人们已经首先领悟到了这一点,诗人格巴尼也从中得到启悟:"多年来我们向你们学习才懂得:/我们是被打败的诗人,/我们被历史放逐到远荒,/我们不了解哀痛者的愁伤。/我们向你们学习,/如何使一个字母变成一把刀的模样。"(《被占领土上的诗人们》②)

五 对阿拉伯语标准语的热情

运用阿拉伯语标准语是众多阿拉伯作家和诗人遵循阿拉伯民族主义的结果。评论家们对这一点颇为赞许。而实际上,运用阿拉伯语标准语的重要意义在于它作为阿拉伯文化的载体,延续了阿拉伯人的主体宗教(伊斯兰教)、历史道德规范、思想观念和文化遗产,保持了阿拉伯性(或阿拉伯主义)的内涵。"阿拉伯人应该知道,他们的阿拉伯性首先是思想、行为、文化和鉴赏的阿拉伯性。"③

作为阿拉伯文化主体的伊斯兰教从一开始就规定了阿拉伯语标准语的神圣地位。《古兰经》中多次强调了它的阿拉伯语文本。如在《众诗人》章中说:"这《古兰经》确是全世界的主所启示的。那忠实的精神把它降示在你的心上,以便你警告众人用的是晓畅的阿拉伯语。"④"由于部落方言对于《古兰经》的记忆、传抄与传承所产生的歧义,曾经导致严重的教民纷争和种族冲突。"⑤语言的统一对社会的稳定和人民的团结具有不可忽视的作用。因此,从这个意义上讲,阿拉伯语对于维护阿拉伯的统一具有重要的意义。"女诗人(苏阿德·萨巴赫)对大一统的希望不绝不灭。尽管这个民族受痛苦挤压的时间太长,

---

① Nizar Qabbani. *Al- a' mal as- siyasiyah al- kamilah.*
② Ibid.
③ 穆罕默德·侯赛因:《阿拉伯民族主义背景下的阿拉伯文学》,伊尔沙德出版社1969年版,第54页。
④ 《古兰经》,马坚译,中国科学出版社1981年版,第285—286页。
⑤ 张甲民:《环绕阿拉伯语的世纪问号》,《东方研究》(百年校庆论文集),蓝天出版社1998年版,第107—108页。

但她仍然追随那永不消亡的梦。这个梦使她痛苦,却也使她表达出最伟大的内容,即把民族主义作为一首诗和一种原则来表达。"①

许多阿拉伯作家和诗人对阿拉伯语标准语的熟练运用,不仅显示了他们深厚的阿拉伯文化修养和驾驭阿拉伯语标准语的高超能力,更显示了他们对于维护阿拉伯统一、继承阿拉伯文化遗产的坚定立场,从而彰显了他们的阿拉伯民族主义思想。正像曾任亚历山大大学和贝鲁特阿拉伯大学阿语系主任的穆罕默德·侯赛因所说的:"对民族语言的珍视,运用民族语言进行正确、高雅的表达和对其精品的鉴赏,是珍视民族主义的根本组成部分,也是对遵循、保持、爱护民族主义精密的衡量尺度。"②因此,大多数的阿拉伯作家和诗人都坚持用阿拉伯语标准语进行创作,而不像有的阿拉伯作家和诗人那样热衷于用方言土语作为载体。这不仅是因为他们希望自己的作品在整个阿拉伯世界获得最为广泛的读者群,更深层的原因还在于他们对传统的阿拉伯文化怀有极大的热情,对阿拉伯的统一仍怀有希望和期待。而统一的阿拉伯语标准语是延续阿拉伯文化和实现阿拉伯未来统一的重要工具和手段。

综上所述,民族主义思想在阿拉伯现代文学中有着多方面的表现:反对帝国主义和殖民主义、珍视阿拉伯历史文化、赞扬纳赛尔和纳赛尔主义、支持巴勒斯坦解放事业、运用阿拉伯语标准语进行创作和对阿拉伯民族的忧患意识等。

第三节　撒哈拉沙漠以南非洲地区的民族主义文学

撒哈拉沙漠以南非洲地区封闭而自成一体的地理结构和独特的历史遭遇导致他们的民族主义文学在具有东方民族主义文学的共同特征之外,还具有鲜明的地缘特征。

---

① 赛伊得·法尔哈特、白拉勒·海尔贝克:《苏阿德·萨巴赫诗歌批评阅读》,努尔出版公司(出版年代不祥),第25页。

② 穆罕默德·侯赛因:《阿拉伯民族主义背景下的阿拉伯文学》,贝鲁特:伊尔沙德出版社1969年版,第53页。

一 对抗文化霸权

欧洲的殖民者出于种族优越论的民族主义情绪，对撒哈拉沙漠以南非洲地区不仅进行了经济、政治的殖民，还试图在精神上对其进行奴化教育，进行文化的殖民。他们四处宣扬黑人愚蠢无知、原始野蛮，是天生的奴隶，"黑肤色意味着它是一个从未创造过任何文明的种族中的一员"，撒哈拉沙漠以南非洲地区在欧洲人到来前是一片"黑暗的大地"，没有历史和文明，是白人给非洲带来了文明，如果白人主子离开，会迅速倒退回原始状态。这种妖魔化的宣传说到底是出自欧洲殖民者对陌生之地和对非洲权力的不稳固的恐惧，这种别有用心的种族主义的宣传以及殖民地的现实苦难激发起了该地区作家的民族主义思想，他们以文学作为对抗的武器和宣传的工具：他们从本地区的文化传统中挖掘可贵的资源，激发民族文化自豪感。他们表现本地区人民由于白人的"恩惠"而蒙受的苦难，谴责任何形式的暴力和剥削。他们热情地讴歌民族英雄，赞美英雄主义情怀。他们关心祖国和民族的命运，谴责民族分裂，主张民族团结。他们以文学为载体探索民族的出路，通过个人的觉醒来象征整个民族的觉醒。

撒哈拉沙漠以南非洲的民族主义作家表现出了一种强烈的政治使命感，他们强调文学的现实功用，文学直接表现出了对现实的参与和干预。恩古吉在他的众多文章中，坚持"所谓笔在它的领域中能发挥枪杆子的作用：一出戏可能具有一个手榴弹的爆炸力"，写作必须"选择营垒"[①]。阿契贝则公开声称"我的政策涉及超越种族和文化界限以达到人类普遍沟通，借以促进对于所有民族的尊重。"[②]他认为，非洲文学应有益于非洲，非洲作家应该投身到当前的重大社会政治斗争中去。索因卡认为艺术家的作用在于"记录他所在社会的经验与道德风尚，充当

---

① 艾勒克·博埃默：《殖民与后殖民文学》，盛宁译，辽宁教育出版社1998年版，第201页。

② 任一鸣、瞿世镜：《英语后殖民文学研究》，上海译文出版社2003年版，第11页。

他所处时代的先见的代言人"①。戈迪默宣称自己的人生有两个角色：一个是作家的角色，另一个是为南非自由而奋斗的角色。她的文学创作关注社会政治现实，"由于提供了对这一历史进程的深刻洞察力，帮助了这一进程的发展"②。在这样一些创作思想指导下，撒哈拉沙漠以南非洲的民族主义文学的主导创作方法是现实主义，同时具有鲜明地方色彩的浪漫主义和启蒙主义也取得了较为突出的成就。

　　撒哈拉沙漠以南非洲民族主义文学的对抗性不仅表现在意识形态方面，还表现在文学的表达的努力上。这种创建民族文学属性的努力在20世纪初期就已经开始，早期的民族主义作家在对欧洲文学的借用和模仿中插入了撒哈拉沙漠以南非洲的背景，20世纪三四十年代的"黑人性"文学将回忆过去作为一种对抗的方法，致力于一种阿契贝所说的"仪式的回归"和"补偿"，他们的诗歌中不仅充满非洲的独特意象，而且伴随着传统的达姆鼓的节奏，这种构建民族性的努力虽然很大程度上来自想象性的创造，但确实给非洲的文坛吹来了一股清新的民族文学的气息。赛义德曾经说过："继一线反抗，即实际反抗外来入侵时期以后，出现了二线反抗，即意识形态反抗时期。"③在这一时期，前殖民地国家的主要任务由争自由的战斗变成了文化上的解殖民，即建立自己独立的文化属性的问题。这样，独立后的撒哈拉沙漠以南非洲国家的作家创建自己的文学表达方面的要求就更加迫切，努力也更为自觉，民族文学的身份认同成为这一时期的关键问题。非洲的书面文学传统是在欧洲书面文学的影响下形成的，这是一个不容否认的客观事实，撒哈拉沙漠以南非洲作家在接受这一事实的同时，努力证实在自己文化的基础上可以形成文学的民族表达。对此，阿契贝争论性地说道："非

---

①　伦纳德·S.克莱因：《20世纪非洲文学》，李永彩译，北京语言学院出版社1991年版，第182页。
②　瑞典学院：《诺贝尔文学奖受奖词》，纳丁·戈迪默：《我儿子的故事》，莫雅平译，译林出版社1998年版，第261页。
③　爱德华·W.赛义德：《赛义德自选集》，谢少波译，中国社会科学出版社1999年版，第267页。

洲人民并不是从欧洲人那里第一次听说有'文化'这种东西的,非洲的社会并不是没有思想的,他经常具有一种深奥的、价值丰富而优美的哲学。"① 非洲的文学应当以非洲的文化为根基,但是在殖民时期和非殖民化后很长的一段时间里,由于本土作家在学校里所受到的教育基本上是殖民宗主国的,与本土作家相比,他们更熟悉的是欧洲的作家,他们所掌握的修辞体系在表现撒哈拉沙漠以南非洲的文化和风景时,总是具有一种异国情调,为了纠正文学与撒哈拉沙漠以南非洲的现实生活的脱节,殖民地作家采取的策略是按照自己的认识角度去看待世界,他们坚持"我们有自己为世界命名的权利",阿契贝提出"我认为教育是我作为作家的任务之一,讲非洲的天气没有什么丢脸的,棕榈树也是入诗的好题材"②,为此,撒哈拉沙漠以南非洲的民族主义文学表现自己的山河风光和民族精神,表现非洲的激情和人民的反抗斗争及现实生活。也正因为如此,撒哈拉沙漠以南非洲的文学作品经常以缺少普遍性而受到西方评论家的贬低,阿契贝对此进行了尖锐的讽刺,"实际上,西方作者的作品总是自动地拥有普遍性。只有他者,才需经过艰苦的努力,为自己的作品赢得这项桂冠。……仿佛普遍性藏匿在你脚下那条大陆遥远的转弯处,只要你顺着欧洲或美国的方向走,只要远离自己的家乡,终有一天你会找到它。"③ 阿契贝对欧洲自我中心的价值标准的批评可谓一针见血。的确,文学普遍性通过将某种特定文化(在现代语境下,是指欧洲)的价值奉为真理,奉为文学或文本的永恒内涵,助长了强势话语的中心性,撒哈拉沙漠以南非洲国家对普遍性的批判无疑就是反文化霸权的努力。但是,既然欧洲的普遍性的文学标准不具有共同的价值,那么撒哈拉沙漠以南非洲的地域性的文学标准当然也

---

① 伦纳德·S.克莱因:《20世纪非洲文学》,李永彩译,北京语言学院出版社1991年版,第5页。

② 艾勒克·博埃默:《殖民与后殖民文学》,盛宁译,辽宁教育出版社1998年版,第207页。

③ 希努亚·阿契贝:《殖民主义批评》,罗刚、刘象愚主编:《后殖民主义文化理论》,中国社会科学出版社1999年版,第302页。

不具备，共同的文学标准是否存在？它又是以什么样的文学属性来进行表达？这些问题是撒哈拉沙漠以南非洲作家尚需进一步思索与解决的问题。

二　泛非性的意识形态

在早期欧洲中心论者的话语里，种族和肤色是判定个人身份的首要标准，对于每一个撒哈拉沙漠以南非洲人来说，他们的首要身份是"黑人"。法农对此指出过："在殖民者看来，黑人既不是安哥拉人，也不是尼日利亚人，他只说'黑鬼'。"[①]再加上撒哈拉沙漠以南非洲地区在20世纪之前，基本上还处于奉行部落酋长制的部族社会阶段，部族靠血缘关系来凝聚，现代意义上的民族和国家意识还非常淡薄，他们的民族主义运动从一开始，"就不是以单个国家和民族的形式，而是以整个非洲大陆和全体黑人种族的形式兴起的。当时，非洲的民族主义表现为一种泛非形式的黑人意识或黑人主义，斗争的目标是将非洲大陆从欧洲殖民主义的统治压迫下解放出来，争取的是整个非洲大陆黑人种族的权利和地位"[②]。撒哈拉沙漠以南非洲各国在独立之后，依然面临着共同的文化解殖的问题，泛非意识依然是一种巨大的凝聚力量，以加纳总统恩克鲁玛为代表的一些政治领袖们一直为建立统一的非洲而努力，2002年成立的非洲联盟在政治上体现了非洲国家以泛非性的意识形态对抗新的被边缘化的现实的政治策略。所以相应地，泛非性或泛黑人主义便成为撒哈拉沙漠以南非洲的民族主文学的一个重要特征。

"黑人性"文学的作家们表达的民族文化的尊严实质上是作为一体的撒哈拉沙漠以南非洲文化的尊严，充满热情的诗人们将非洲称作自己的"祖国""母亲""炎热的太阳帝国"，他们宣称"美为黑色的，黑色为美的"，重视的是肤色的凝聚力，他们的诗歌整个来讲表现的是

---

① 弗朗兹·法农：《论民族文化》，罗钢、刘象愚主编：《后殖民主义文化理论》，中国社会科学出版社1999年版，第279页。

② 刘鸿武：《黑非洲文化研究》，华东师大出版社1996年版，第254页。

撒哈拉沙漠以南非洲的精神、节奏和创造性。"黑人性"文学从对过去的回忆中挖掘文化资源而无视现实的倾向受到以法农为代表的民族主义者的批判，但他们诗歌中体现的非洲意识却被后来的作家或隐或显地继承了下来。独立以后，虽然民族主义作家们的民族和国家意识增强了，但他们从民族历史中寻找题材、赞美民族英雄的做法，他们立足于现实对民族出路问题的思索，同时也是具有全非性质的，作家们继续在寻找和描写种族的归属。因为正如图图奥拉在《棕榈酒醉鬼故事》所说，"黑人和白人的鬼魂还在死亡之城中飘荡着"，共同的被新殖民主义剥削的命运使撒哈拉沙漠以南非洲作家继续那种源自非洲意识的团结，以弘扬和保留自己的非洲文化属性、塑造非洲的人格为己任。重视文学的现实功用的阿契贝同时也是一个传统文化的忠实捍卫者，他自称是一个"祖先崇拜者"，认为小说家有一种责任和能力，"他们再也不会让非洲的过去呈现为'漫长的黑夜和野蛮'了，而是像其他地方一样，也'充满了人与人之间的交流——有矛盾，有悲剧，有友谊，也有礼仪'"[①]。阿契贝的同胞凯迈拉·莱伊则指出："我的小说，就是要显示我们文化的壮美与伟大。人们还没有意识到非洲有自己的文化。这种文化足以指示我们的历史以及文明的意义。我相信，这种观念会有力地推动非洲文学的发展。"[②]斯瓦希里语作家T. S. Y. 森戈则更加明确地指出："我们生活在非洲这个特定的环境里，因此，依照这个实际情况决定我们的文学理论……这有助于我们今后自身的解放，从肉体上、精神上的桎梏中摆脱出来，同时有助于解决诸如饥饿、疾病、贫穷和愚昧等社会问题。"[③]索因卡"一直把撒哈拉沙漠以南非洲人民视为一个民族——这包括散居在世界其他地区的黑人——我一直有这样的整体统

[①] 艾勒克·博埃默：《殖民与后殖民文学》，盛宁译，辽宁教育出版社1998年版，第213页。

[②] 希努亚·阿契贝：《殖民主义批评》，罗刚、刘象愚主编：《后殖民主义文化理论》，中国社会科学出版社1999年版，第309页。

[③] 季羡林主编：《东方文学史》，吉林教育出版社1995年版，第1581页。

一和归属的意识"①。他在长诗《奥冈，阿比比曼》中描述了尼日利亚的大神奥冈与另一位非洲之神萨卡的联盟："我们的历史的结合，森林与草原合并。让山崖与雄狮在我的水泉中宴饮。哦，我兄弟的精魂当同族人的手掌抚住萨卡的肩膀，还有上面宽大的棕榈叶片，我的呼唤在你的山顶是否引起了回声？远徙而来的白人尽管你们攫住了我的王冠，但永远不会统治这块土地。"只有实现非洲的联合，才能抵御住异族的统治和殖民，这是索因卡，也是撒哈拉沙漠以南非洲民族主义作家们自始至终的共同的"泛非主义"思想。他们强调非洲意识对非洲文学发展的意义，并为建构一种非洲特性的文学理论而努力。在这些作家和理论家的言说里，非洲文化总是作为一个整体而存在，统一的非洲文学和文学理论的建构成为他们对抗欧洲文化霸权的一种策略。撒哈拉沙漠以南非洲的作家们习惯以非洲作家的身份发言，典型的例子是索因卡在登上诺贝尔文学奖的领奖台时，这位黑人艺术家并没有像人们所期望的那样，为这一世界大奖首次授予一个黑人而感恩戴德，而是一开口就对辉煌的欧洲文化传统进行了痛斥，严厉谴责欧洲对于自己的黑人同胞的种族偏见。

三　文化的冲突与融合

客观地讲，由于人类有史以来，就一直存在文化迁徙和文化之间的交流，从一定意义上说，根本就没有纯粹的文化，各种文化多多少少都带有混合性。近代人类历史上出现殖民形态之后，殖民者文化的强行渗入增加了殖民地文化的混合特征。在当今这个全球化时代，先进的通讯和交通工具又压缩了地球的空间，文化的互渗更是广泛而深入，混合性成为各种文化的一个共同具有的特征。只是由于撒哈拉沙漠以南非洲地区独特的历史遭遇，两种或多种文化的冲突与融合在这一地区表现得尤为突出。

撒哈拉沙漠以南非洲的民族主义文学首先在语言上体现了混声合

---

① 简·维尔金森：《与非洲作家谈话录》，詹姆斯·库俄雷出版公司1990年版，第95页。

唱的特点。英语、法语、葡萄牙语等文学获得了长足进展,斯瓦希里语文学、豪萨语文学、约鲁巴语文学、祖鲁语文学等土著语言文学也成就斐然。即使以欧洲语言为媒介进行创作的文学自身,在撒哈拉沙漠以南非洲作家手里也出现了种种变异,以英语文学为例,撒哈拉沙漠以南非洲作家在使用英语表现当地背景时,又揉和进了大量的当地语汇、未翻译的词语、属于地方的谚语,其含混不清甚至使文化外面的人只有借助"南非英语字典"之类的东西和注释的帮助才能明白,英语早已变得多元化。由于撒哈拉沙漠以南非洲地区的书面文学传统是在欧洲文学的影响下形成的,可以说作家们从欧洲继承来了小说、诗歌、戏剧等体裁,拿来为自己所用,表现非洲人的生活和现实。在文学的表现内容上,我们可以清晰地看到撒哈拉沙漠以南非洲对于外来文化的态度经历了一个从冲突走向融合的过程。在文学的表现形式上,撒哈拉沙漠以南非洲的作家几乎无一可以逃脱欧洲文化的影响:初期的民族主义作家的创作体现出对宗主国文学既模仿又依附的特性;桑戈尔的诗歌充满鲜明的撒哈拉沙漠以南非洲的文化特色,但也明显可以看出法国诗歌、尤其是法国象征主义诗歌的影响。恩古吉的小说中总是隐藏着一种对弥和差异与冲突的渴望与追求,他对文化和神话的借鉴就像是一个大杂烩,"在向斯威夫特、康拉德、卡夫卡以及波加科夫借鉴以外,他又从所受殖民教育和所读过的《圣经》原型中捡来一些,略加改造而纳入肯尼亚的语境之中"[①];索因卡提出以"神话整体主义"来对抗理性的、技术的、分裂思维的"欧洲中心主义",他的作品中充满了善与恶、过去与现实、传统与历史的二元对立,通过这一系列的二元对立来突出非洲文化的优越地位,这一思维模式依旧沿袭了"欧洲认识论的基石"。他的文学表现手法吸收了撒哈拉沙漠以南非洲的舞蹈、音乐、假面舞和哑剧的因素,具有鲜明的地域特征,却同时又体现出所受欧美现代派,尤其是荒诞派戏剧的影响,诺贝尔文学奖评奖委员会因此称他的作品为"综合性文化传统的产物"。

---

① 艾勒克·博埃默:《殖民与后殖民文学》,盛宁译,辽宁教育出版社1998年版。第224页。

四　语言选择的文化困境

语言作为文化构成中最为稳定的要素，向来被认为是建立民族意识形态最实在的根基之一。在非殖民化运动中，语言也往往被当作检验民族性的试金石。但是在当今全球化文化语境之中，撒哈拉沙漠以南非洲独特的文化构成却使民族主义作家们的语言选择不再那么单纯。虽然撒哈拉沙漠以南非洲的民族主义文学呈现了多语种文学的共同发展，但一个不容否认的事实是，在国际上获得认可和声誉的大多是采用欧洲语言，尤其是英语写作的作家。一方面，由于撒哈拉沙漠以南非洲语种众多，许多国家都没有形成通用的民族语言，运用民族语言进行创作，影响版权收入还是小问题，自己的发声不能传达给更多的不懂这种民族语言的读者是令作家最无奈的大问题；另一方面，如果采用英语写作，虽然拥有了更多的读者，但却"缺少了他们本民族的人，民族同胞不能阅读自己本民族的故事"①，这无疑是民族主义作家的悲哀。对此两难，南非作家德里克·沃尔科特不由发出感慨："一个是非洲，一个是我所喜爱的英语，我该怎样选择呢？"②何去何从，撒哈拉沙漠以南非洲作家普遍陷入了语言选择的文化困境。

对于语言问题，一些作家坚持认为由于文学是文化的载体，非洲的文学必须用非洲的语言来写作才能传达本民族的文化和生活，这些作家以恩古吉为代表。他指出："一个非洲作家应该用这样一种语言写作，这种语言能让他和非洲的村民及工人进行有效的交流——也就是说，他应该用一种非洲语言写作。"③在谈到英语写作的问题时，恩古吉说："我不认为继续使用英语写作会有多大价值，百分之九十的非洲人读不懂英语，因此，问题就在于，我知道我写的是什么，但我不知道我在为谁而写。"④他认为用欧洲语言创作的文学只能是"非—欧文

---

① 任一鸣、瞿世镜：《英语后殖民文学研究》，上海译文出版社2003年版，第38页。
② 张荣建：《黑非洲文学创作中的英语变体》，《重庆师院学报》1995年第3期。
③ 恩古吉·瓦·希昂戈：《思想的非殖民化》，《英语文学中的语言政治》，詹姆斯·库俄雷出版公司1986年版，第153页。
④ 任一鸣、瞿世镜：《英语后殖民文学研究》，上海译文出版社2003年版，第37页。

学","将这些作品称作'非洲文学'是对现实的新殖民主义扭曲"[①]。出于这样的认识,恩古吉从1979年起放弃了英语的写作,而只用他的民族语言——吉库尤语进行写作。恩古吉的观点和行为中渗透着深深的对民族和乡土的情感,算得上是一种典型的"语言民族主义"。以阿契贝为首的另外一些作家则支持非洲作家用英语写作,他公开宣称:"我既然被赋予了这种语言,那么我就应该运用它。"[②]他的理由主要有两条:"首先,英语作为一种混合型的通用语言,帮助维持了尼日利亚的民族统一,因为这个国家存在着两百多种语言。其次,他认为英语已经成为尼日利亚生活的一部分,已经可以被看成是一种非洲语言:'在非洲的土地上,由非洲人在讲,非洲人在写的语言,这一点就足以说明问题了'。"[③]现在越来越多的作家倾向于接受阿契贝等人的观点,因为撒哈拉沙漠以南非洲地区多元文化混成的特征已经成为一个不可更改的事实,非洲再也不可能回到纯粹的非洲去了,将适应性强、传播面广的英语拿来为自己所用,言说自己的故事是利大于弊的,关键问题在于如何使英语非洲化,大批作家在这方面做了富有成果的尝试:图图奥拉以一种"充满活力的英语"(young English)来描写非洲的民间故事;阿契贝、恩瓦帕和奥卡拉则吸收了一种按字母直译的伊格博语或伊基奥语中的惯用语,将它们放入他们的英语叙述中;索因卡采用"双语并用""语词置换""扩展语言界限"等方法来对英语进行变异……在这些作家的努力下,英语逐渐适应了非洲的土壤,用欧洲语言写作的文学已毋庸置疑地成为非洲文学的一部分。恩古吉在放弃用英语写作后,他的后期作品国际反应日渐冷落,这也似乎在证实了阿契贝等人观点的正确。然而对于这些作家而言,多元化了的英语的源头是英国语言这一事

[①] 转引自张荣建:《黑非洲文学创作中的英语变体》,《重庆师院学报》1995年第3期。

[②] 希努亚·阿契贝:《非洲作家和英语语言》,《创造的黎明》,黑纽曼出版公司1975年版,第57页。

[③] 艾勒克·博埃默:《殖民与后殖民文学》,盛宁译,辽宁教育出版社1998年版,第229页。

实无法改变,英语并不是将撒哈拉沙漠以南非洲民族维系在一起的天然要素。对此尴尬,坚决为英语写作辩护的阿契贝也感受至深,在他的《殖民主义批评》的论文里,他提到和一位英国人的谈话,这次谈话让他"觉得自己就像一个私生子,在跟某个亲生儿子面对面交流。而这个亲生儿子正在抱怨他喜欢冒险、放纵的父亲,责备他不该在每个港口都留下一个情妇"[①]。索因卡站在诺贝尔文学奖领奖台上,可以义正词严地驳斥欧洲的种族歧视,但他却无法否认他是用"英语写作"的非洲作家这一暗含着种族意识的评价。撒哈拉沙漠以南非洲的英语作家们与国际对话时,至今依然无法完满解决这一文化的理论难题。作家们的这一语言选择的困境,实际上反映了当今世界本土化与全球化的关系这一敏感而又说不清的问题,作家们将如何走出这一文化困境,我们将拭目以待。

对当代民族主义而言,世界格局是以发达国家和不发达国家来划分的,这是最基本的民族身份,而贫困的撒哈拉沙漠以南非洲地区更有被划入"第四世界"的危险,在国际社会上提高民族身份、争取平等的对话权利是非洲地区现实和未来的政治生活的一个重要内容。可以预见,在未来很长一段时间里,积极参与非殖民化进程的撒哈拉沙漠以南非洲民族主义文学思潮仍将继续成为文学发展的一个重要组成部分。

第四节 特例:日本现代民族主义文学

在东方现代民族主义文学思潮中,日本的民族主义文学具有独特性。日本与东方其他国家一样,是在西方势力扩张、民族危亡的背景下,激发起民族主义思潮。以"尊王攘夷"为开端的"明治维新"实质上就是一场拯救民族危亡、图谋民族发展的民族主义运动。但日本是东方最早实行改革,走西方发展道路并取得成功的国家,其民族主义很快

---

① 希努亚·阿契贝:《殖民主义批评》,罗刚、刘象愚主编:《后殖民主义文化理论》,中国社会科学出版社1999年版,第299页。

发展成扩张型、侵略型民族主义。这样的史实鲜明地表现在明治维新以来的日本文学中。

一 日本传统的民族意识与民族主义的演变

日本传统的民族意识在与中国的交往互动中产生，在"记纪神话"体系的构筑和《万叶集》的皇室歌作中已有萌芽。但日本民族意识的真正形成，是圣德太子执政期间。公元607年圣德太子派使臣入隋递交的国书中，日本以"日出处天子"与隋朝"日没处天子"相对应，次年遣隋使携带的国书中开首称："东天皇致白西天皇"。经过中世时期的发展，到近世时代，传统民族意识达到了成熟的阶段，呈现出理论化、普及化的趋势。

日本民族意识高涨是在江户时代，国学的兴盛是其重要标志。国学的宗旨是探寻、挖掘和弘扬汉文化传入之前的日本固有文化及其精神。师从契冲的荷田春满提倡建立国学学校，其学生贺茂真渊撰写《国意考》《万叶考》等书，探讨未受儒学、佛教影响的日本古代思想。作为国学的集大成者是本居宣长，拥有门徒近五百人。本居不仅提出了《源氏物语》中心思想是"物哀"，而且通过对《古事记》的详细研究阐明日本固有文化，主张排除外来思想，回归古代精神，同时明确规定国学"乃皇朝之学问也"。接受其影响的平田笃胤更是激烈排除儒学及佛教，提倡尊重古代信仰的复古神道，其思想受到农村上层农民的欢迎，并得到流行。国学者的思想极大地影响了后来的尊王攘夷运动，同时又是幕末时期排外主义、明治中期国粹主义的历史渊源。

幕末盛行的国学有两点很突出：第一，确认日本固有之道是皇国之心。从契冲到本居宣长，研究日本文学的目的是要把文学从儒教和佛教的道德规范中解放出来，从中发现与他国不同的日本固有的精神。本居宣长依据记载日本建国神话的《古事记》，认为是神创建了日本国家，神的后裔自太古以来从未断绝，以现人神的形式君临日本，并以此作为日本与世界万国最根本的区别。第二，强调日本固有精神的优越，贬低和排斥其他民族的文化。契冲称朱子学学者是偏儒，贺茂真渊进而批判儒学是有害无益之学，其弟子本居宣长则主张排斥汉心，尊奉日本古道。由此，国学确定了日本在世界中的位置。本居宣长认为日本是世界万国元本大宗之国。

以"国学"为代表的"日本传统民族意识的特征有：一、以血缘关系为维系民族的纽带；二、把神话传说当作绝对的真实，宣扬日本神国论；三、强调天皇的权威；四、盲目的民族优越论和排外情绪"[①]。

民族意识在与外来文化剧烈冲突和民族文化转型的情势下，往往形成民族主义思想。在西方世界向东方扩张渗透的19世纪，作为对西方的回应，日本传统的民族意识演化为具有现代意识的民族主义。"幕末外国势力的逼入，绝不是偶发的一时性的事件，它是一种历史的必然，即它要占领世界市场形成中所留下的最后一个角落。当它逼迫到日本的时候，民族独立和民族统一问题，就开始提到议事日程上。"[②]会泽正志在《新论》一书被幕末志士奉为圣典。著作分为国体、形势、敌情、守御、长计五个部分，对世界形势进行了分析，指出世界上分布着"万国"，当今如同中国的战国时代，值得认真考虑的强国除日本和中国外，有印度、土耳其、俄国、英国、法国等国，最应该警惕的是西洋诸国，它们军事技术发达，拥有宗教体系，割据一方，合纵连横，势力扩展到全球，"欲将宇内归于一教"，称霸世界，日本自身也受到了威胁。会泽正志的这些认识基本符合实际，显示出了一定的现代性。但是，在日本以什么样的主体来应对外部世界的问题上，他又表现出传统观念，以"记纪神话"为依据，认为日本是"太阳升起之所在，元气开始之所在"，故为"大地之元首，万国之纲纪"，"照耀宇内，皇化所及远迩"，西欧对日本的冲击是"戎狄之道"与"神圣之道"生死之争，关系到"国体"的存亡。这样早期的民族主义，还有林子平的"海防论"，本多利明、佐藤信

[①] 杨宁一：《日本民族主义的形成》，杨栋梁等主编：《变动期的东亚社会与文化》，天津人民出版社2002年版，第85—86页。

[②] 丸山真男：《日本政治思想史研究》，王中江译，生活·读书·新知三联书店2000年版，第271页。

渊的"富国强兵论",吉田松阴的"尊皇攘夷论"等。

日本现代民族主义思潮最终伴随着明治维新及其甲午战争和日俄战争而形成。明治维新中"殖兴产业、富国强兵"的战略取得成功,短短的二三十年里日本成为亚洲第一强国,跻身世界强国行列,最终促进了民族主义思潮的形成。这种民族主义的缘由非常复杂,既有对现代世界格局中自身生存危机的焦虑,也有长期被中国文化笼罩而形成的自卑情结的逆反作用,当然更有现代化的成就引发的民族自豪感。

说到日本现代民族主义,不能不涉及日本与中国的关系。鸦片战争的失败,使日本看到中国文化与现代社会不相适应的一面,日本转向了西方,将西方作为另一个普遍性他者来置换"中国",进而将"万世一系"的神国观结合起来,成为日本近代民族主义的基调。从此,日本试图在"脱华"的过程中,确立日本的主体位置。过去的"中华",在汉字的使用上变为"支那"。日本重新制定东亚新秩序,表现出民族优越和上位意识,一些"东亚志士"着手规划以日本为中心的"亚细亚主义"新秩序。

日本现代民族主义在明治年代表现为西乡隆盛的"武政论"、三宅雪岭的"国粹主义"、志贺重昂的"国粹保存论"、高山樗牛的"国家主义";大正和昭和早期的民族主义已演变成德富苏峰的"皇室中心主义",北一辉、大川周明的"法西斯主义"等。

我们对三宅雪岭的"国粹主义"和北一辉的"法西斯主义"稍作展开,来看看第二次世界大战前日本民族主义的演变。

三宅雪岭(1860—1945)出生于兰学家庭,少习汉学,精通西学,1883年毕业于东京大学文学系哲学专业。1888年与同仁创建政教社,1889年与志贺重昂等人创办杂志《日本人》,倡导保存国粹、弘扬国粹。他曾谈到《日本人》发行和"保存国粹"主张受到世人欢迎的情况:

> 明治二十一年祭祀神武天皇时,出现一份杂志,提倡保存国粹。旋即感到"保存"不够恰当,遂改为发扬;当时保存国粹这个名词已在社会上广泛传播,并决定照旧通用。显然,这么做并非出于熟悉当时的

详情,而是反抗政府的外柔内刚,想到内政外交都必须考虑国家本身的立场。以前奔走于政界者,并未受过正规教育,上过大学而出入于早稻田者,也是党学校的教员。而新出身于国立学校者,却对政府表示出反抗的态度,因而对社会有些刺激。而国粹言论之所以迅速广泛散播开来,是由于政府的措施到处碰壁,业已形成必有所转变的时机。①

可见,三宅雪岭的"国粹主义"是针对当时政府推行"欧化主义政策""西洋化热"思潮而采取的民族主义策略。1892年,三宅雪岭撰写了有关日本文化论的著作《真善美日本人》,书中将日本人的能力与其他国家的国民加以比较,肯定日本民族性格是优秀的,告诫不要盲目崇拜外国人,要有民族自信心。进而以主要篇幅论述在"真善美方面"日本人的任务,必须弘扬自己的特长,弥补西方人的缺陷。这里的"真",指的是学术研究的态度,必须立足于自己熟悉的日本和东方;"善"讲的是对正义的追求,但伸张正义必须以相互间的平等权利为基础,日本要对海外列强伸张正义,必须拥有强大的实力,因而要扩张军备,振兴产业;"美"指的是美的创造能力与审美感悟力,以"轻妙"为特色的日本传统美与西方相比,毫不逊色。这些论述是立足于国粹主义的立场,强调民族文化的优越,尤其是从正义的追求,引出扩张军备,发展产业服务于军事目的的议论,已经显示出后来法西斯式的极端民族主义的端倪。"不过,尽管如此,诞生于明治二十年代的雪岭等人的国粹主义及国家主义,作为资产阶级国家主义的主张,却包含有相当健全的因素。"②首先,三宅雪岭的"国粹主义"对当时一味"西化"的倾向具有纠偏的作用,从一个方面促使日本走上正确的现代化道路;其次,他的"国粹主义"不是民族文化自恋,他在《真善美日本人》之后,出版了《伪丑恶日本人》,揭示了日本人和日本社会的许多缺陷和恶习。再次,

---

① 三宅雪岭:《明治思想小史》,转引自日本近代思想史研究会:《近代日本思想史》(第二卷),商务印书馆1992年版,第19—20页。

② 日本近代思想史研究会:《近代日本思想史》(第二卷),商务印书馆1992年版,第23页。

三宅雪岭的在野批判精神,表现出一个知识分子的社会责任感和独立性,和后来与统治意识形态合流的民族主义大不一样。

北一辉(1883—1937,原名北辉次郎)是日本著名的法西斯主义理论家。早年热衷于社会主义理论,致力于日本社会出路的探寻,曾几次来到中国,参加中国的辛亥革命。北一辉对20世纪初的世界局势有敏锐而清醒的认识,是从摆脱西方对东方的殖民统治出发,而以激进、狭隘的民族主义立场,提出他的所谓的国家改造学说。在《国家改造法案大纲·绪言》中,北一辉描述了日本所面临有史以来的危机和称雄世界的机遇:"方今大日本国内忧外患并至,正面临有史以来未曾有之困难。国民大多数为生活之不安所困扰,又一意步欧洲各国崩溃之后尘。而以政权军权财权为一己之私者,唯以隐蔽于龙袖,惶惶终日以图维持其不义。……欧洲各国之大战,是上天罚其骄奢乱伦而以'诺亚'之洪水者也。不能向大破坏之后吓得狂奔狼狈之人求取完备之建设蓝图,此乃当然之理。与此相反,在彼遭破坏之五年中,我日本则得天独厚,充实五年。在彼应曰重建,在我则可推行改造。全日本国民冷静观察上天赏罚所以如此分明之根本,认为必须确立改造大日本帝国之根本方针,制定举国一致而无一人非议之国论,以全体日本国之大同团结最后奏请天皇大权,奉护天皇迅速完成国家之根本改造。印度等起义同胞,如无我扶导则无自立之途。……具有高深的亚细亚文明之希腊率先以自己传统之精神完成改造国家任务,同时,举亚细亚联盟之义旗,执即将到来之世界联盟之牛耳,以宣布四海同胞皆为佛子之天道,垂其范于东西。"①因此,日本必须迅速实施国家改造,建立天皇绝对权威,借助战争暴力,实行国家扩张和民族勃兴,以达到称霸亚洲、甚至世界的目的。从这段话中,我们可以看到日本后来侵略扩张的许多东西的先声。

北一辉"国家改造方案"中,国家改造的主体是天皇和在乡军人,在乡军人是仅次于天皇的革命主体。因为在乡军人曾服兵役,已尽国民

---

① 转引自日本近代思想史研究会:《近代日本思想史》(第二卷),商务印书馆1992年版,第98页。

最大之义务，素质好，应当仿效德国重视在乡军人的做法，使之担负改造日本的重任，建立起军人政治。

北一辉国家改造的目的是"举亚细亚联盟之义旗，执即将到来之世界联盟之牛耳"。而实现这一民族伟业的最佳途径和手段是"剑之福音"——战争暴力。他从生存竞争、优胜劣汰的社会进化论出发，强调力的作用和"强力哲学"，鼓动战争。他认为：天地万物唯在于力，社会依据强力而动，胜者为王败者寇。他向日本人鼓噪：不要害怕战争，没有战争的和平，不是通向天国的道路。

在他具体的侵略扩张计划中，要建立一个"北露南濠"（即包括俄国西伯利亚和英国、澳大利亚在内）的横跨南北的"大日本黄种人罗马帝国"。而首先是把朝鲜作为日本的"西海道"，中国东北地区则是"日俄战争之成果"直接置于日本版图。然后以"'支那'及其他黄种人独立自强之保护者、指导者，亚细亚之盟主"的身份，日本作为东方的代表者，与欧美列强进行彻底的武装较量，确立霸主地位。

如果说三宅雪岭的"国粹主义"在当时的文化语境中具有合理的一面，那北一辉的法西斯军国主义理论则是在中日甲午战争、日俄战争之后，日本狭隘民族意识膨胀的结果。北一辉是日本法西斯运动的创始人，成为日本法西斯主义的象征，其侵略思想系统且具有很强的欺骗性，在当时的日本影响甚巨，成为日本扩张侵略中国并发动第二次世界大战的直接理论基础。到20世纪30年代，北一辉和大川周明的法西斯理论与军部法西斯主义结合，成为日本法西斯主义运动的主流。

第二次世界大战后，作为战败国的日本，其民族主义处于低谷。但20世纪80年代以来，在国际国内新的历史条件下出现了以清水几太郎、石原慎太郎和一些政界要人的"新民族主义"，其势愈演愈烈。日本新民族主义的突出表现是：以历史为突破口，以放弃和平宪法为实质内容，以谋求政治大国地位为目标。

第一，歪曲历史，美化过去的侵略战争。1996年，由105名自民党国会议员组成的自民党历史研究委员会，编辑出版了《大东亚战争的总结》一书。该书声称"'满洲'不是中国的领土""日本是为了自卫、为解放亚洲而出兵的""南京大屠杀是虚构的"等等。极力为当年日本的对外侵略战争辩护。"新历史教科书编撰会"在2000年完成了《中学历史教科书》与《中学社会教科书》的书稿,并声称教科书有五大特色:如"体现献身、公共心、勇气、勤勉的美德","让学生理解战争时期日本所处的立场,并对先人们的不断努力怀有敬意"。石原慎太郎还公然宣称,教科书审定"涉及日本主权,外国人不要插嘴"。1999年小渊内阁通过《国旗国歌法》。日本前首相森喜朗公开称:"日本是以天皇为中心的神国"。另外,日本的政治家们还通过在"八·一五"战败纪念日正式参拜靖国神社来美化侵略历史,因为神社内供奉着明治维新以来直到第二次世界大战在国内外战争中死去的250万官兵,其中包括被远东国际军事法庭判处绞刑的东条英机等14名甲级战犯。自1985年8月15日中曾根康弘以时任首相身份正式参拜靖国神社以来,尽管受到曾深受日本侵略战争之苦的东亚各国社会舆论的强烈批判,但每年的8月15日,仍有为数众多的内阁成员和政治家去参拜靖国神社。特别是小泉上任以来,日本的民族主义思潮已经引起了中、韩两国的高度关注。尽管中、韩两国高调抗议,日本依旧我行我素。

第二,谋求政治大国地位。20世纪80年代初,中曾根康弘就提出建设"政治大国"的口号,90年代冷战的世界格局结束,日本的新民族主义者提出"日美欧三极格局"的设想,1993年以来,日本舆论界提出:日本为联合国提供资金数额位居成员国的第三,却不是常任理事国。日本政界因而采取了一系列行动,展开种种外交手段,呼吁联合国改革,试图成为联合国常任理事国。一些新民族主义者从理论上论证:日本是经济大国,但是政治上的小国,政治、经济两只车轮不能平衡,在国际事务中,不能做出日本应有的"贡献"。清水几太郎甚至认为,战后的日本,只是一个"社会",而不是一个"国家"。

第三,抛弃和平宪法、重做军事强国。日本战后《宪法》第9条规定:"日本国民衷心谋求基于正义与秩序的国际和平,永远放弃以国家主权发动的战争、武力威胁或使用武力作为解决国际争端的手段。为达到前项目的,不保持陆海空军及其他战斗力量,不承认国家的交战权。"正是这一规定,制约了日本成为政治大国。清水几太郎还是从当代世界形势出发,认为现今不是和平时代,而是你争我夺的"战国时代",和平就是"国家不再进行战争的状态",国家或国家群之间的均衡是保持和平的最基本条件,为了保持自己的安全,日本必须加强自己的武装。因而他公开宣称:要修改第9条宪法,要在当今只是建立具有强大军事力量的"军事大国";二战后的新宪法是美国占领军强加给日本的,几十年过去了,形势发生了很大变化,应该依照新的历史条件做出修改。清水几太郎还推出了一个完全是军事化国家的扩军方案,甚至提出"日本应该拥有核武器"。

纵观现代日本民族主义的演变,可以看到它的独特性:明治维新后日本在亚洲的崛起,刺激了日本人的民族自豪感,在不断的"自我膨胀"中,缺少对民族历史的认真审思,总认为日本是优秀的民族,应该成为世界的主宰。即使经历了巨大的历史性挫折,也始终不忘它的"大国""霸主"梦。

二 明治文学中的民族主义

明治文学中的民族主义思潮有两条支脉。一是以明六社成员的创作为滥觞、以矢野龙溪、柴四郎、中江兆民的政治小说为高潮的启蒙主义文学。这一支由启蒙民智向伸张国权发展,体现了特定时代背景下启蒙主义与民族主义的融合。另一支是以1888年和1889年分别创刊的《日本人》《日本》同仁为中心的国粹主义文学,代表性的作家、评论家是志贺重昂(1863—1927)、三宅雪岭(1860—1945)、井上圆了(1858—1919)和陆羯南(1857—1907)等人。

日本明治时期启蒙主义文学中的民族意识在福泽谕吉的作品中有集中的体现。福泽谕吉是在面对西方列强凭借先进的科技文明瓜分世界的局势下,反对腐朽的封建专制制度,启发民智,宣扬独立人格,他启蒙民众的根柢是民族主义。他是以个人人格的觉醒来聚合成自觉的国民意识,他的平等观念,首先是日本与西方文明国家的平等。他的《劝学篇》提倡平等的独立精神,伸张民权。但不是就民权谈民权,而是把民权从属于国权。他是通过人的平等独立来论证国家的平等独立。在他看来,"没有独立精神的人,就不能深切地关心国事","在国内得不到独立地位的人,也不能在接触外国人时保持独立的权利"。所以,"为了抵御外辱,保卫国家,必须使全国充满自由独立的风气。人人不分贵贱上下都把国家兴亡的责任承担在自己身上"。①

  福泽谕吉是在社会进化论的基础上认识"文明"的先进与落后,认识到在当今弱肉强食的世界竞争中,西方文明优于东方文明。在《文明论概略》中,福泽充分肯定日本落后,西方先进。他指出:从文学、技术、商业、工业等最大的事物到最小的事物,从一数到百或数到千,日本没有一样能和西洋比较。当日本还流行阴阳五行之说的时候,西洋已经发现了六十个元素;日本还在以天文卜吉凶时,西洋已经制造了彗星历,并进而研究了太阳太阴的实质;日本认为人是居住在地球平地上时,西洋人已经知道地球是圆的,而且是转动的;日本人认为本国是至尊的神州,而西洋人足迹遍于全世界,到处开辟疆土,建立殖民地,政令商法,远比日本优越。总之,就日本情况而言,没有一件可以向西洋夸口。至于发明创造,简直是闻所未闻。②不但在有形的技术工艺方面落后于西洋,就是在人的精神方面也不及欧洲。"西洋各国人民智力充沛,有独立自主精神,在人与人的关系上是平等的,处理事物是有条不紊的。"③而日本人在德川幕府的封建专制制度下,"就像铜墙铁壁,任何力量也无法摧毁",人们没有机会发挥所长。全国人民被"分别关闭在几千万个铁笼子里,或被几千万道墙壁隔绝开一样,简直是寸步难移"。④正是基于这样的认识,他倡导学习西方,主张"脱亚入欧"。当日本维新之后学习西方取得初步成效的时候,他为日本成为"东亚盟主"而自豪,认为日本已是"文明开化"之邦,相邻的朝鲜和中国是未开

---

① 福泽谕吉:《劝学篇》,群力译,商务印书馆1958年版,第11—13页。
② 福泽谕吉:《文明论概略》,群力译,商务印书馆1959年版,第97页。
③ 同上书,第169页。
④ 同上书,第156页。

化的"野蛮国家"。在19世纪八九十年代,福泽谕吉的民族主义进一步发展为民族扩张思想,以他练达而富于文采的笔致,写作了一系列鼓噪入侵朝鲜和中国的时评性随笔。如他在1882年《日中韩三国的关系》一文中写道:

> 如果虚妄自大的清朝不知自己的空虚而以强大自居,以此次事变为借口干预朝鲜的内政外交,如果它说什么朝鲜国是我属国,朝鲜政府是清政府的别府,属国别府发生的事本国本府加以处分是理所当然的事,而朝鲜亦敢甘于从属地位,支朝串通一气敌视我日本……如果支那傲慢无理,使我日本人在世界上丧失体面,那我日本就应该勇敢应对,开启战端,将东洋的老大朽木一举摧毁。①

1894年8月他写了一篇题为《直冲北京可也》的随笔,在"文明"的旗帜下行民族扩张之实,文中写道:"要以文明之势力席卷四百余州,让四亿人民沐浴革新的阳光雨露,就必须做出决断,直冲首都北京,扼其咽喉,一不做二不休,使其俯伏于文明之师面前。此非好战,乃是世界文明大势流赋予日本的天职,是不得不为之也。日本的太阳旗尽早在北京城迎着晨风飘扬,四百余州的全图尽在文明的阳光普照之下,此快事,我辈翘首以盼。"②难怪有学者认为"福泽谕吉是一个典型的穷兵黩武主义者,也是日本近代第一位军国主义理论家"③。

与启蒙主义作家、思想家倚重西方的文明相反,国粹主义作家和思想家是对崇洋媚外风潮的反拨,是从东方和日本传统中发掘思想资源。1888年,志贺重昂、三宅雪岭、井上圆了等人在东京创立了政教社,创办机关杂志《日本人》。1889年,陆羯南创办报刊《日本》。前者创刊于神武天皇祭日的4月3日,后者创刊于2月11日神武天皇即位的纪元节④,由此可以看出这两份报刊的倾向性。1907年,《日本人》和《日本》合并为

---

① 福泽谕吉:《福泽谕吉全集》第8卷,岩波书店1961年版,第304—305页。
② 福泽谕吉:《福泽谕吉全集》第14卷,岩波书店1961年版,第501页。
③ 王向远:《日本对中国的文化侵略》,昆仑出版社2005年版,第47页。
④ 神武天皇是传说中日本最早的天皇,据说他于公元前660年即位。1873年,明治政府将其定为日本建国的纪念日,即纪元节。

杂志《日本及日本人》。以这些报刊为园地，发表了大量弘扬日本民族传统，探讨日本本土特性，保存国粹的作品。他们"明确反对政府推行欧化政策，反对社会上流行的欧化主义风潮"。认为"通过在政治上、思想上追随西方先进国家的办法，根本解决不了修改不平等条约等外交问题。如欲解决这类问题，必须在政治、思想、文化、经济等各个领域寻求民族独立的方策，尊重日本的国粹。为此国民们都应具有民族自尊心，破除自卑感，甚至鼓吹采取强硬的对外扩张政策"[①]。如志贺重昂在创刊的《日本人》前三期连续发表了三篇文章《〈日本人〉创刊寄言》《〈日本人〉所怀抱的宗旨》和《日本前途的国是应定为"国粹保存主义"》，指出日本的近代化不是走向西洋同化的方向，而是有选择地摄取西洋的元素，将其同化到日本的文化中来。他的随笔《日本风景论》，通过对日本独特的地理风貌（海流的多样性、多水蒸气、多火山岩等）的揭示，突出日本自然景色的优美，激起日本人对自己祖国山河的热爱，并对为了实现近代化而不惜毁坏自然的短视做法痛惜不已。陆羯南在1891年出版了《近时政论考》，书中声称其主旨是对外"求得国民的特立"，对内"求得国民的统一"。

明治末年国粹主义的著名作家、评论家是冈仓天心（1862—1913）。他用英文在西方出版了三部文艺随笔：《东方的理想——以日本美术为中心》（1903）、《日本的觉醒》（1904）、《茶书》（1906）。这些作品用西方文字写就，在西方出版。"冈仓天心显然有着一种明治时期的日本精英知识分子的特有心态，那就是以亚洲文化代言人的身份面向世界发言。"[②]冈仓天心强调日本的文化地位：日本"绵延不绝持续至今的主权，未受外族征服过的高扬的民族自持心，且以未向海外扩张发展为代价，在孤立的岛国状态中守护养育着祖先传来的思想和本能，与此相应，使日本成了亚洲思想和文化的真正的储藏库。……日本是亚洲文明的博物馆。不，并不只是博物馆而已。因为日本民族的特异的天

[①] 叶渭渠主编：《日本文明》，中国社会科学出版社1999年版，第299页。

[②] 蔡春华：《〈茶之书〉：面向西方世界的言说》，《东方文学研究通讯》2008年第1期。

分,不仅能存古之精华,且欣悦地吸收新的事物,依仗着这种生生不息的一元论的精神,努力保存着昔日理想的全部精华。"①他系统论述了以日本为核心来统一亚洲文化,为后来的"大亚细亚主义"和军国主义的法西斯侵略奠定理论基础。

在对待西方文明和民族传统的态度上,启蒙主义思想家、作家和国粹主义思想家、作家截然不同,但他们的民族主义立场是相同的:在东、西世界的冲突较量中,东方应该自立自强;中国、印度两大文明古国委顿于西方列强的枪口之下,日本显示出它的独特优势;日本应该抓住机遇趁势而起,取代中华在历史上东亚盟主的地位,伸张势力,甚至拓展疆域,为日本的未来前程和世界性竞争打下坚实基础。日本后来的"大东亚共荣圈"理论和入侵邻国行径都可以在明治时期民族主义思想家、作家笔下找到根源。

三 大正文学与民族主义

日本的大正时期,是一个动荡的时期,也是一个在甲午中日战争、日俄战争取得胜利后民族意识高涨的时期。这一时期里,明治年代的民族主义理论被运用于社会实践,各种扩张的民族主义方案纷纷提出,最著名的是北一辉的"国家改造法案"。大正时期的民族主义在向国家主义,甚至军国主义和法西斯主义发展。

在这样的时代氛围里,大正文坛的民族意识也是日趋高涨。其中最具代表性的是著名评论家德富苏峰的"皇室中心主义"和大正文坛流行的"支那趣味"文学。

德富苏峰(1863—1957)经历了明治、大正、昭和三个时期,活了近一个世纪,于19世纪80年代登上文坛直到1957年病逝,笔耕七十余载。他是新闻记者、文体家、历史学家、评论家、思想家、政客、演说家,几十年里始终处于舆论界的核心地位,"其地位几乎与皇室、东条

---

① 冈仓大心:《东方的理想》,《冈仓天心全集》(第一卷),平凡社1980年版,第15页。

英机首相、军部等同"①。苏峰早期主张全面"欧化",提倡"纯粹的泰西主义",行动上远离权力,欲以"平民主义"确立日本的近代市民社会秩序。1887年和1890年分别创刊《国民之友》和《国民新闻》,以其新锐受到文坛关注。时人评论"他主要是凭借他的英语文学修养,他景仰爱默生、马克宁,并吸收中国文学的长处,创造出一种独特的文体。……在当时都是流溢着生气和才情的文章,在评坛放射光彩"②。他的文采和思想在当时的文坛产生很大影响。但明治中后期,他转向"国家主义"与"帝国主义",向权力靠近,推动国家向战争的轨道迈进。大正时期,他与政界保持密切关系,试图以"皇室中心主义"整合国民的思想意识,以求达到"举国一致",通过"国家认同"理念,欲求日本获得国际地位。

德富苏峰"皇室中心主义"的基本内容就是:"皇室是太阳神天照大神的子孙,天皇是现人神,是皇室的家长、大和民族的家长,是国家一切的中心。大和民族是神的选民,都是天照大神的子孙,日本民族'以皇室为中心统一日本,以日本为中心向世界宣传皇道'所进行的战争是为了实现神武天皇的'八纮一宇'的最高理想而进行的圣战。"③这是日本传统的"皇国史观"和神道教在新的历史条件下的整合,苏峰把它作为日本的国体思想加以倡导和推行。他认为:"天照大神创造日本国,历经神代,其后裔神武天皇开始统治这个国家。因而日本国是神国。这不是从物质科学的角度说的,而是说日本作为国家的存在实际上是因我皇祖神而产生。皇室祖宗留下的镜、剑、玉等三种神器代代相传,标志着皇室对日本拥有所有权和统治权,神圣不可侵犯。这就是我国国体,穷尽天地,延续万世,其神髓存在于万世一系的皇统,其尊严存在于天皇大权的尊严。""我国体主权在天皇,议会只起协赞作用。天皇在议会的协赞下制定法律。这是按我神代以来集议公论惯例制定的一君万民的

---

① 清泽洌:《暗黑日记》,东京评论社1995年版,第304页。
② 高须芳次郎:《日本现代文学十二讲》,新潮社1930年版,第113页。
③ 米彦军:《论德富苏峰的皇室中心主义思想》,《抗日战争研究》2007年第1期。

制度。"①而作为皇国的国民，对天皇必须绝对效忠。"皇室中心主义"还有一个内蕴的本质，即以日本为中心的向世界扩张。他认为天照大神是给全人类和整个世界带来光明的太阳神，其子孙皇室也是太阳神，应该成为世界的主人。又说"皇室中心主义就是要实现八纮一宇之皇谟"。皇国日本负有膨胀扩大的使命。"我们的祖先也是这样来到日本。我等的子孙也是这样奔向世界的天涯海角。这是自然的定数。"②

德富苏峰的思想与后来的军部完全合拍，成为昭和战争时期的主流意识形态。他本人也完全成为御用文人，极力鼓吹服务战争、美化战争的理论，1931年出任"大日本国史会"会长，1942年任"大日本文学报国会"会长和"大日本言论报国会"会长。战败后因其对战争的指导作用被指控为甲级战犯，开除公职。

德富苏峰不是严格意义上的文学家，只是深深影响了大正文坛的一个御用文人。那么真正的大正文学家的民族主义情怀如何？从大正文坛流行的"支那趣味"文学中能把握其中的情形。

大正年代日本人对中国表现出空前的兴趣，他们来到中国经商发财、从军开拓、移民就业、旅游观光甚至收集情报等等，目睹了明治维新以来民族主义者鼓噪的可供日本蚕食的老大帝国的疲弱。当时日本最著名的刊物《中央公论》在1922年第1期推出"支那趣味的研究"专栏，刊载了谷崎润一郎的《所谓"支那趣味"》等5篇短文。"支那趣味"③从此在文坛传播开来。所谓"支那趣味"，"是指大正年代开始流行的、对于中国文化所持有的一种充满异国情调的兴趣的总体"④。而在当时的时代背景下，所谓"异国"，要么意味着"西洋"，那里代表着进步、文明、科学和理性，是时代巨轮前进的方向；要么指以中国为主体的"东洋"，是"非科学的、易被迷信所左右的、缺乏理性的思考能力的、

---

① 德富苏峰：《昭和国民读本》，东京日日新闻社，大阪每日新闻社1939年版。
② 德富苏峰：《德富苏峰集》，《明治文学全集34》，筑摩书房1974年版，第246页。
③ 西原大辅：《谷崎润一郎与东方主义——大正日本的中国幻想》，赵怡翻译（中华书局2005年版）中译作"中国情趣"。
④ 同上书，第12页。

没有进步的、具有懒惰性格的,其反面则是空想力丰富的、保存着古代美的、奇妙的、会发生不可思议的事件的有趣的地方"①。"支那趣味"的文学就是在这个既落后又富有远古魅力和传奇色彩的"东洋"寻找怀旧的异国情调。这样,"支那趣味"文学包括看上去有些矛盾的两个方面:

一方面是一批作家创作的中国题材的作品,构筑了一个浪漫、唯美、猎奇的中国,那是一个充满异国情调的幻想世界。如谷崎润一郎在1917年至1921年创作的系列作品《鹤唳》《西湖之月》《鲛人》《天鹅绒之梦》;芥川龙之介1920年至1921年创作的《尾生之信》《南京的基督》《杜子春》《影子》《秋山图》《阿古尼神》《奇怪的再会》《奇遇》第多篇中国题材的作品;佐藤春夫这时期创作的《李太白》《女诫扇绮谭》《李鸿章》《西湖紫云洞的故事》等等。这些作品是日本作家在阅读中国古典汉诗汉文的过程中形成的文本中国形象,在想象化的异国形象中寄寓着他们内心积淀的一种类似于乡愁的情结,吸引着他去"梦幻之国"与"精神家园"的中国向往,去追寻日本社会所缺失的异国情调。

另一方面是日本作家来到中国考察观光,描写现实中国的纪行作品。如谷崎润一郎于1918年和1926年两次踏上中国,创作了十几篇游记和随笔;芥川龙之介1921年游历中国后陆续发表的《上海游记》《江南游记》《长江游记》《北京日记抄》《杂信一束》;佐藤春夫1924出版的随笔性游记《南方纪行》等。这些作品记录了他们满怀着浪漫幻想,来到中国寻找"精神家园",而现实的情景令他们大失所望,期待与现实之间形成巨大落差,转而对中国现实的落后和颓败加以夸张和放大,以自身文明的"先进"对中国做居高临下的审视与描绘,其中不乏傲慢与偏见。谷崎在奉天看完原以为美轮美奂的京剧后,看到"就连扮成美人或者风流男子的戏子也呸、呸地朝舞台上吐痰,用手擤鼻涕。……心目中的幻境就这样被击得粉碎"②。佐藤春夫在《南方纪行》中也描写

---

① 西原大辅:《谷崎润一郎》,日本中央公论新社2003年版,第117页。
② 西原大辅:《谷崎润一郎とオリエンタリズム》,日本中央公论新社2003年版,第380页。

了他在中国的怪异印象："那台湾人……打扮得像中国人最喜欢的那样富丽夸张……这是一个脏兮兮的、阴森的男人，特别是那个大大的绿色眼镜更给了我一个奇怪的印象。"①芥川龙之介的《支那游记》中有一节：

  走到这条弄堂的尽头，就看见早就听说过的湖心亭了。说是湖心亭，名字挺漂亮，可实际上是个随时都可能倒塌的、破旧不堪的茶馆。而且亭外的池子里，水面上漂浮着蓝色的水藻，几乎看不见水的颜色。池子的四周，围着一圈用石头砌成的看来也已不太牢靠的栏杆。当我们走到这里的时候，一个穿着浅葱色棉衣，后脑勺拖一条长辫子的中国人，正在悠然地向池子里撒尿，……一间耸立在阴沉沉天空里的中国式破旧亭子，一泓布满病态绿色的池水，一大泡斜射入池中的小便……这不仅是一幅爱好忧郁的作家所追求的风景画，同时也是对这个又老又大的国家可怕且具有讽刺意味的象征。

  ……看来在这些人当中，没准混着个把《金瓶梅》中的陈敬济、《品花宝鉴》中的奚十一那样的好汉。可那些人群中看不见杜甫、岳飞、王阳明、诸葛亮之类的人物。换句话说，现代中国已非我们日本人在中国古代诗文中认识的中国，而是中国古代小说中展现的世界。这是一个残忍的、贪婪的世界。而今钟情于陶瓷凉亭水榭、池中睡莲或刺绣小鸟的、廉价的东方主义，在西方也渐趋式微。那种除了《文章规范》和《唐诗选》不知中国为何物的汉学喜好，在日本亦可休矣。②

大正"支那趣味"文学的这两个方面，一扬一抑，似乎矛盾。但其精神基础是一样的：在当时日本民族主义高涨的氛围中，这些作家都无意于对真实的中国做出深刻的审察和理解，站在当时中华民族的立场上分析中国的传统和现实，而是以东亚盟主的国民立场，将中国他者化、虚幻化，无论对文本中国的追寻，还是对现实中国的偏见，都渗透着自

---

 ① 村松定孝等编：《近代日本文学における中国像》，日本有斐阁1975年版，第83页。
 ② 高慧勤、魏大海主编：《芥川龙之介全集》（第三卷），山东文艺出版社2005年版，第625—629页。

身民族需求的自说自话。

四 战争文学与民族主义

1927年，日本陆军大将田中义一出任日本首相兼外相。田中竭力推行帝国主义侵略政策，他提出"欲征服世界，必先征服中国，欲征服中国，必先征服满蒙"。1931年日本制造"九一八事变"，随后侵占中国东北三省，建立伪满洲国。1936年广田内阁制定《基本国策纲要》，提出"稳步地海外扩张"，确保日本帝国在东亚大陆的地位。1937年近卫组阁，发动侵华战争，妄图三个月灭亡中国，北进苏联，南进南洋，称霸世界。这是日本民族主义恶性膨胀的年代，由军人主政而发展到军国主义，军国主义政府将明治维新以来日本的民族主义理论具体化为社会运作的实践，以侵略战争的方式谋求东亚霸主，甚至主宰世界的地位。在这样的战争背景下，日本文学卷入民族主义的漩涡。"在侵华战争中，日本军国主义实施'文坛总动员'，除极个别的以外，绝大多数日本文学家积极'协力'侵华战争。他们中有些人作为'从军作家'开往中国前线，为侵华战争摇旗呐喊；有的应征入伍，成为侵华军队的一员；更多的人加入了各种各样的军国主义文化和文学组织，以笔为枪，炮制所谓'战争文学'，为侵华战争推波助澜。"①

在日本侵略扩张战争期间，日本文学在文学理论、文学活动和文学创作各方面都体现出协力战争，宣传鼓动法西斯主义的极端民族主义倾向。

在文学理论方面，主要有"日本浪漫派"理论、"国民文学"论和"近代超克"说等。"日本浪漫派"以保田与重郎（1910—1981）为核心，1934年他与龟井胜一郎、神保光太郎、中岛荣次郎、中谷孝雄、绪方隆士等六人联名发表《"日本浪漫派"广告》，次年创刊《日本浪漫派》杂志。同仁还有伊东静雄、太宰治、檀一雄、芳贺檀等。他们竭力

---

① 王向远：《"笔部队"和侵华战争——对日本侵华文学的研究与批判》，北京师范大学出版社1999年版，前言第1页。

鼓吹"回归古典",以"古典近卫队"为己任,用民族的古典美来防卫所谓"近代"的文化危机和精神危机,赞颂古代神话和历史传说中的悲剧英雄。保田与重郎先后发表了《日本的桥》(1936)、《戴冠诗人》(1938)、《御鸟羽院》(1939)、《近代的终结》(1941)、《万叶集的精神》(1942)、《古典论》(1942)等文章和论著。其核心思想是鼓吹"皇室美学"。"作为日本古典文学的研究家,他试图从日本古典文学的研究中寻找日本文学的血统。……极力把日本的文学史说成是天皇'万世一系'的文学,证明日本文学的根本精神就是所谓'皇国文学',宣言'日本主义'和'日本精神'。作为法西斯主义文学家,保田与重郎主要不是从政治经济的角度看待日本的侵华战争,而是从他'浪漫主义'的'美学理念'出发,把日本的侵华战争视为他所理想的'日本浪漫精神'的实现,极力把日本的侵华战争加以'文学化'和'美学化',鼓吹所谓'作为艺术的战争',把侵华战争本身看成是日本人的根本的'精神文化'。"[①]在保田与重郎主编的《我思故我在》1942年1月号上刊登了日本编辑者协会、文艺春秋社的决议,狂言:"谨奉行圣旨,贯彻圣战本义,誓忠诚于皇军,以铁石的意志完善言论国防体制。"[②]

"国民文学"论由浅野晃(1901—1990)在1937年《国民文学论的根本问题》的文章中提出。文中批判明治以后日本文学一味模仿西方文学,已经完全失去日本民族的根基,主张今天的文学"必须是为了认识作为民族的、日本人的自己。因此必须强调它不是世界的、个性的、阶级的,而是国民的东西"。其本质是为了利用文学"统一国民思想,协助完成战争任务"。此后林房雄举办题为《文学与新体制》的座谈会,为宣扬"国民文学论"造势。

"近代超克"说缘起于1942年日本《文学界》杂志召开的同题讨论会和《中央公论》杂志召集的"世界史的立场与日本"讨论会,首倡者是

[①] 王向远:《"笔部队"和侵华战争——对日本侵华文学的研究与批判》,北京师范大学出版社1999年版,第11—12页。

[②] 转引自叶渭渠、唐月梅:《日本文学史》(现代卷),经济日报出版社2000年版,第315页。

日本浪漫派的核心保田与重郎、京都史学派的代表者西田几多郎和《文学界》的组织者小林秀雄，积极推动者是《文学界》的河上彻太郎，他联络当时日本国内哲学、文学、历史、宗教、科学各学科的三大派即《文学界》派、《日本浪漫派》派、京都学派的代表，讨论"近代的超克"，其目的就是要抑制近代的个人主义和民主主义思想。日语中"近代的超克"，大体上相当于汉语的"现代反思"。在当时所谓"大东亚—太平洋战争"的背景下，反思"西洋现代性"的议题，被引向"批判、摧毁、打倒欧美等国家"的法西斯主义方向，为日本发动太平洋战争，扩大侵略范围寻找理论依据。

文学活动方面，这一时期日本文学民族主义、法西斯主义的主要事件有：一、30年代初的法西斯文学组织"五日会""国家主义文学同盟"和"文艺恳话会"的成立；二、全面侵华战争后文学界的总动员和侵华"笔部队"的组建；三、太平洋战争爆发后"日本文学报国会"的成立和三次"大东亚文学者大会"的召开。

随着20世纪20年代末、30年代初日本法西斯势力的抬头，法西斯主义开始向文学领域渗透。作家三上於菟吉声称：自己以前奉行的是个人主义，深以为耻；而现在"日本精神"却在自己身上复苏，那就是"为日本独特的民族主义而牺牲的精神"。通俗小说作家直木三十五在《读卖新闻》发表《法西斯主义宣言》："我对全世界宣告：我是法西斯主义者！"1932年2月5日，久米正雄、三上於菟吉、直木三十五、白井乔二、佐藤八郎、吉川英治、平山芦江、竹中英太郎和数位陆军将校会聚一堂，建立法西斯军人和文学家的结盟团体——"五日会"。同年6月，法西斯主义文学势力进一步扩大，组建以吉田实为书记长的"国家主义文学同盟"，主要成员有直木三十五、近松秋江、生田长江、三上於菟吉等，并创办机关杂志《文学同盟》。其时，法西斯主义文学刊物，如《法西斯主义》（1932年3月创刊）、《日出》（1932年8月创刊）等出笼。1934年1月，直木三十五、吉川英治等人串通斋藤内阁的警保局长松本学，以"五日会"为基础，发起成立了"文艺恳话会"，加紧法西斯主义文学活动。"文艺恳话会"每月举行一次例会，还有"慰灵祭""文艺家遗物展览"、参观军事设施等活动,创办会刊《文艺恳话会》,设"文艺恳话奖",会员不断扩大,许多著名作家,如川端康成、横光利一、佐藤春夫、正宗白鸟、山本有三、加藤武雄、岛崎藤村、宇野浩二、岸田国士等都是该会会员。①

1937年7月7日日本全面发动对华侵略战争以后,法西斯当局发布《国民精神总动员实施纲要》,整个文坛的法西斯化进一步加剧。7月13日,近卫首相召集《中央公论》《改造》《日本评论》《文艺春秋》等著名杂志的代表,要求协力战争。各大报刊与当局保持一致,派出记者、作家赴前线采写报道战况,鼓舞士气和民心,扩大战争宣传。前几年是部分文学团体、部分作家鼓吹法西斯主义,而到了这时,绝大多数作家都被"动员"起来。随着战局的发展,日本军政府不满足于各报刊派遣作家上前线的自发行为,直接组建"笔部队"。1938年8月,吉川英治、岸田国士、泷井孝作、深田久弥、北村小松、杉山平助、林芙美子、久米正雄、白井乔二、浅野晃、小岛政二郎、佐藤惣之助、尾崎士郎、浜本浩、佐藤春夫、川口松太郎、丹羽文雄、吉屋信子、片冈铁兵、中谷孝雄、菊池宽、富泽有为男22人作为首批"笔部队"作家开赴中国。11月,又有长谷川伸、土师清二、中村武罗夫、甲贺三郎、凑邦三、野村爱正、小山宽二、关口次郎、菊田一夫、北条秀司等作为第二批"笔部队"作家被派往中国南方战场。"'笔部队'的成员们以笔为枪,为侵华战争摇旗呐喊。他们或把战争责任强加给中国,或为侵华战争强词争辩,或把日军的残暴行径加以诗化和美化,大书'皇军'的'可爱和勇敢',或歪曲描写日占区的状况,胡说日军和中国老百姓如何'亲善',或炫耀自己如何出生入死,夸耀自己的战争体验……"②

1941年12月7日,日本偷袭珍珠港,太平洋战争爆发。面对扩大的战线和严峻的局势,日本法西斯当局颁布《临时取缔言论、出版、结社令》,加强对舆论的全面控制,解散文艺家协会,成立由军部指导和控

---

① 参见王向远:《法西斯主义与日本现代文学》,《社会科学战线》1996年第2期。
② 王向远:《"笔部队"和侵华战争——对日本侵华文学的研究与批判》,北京师范大学出版社1999年版,第78页。

制的所谓"日本文学报国会"。公开宣扬其宗旨是："结集全日本文学家的全部力量，以确立显扬皇国的传统和理想的日本文学，以及协助宣扬皇道文化为目的。"1942年以"日本文学报国会"为中心，动员"通过文学完成大东亚战争"，法西斯主义文学达到了高潮。"日本文学报国会"会员约4000名，除国外的武田麟太郎和极个别作家拒绝入会外，凡称得上"作家"的人几乎都加入了"报国会"。会长是日本文学、文化界的元老，一贯主张对外扩张的德富苏峰，常任理事有久米正雄、中村武罗夫，理事长有长与善郎等。该会创办《日本学艺新闻》杂志（后改名为《文学报国》），编选《爱国百人一首》《大东亚诗集·歌集》等书，制作"街头小说""街头诗"，举办"文学报国运动讲演会"等。"文学报国会"在当时作的影响最大的实施策划、主持召开了三次"大东亚文学者大会"（1942年11月、日本东京；1943年8月、日本东京；1944年11月、中国南京），提出了旨在把日占区的东亚文坛统一在日本法西斯主义旗帜下的"大东亚文学"的口号，其根本目的是动员整个东亚的文学力量，服务于日本称霸世界的太平洋战争（日本称之为"大东亚战争"）。1943年的《文学报国》报道第二次"大东亚文学者大会"的宗旨："大东亚战争的战况如今已经白热化。为了完成战争，共荣圈内的决战态势已经形成，但强化之乃是燃眉之急。在此邀请大东亚内参战诸国的文学者，不仅要确保相互之间的文学上的协力，而且要畅谈坚定决战必胜的信念，讨论实践的方策，同时通过参观等其它方法，显示我国国民和国体的尊严和真姿，以促进参战文化人的挺身协力。"①

在上述文学理论指导与军部干预的文学活动中，日本这一时期的文学创作主流是极端民族主义的"国策文学""报国文学"，按照作者身份和题材内容，具体包括"大陆开拓文学""满洲文学""兵队文学""笔部队文学"和"皇民文学"等不同类型。

"大陆开拓文学"以日本侵略性移民中国东北为背景，是服务于军

---

① 转引自王向远：《"大东亚文学者大会"与日本对中国沦陷区文坛的干预渗透》，《新文学史料》2000年第3期。

国主义"大陆开拓"国策的文学创作。日俄战争后,日本已开始向中国东北移民,"九一八"事变后,为达到长期占领中国东北,把东北建成日本粮仓的侵略目的,有组织地大规模移民。从1932到1945年,日本迁徙东北的移民有30多万,遍布东北各地。他们的使命是尽快使东北日本化,引导东北实现"五族(汉、满、蒙、朝、日)协和"。一些日本作家积极倡导、扶持"大陆开拓文学",建立"大陆开拓文艺恳话会"和"农民文学恳话会"这样的文学团体,从极端民族主义、国粹主义立场推动"大陆开拓文学",认为日本在"满洲"的"开拓",能够改变日本文学的狭小的格局,并期望那里的日本作家创作出一种能够体现"征服者"之骄傲的"大陆文学"。当时的日本评论家认为,"大陆开拓文学"就是"开辟从前的日本文学中从未有过的征服者的文学之路,也就是以大陆为背景的体现民族之骄傲的文学"①。

"满洲文学"是伪满洲国建立后日本殖民者创作的文学。1932年后,大量的日本文人涌入中国东北地区,当时仅"满洲文话会"一个文学社团登记的日本文人就有300多人,他们创办文学社团和报刊,发表大量的日文或中文的文学作品。他们的作品不仅发表在《文学》《新天地》《满蒙评论》《观光满洲》《满洲浪漫》《高粱》等日文杂志上,还时常刊发在《艺文志》《新满洲》《麒麟》《青年文化》《盛京时报》等中文报刊。这些作家大部分以生活其间的伪满洲国为写作对象,不仅描写了他们眼中的东北风情,也展现了日本人的生活和情感。他们当中大都负有日本官方使命,在作品中美化日本侵略、粉饰"民族协和""王道乐土",更有时局、政治的阐释、教化作品,还有效忠天皇的关东军报道班的作品。如松原一枝用少年成长的哀伤粉饰"满洲建国"(《故乡,矮菖蒲花开》);山田清三郎的《建国列传》为日本侵略寻根觅迹,为侵略战争辩白。②有论者概括"满洲文学"的内容:"'满洲文学'充当了

---

① 浅见渊:《关于大陆文学》,《文艺情报》1940年9月,转引自王向远:《大陆开拓文学简论》,《日本学刊》1999年第6期。

② 关于伪满洲国建立后的文学报刊和创作情况,参见刘晓丽的博士论文《1939—1945东北地区文学期刊研究》(中国知网"中国博士学位论文全文数据库")。

日本向'满洲'进行思想文化渗透的工具,或煽动吞并'满洲'的狂热,或鼓吹'满洲建国',或为'满洲国'涂脂抹粉,或杜撰'五族协和''日满协和'的神话,不同程度地带有日本殖民主义、军国主义的文化和种族的偏见。"①

"兵队文学"指日本侵略军在役军人创作的文学。兵队文学的著名作品有藤田实彦的《战车战记》、兵谷口胜的《征野千里》、松村益二的《一等兵战死》、日比野士朗的《吴淞渠》、栋田博的《分队长的手记》、上田广的《建设战记》和火野苇平的"士兵三部曲"。兵队文学的作者有着士兵和作家的双重身份,在那个特殊的年代,他们的作品往往产生极大的影响。他们在军部的宣传鼓噪和极端民族主义的感召下,大都以身在战场一线的体验,以纪实报道的方式,为野蛮的侵略和屠杀树碑立传,煽动侵略战争的狂热情绪,成为战争文学中民族意识畸形发展和侵略暴力的直接表现。兵队文学中影响最大的是火野苇平的作品。1938年4月,火野苇平参加徐州进攻战,从5月4日到5月22日一直随进攻部队前行。之后将这一进攻过程以日记的形式整理发表,正题为《麦子和士兵——徐州会战从军记》。当时正是日本侵华战争最狂热的时期,该书恰好迎合了当时的日本政治及社会的口味,因而大为畅销,竟售出120万册。作品侧重作者的心理感受与宣泄。火野苇平在书中这样写道:"来到这里的所有士兵都是为人儿男并有妻子老小在故里,是我们日本国最为宝贵的人。每个人都希望凯旋。然而,此时斗志一旦松懈就会把一切都葬送。现在不能考虑这些。这些是在战场上最平庸的想法。当然这不意味着为日本国捐躯而吝惜自己的生命。我们不能抑制自己的愤怒。当我们被围困在洞穴中时,我就想冲出重围,亲手杀死那些中国士兵。同时我也感到'祖国'这一词在我心中燃烧。"② 作品对侵略战争及日本军队的暴行予以充分肯定。之后火野苇平创作的《土地和士兵》《花和士兵》,也同样充分地表现出他是在为这场战争大唱赞歌。这就

---

① 王向远:《"笔部队"和侵华战争——对日本侵华文学的研究与批判》,北京师范大学出版社1999年版,第59页。

② 《田村泰次郎·火野苇平集》,集英社,昭和48年11月版,第15页。

极大地蒙蔽了当时的日本国民，对日本最终走向战争的深渊起了推波助澜的作用。

"笔部队文学"是指1938年日本军政府分两批派往战场的作家创作的描述侵华战争的文学。笔部队作家秉承法西斯当局的旨意，运用积累的文学功底，将在战场上走马观花获得的印象和感受进行文学加工，达到讴歌战争、鼓舞士气的现实目的。法西斯军部给他们提出了具体要求："目的——主要向国民报道武汉攻克战中陆军部队官兵的英勇奋战以及劳苦的实相。同时，报道占领区内建设的状况，以使国民奋起，促进对华问题的根本解决。"[①]法西斯当局不仅是对写作题材和方向的引导，具体写作内容都有十分明确而又具体的规定和限制。据火野苇平的记述，这些规定和限制主要有："一、不得写日本军队的失败；二、不能涉及战争中所必然出现的罪恶行为；三、写到敌方时必须充满憎恶和愤恨；四、不能表现作战的整体情况；五、不能透露军队的编制和部队名称；六、不能把军人作为普通人来描写，可以写分队长以下的士兵，但必须把小队长以上的士兵写成是人格高尚、沉着勇敢的人；七、不能写有关女人的事。"[②]在这样的要求和限制下炮制的笔部队文学，其倾向和立场可想而知。正如有论者论述的：笔部队文学"完全是日本军国主义'国策'的产物。一方面，侵华的'国策'造就了'笔部队'，另一方面，'笔部队'制作的有关作品又在相当程度上为日本的武力侵华推波助澜，从而形成了'枪杆子'和'笔杆子'一哄而上、武力侵略和文化（文学）进攻双管齐下的侵华战争格局。'笔部队'有被动的、受军国主义驱使的一面，但不可否认，也有自觉地、主动地为侵华战争摇旗呐喊的一面"[③]。林芙美子的《战线》《北岸部队》，杉山平助的《从军备忘录》《扬子江舰队从军记》，佐藤春夫的《战场十日记》《闸北三义里战

---

① 井上友一郎：《从军作家的问题》，转引自王向远：《"笔部队"和侵华战争——对日本侵华文学的研究与批判》，北京师范大学出版社1999年版，第95页。
② 王向远：《法西斯主义与日本现代文学》，《社会科学战线》1996年第2期。
③ 王向远：《"笔部队"和侵华战争——对日本侵华文学的研究与批判》，北京师范大学出版社1999年版，第100页。

迹》，中谷孝雄的《前线追忆记——汉口攻克战》《南京和庐州》，菊池宽的《从军的赐物》等是"笔部队文学"的代表性作品。

"皇民文学"是适应日本法西斯当局的文化侵略国策，对朝鲜、中国东北等殖民地实行皇民化运动的产物，主要内容是描写皇民化运动的过程和成效。所谓"皇民化运动"就是用日本的文化和民族精神同化本土文化，强行推行日语教育和神道信仰，禁止本土传统的生活习惯，创氏改名，背诵《皇国臣民誓词》，唤起本土民众的民族劣等感、民族自我厌憎感，鼓励"皇民炼成"，宣传只要自我决心"精进"，可以锻造成为"真正的日本人"，从而摆脱作为殖民地土著的劣等地位。这是日本对殖民地文化侵略的"洗脑"运动。皇民文学既有在殖民地的日本人的创作，也有得到日人扶持、希望"皇民炼成"的殖民地本土作家的创作。活跃在台湾文坛的日人作家滨田隼雄撰文说："让我们重新检讨：在我们的文学之中，特别是描写本岛人的大部分作品，不过就是对现实状况的负面部分的素描。本岛人才作家始终以其作为本岛人的皇民身份，选取不积极的、不正面的面向来处理，难道不是很无聊吗？"①在日本作家的敦促和指导下，日人作家西川满担任主编兼发行人的《文艺台湾》和《台湾文艺》刊发了不少"皇民文学"作品。1944年由台湾"总督府"收编刊出《决战台湾小说集》两卷（收录台湾与日籍作家作品各占七篇②），可以看作台湾"皇民文学"的集中展示。

综上所述，侵华战争中的日本文学，全方位地服务于侵略"国策"，是法西斯式的民族主义膨胀的文学。除极少数作家采取消极抵抗的态度，日本文坛几乎整体沉沦，为惨绝人寰的侵略和屠戮推波助澜。

---

① 滨田隼雄：《非文学性的感想》，《台湾时报》1943年4月280号。
② 《决战台湾小说集》乾卷内容有：滨田隼雄《炉番》、高山凡石《御安全に》、龙瑛宗《若い海》、西川满《石炭・船渠・道场》、吉村敏《筑城の砂》、张文环《云の中》、河野庆彦《凿井工》七篇。坤卷则包括：西川满《几山河》、周金波《助教》、长崎浩《山林诗集》、杨逵《增产の萌に》、新垣宏一《船渠》、杨云萍《铁道诗抄》、吕赫若《风头水尾》七篇。

五　战后民族主义文学

　　1945年8月15日，日本宣告战败，标志着第二次世界大战的终结。侵略战争的失败使法西斯极端民族主义的迷梦最终破灭，日本的国际地位一落千丈。从表面上看，日本好像已经失去了民族主义的土壤，实际并不如此简单。在战败后的特殊历史环境下，战争期间的极端民族主义暂时隐伏，但没有得到认真的清理。而且，整个日本似乎回到了明治维新前的状态，面临国家如何重建，现代化如何重新起步的问题。渴望民族重新崛起成为战败后日本民族主义情感的主要内容。经过20世纪六七十年代的经济高速发展，日本成为世界经济大国，民族主义思想开始膨胀。20世纪80年代出现以清水几太郎为代表的"新民族主义"，20世纪90年代右翼极端民族主义死灰复燃，它与战前、战时的右翼极端民族主义一脉相承，以爱国自居，鼓吹皇国史观、民族优越论和侵略有理论。这些社会思潮在日本战后几十年的文学中都有相应的体现和代表性作家。具体说，日本战后的民族主义文学表现在对侵略战争的认知态度、对日本战败的屈辱感受和右翼民族主义的复兴，其根底是日本民族优越论。

　　在战争结束之后，日本文坛如何来表现这场长达十几年的侵略战争？战后初期，描写、表现战争的文学作品不少，最重要的是"战后派"作家的创作。反思战争对于人性、人类的摧残是日本"战后派"文学的基本主题。但遗憾的是，"战后派"的作品大都是把侵略者的日军当作受害者来刻画，极力表现和描写战争给日本本身，特别是日本人的心灵所造成的伤害，突出体现的是一种自我怜悯和自我同情，很少反省日本作为发动侵略战争责任国的责任，几乎没有忏悔对邻国侵略所造成的祸害，更没人反思战争中日本文坛的整体堕落。"野间宏所着意表现的，不是日本军队在战场上的暴行及其对暴行的忏悔，而是这些军人战后的内心痛苦。而且这种痛苦又主要不是来自对战争中野蛮兽行的悔罪，而常常是因为战场上如何只顾自己，没有救助自己的战友。野间宏的名作、短篇小说《脸上的红月亮》就是这样的作品。主人公北山年夫在战场上丧失了同情和怜悯,对同伴见死不救,战后人性复苏,陷入痛苦的自责和忏悔中。野间宏的另两篇代表作中篇小说《崩溃的感觉》、长篇小说《真空地带》,或表现战争给日本士兵造成的心灵创伤,或描写日本军队内部的黑暗内幕,而对战争给被侵略国家的人民造成的苦难,却甚少表现。战后派文学的另一个代表人物大冈升平也曾参加过日本军队,他的代表作《野火》则写战争后期处于困境中的日本军队的士兵们,如何丧失人性,为了活命而杀死同伴吃掉人肉。这些作品所表现的,似乎战争的最大受害者首先不是被侵略者,而是作为侵略者的日本士兵。"①战后文学中还存在有意无意弱化甚至掩盖战争的"侵略本质"的倾向。田宫虎彦的《画册》中主人公因在上海曾被中国抗日军队俘虏过而遭枪决,他的老父亲临死前还高喊:"对不起天皇呀,对不起天皇!"井伏鳟二的《遥拜队长》刻画了一个喜好遥拜天皇,动辄叫喊口令的军国主义小队长,作者却把这种变态性格的形成,解释为一个偶然事故所致——行军中车祸头部受伤。甚至连思想比较进步的作家、1994年诺贝尔奖获得者大江健三郎也难脱这种战后文学普遍的倾向,"他在《广岛札记》《生的定义》等作品中在把日本描绘成最严重的'战争受害者'的同时,也在极力淡化模糊日本法西斯的侵略罪责。他的著名长篇小说《万延元年的足球队》也表现出了混淆战争性质、为侵略战争开脱罪责的思想意识"②。

"战后派"为主体的战后初期文学的战争认知之所以出现这样的倾向,原因固然很多,但其中最重要的一点,就是日本知识分子缺乏独立的个人意识和个性的发展。当代著名的后殖民理论家萨义德在《知识分子论》中说:"在集体的必要性和知识分子联盟的问题之间的互动中,没有一个国家像近代日本那样问题丛生又混淆不清,以致酿成悲剧。1868年的明治维新恢复了君主,接着废除封建,并开始有意建立一

---

① 王向远:《战后日本文坛对侵华战争及战争责任的认识》,北京师范大学学报(社会科学版)1999年第3期。

② 刘炳范:《战后日本文化与战争认知研究》,中国社会科学出版社2003年版,第212页。

个新的综合的意识形态。这不幸导致了法西斯的军国主义和民族的浩劫，终致造成1945年日本的溃败。……它也贬低其他的民族，在1930年代假借指导民族(shido minzeku, 日本人是领导的民族)之名，任意屠杀中国人。"①原东京帝国大学总长南原繁在日本战败后不久曾明确指出："事情发展到这一步（战败）并不仅由于军阀或一部分官僚、政治家的无知和野心，而是由深存于国民内心的内在缺陷。我国国民总的来说拥有炽热的民族意识，但缺乏独立的个人意识和个性的发展。独立的个人意识是人类思维自由和政治社会活动自由的基础，但日本国民个人被国家主义的普遍和固有的国体观所桎梏，个人良心的权利和自我判断的自由难以得到充分的发展。因此，国民容易被少数人的虚伪的宣传所欺骗而盲从。"②

当然，战后日本文坛还是有些具有人类良知的作家。在涉及侵华战争的作品中，值得一提的是武田泰淳的小说《审判》，小说描写了一个战后拒绝回国、希望留在上海的日本青年二郎。二郎在战争中杀害了中国人，他深陷于痛苦的负罪心理中。为了保持"自我审判"的赎罪环境，他选择留在中国。女作家野上弥生子在小说《狐》中写道："相信总有一天，日本要用同样多的鲜血偿还欠下中国的血债。"她还在历时20年完成的长篇巨作《迷路》（1936—1956）中，描述贫苦出身的记者木津正雄奔赴中国延安的反战历程，以及另一主人公菅野省三被征召赴中国战场后的赎罪行为。但这样具有反省和悔罪意识的作家在战后日本文学中是少数派。

更引起人们关注的是一些右翼作家的表现。这里我们对林房雄及其《大东亚战争肯定论》一书稍作评述。林房雄（1903—1975）早年受马克思主义影响，从事无产阶级文学活动，成为比较著名的无产阶级文学家。后被当局多次逮捕关押，1935年发表《狱中记》《独房文学论》《为了文学》等，公开表示与无产阶级文学分道扬镳。逐渐"转向"

---

① 爱德华·W. 萨义德：《知识分子论》，单德兴译，生活·读书·新知三联书店2002年版，第39—40页。

② 转引自李莹：《90年代后日本的右倾民族主义》，《日本学刊》2007年第4期。

倾向右翼，次年出版的《壮年》一书，相信日本对华侵略是日本政府声称的"为解放亚洲而进行的圣战"，表明他转而支持日本军国主义，最终由极左变为极右。在日本侵华战争中他拼命协力战争，1937年日本全面侵华后，作为《中央公论》杂志社的特派员到上海战线从军，后又加入日本法西斯文学组织"日本文学报国会"，创作了大量鼓吹侵略战争、歌颂"满洲建国"及日本对中国东北的殖民统治、污蔑丑化中国抗日军民、宣扬"勤皇文学"的小说、散文、评论等，如《战争的侧面》（1938）、《大陆的新娘》（1939）、《青年之国》（1943）等。20世纪40年代初，他多次来到中国沦陷区，活跃于沦陷区日伪政权组织的各种文化活动，考察沦陷区文学，并发表干预言论，进行文化殖民活动。1941年发表的《关于转向》称，仅"与马克思主义绝缘与脱离"是不够的，还要拥护"承诏必谨"的天皇制，并肯定太平洋战争为"圣战"。战后的1946年，林房雄作为文化战犯而被开除公职，不久又从事文笔活动，发表了不少通俗小说和评论。但他的右翼民族主义思想没有得到清算和反省，20世纪60年代初他着手对日本的侵略战争进行系统的思考和辩护，连续刊出《大东亚战争肯定论》和《续·大东亚战争肯定论》（番町书房1964、1965），后又合为一卷单行本、两册"文库本"等多种版本，不断再版重印，影响很大。书中认为，从幕末、明治维新到1945年战败为止的一系列日本发动的战争，是为了把包括日本在内的亚洲从欧美列强的殖民地解放出来的"东亚百年战争"，其特点是以"爱国"、崇拜天皇为宗旨。

　　从林房雄的言行我们可以看到，战后日本文学对战前和战中的极端民族主义并没有做出认真的清理，在一些右翼作家那里反而变本加厉，民族主义思想走向极端化和系统化。

　　20世纪六七十年代，日本进入经济恢复和高速发展的时期。年轻一代作家的战争体验相对淡薄，许多作家不再关注战争，日本当代文学"集体失忆"，将文学目光转移到个人内心的不安和日常生活的矛盾之中，感受更多、更深的是日本战败后的屈辱。因而不满战后联合国军对日本的占领及实行的民主改革，不满日本战败投降的既定事实，讨厌战后的和平秩序，借此发泄对日本投降的悲哀和愤懑，换句话说，就是对日本的战败投降不服气。

这种民族主义情绪在战后日本文学中相当普遍，形成了一种"反抗战后"的文学潮流。战后初期的所谓"无赖派"、50年代"第三新人派"和70年代的"内向一代"作家，都鲜明地表现了"反抗战后"的倾向。"无赖派"产生于战败的悲哀，产生于对战后社会的不满和反抗情绪。"无赖派的核心人物太宰治在战争中应军国主义政权之约，写了宣扬大东亚主义的、歪曲鲁迅形象的《惜别》，战后又在《维荣的妻子》《斜阳》等作品中，表现了战败后没落的情绪和对战后社会的无赖式的反抗与绝望。他本人也最终在这种绝望中自杀。"[①]无赖派的理论家和作家坂口安吾以论文《堕落论》和小说《白痴》给战后混乱、虚脱的日本社会以极大冲击，主张在肉体的放纵中寻找自我，渲染幻灭情绪，试图在沉沦中发现美，回避对战争责任的思考。"第三新人"作家大都在战争时期度过青春时代，对于战争和社会的认识比较复杂微妙，但对战败后美国占领的现实不满，着眼于日常生活，表达他们的愤懑情怀。"第三新人"代表作家吉行淳之介说："当战争结束时，我丝毫感觉不到自己上当受骗了。我并不认为战争给自己的心灵带来创伤，反而洋洋自得地以为通过战争看穿了人的本性。"[②]安章冈太郎的《凄凉的欢乐》描写一个战场受伤致残的复员军人领取生活补贴时的屈辱感，作品写的是作者自身的经历和感受，但体现了当时日本人的普遍心态：内心卑屈，恐惧强者。小岛信夫的《美国学校》描写一批日本英语教师参观美国占领军模范学校的情节，表现日本人面对美军感到低人一等的自卑心理。"作品中的主人公伊佐性格懦弱，他的内心有一种抵触情绪，害怕讲英语。当机关官员柴元和精神饱满的山田走在最前面，率领'像囚犯一般'的队伍向前走时，他忍着被临时找来穿上的黑皮鞋磨破了脚的疼痛，落在

---

① 王向远：《"笔部队"和侵华战争——对日本侵华文学的研究与批判》，北京师范大学出版社1999年版，第283页。

② 吉行淳之介：《我的文学放浪》，转引自何乃英《日本当代文学研究》，北京师范大学出版社1997年版，第77页。

队伍的末尾走着。这是一幅作者精心描绘的美军占领下的日本国民生活的生动图画。当参观的队伍到了美国人的学校时,他流下了屈辱悲伤的眼泪。"①"内向一代"作家距离战败已有一段时间,描写的是70年代面临的新问题,但战败的阴影依然笼罩着他们。他们转向内心,回避政治和飘忽不定的社会,但在日常生活世界和内心世界又充满矛盾和不安。阿部昭的《司令的休假》是表现退役军人家庭生活的题材,描写"我"的父亲战后20年的经历和周围人的生活。父亲原是职业军人,战争期间在儿子眼里是引以为荣的象征,战败后退役在家长期休假,成了只吃饭不做事的老头,一家生计难以维持,最终患癌症悲惨死去。柏原兵三的《德山道助还乡》写侵华战争中受伤回国的炮兵少尉德山道助虽有光荣的过去,但战后生活却很窝囊,军人养老金停发,家庭关系紧张,只有靠回忆过去的光荣打发时光。这些作品中还是可以看到作者对日本战败抱有深深的屈辱和忧伤。

　　对日本战败的屈辱感受最为强烈的战后作家当属三岛由纪夫。三岛在战时走上文学创作道路,与当时"日本浪漫派"核心的保田与重郎关系密切,潜移默化地接受了保田的皇国美学思想。战后"他对以武士道为精神依托的日本军国主义的毁灭怀有无限的追恋,对日本的战败抱着一种深深的幻灭和绝望感。……于是他仇视战后日本的和平与民主,企图修改和平宪法,复活军国主义。他的作品大多以倒错、嗜血、复仇、趋亡等变态心理的描写为内容,形象地隐喻了对战后现实的复仇情绪"②。1961年三岛创作了美化"二·二六"事件③军国主义分子切腹殉难的小说《忧国》。他曾组织"盾会",宗旨是维护天皇神格,恢复战前天皇制,并要求"点燃已在日本泯灭的武士魂的火焰"。他强调"作

---

①　刘炳范:《战后日本文化与战争认知研究》,中国社会科学出版社2003年版,第288页。

②　王向远:《战后日本文坛对侵华战争及战争责任的认识》,北京师范大学学报(社会科学版)1999年第3期。

③　"二·二六"事件:1936年2月26日,皇道派青年军官受到国家主义者北一辉及其《日本改造法案大纲》的影响,打着反对政府"破坏国体"、"昭和维新"的旗号,实为企图建立皇道派武力独裁体制而发动的军事政变,杀害了3名内阁大臣,占领了首相宫邸、陆军省和国会议事堂。政变最后被镇压,北一辉和政变为首者被处以极刑。

为近代国家机构,天皇制是神圣不可侵犯的",要求在国事活动中"天皇恢复恩赐荣誉的大权,由天皇检阅军队仪仗队,并由天皇直接恩赐军旗"。1970年11月25日,他率几名盾会会员闯入自卫队总部,煽动政变"保卫以天皇为中心的日本历史、文化传统"。政变未遂,他当场剖腹自杀。

进入21世纪,日本当代著名作家村上春树创作了长篇小说《海边的卡夫卡》(2002)。评论家小森阳一在论及作品时指出,作品的解读其实无法脱离日本社会的现实语境,它包含了特定的隐喻。这部小说的创作背景是新旧世纪交替的重要时期,此时日本国内的民众和文化界沉浸在一种如何面对20世纪战争历史的迷惑中。于是,村上近作的寓意便是:或许是我杀了人,我却没有记忆(失忆),由此获得虚幻的精神慰藉。村上作品中至关重要的关联性人物中田是一位战争中失去记忆的人,是他在"失忆"的状态下杀了卡夫卡的画家父亲。相反,离家出走的卡夫卡没有杀人,却在梦境醒来时发现衣服上沾有血迹并获知父亲被杀。这部寓言式的作品表明:战后的日本文学,在战争意识上处于一种"集体失忆"状况,而且为20世纪八九十年代日本社会趋向右倾的现实状况奠定了一定的社会现实基础。

20世纪80年代以来,日本成为世界经济强国,对自身经济实力的自豪感,以及"日本人论""日本式经营论"等首先来自于外部(美国)的对其民族特征的肯定态度,对日本民族意识的崛起产生了强烈的暗示作用,促进了日本战后普遍意义上的民族自我意识和民族主义精神的弘扬。"90年代后,在冷战体制终结和经济全球化的大背景下,日本民族主义的核心内容再次发生变化,明显地表现出保守化和右倾化特征:强调'民族自信'和'民族精神',肯定明治以来的国家发展史和扩张史,美化侵略战争,以'国际贡献'为名提升军事力量并不断谋求海外扩张,修改和平宪法使日本成为一个'正常国家',煽动国民的排外情绪,纵容右翼势力抬头等。"①

---

① 李莹.《90年代后日本的右倾民族主义》,《日本学刊》2007年第4期。

战后的右翼作家、学者对于日本社会的右倾化产生了恶劣的影响，其中最突出的是作家加政客石原慎太郎。作为作家，石原的小说未曾直接涉及战争，却潜在地关联于某种迎合右翼倾向的战争意识。他的作品缺乏对受害者及弱者的想象力及应有的同情。如《太阳的季节》中，英子是龙哉"最喜欢的、经得住摔打的玩具"，甚至可以买卖。《完全的游戏》中礼次的同伙在患精神病的女子身上获得满足后，又毫无愧疚地将她推下断崖。《行为与死》中偲仅仅是皆川企图摆脱美奈的一个工具。这些都表达出石原以自我为中心的"自我本位"思想。同时，石原作品中表现出对强者的憧憬。"只有强者才是美丽的"，也只有强者才是推动人类和社会前进的力量，这种理念在上述作品中也表现得十分突出。石原的文学几乎都是从强者、行动者的视角来描写爱情、暴力与死亡，对于他们最重要的是即便致对方于死地也要彻底地干自己想干的事，只有贯彻了这种行动精神的人才是"最美的强者"。石原在《处刑的屋子》中写道："这个社会宛如一间小屋，叫人透不过气来。我们在这里拥挤不堪。我想使出浑身气力去撞倒它，却又不知该撞倒什么，不知它确切的位置。"显然，石原小说的描写对象是"无目标社会"的青年或失去目标的"单纯热情"。但他的小说中缺失道德观念，石原总在寻找一种反抗的对象，且在日后的政治生涯中找到了这种对象（美国或中国），并将之表现为同样的压力或"被迫的抵抗"。重要的是，依据其种种文学记述与现实表现，读者不难推出一个必然的疑问——在石原这样的作家、政客眼中，日本发动侵华战争与太平洋战争，是否同样起因于外在的压力或被迫的抵抗？有了这样的"充足理由"，还需反省日本的战争责任么？

作为政客，"石原崇尚民族主义思想，缺乏正确的历史观，在安保、外交、历史观方面鹰派色彩浓厚。1967年加入自民党时就提出'修宪'、搞'核开发'等主张。认为现行宪法是美强加给日本的，阻碍了日本民族精神的独立。多次发表刺激美国和诋毁中国的言论。他否认战争罪行，主张放弃崇美观念、废弃现行宪法。他认同军事侵略时代的'弱肉强食',没有从历史中汲取教训"①。1989年以来,他连续推出四本"日本说不"的书。《日本可以说"不"》(1989年出版,与盛田昭夫合著)一经出版便引起极大轰动,一年内再版十次,在人口仅一亿多的日本共售出100多万册,名列当年十大畅销书之首。书中到处可见石原宣扬"日本民族优越论"的论调。"日本人是拥有丰富创造性的民族,这种能力不仅仅为一些精英所拥有,而且在一般群众、一般国民中间也可以广泛地看到。""日本人技术能力的优秀,最典型地表现在产品的残次率低。其关键就在于一般从业员优秀的程度高。""除了金钱以外,日本人还拥有足以向全世界夸耀的传统和文化,拥有以这种传统和文化为基础的富有创造性的能力,而且拥有美苏决不能无视的高技术。即使为了让世界了解这些事实,日本也应该在一定的场合,彻底地运用'不'的逻辑。"接下来撰写了《日本敢于说"不"》(1990年出版,与历史学家渡部升一合著)、《日本坚决说"不"》(1991年出版,与评论家江藤淳合著)、《宣战布告——日本经济可以说"不"》(1998年出版,与一桥综合研究所合著)。石原一贯主张"强者哲学",在他看来,现在的日本就是强者,石原就是通过说"不"来煽动国民对现状的不满情绪,鼓吹日本武装军备、成为政治大国。

总之,日本现代民族主义文学在现代东方民族主义文学思潮中是个特殊的存在,它是一种基于皇国史观、民族优越和谋求扩张、试图称霸世界的进击型民族主义。虽然有过沉痛的历史教训,但在当今不少的日本作家和知识精英中,这种极端的民族主义倾向还在膨胀。

---

① 余华:《石原慎太郎其人其事》,《国际资料信息》2000年第4期。

第三章　东方现代民族主义文学
思潮的不同倾向

　　对东方现代民族主义文学思潮作共时性横向观照，存在各种不同倾向。围绕着对待民族传统文化和西方文化的不同态度，有着眼于民族传统，更多地留恋民族过去的"传统派"；有着眼于民族发展，更多向往民族未来的"现代派"；而作为民族主义文学思潮的主体，是着眼于民族的现实，既立足于民族传统、改革传统中的落后因素，又吸收西方文化的先进因素的"民主派"。本章对东方现代民族主义文学的三种倾向做出总体描述，并各选择一位代表性作家加以剖析。

第一节　"传统派"：留恋民族的过去

　　现代历史上，东方与西方在特殊的情势下相遇，西方文化与其殖民制度一起涌入东方，东方在历史进程中似乎别无选择地走上了西方化、现代化的道路，因此有学者认为东方的现代化是"受动"型的。在此过程中，东方国家出现了一批对西方文化持审慎甚至反对态度的知识分子，他们与激进的民族主义者一样有着浓烈的爱国主义、民族主义思想，他们没有把复兴民族的希望寄托在西方政治制度、科技文明上，而是力图在传统文化中寻求民族的身份和发展之路。他们被称为保守主义者，或者文化守成主义者。

　　东方在受到西方殖民主义侵略的同时，也受到文化的侵略，西方殖民国家在占领了东方国家之后，在所在地开展了西方的教育，推广了西方的宗教和语言。东方国家的知识分子在获得一个新世界的同时，也面临着失去传统联系的危险。坚持传统根基的作家在创作之中面临着选择怎样的语言、艺术形式和表达怎样的思想的问题,这是东方作家在类似的境遇中共同面临的问题。

一 维护、弘扬民族语言

独立的民族身份主要体现在民族独有的文化中,如盖尔纳指出的:"民族并不是印刻在事物的本质里的,它们并不是自然理论的政治版本。民族国家也不是什么族裔或者文化群体明显的最终命运。实实在在存在的是文化……"[①] "人们的确热爱自己的文化,因为他们现在可以感知到文化的氛围(而不是把它当成天经地义的事情),他们知道自己离开了文化,的确不能呼吸,不能保持自己身份的完整性。"[②]对于民族文化的坚持和彰显是传统派的主要特点和贡献,马克斯·韦伯认为:"民族主义的基本价值在于对民族文化和民族声望的关怀。"[③]传统派的存在体现了民族主义的文化价值。弗朗兹·法农也提出,西方文化有吞没本土文化之势,第三世界的知识分子坚持传统文化,就是为了"与他们民族最古老的前殖民时期的生命源泉重新对接"[④]。而且对民族文化的坚持,"不仅恢复了民族原貌,也会因此对民族文化的未来充满希望"[⑤]。首先是民族语言的运用问题。在民族认同之中,语言认同是重要的组成部分。东方国家成为殖民地之后,随着西方教育的推广,东方人的母语受到排斥。如英语在印度几乎战胜了所有的地方语言成为主要的工作语言,法语在非洲也被政府推行。在这种情势下,坚持传统的作家在理论和创作中都表现出对民族语言的重视。印度作家普列姆昌德就亲自参与了推行国语印地语的运动,曾经到南印度马德拉斯

[①] 盖尔纳:《民族与民族主义》,韩红译,中央编译出版社2002年版,第146页。
[②] 同上。
[③] 王联主编:《世界民族主义论》,北京大学出版社2002年版,第253页。
[④] 弗朗兹·法农:《论民族文化》,引自罗钢、刘象愚主编:《后殖民主义文化理论》,中国社会科学出版社1999年版,第278页。
[⑤] 同上。

地区宣传印地语。他自己身先士卒，由乌尔都语写作转向印地语写作，并鼓励作家用印地语进行创作。在他看来，统一的语言是凝聚人民的力量，是国家独立的前提。他曾经说过：

> 我们不反对地方语言，您可以尽可能地发展它们，但如果没有一个统一的国家语言做中心力量，我们国家的根基将不可能牢固……如果我们对于国家存在的最重要条件，即国家语言表示漫不经心，那这就意味着，为了我们国家的存在，势必要建立英语的核心地位，否则就会因为没有一种向心力而使我们成为一盘散沙，地方主义就会猖獗，以致扼杀我们国家的生命……在实现国语化的道路上，最大的障碍是英语，是英语日渐广泛的传播和我们因缺乏自尊而感觉不到做奴隶的耻辱。①

在其他东方国家，也在近现代时期出现了对于民族语言的重视。

在汉文化圈，韩国、日本等国家在西方文化的影响下，民族国家意识增强，开始追求文化上的民族身份。在韩国历史上，汉字曾经是主要的文字，但到了近代，韩国国文受到重视，言文一致成为新文化运动的重要内容，报纸、杂志、文学作品的语言开始由国文代替汉语，国文教育得到政府的推行。国语学者和文学家还倡导发起了9月29日"嘎加日"活动，即后来的"韩字日"，他们借助这一活动宣传回归民族传统精神，寻求民族自我。在越南还出现了自己的国语，喃字开始和汉字并存。

在印度尼西亚，随着民族主义思潮的高涨，20世纪20年代出现了一些民族主义的组织，比如苏门答腊青年联盟、爪哇青年联盟等。其中一些成员积极宣传发扬民族文化，使用民族语言进行文学创作。30年代还出现了"西方派"与"东方派"的论争，论争的主要问题就是如何对待民族传统的问题。"东方派"认识到西方奴化教育的危害性，主张通过继承和发扬民族文化使民族特性得到保持。

非洲也出现了对斯瓦西里语的提倡，作家们希望通过运用斯瓦西

---

① 阿姆利特·拉耶：《普列姆昌德传》，王晓丹、薛克翘译，北京师范大学出版社1989年版，第651页。

里语的写作，证明非洲人可以用自己的语言表达自己的生活，表现现代世界，他们希望斯瓦西里语成为民族文学创作的主要工具。

阿拉伯国家在反抗西方殖民主义侵略的过程中，民族意识觉醒，民族主义运动不断高涨。民族的独立解放运动与伊斯兰文化的复兴是联系在一起的，作为阿拉伯世界的主流文化，伊斯兰文化的复兴也就意味着阿拉伯世界的复兴。回归传统，借助传统的力量实现民族的复兴，成为时代思潮的一种主要倾向。这一派皈依传统的人们对西方文化持抵制的态度，甚至把西方文化视为洪水猛兽，主张一切都要严格按照《古兰经》《圣训》的原旨和伊斯兰的教法、教义去做，以此作为复兴伊斯兰文化的主要途径。

阿拉伯现代文学也受到民族主义思想的影响。一些阿拉伯诗人、作家从古典的诗歌中寻求灵感和创作的典范，希望复兴古典的诗学。在阿拉伯现代文学中，取得成就最大的国家是埃及。

埃及在18世纪末遭到拿破仑军队的入侵，期间，埃及人进行了长达三年的抵抗运动。抵抗运动不仅摧毁了法国试图统治埃及的野心，而且促进了埃及人民民族意识的增长。

法国的入侵，也带来了西方先进的科技文明，比如印刷技术，为之后埃及文化的传播奠定了基础。侵略军撤退后，穆罕默德·阿里总督梦想建立一个帝国，因此把希望寄托在强大的军队之上。为了这个目的，他对于引进西方科技文明比较热衷，埃及与西方的接触增多了。赛义德与易斯马仪时代，埃及与西方的联系进一步得到加强，特别是苏伊士运河的开通，缩短了埃及与欧洲的距离，对东西方之间的交流提供了方便。

埃及现代文学也在东西方的交流中发展起来，走出了传统宗教文学的窠臼，摆脱了音韵与繁琐语法的束缚，把目光转向了人民的生活与现实题材。文学家们要用现代的阿拉伯语，来表现新的生活。其中有主张模仿西方文学改革埃及文学的革新派，也有注重传统的复兴派，两个潮流共同构成了现代的埃及文学。

埃及现代文学发展中也曾经出现了具有民族主义意味的语言争

论。有一部分诗人作家借鉴西方现代文学挣脱拉丁文运用民族语言的道路,希望埃及的文学也应该埃及化。比如穆罕默德·奥斯曼·吉拉勒提出放弃阿拉伯语,运用方言进行文学创作的主张。但这种倾向没有取得成功,因为埃及的文化传统已经是阿拉伯文化,取消阿拉伯语就是与这一传统决裂,所以这种民族主义的主张没有得到广泛的支持。

二 振兴民族文学传统形式

在文学创作中,东方现代文学中出现对传统民族艺术形式的推崇,他们借此表达对民族传统的坚持。如韩国近代文学中出现了复兴"时调"的现象。希望人们关注"时调"这一传统的民族艺术形式,相信这一古老的形式可以表现现代的时代精神和人们的思想意识。民族派文学家廉想涉就提出:"过去,即所有的历史都是现在的母胎。时调作品之意识或感觉虽有深浅差异,但都反映着朝鲜人的呼吸,朝鲜人的魂。"[①]越南现代文学中出现新诗派与旧诗派的论争,然而古典诗歌中的古风、六八体等形式,都被沿用下来。

缅甸著名诗人德钦哥都迈曾经热情地宣誓:"我要用我的诗歌,使我们的缅甸、使佛祖的宗教大业发扬光大!"他从文化传统中获取创作的灵感。在创作中,德钦哥都迈运用了传统的诗歌、戏剧形式,诗文交杂,使四节长诗这种传统诗歌形式,获得新的生命力。

面对很多人提出的阿拉伯语不能表现现代生活的质疑,现代阿拉伯作家开始了自己的努力,从古典诗歌中寻找创作的灵感和楷模。侯赛因·麦尔赛菲谢赫为了证明阿拉伯语的表现能力,出版了《文学津梁》一书,介绍了阿拉伯语语法、修辞学与韵律学的规律。他所采用的范例是诗人巴鲁迪的诗歌作品。巴鲁迪是一位民族主义诗人,主张民族自由和国家独立。他在诗歌创作中,把阿拔斯王朝以及之前的诗人作为模仿的对象,或者运用他们诗歌的韵脚来写诗。他的诗歌中充满了阿拉伯文化与阿拉伯民族精神。巴鲁迪的这种创作方法被麦尔赛菲谢赫认为是

[①] 赵润济:《韩国文学史》,张琎瑰译,社会科学文献出版社1998年版,第570页。

恢复阿拉伯诗歌的重要途径。在此之后，邵武基、哈菲兹与穆特朗沿着巴鲁迪的文学道路走下去，他们把复兴阿拉伯诗歌当作自己的任务，把巴鲁迪以及阿拉伯古典诗歌作为创作的楷模。他们被人们称为保守派。他们在文学上也受到了欧洲文学特别是法国文学的影响，但在诗歌形式上他们注重传统的诗歌形式，维护阿拉伯诗歌简洁与严谨的风格。他们在文体上紧握着传统的大旗，传承古典诗歌的精神。

哈菲兹在诗歌中表现了他的阿拉伯民族主义思想以及伊斯兰宗教思想，邵武基描写了古代阿拉伯国家的强盛和辉煌，穆特朗运用了古代诗歌中优美的词汇描写了细腻的心理与情感。他们一起使阿拉伯现代诗歌沿着古典的道路前进，给古老的形式注入了新鲜生动的血液和营养。

埃及近代文学的发展之中，传统保守派对于古典诗歌做出了重要贡献，并且使人认识到阿拉伯文化的价值，增强了人民的民族意识。

其他阿拉伯国家在民族复兴运动中也涌现出一些以文学复兴民族文化的作家，比如黎巴嫩的纳绥夫·雅齐吉，他延续了传统阿拉伯诗歌的形式，让人们体会到阿拉伯语言的优美和丰富表现力，以此提高人们的民族自信。土耳其在20世纪初出现了"民族文学"思潮，作家厄迈尔·赛费汀等人创办了《青年笔会》，宣传民族主义文学的创作主张。他们提倡运用民族语言写作，认为"只有民族语言才能创造出民族文学"[①]，认为民族的生活是文学创作的源泉。

一些民族主义理论家认为，东方的民族是想象出来的，是创造出来的，是一种想象的共同体。这种说法有一定的合理性，但又忽视了东方民族原有的共同历史特性。民族的历史蕴含着民族的精神和独特的性格，在现代文学中，东方民族的历史、传说成为重塑民族形象的重要形式，"每一种民族主义都为民族发明了一个过去"[②]。因此在东方近

---

① 转引自高慧勤、栾文华主编：《东方现代文学史》，海峡文艺出版社2004年版，第1155页。

② 帕尔萨·查特杰：《作为政治观念史上的一个问题的民族主义》，贺照田主编：《东亚现代性的曲折与展开》，吉林人民出版社2002年版，第231页。

代文学中,出现了对历史、传说题材的重视。

朝鲜文学中出现了表现民族英雄事迹的小说,如《李舜臣传》《姜邯赞传》等,以英雄的民族热情和独立精神鼓舞人民;缅甸文学中出现以佛陀故事为题材的戏剧热,表现出缅甸人民对传统文化、历史传说的热衷;新加坡作家哈伦的《阿旺元帅》,塑造了反抗殖民侵略的勇士,创造了马来民族历史上的辉煌;在阿拉伯文学中,出现了历史小说,作家们从历史中昭示民族过去之伟大,以及未来之光明;非洲文学中出现了对口头文学、民间传说的搜集、整理。

在历史小说方面,埃及作家做出了突出的贡献。19世纪末,已经出现了一些历史小说作家,如法里斯·沙迪亚格、萨利姆·布特鲁斯·布斯塔尼、乔治·宰丹等。他们的历史小说主要的目的是进行历史教育,因此对历史故事的叙述是作品的主体。到20世纪,历史小说由历史教育转向对民族历史的建构和民族精神的弘扬。这方面的代表作有穆罕默德·法里德·艾比·哈迪德的《马木鲁克王朝的公主》与纳吉布·马哈福兹的《命运的嘲弄》为代表。他们不但叙述一个历史故事,而且是在故事中融会了深刻的民族情感,展现了民族伟大的精神力量。在《命运的嘲弄》中,马哈福兹对埃及法老时代的文明进行了全方位的展示,包括政治、军事、艺术、道德各个方面,而作品中的埃及国王胡福也成为公平、正义、智慧、宽容、忠诚的精神代表,其中的金字塔也被描绘为坚毅、忍耐与力量的埃及精神的永久象征。作品从民族历史中发现了民族伟大的过去,并洋溢着浓烈的民族自豪感。

三 发掘民族传统思想资源

东方文学中对民族传统的重视除了在语言和民族形式中的坚持,更重要的是在文学思想中的传统倾向。在西方文化不可避免的冲击和影响之下,东方文学的艺术形式受到致命的冲击,翻译文学几乎无一例外地成为东方各国近代文学早期的主角,由传统的韵文时代进入散文时代也成为东方文学发展的普遍趋势。然而,作家们在模仿和运用来自于西方的小说形式时,也表达了属于东方的思想和文化。

传统的泰国文学受到西方文学与文化的冲击,翻译文学成为近现代文学史上的重要角色,现代散文写作因为表达的细致与方便代替了传统的诗歌作品。然而到20世纪20年代之后,作家和读者们开始关注本国的作品,虽然他们接受了西方文学的营养,但还是希望文学能够以泰国生活为背景,表达泰国人的情感,文学中出现了怀旧的倾向。长篇小说作家蒙昭·阿卡丹庚的代表作《人生戏剧》虽然以作者国外的生活为原型,但作品中蕴含着作家对传统文化的推崇。作品描写了一个泰国人在西方的生活,没有流露出对西方发达物质文化的渴慕,没有对传统文化的自轻自贱,相反,处处隐含着传统佛教文化的影响,表现出对传统文化的认同。

印度尼西亚著名作家阿布杜尔·慕依斯开始创作于反殖斗争的年代,他的创作主要反映了民族文化与西方文化的冲突。作家的立场是站在传统文化一方的,他希望人们从民族文化传统中找到民族精神,找到民族的灵魂。他的长篇小说《错误的教育》就是对这种文化取向的阐释。小说通过汉纳菲与柯丽的爱情悲剧,谴责了全盘接受西方文化的错误教育,认为这种教育使人们丧失了民族精神,成为西方文化的奴隶。作家通过文学作品表达了自己倡导文化传统的呼声。

埃及小说家穆斯塔法·鲁特菲·曼弗鲁推有着很强的民族意识,认识到个人的苦难与国家的苦难是纠结在一起的,难以分割。因此,他在小说中主要表现了这种被殖民统治下苦难的生活。虽然他接触了很多西方作品,也翻译了一些西方小说,但他并非忠实于原著,而是为了表现自己思想进行改写的"豪杰译"。因此,他是使西方小说埃及化的翻译家。他对于西方文明持否定的态度,在其作品《目睹集》中,他表达了自己的愤慨,认为埃及现代社会的很多问题都与西方文化有关,把青年人的一些缺点和社会上腐败堕落的风气全部归咎于西方文明。

穆罕默德·穆韦利希虽然对法国文学十分熟谙,但在散文写作中,他却把复兴派诗人的创作方法当作自己的典范。他认为阿拉伯古典诗歌在内容上是超过了西方的,因此,不应该向西方寻求灵感,应该回到民族的传统中。他在小说《伊萨·伊本·希莎姆谈话》中,运用了麦嘎马特的韵文形式,辞藻华丽,音韵协调,表现出高超的文字技巧。对于西方文明,作者并不主张全面否定,他认为西方文明可以借鉴,但必须借鉴那些符合埃及人的生活习惯与东方精神的方面,是使西方文明埃及化的表现。

穆斯塔法·萨迪格·拉斐仪是个诗人,也创作散文作品。在诗歌创作中,他维护古典诗歌的形式,属于巴鲁迪学派。在散文创作中,他对于革新派进行了激烈的攻击和反驳,他认为复兴埃及文学必须建立在阿拉伯语言文学的基础上,重视阿拉伯语言及文学遗产的价值。作品《笔的启灵》表现了他对于光荣历史的崇敬,对伊斯兰精神的推崇。

埃及现代著名的戏剧家陶菲格·哈基姆把对传统精神的信仰融和到作品的构架和深层思想之中,作品充满哲理,发人深省。他的悲剧《洞中人》与《夏哈尔札德》通过人与时间、人与空间的哲理思索以及主人公的命运,表现了对西方物质文明和理性文明的质疑。《洞中人》表现了人们在时间面前的迷惘和挫败,《夏哈尔札德》则展现了人与空间的斗争及最后的失败。其中隐含着作家对东方文化东方精神的肯定,那就是要反对单纯信仰物质和理性的西方思想,坚持东方的精神价值。陶菲格在其《来自东方的小鸟》中写道:

> 科学给我们创造了什么?我们从科学中得到了什么好处?机器给了我们速度,我们从速度中又得到了什么好处?工人遭到失业,我们多余的时间也白白浪费掉。①

在非洲历史上,也出现了对抗西方文化,肯定传统黑人文化的思潮,那就是1939年出现的"黑人性"运动。"黑人性"运动是对法国殖民地同化政策做出的对抗性反应,作家们肯定有一种独立的非洲文化存在,并努力使其价值明确。著名非洲作家桑戈尔对非洲文化的价值观念进行了界定,那就是情感、节奏、宗教精神与社区观念,这与欧洲

---

① 邵武基·戴伊夫:《阿拉伯埃及近代文学史》,李振中译,人民文学出版社1980年版,第291页。

的价值观念——理智、怀疑教条和个人主义形成对照。与此相一致,出现了美化过去,颂扬传统的作品。因为历史的原因,很多非洲作家是用英语、法语等欧洲语言进行创作的,但他们的作品中依然充满着非洲文化,表现了非洲人的情感和心理。作家塞泽尔在桑戈尔的基础上,更鲜明地抨击了把黑人视作文化低劣和种族低劣的定型看法,他在创作中表现了富有生命力和创造性的黑人形象。虽然"黑人性"运动受到一些人的指责,但在特定时期,这一运动在引起人们对于黑人文化的重视方面,具有重要的历史作用。如法农所总结的:"黑人主义诗人以年轻的非洲对抗老迈的欧洲,以轻快的抒情对抗沉闷的推理,以高视阔步的自然对抗沉重压抑的逻辑,一边是僵硬、繁缛、拘泥以及疑虑,另一边是坦诚、活泼、自由以及——为什么不呢?——丰饶,当然,也有责任。"①

在东方现代历史上,日本是一个特殊的国家,它率先走上西化的道路,其民族主义的轨迹与其他东方国家有很大的不同。在日本近代史上,与欧化主义风潮几乎同时出现的,是坚持民族传统的国粹主义思想。国粹主义是在对欧化主义的批评和反击中出现的。国粹主义者排斥西洋思想,担忧欧化会使日本失去自己的民族特性,失去民族传统文化,于是,西村茂树与三宅雪岭等人设立了一些社会团体,反对欧化,主张国粹。他们认为,追随西方不能解决日本的一些问题,必须保持民族独立,尊重日本的国粹,树立一个自尊自强的日本民族形象,甚至还提出了强硬的对外扩张政策。他们把独特的日本个性作为日本民族发达的主要因素,甚至认为是人类理想实现的重要因素,如三宅雪岭在其《真善美日本人》中认为,只有发挥日本民族个性的价值才能实现人类的普遍理想——真善美;日本人有责任,也有能力"弥补白人之不足,以进入极真、极善、极美的圆满幸福的世界"②。国粹主义的思潮在当时引起了很大反响,也吸引了很多文人参与其中。志贺重昂写作了《日本

---

① 弗朗兹·法农:《论民族文化》,引自罗钢、刘象愚主编:《后殖民主义文化理论》,中国社会科学出版社1999年版,第280页。

② 叶渭渠主编:《日本文明》,中国社会科学出版社1999年版,第300页。

风景论》，从地质、地貌、生物等角度表现日本自然环境的美好，以此唤起日本人的民族自尊和自信。德富苏峰创办《国民之友》杂志，批判欧化主义风潮，提出改良社会、宗教、文艺的策略，要塑造独立的民族形象，认为没有独立的民族形象，就会被西方人侮辱。另一重要人物井上圆了认为，明治维新带来了日本人的信仰危机，主张以东方的精神弥补西方物质文明的不足，以东方哲学拯救世道人心。在这一国粹主义的思潮之中，传统儒学道德重新受到重视。但遗憾的是，这种民族主义的思想后来发展为国家主义，助长了日本对亚洲其他国家的侵略扩张。

与欧化主义风潮相对立，日本文学中也出现了主张回归传统的倾向，以作家幸田露伴、尾崎红叶为代表。他们主张立足东方传统，在小说创作中不模仿西方，而是从日本传统叙事文学中发掘可以借鉴的资源。尾崎红叶的创作从文体、结构和情趣上都受到井原西鹤的创作以及传统净琉璃和伽草子的影响，反对学习西方小说。幸田露伴也是从模仿西鹤开始自己的创作，并且在作品中以东方哲学思想、道德观念作为自己的理想。他们以传统为创作的源泉，并且给予传统新生的力量。

印度在独立斗争过程中，传统文化也成为民族主义者的思想资源。很多思想家与政治领袖都是从传统中寻找行动的动力和思想支持。提拉克从古老的经典《薄加梵歌》中得到积极行动的理论启发，改变了印度独立运动改良的原则；古代史诗中出现的"罗摩之治"也影响到很多思想家，最鲜明的体现者是甘地，而其提出的非暴力思想则与传统文化有着更为深刻的渊源关系。

在东方民族主义思潮中，传统派在民族传统中发现了复兴民族的动力和思想资源，并且在创作中实践着复兴传统的愿望，虽然面临着强大的西方文化的冲击，存在着很多矛盾，但在民族文化的保持和民族精神的延续上，传统派做出了自己的贡献。

第二节　普列姆昌德：复兴民族文化及其自我矛盾

普列姆昌德是一个有着强烈民族意识的作家，从一开始涉足文坛，对于印度人民被殖民的现实就表现出强烈的愤懑与不满,通过作品表现了被压抑的痛苦与对自由的渴望。他的第一篇短篇小说《世界上的无价之宝》(后与他的另外四部小说收在《热爱祖国》一书中)因这一鲜明的政治立场在发表后引来轩然大波,招致县法院的传讯令。法官认为这部书中充满了"富有感人力量的煽动性言论","侮辱了英国政府"①,作品全部被没收。但这种打击并没有影响作家以后的立场,他改变笔名,继续自己的写作生涯,继续以笔为武器,表达自己对民族自治的渴望与对英国殖民者的反抗。普列姆昌德在文化取向上倾向于印度传统文明,他深受甘地精神的影响,推崇印度传统的精神力量,希望借助传统的精神力量实现民族的自治与复兴。

一 "诗意的农村"与传统文明

他的长篇小说《仁爱道院》与《舞台》,塑造了带有理想色彩的人物形象普列姆与苏尔达斯,他们可以说是印度传统精神力量的化身,具有宽容、坚忍、奉献与自我牺牲的精神,作者突出了这种精神对民众的影响,表现了对传统文化的认同和强烈的感情诉求。

在普列姆昌德的创作中,农村生活与农民形象占有很大比重,作家很少描写城市生活与上层阶级,而且写到上层人物时,多是以贪图享乐、懒惰堕落为特征,具有简单化的痕迹,因此,印度批评家伯勒迦谢金德尔·古伯德认为,普列姆昌德"没有成功地描写过上层阶级和中产阶级"②。就像作者在《舞台》中所写的:"城市是有钱人生活和商人做生意的地方。市郊是他们寻欢作乐、挥霍享受的去处。市中心区则是他们子女的学校和他们在公正的幌子下为欺压穷人而进行诉讼的场所。"③普列姆昌德对城市文明是否定的,在另外一个短篇中普列姆昌

---

① 普列姆昌德:《我一生中的主要经历》,见《如意树》,刘安武译,上海译文出版社1983年版,第357页。
② 伯勒迦谢金德尔·古伯德:《论〈戈丹〉》,刘宝珍译,《印度现代文学研究》,刘安武编选,中国社会科学出版社1980年版,第245页。
③ 普列姆昌德:《舞台》,庄重译,广东人民出版社1980年版,第1页。

德写道:"这城市污浊、龌龊的空气几乎使他窒息!他一心只想快点儿跑,快点儿离开这城市回到自己的村庄。那儿大家所信仰的是同情、友爱和善良的愿望。"①他的创作根植于农村,也在其中寄予了自己的政治文化理想与民族复兴的希望。

  普列姆昌德出生在印度北方邦贝拿勒斯附近的农村,童年和青少年时代都是在农村以及农村的小镇上度过的,他非常熟悉农村的民风民俗、生活习惯、宗教信仰和文化传统。农村与农民成为他作品的主角,他被公认为是印地语和乌尔都语第一位描写农民形象的现代作家。他有许多作品都是以农民为主人公,描写他们的苦难、挣扎与微弱的反抗;他扩大了印度文学的描写范围,超越了传统的皇家贵族或神秘主义的题材,以现实生活为写作的蓝本,并广泛地描写了处在印度社会底层的农民;他被认为是农民的代言人,"是灾难深重的印度的穷苦大众的作家,他的作品是全体被压迫的人们的精神食粮"②。"他是一位现实主义作家,善于生动地描绘受压迫者的苦难。实际上,他给了被驱赶的'哑巴牲口'以语言,并赋予他们淳朴而伟大的人性。"③

  在普列姆昌德的文学世界中,农村文明以及农村生活场景都蕴含着他的社会理想以及情感态度,反映出他的社会政治观念,传统的农村文明成为他理想的寄托,成为对抗当时殖民统治现实的乌托邦。农村生活的描写、农民形象的塑造都带有一定程度的理想色彩,因此,他笔下的农村被认为是"诗意的农村",也是不无道理的。普列姆昌德提倡描写农村与农民题材,他认为现代文学应该改变传统文学以贵族和神灵为主人公的创作取向,应从底层人民身上发现美,并把这种美描写出来。"如果他观察美的视线宽广一些,他就能看到,在涂口红的嘴唇和抹胭脂的脸蛋背后隐藏着为美貌而感到骄傲和冷酷无情。而干裂的嘴唇和干瘪的面颊上的眼泪却有牺牲精神、真诚的感情和吃苦耐劳的

---

① 普列姆昌德:《害人是天职》,刘安武编选:《普列姆昌德短篇小说选》,人民文学出版社1984年版,第183页。
② 刘安武选编:《印度现代文学研究》,中国社会科学出版社1980年版,第227页。
③ 黄宝生等编译:《印度现代文学》,外国文学出版社1981年版,第320页。

本性。"①可以看出，普列姆昌德是自觉地选择了农民等底层人物作为自己的描写对象，并在其中寄予了自己的理想。

印度近代长期以来被英国殖民，大量的财富被掠夺，印度从上到下各阶层都成为被压迫与被剥削者，而处在社会底层的农民，处境更加悲惨，除了印度原有的封建统治者、土邦王公、地主、官吏、高利贷者与祭司等宗教势力，又多了殖民者的压榨，因此，农民的命运是印度苦难命运的具体体现。普列姆昌德通过对农村、农民的描写，展示了痛苦的印度母亲的形象。短篇小说如《半斤小麦》《冬夜》《五大神》《两兄弟》《毁灭》《可番布》等，长篇小说如《博爱新村》（中译本名《仁爱道院》）、《戈丹》《舞台》等，共同塑造了苦难的印度农村，也是印度母亲的形象。从他的作品中，我们会看到印度近代社会中农民所受的压迫：农民在地主的剥削下失去土地（《牺牲》），在起而反抗的时候遭到迫害（《博爱新村》），低种姓的人连干净的水都喝不上，只能在病痛中忍受折磨，直至死亡（《地主的水井》），在祭司、婆罗门等宗教势力的压榨下悲惨死去（《半斤小麦》《解脱》《戈丹》）……普列姆昌德在他的小说中描写了印度农民所受的多重压迫：宗教、政治、种姓等，虔诚的宗教信仰使他们精神麻木，专制的政治制度使他们穷困潦倒，顽固的种姓制度使他们自轻自贱，抬不起头，失去了生活的勇气与希望。他们一般都认同现存的一切，顺从地忍受生活中的苦难，大多是悲剧的主角。

与此同时，作家也向我们展现了农村生活的淳朴，农民的善良、富于道德感，人与人之间的温情，以及印度特有的民主制度"长老会"的公平与正义。总之，作家笔下的农村依然保留着传统文明的特性，他在大家庭、村社制等传统的农村体制中发现了道德的力量。农村尽管存在诸多苦难现实，然而作家的理想依然寄托在传统的农村文明上。"城市里一片享乐和消遣景象，既不美又不干净。农村却被大自然打扮得很美。回到农村去，回到古代的标准上去。妇女依然是家庭的主妇，男人

---

① 普列姆昌德：《普列姆昌德论文学》，唐仁虎、刘安武译，漓江出版社1987年版，第140页。

们强有力而又讲信义。这就是普列姆昌德的信息。"①

在普列姆昌德描写农民的重要作品中,主人公都是让人同情的对象,大多都是正面形象,他们善良勤劳,对神虔诚,尊敬婆罗门与祭司,是作家怀着深厚的情感塑造的人物形象。《毁灭》里的彭喀寡妇希望通过勤勤恳恳的劳动维持自己的生活,她没有偷懒,没有怨天尤人,只想着多干活养活自己,但这个不起眼的愿望没有实现她就死去了。她的委屈与无奈是作家主要表达的内容,她虽然也反抗了,与地主争吵,指责地主的霸道,但这种反抗在地主恶势力面前是无力的,最终作家以熊熊燃烧的大火来象征农民反抗的意志以及地主等压迫者的岌岌可危。《半斤小麦》中的农民辛格尔,同样非常勤劳、善良、敬神,但他的境况还是不断恶化,仅仅因为半斤小麦的债利滚利地增加,最终成为他无法还清的债务,直至他撒手人寰。《解脱》中的杜基,为了能请到祭司,虔诚地、小心翼翼地为祭司干活,打扫庭院,运麦秸,劈木头,他毫无怨言,忍饥挨饿地干了一整天,最后累死在祭司家里,要请祭司的任务也没完成。在《戈丹》中,何利也是这样一个命运悲惨的农民,他勤劳、恭顺、善良,最大的愿望就是能有一头象征幸福的母牛。但他生活的希望被一点点破坏掉了,高利贷者、地主老爷、教族势力、警察都是落井下石之人,他拼尽了自己的最后一点力气,在苦难中死去。作者没有对他们自身的弱点进行深刻的剖析,强调了他们身上美好的人性。

而且,普列姆昌德塑造了一种淳朴、真诚的农民之间的关系。他们虽然深处水深火热之中,但不乏善良与热情,同情身边的弱者,或者给予力所能及的帮助,而不是冷漠的旁观者。在《毁灭》中,当彭喀寡妇的炉灶被地主的家丁掀翻之后,有人来关心地劝慰她,还有人去向地主老爷求情。虽未改变她悲惨的命运,但塑造了互相帮助、互相关心的下层世界。这是苦难的农村生活中的可贵的温暖。在《半斤小麦》中,辛格尔因为半斤小麦落入地狱般的人生,至死也未逃脱韦布尔先生的魔

---

① 伯勒迦谢金德尔·古伯德:《论〈戈丹〉》,刘宝珍译,刘安武编选:《印度现代文学研究》,中国社会科学出版社1980年版,第248页。

掌。不过，"全村的人都谴责韦布尔先生"，虽然"并不是当面"①；当辛格尔借钱的时候，村里的人虽然没有借给他，但还是相信他，只是迫于韦布尔的淫威才没敢借给他，对辛格尔还是同情的。在《解脱》中，杜基拼命地为祭司老爷干活，村里的石匠齐古里"见他怪可怜的，走过去从他手里抢过斧头，猛力地劈了半个钟点"的柴，当杜基累死之后，齐古里还要求村里其他的石匠不去收尸，等待警察来调查，他还说"要穷人一条命，就跟儿戏一样。管他什么祭司，让他在他的家里当他的祭司吧"②，充满了凛然正气。在《可番布》中，即使对吉苏父子这样又懒又馋麻木不仁的家伙，在他们陷入困境时，村里人还是解囊相助。这体现了普列姆昌德的社会理想以及他的文学观，他认为文学应给人理想。他在《拉希德乌尔凯里的社会短篇小说》中写道："文学也是批评生活的，如果我们的头脑里没有一种更好的生活和一幅更加美丽的社会图景，那么我们是要把现代社会带到哪个改革的目标去呢？"③他是一个现实主义作家，但他并不认为应该原封不动地描写生活，而是坚信"文学是社会理想的表现"④，所以他塑造了善良的人性，温暖的世界，虽有许多苦难但不缺乏温情。

贫苦的农民成为普列姆昌德道德理想的负载者，在生活的苦难面前，他们依然坚持着传统的道德，宽容、顺从、善良、无私，代表着作家对传统文明的期望。在传统文明的坚持者中，高贵的婆罗门并不多，在官府中任职的婆罗门已经在西方文明的影响下逐渐西化，甚至有人以自己是个印度人为耻。作家以未受西方文化影响的农民作为自己的理想人物，反映了他对民族传统的强烈认同，他认为回归传统是使印度重获自由的希望之路。在《舞台》中的苏尔达斯身上，这一思想得到了淋漓尽

---

① 普列姆昌德：《普列姆昌德短篇小说选》，刘安武译，人民文学出版社1984年版，第123页。
② 同上书，第355页。
③ 普列姆昌德：《普列姆昌德论文学》，唐仁虎、刘安武译，漓江出版社1987年版，第147页。
④ 同上书，第81页。

致的表现。双目失明的苏尔达斯为了保卫自己祖传的土地与王公贵族进行了坚韧的斗争,他是传统农业文明的化身,作家通过他的坚持和奋斗表现了自己对传统农业文明的希望和对工业文明发展的担忧。苏尔达斯虽然是一个乞丐,靠乞讨为生,在物质上是个纯粹的弱者,但在精神上,作家却把他塑造成具有强大的精神力量、纯洁、高尚甚至完美的人物。他单枪匹马与破坏原有社会秩序的人们进行斗争,并最终影响到更多的底层人民。这是普列姆昌德对传统精神力量的歌颂,也代表着他对传统的认同和希望。

二 理想化的传统村社制度

对于印度传统的大家庭制度,村社中存在的"五老会"这一民主制度,普列姆昌德都是怀着赞同的态度进行描写的,带有理想主义的色彩。

大家庭是印度传统社会结构的特点。尼赫鲁曾经指出:农村自治公社、种姓制度和大家庭是印度社会组织的三根支柱。他认为大家庭在维护集体的稳定和孩子的健康成长上是具有积极意义的:"在大家庭里面,所有成员都是共同财产的共同享有者,遗产则由生存的人们继承。父亲或一位别的老者为家长,但他是经理式的家长而非古代罗马式的专制家长。在大家庭生长并生活于其中的这事实大大地减少了儿童自私自利的态度,并帮助培养了一种社会化的精神。"[①]印度社会组织中的这三根支柱都是以集体而不是个人为基础的。大家庭制度成为印度社会稳定的一个重要因素,是维系传统的重要媒介,以传统的习俗和信仰规定着每个个体的人生。在东方社会由传统向现代转型的过程中,大家庭的解体是一个很普遍的现象,对西方的自由、解放、人权的追求使人们把重心放在个性的发展,这必然导致个人对大家庭的反抗,接受西方思想的人们要摆脱大家庭的束缚,追求独立和自由,这导致了大家庭的逐渐解体。普列姆昌德在作品中也广泛地写到了大家庭逐渐解

---

① 贾瓦哈鲍尔·尼赫鲁:《印度的发现》,齐文译,世界知识出版社1956年版,第326页。

体的现象,但作家的立场是站在传统大家庭一方的。在他的作品中,要求分家的人一般是为了个人私利,而分家使他们逃避了大家庭责任的同时,又陷入了各种厄运,最终还要依靠大家庭来得到帮助和拯救(《分家》)。传统的大家庭观念在这样的故事结构中得到进一步的突出和肯定。

普列姆昌德的短篇小说《五大神》《穷人的哀号》以及长篇小说《戈丹》等都描写了印度农村中的民主制度;在《五大神》中,普列姆昌德写到了在解决村民争端中五位长老的公正无私,他们显然是道义的化身,从不徇情枉法,公报私仇,他们为无辜者撑腰,让害人者汗颜。在作品中,阿尔古·焦特里与朱曼·谢赫虽为好友,但在调解纠纷时,都没有因为是朋友而包庇或因为有仇隙而报复。长老这一称号与位置似乎起着净化心灵与道德的作用,无论是谁,只要让他进入五长老会,他会自然地为正义服务。这个作品很明显地表现出,在普列姆昌德的思想中,印度农村中历史悠久的长老会在农村生活中是正义和理想的化身,是维持社会和平的不可或缺的民主形式,寄托着作家对传统的期望。因此,在这部短篇中的长老会的形象带有很大的理想性。在其他的作品如《穷人的哀号》与《戈丹》中,普列姆昌德都揭露批判了长老会成员凶恶的一面,他们也是作为压榨农民的力量出现在作品中的,特别是在《戈丹》中,何利命运的悲惨与长老会的压迫有着必然的联系,作家很客观地描写和揭露了教族与长老会在农民生活中的重要地位及其腐败性,这是作家在现实主义思想进一步深化之后对印度现实的深刻认识。但在总体的文化取向上,作家对传统民主制度的期望和对传统文化的认同是比较鲜明的。

对于印度的社会形式,研究者普遍认为,印度的村社是印度社会特别是农村社会的主要构成单位,村社中的劳动分工方式与种姓制度紧密结合在一起,形成了印度特殊的社会构造,这种社会构造,对印度的历史发展一直起着重要的作用。在村社中,各个种姓的居民过着相对来说自给自足的生活,种姓制度带来的详细的世袭的劳动分工使每一个村社都能在生产与生活上自给自足,因此,这造成了村社之间的闭塞、停滞,各个村社就成了相对独立的小王国。关于印度社会的停滞性,马克思、恩格斯及一些印度学者都有相似的认识,马克思曾指出:"从遥远的古代直到19世纪最初十年,无论印度的政治变化多大,可是它的社会状况却始终没有改变。"① 一位印度学者这样描述:"史诗《摩诃婆罗多》所描写的社会和印度现有的社会实质上没有什么不同。2500年前释迦牟尼所目睹的生活在这个大陆上继续下去,基本上没有什么变化。"② 马克思认为,印度的村社制度对于整个社会的停滞起着至关重要的作用。村社经济上是自给自足的,村社中的居民包括耕种土地的农民只服从于本村社的地主、祭司、"长老会",对国家的兴衰不太在意,因此,这种村社的小王国,"在很大程度上抵消了国家的作用"③。可以看出,印度农民在思想上被宗教束缚,安于现状,缺乏进取精神与反抗精神,现实生活中受村社的控制,缺乏国家意识与团结精神,长期的被压迫生活造成他们愚昧、麻木、自私、狭隘的弱点,但普列姆昌德并未把这些弱点作为主要的描写对象,这与印度当时的政治形势与普列姆昌德的思想有直接的联系。

普列姆昌德在农村文明之中寄予自己的理想,然而,传统的宗教文明本身的弱点与缺陷在近代与西方文明的交流中已经暴露无遗,因此,作家的坚持本身是隐含着矛盾的。他对于传统的认识具有理想化的因素,所要复兴的传统也是艺术意义上的传统。在面对现实问题时,普列姆昌德并非像激进的民族主义者(如般吉姆等人)那样要原原本本地继承传统并发扬光大,他对于印度教的某些习俗、仪式、宗教虔信的现实以及教派冲突,都持反对的态度。这使他的思想呈现出矛盾的一面。他站在现代的高度对印度传统文明进行了质疑,对印度社会的传统陋习进行了激烈批评。如对嫁妆制的批判,对女性低下地位的同情,对贱民制的质疑,对教派冲突的否定,对种姓制的嘲讽,对寡妇再嫁的支持等,这些都蕴含着平等的思想。他的作品中回响着这样的声音:婚姻中

---

① 转引自尚会鹏:《种姓与印度教社会》,北京大学出版社2001年版,第369页。
② K. M. 潘尼迦:《印度简史》,吴之椿译,生活·读书·新知三联书店1956年版,第6页。
③ 尚会鹏:《种姓与印度教社会》,北京大学出版社2001年版,第372页。

男女应该平等,女方的家长对女婿顶礼膜拜是可悲的,只生女孩的女性不应该被认为是罪人,高等种姓的人没有理由蔑视低等种姓的人。人与人心灵之间是平等的,信仰的不同,贫穷与富有,丑陋与美丽,官职的高与低,种姓出身的不同,都无关紧要,重要的是心灵的高尚与否。只有牺牲精神,奉献精神,克已顺从等精神上的品质才是衡量一个人是否高尚的标准,以及是否具有神性的标准。这种思想来源于印度传统文明对精神力量的注重,同时又明显地具有西方民主、平等思想的痕迹。因此,他所崇尚的印度传统并非完全意义上的传统,带有现代文明的痕迹。

摆脱英国统治,争取民族独立是普列姆昌德的理想,而他把希望寄托在印度文明自身,希望通过固守传统文明,来复苏印度伟大的力量。他对于传统的批判远远少于对传统的坚持与改良。他虽然对传统的弊端进行了揭露和批判,但总体上是认同传统,要求进行改良,并希望通过传统的复兴来发展印度,抵制英国的统治与英国文化的影响。

三　他者镜像中的自我

普列姆昌德崇尚印度传统文明的同时,对英国统治持批判的态度,对于相对发达的西方物质文明与城市文明,持反对的态度。而他的反对,是以发展印度自我为出发点的,是民族意识使然,因此,他有些时候也肯定西方文化的成就,肯定其先进的一面,但出于民族自尊与发展自我的考虑,他还是提倡以印度的方式来发展自身,而不是模仿西方或英国。因此,他对英国文化的态度也是复杂的。

因为时代的关系,他在创作中无法直接地表达对于英国统治的看法,作品中英国人的形象也比较少,而且,这些人物表现出来的不是进步的西方文明,相反,却可以说是野蛮的代名词。普列姆昌德笔下的英国人形象具有模式化的特征,比如一般都带有粗暴、专制、非人性的色彩,他们欺压印度职员,对印度人颐指气使,虽然在现实中他们是有地位有权势的人物,但在作者笔下,他们又往往成为道义上的失败者。这些英国人的形象不但是对印度进行物质剥削的代表,也是对印度精神压抑的象征。无论印度人在英国政府中官职升得多高,他们仍是英国人的奴才,受其役使,难以与英国人平起平坐。在他看来,英国人永远是覆盖在每个印度人头顶的阴云,剥夺了印度人应有的自由。长篇小说《舞台》更具体地表现了英国政府与印度王公,英国政府与印度人民的关系。英国政府所关心的只是统治,只是统治所带来的物质利益,这注定了印度人从底层到上层所有人的不自由。普列姆昌德用艺术形式表现了历史的真实,那就是英国的占领给印度带来的压抑与痛苦,以及这一文明的野蛮之处,从而对其进行了否定。

在普利姆昌德笔下,英国文明不仅直接给印度人带来了受奴役的命运,而且对印度的传统文明及道德造成了强烈的冲击甚至是毁灭性的打击。《仁爱院》中的拉耶先生曾说过:"我们的农村将荒芜,我们的农民将成为工厂的工人,整个民族将会彻底毁灭,你们把这看成是民族兴旺的顶峰,而在我看来,这将严重丧失我们的民族特性。"[①]普列姆昌德通过拉耶先生表达了本人对英国统治的观点。英国带给印度的首先是物质文明,是较当时的印度发达得多的工业文明,英国为了获取高额利润,发展了印度的新式农业、灌溉系统、铁路运输,但印度的本土工业受到冲击,英国工业在印度的扩展,给印度人造成巨大损失。马克思说过:"不列颠的蒸汽和不列颠的科学在印度斯坦全境把农业和手工业的结合彻底摧毁了。"[②]在普列姆昌德看来,英国文明发展起来的现代工业,不仅破坏了印度农村的产业结构,而且威胁着农村的文明,在《舞台》中,工厂、工人对于村民们来说如同恶兽,工厂侵吞了苏尔达斯的土地,也把村民们赶出世代生活的村庄。而工人们生活堕落,唯利是图,生活放荡,没有道德原则。在普列姆昌德笔下,似乎只有农业文明是传统道德的维护者,因此,他对破坏农业文明的工业文明持否定态度。

在普列姆昌德的思想中,传统文化与西方文化处于对立的两级,也

---

① 普列姆昌德:《仁爱道院》,周志宽、韩朝炯、雷东平译,新华出版社1983年版,第342页。

② 《马克思恩格斯选集》第二卷,人民出版社1972年版,第65页。

是衡量人性美丑的标准。民族意识不仅是一种政治立场,而且是道德的标志,认同民族文化,为民族利益献身,就代表着人性的善良、高尚与仁慈,才能与高尚的神接近,反之倾向于英国文明,就意味着心灵的冷酷无情以及道德的堕落。作品中那些崇尚英国文明的人都被刻画为堕落的灵魂,作者认为他们只有抛弃这种思想,重新回到传统文化与民族的怀抱中,才能获得新生。如同《游行》中的比尔伯尔·森赫,他作为维持秩序的印度警察,一开始还是威风凛凛的,但当意识到自己与民族的背离时,他感到了耻辱与不安,最终和大家站到了一起,为民族的利益服务,而这种转向使他感受到灵魂的自由。受奴役的印度人只有意识到自己不自由的生存状态并起而抗争,才有可能改变自己的命运。在这两篇作品中,法德赫金德与塞特先生最终都进行了反抗,从而解救了自己。法德赫金德为了自己的尊严,冒着失业的危险,教训了英国人一顿,他把所受的侮辱还给了英国老爷。他离开这个英国老爷时,"内心感到非常愉快,他从来没有这样愉快过。这就是生活中的第一次胜利"①。塞特先生同法德赫金德一样对英国上司进行了反击,虽然失去了工作,但找回了印度人的尊严,同妻子重归于好。而《舞台》中的莫罕德拉·古玛王公一直没有认识到自己身处窘境的根本原因,他最终失去妻子的敬重,人民的支持,丧命于苏尔达斯的塑像。

"我注视他者,而他者形象同时也传递了我这个注视者、言说者、书写者的某种形象。"②普列姆昌德作品中的英国形象并非完全客观的复制,而是反映出了作家强烈的主观倾向,浸透着他的民族主义情感,反映了普列姆昌德的文化观念。"每一种他者形象的形成同时伴随着自我形象的形成"③,普列姆昌德对英国形象的描写,也蕴涵着他对印度自我形象的推崇,对印度传统精神和道德力量的推崇,但这种自我是一种作家心中虚幻的理想化的形象。普列姆昌德希望借助传统文明的精

---

① 普列姆昌德:《辞职》,《普列姆昌德短篇小说选》,刘安武译,人民文学出版社1984年版,第233页。

② 孟华主编:《比较文学形象学》,北京大学出版社2001年版,第4页。

③ 狄泽林克:《论比较文学形象学的发展》,《中国比较文学》1993年第1期,第179页。

神力量来战胜殖民者,也只能停留在精神层次,只能停留在作品中,英国是印度传统文明的破坏者,是印度的统治者和压迫者。在民族主义情感强烈的普列姆昌德思想中,只有抵制入侵的英国文明,弘扬印度传统的农村文明,如维护大家庭的存在,注重精神的追求而不是物质的占有,恪守坚忍、奉献精神等,印度才会有希望。因此,普列姆昌德被有些学者认为是反对现代化历史潮流的小农思想的代言人,但若从印度的历史来看,这种清醒的民族意识和对传统文明的诉求却是一种不得已的而且是符合民族利益的选择。

"普列姆昌德是本国文化的崇拜者。他希望对它加以整理,并使它得到发展,所以他并不仇视其他国家和民族的文化。"[①]普列姆昌德并不是狭隘的民族主义者。在作品中,他固然塑造了具有主观色彩的否定性的英国形象,但他在一些论文中却肯定了英国文学的成就及其对印度文学发展的影响,并以世界性的眼光展望印度文学的发展。因此,他对英国文明的态度不是完全否定的,存在着政治层面和文化层面的矛盾。在政治层面上,他否定英国文明,激烈地反对英国的统治,而在文化观念上,又客观地认识到英国文化的优秀之处。

普列姆昌德所处的时代,印度已接受了英国太多的影响,从社会制度到生活风尚都不可避免地发生了转变。从文学上来说,许多英国作家的作品已经翻译到印度并产生了广泛的影响。这样的大环境无疑会影响他的思想、创作和文学观念。在普列姆昌德论文学的某些文章中,可以看出他对西方文学特别是英国文学的熟谙以及对英国小说艺术的赞赏。在如何发展印度文学这个问题上,可以说普列姆昌德有着世界的眼光。他在政治上和民族情感上是否定西方文明的,但在文学问题上,他认识到了本民族某些方面的差距。在一系列论文学的文章中,普列姆昌德提到了西方文学中的一些优秀作家,其中英国的作家有莎士比亚、斯威夫特、约翰·班扬、司各特、狄更斯、艾略特、哈代等。他认为狄更斯的《匹可威克外传》是真正优秀的长篇小说,是以"幽默情味为主的

[①] 拉默·维拉斯·谢尔马:《编辑、思想家、评论家》,唐仁虎译,刘安武编选:《印度现代文学研究》,中国社会科学出版社1980年版,第292页。

不朽的作品",并以之为参照评论印度作家的作品。为突出长篇小说的悠久历史及重要作用,他指出莎士比亚曾以意大利的长篇小说为基础创作戏剧;为分析情节构思的困难,他以狄更斯、萨克雷、司各特、斯威夫特的创作实践为例;为说明思想与社会改革的目的无损于长篇小说,他指出,狄更斯的作品多以思想为主,但却是"高级的文学作品"。这种广阔的世界文学的视野使他在考察印度文化时,具有了现代的眼光。他了解印度古代文学的辉煌成就,同时也意识到现代印度文学与西方文学的关系。在《长篇小说创作》一文中,普列姆昌德指出:"与受欧洲的其它任何一种文学体裁的影响比较起来,印度人受欧洲的长篇小说的影响更大。""长篇小说是栽种在印度的一棵西方的树苗。"①他本人也承认受过托尔斯泰写作方法的影响。他认识到长篇小说是在西方发展成熟的,认识到向西方(当然包括英国)长篇小说作家学习的必要,认为"对乌尔都语长篇小说要写点什么评论的话,那只有至少熟悉一些著名英语小说家的长篇小说的人方能承担这样一种任务"②。他称赞萨克雷和狄更斯"在小说领域里他们两人的名字就像闪耀的明星"③。由此可见,在文学问题上,普列姆昌德超越了狭隘的民族主义思想,代之以世界性的广阔视野。这一点也显示出他思想中现代性的一面。

马克思曾经指出,英国及其它殖民势力的入侵,虽然给当地人民带来了痛苦与不幸,但对于打破这些闭关自守、目光狭隘、缺乏创造力的东方农村的"村社制"却起到了积极的作用,动摇了东方专制制度的基础,促使这些国家发生社会革命,认为没有这些外来力量的渗透,这些东方专制的国家难以完成革命性的变化,也是在这个意义上,马克思认为"英国不管是干出了多大的罪行,它在造成这个革命的时候毕竟是充当了历史的不自觉的工具"④。英国对印度的殖民统治是具有双重性的,这在历史学中已进行了深入的研究。这种殖民统治的双重性也决定

---

① 普列姆昌德:《论文学》,唐仁虎、刘安武译,漓江出版社1987年版,第27页。
② 同上书,第1页。
③ 同上书,第2页。
④ 《马克思恩格斯选集》第二卷,人民出版社1980年版,第68页。

了殖民地国家在文化上必然陷入传统和西方的激烈冲突中,决定了当时的知识分子文化选择上的矛盾。英国作家福斯特在他的反纳粹演讲中曾论及德国纳粹对英国的企图:"不错,他们想占有我们的国土;很明显他们也想占有我们的钱财。但同时,他们还想改变我们的文化直至它合乎他们自己划定的界限。"[①]这段话同时可用于分析英国对印度的殖民统治,其中的政治压迫、经济掠夺和文化威胁是相似的。因此,在两种文化处于敌对地位时,受迫害的一方必然会采取文化上的警惕与批判,本能地去传统中寻找力量。普列姆昌德在政治上对英国形象的否定及在理论上对英国文学的认同体现出作家文化选择、文化观念上的矛盾,这也是在不正常的文化关系中受压抑的本土作家难以逃脱的矛盾。

第三节 "现代派":向往民族未来

综观东方现代文学的进程,可以看出:东方的近代、现代史是一部备受帝国主义、封建主义侵略、压迫、奴役、剥削的屈辱的历史,也是一部东方各国人民反帝、反殖、反封建的波澜壮阔的斗争史。东方现代文学正是在这个大背景下产生,又随着这场斗争的迂回曲折、发展变化以及最后取得胜利而渐趋成熟的。文学是这场斗争的参与者,也是这场斗争的艺术再现者。因此,与民族、民主革命紧密结合,反映人民对独立、自由、民主的热切向往,表现反帝、反殖民、反封建,争取国家独立和民族解放的斗争,就自然成了东方现代文学的主旋律。这一主旋律形成的过程,也即是东方文学更新、改造、发展的现代化的过程,也即东方现代民族主义文学思潮发展的过程。对于东方文学来说,文学的现代化意味着从创作思想、文学体裁到创作方法对西方文学全方位吸纳。但这并不是全方位的西方化。在这一现代文学的发展过程中,东方的作家不仅显示出开放的意识、世界的眼光与追求的精神,同时也表现

[①] 福斯特:《现代的挑战》,李向东译,作家出版社1998年版,第40页。

出极大的否定的勇气——对传统的反叛。东方的作家深知,不挣脱传统的桎梏,无以有民族发展的未来。现代文学每前进一步,每一项革新,都要与传统进行一番较量。伊朗尼玛体自由诗创立于20世纪20年代,到50年代才确立其稳固的地位;印度文学中"印度性"与"现代性"的争论;埃及20世纪30年代文艺思想的大论争;战后黎巴嫩先锋派诗歌引起的震动,日本文学中"国粹主义""日本主义"的时时冒头;印尼文学中"东方派"与"西方派"之争,都说明在对待传统的问题上,革新与守旧的斗争始终贯穿于近现代文学的进程之中。这样,在东方现代民族主义文学思潮发展的过程中,围绕着对待民族传统文化与西方文化的不同态度,产生了立足于民族的发展,向往民族未来的"现代派"。与留恋民族过去的"传统派"作家相比较,"现代派"作家的创作更多地把目光投向了未来,更多地为民族的前进和人类的发展探索道路。如日本武者小路实笃的《新浦岛的梦》《幸福的人》《第三个稳者的命运》;朝鲜赵明熙的《洛东江》;印度穆罕默德·伊克巴尔的《爱的启示》《穆斯林之歌》《驼队的铃声》,萨拉特·钱德拉·查特吉的《秘密组织——道路社》;菲律宾何塞·黎萨尔的《不许犯我》《起义者》;印度尼西亚阿卜杜尔·慕伊斯的《错误的教育》;萨努西·班奈的《克达查耶王》《麻喏巴歇的黄昏》《新人》;泰国蒙拉查翁·尼米蒙空·纳瓦拉的《理想国》,西巫拉帕的《后会有期》《向前看》;肯尼亚詹姆·恩古吉的《大河两岸》;喀麦隆斐迪南·奥约诺的《老黑人与奖章》;南非彼得·亚伯拉罕的《献给乌多莫的花环》;埃及纳吉布·马哈福兹的《平民史诗》《伊米·法图漫游记》;尼日利亚沃莱·索因卡的《森林之舞》;等等。这部分文学创作是东方家在当时的社会环境中做出的合理选择,就像德国学者布洛赫认为的那样,"希望是人生的本质的结构",人与世界均处于永远向未来敞开的、尚未完成的过程中,人本质上不是生活在现在,而是生活在未来。①

民族的未来,民族的生存和发展,是现代乃至于当代东方各国面临

---

① 转引自朱立元:《当代西方文艺理论》,华东师范大学出版社1997年版,第196页。

的最基本也是最主要的问题。东方的作家们为此而焦虑,他们试图在艺术的世界里思索和实践,探索着种种路径。这些为民族的未来探索前进方向的"现代派"作家们,从19世纪中叶到20世纪中叶,从经历思想启蒙到反封建,要求民主、自由和个性解放,反帝反殖民,寻求民族独立,他们走过了一条极为艰辛、极为复杂的道路。

一 启蒙运动中对封建主义的批判,对未来科学与民主的呼唤

正像东方的大门,是由西方的坚船利炮轰开的一样,东方的现代文学也是在外来影响的强力冲击下,面对西方的挑战,为求民族的发展,所做出的应战。东方的现代文学本身并不是各国文学自身的自然发展,在传统文学中也并不存在这种发展的动力。所以无论哪一个东方国家,即使是从未沦为殖民地或半殖民地,反而成为侵略别国的军事帝国主义国家的日本,也不例外,其现代文学都是在接受西方文学的影响下发展起来的。这是东方各国现代文学共同的价值取向。可以说,在东方各国现代文学诞生之前,或者说伴随着现代文学的诞生,东方各国都产生过规模不等、深广程度不一的思想启蒙运动。它以资产阶级的民主、自由、平等的旗帜,反对封建专制,要求个性解放,主张婚姻自由,关注妇女问题,倡导宗教改革。东方各国的现代文学正是以此为突破口杀出了一条生存的血路。此后,西方文学中的新内容、新观念、新体裁、新手法,打开了东方人的眼界,使东方人获得了新的文学意识。在这场思想启蒙运动中兴起的启蒙文学,充满了对封建主义的批判,对科学与民主的呼唤,对未来的美好憧憬。

日本,其文学的现代化是伴随着明治维新(1868)后国家的现代化而发生发展的。维新后的前一二十年,可以说是启蒙的时代,是打破封建思想、铲除封建束缚的时代,也是自我觉醒、争取自由的时代。以福泽谕吉(1834—1901)为首的启蒙思想家,代表明治初年新知识阶层的思想要求,适应当时自由民权运动的需要,取法西方,提倡资产阶级民主思想。明治六年(1873),在森有礼(1847—1889)的倡议下,福泽

谕吉等人成立明六社，发行《明六》杂志，介绍西方哲学思想和科学文化，宣传启蒙思想，鼓吹资产阶级民主自由，给同时代人以很大影响。福泽谕吉的《西洋情况》(1866—1870)、《劝学篇》(1872—1876)、《文明论概略》(1875)等著作，成为当时非常普及的启蒙读物。此外，还有中村正直所译英国作家斯迈尔斯的《自助》(1870—1871)以及中江兆民(1847—1901)所译卢梭的《社会契约论》、E.维隆的《维氏美学》(1883—1884)等。这些启蒙读物所贯穿的基本思想，是实用主义与功利主义，是为"殖产兴业，富国强兵"服务，有讲实学，重物质，轻文学的倾向，但其对开启民智，促进人的现代化，具有不可忽视的作用，又因其表达新颖，论说平易，对扫除旧文风，也起到一定作用。尤其是进入19世纪80年代后，正值日本自由民权运动高涨时期，启蒙思想家等开始译介一些具有政治内容和社会意义的小说：英国政治家兼小说家迪斯雷利以及李敦的作品，雨果和大仲马反映法国大革命的作品，还有描写俄国虚无党人革命活动的小说等。这些译作中的反封建内容和民主思想，多样的题材和新颖的技巧，开阔了日本读者的眼界，促使新文学得以逐渐摆脱旧文学的羁绊，这极大地影响了盛行于19世纪80年代的政治小说的创作，如户田钦堂(1850—1890)的《情海波澜》(1880)，矢野龙溪(1850—1931)的《经国美谈》(1883—1884)，东海散士(1852—1922)的《佳人之奇遇》(1885)，末广铁肠(1849—1896)的《雪中梅》(1886)和《花间莺》(1887)等，这些作品都是拥有政治家身份的作者借小说这一文学形式，探索社会发展的未来，表达个人或政党的政治理想或政治主张，同时穿插一些爱情故事。这些看似粗糙稚拙的启蒙文学作为新文学的先声，不仅是政治的启蒙，同时也是文学的启蒙，具有不可估量的意义。经过长达十五年自由民权运动，近二十年的思想启蒙，以及大量西方文学的译介，1885年，坪内逍遥(1859—1935)写出了日本近代第一本文学理论著作《小说神髓》，对文学的发展起了导向的作用。1887年，二叶亭四迷(1864—1909)在俄国批判现实主义文学和坪内逍遥小说理论影响下，创作了日本第一部批判现实主义小说《浮云》。1890年，森鸥外(1862—1922)发表日本浪漫主义的开山之作《舞姬》，追求个人的精神解放，表现了人的觉醒，以及这种觉醒与社会现实的矛盾。不久，与森鸥外并列为明治文学的巨擘的夏目漱石（1867—1916）写作《我是猫》（1905）、《哥儿》（1906），表达了对明治社会与文明的批判。而他的短小说《二百十日》和《疾风》，思想更为先进。前者提出了以革命行动打倒"文明野兽"，消灭金钱势力的口号；后者宣称明治维新已告一段落，号召青年树立理想，赶快觉醒，投身革命，创造新的生活。稍后白桦派核心人物武者小路实笃（1885—1976）在他《第三个稳者的命运》（1921）里创造了一个没有地主和资本家，人人各尽所能的"理想国"，寄托了他对未来社会的乌托邦设计。不仅如此，白桦派自由发展个性，创造新型社会的理想，还体现在实践中，如武者小路实笃的"新村运动"和有岛武郎解散农场，把土地分给农民的行动等等，这些面向未来而进行的探索都有着一定的进步意义。

　　朝鲜现代社会始于19世纪末20世纪初，朝鲜封建统治者的腐败无能和日本帝国主义的残酷侵略，激起朝鲜人民的不满和反抗。与此相应，在文化领域内也兴起了爱国启蒙运动，涉及范围极广，包括教育运动、出版文化运动和国文运动等多种形式，通过传播文明知识、提倡独立自主的新思想，以达到唤醒民众、奋起救国的目的。启蒙文学是启蒙运动的一翼，也是朝鲜现代文学的前奏，它包括"新小说""翻译政治小说""英雄传记"和诗歌等多种体裁，在主题内容上带有独立自主、平等自由、尊重个性和反封建的特质，在朝鲜文学史上写下了重要的一页。以"新小说"为例，如李海朝（1869—1927）的《自由钟》（1908），对尊重妇女权利、提倡朝鲜语、废除身份制度以及教育上的弊端展开讨论，有"讨论小说"之称。李人植（1862—1916）的《雉岳山》（1906）、《鬼之声》（1906）、《银世界》（1906）和《血之泪》（1906）等，以反封建为内容，为民族的未来发展寻求自由、平等和民权思想。

　　印度从16世纪开始，就不断遭受西方列强的入侵。1757年英国取得了对印度的统治权，进而控制了全印度，殖民主义者开始与封建势力勾结，从政治、经济、文化上对印度人民进行残酷统治压迫，几千年封闭自足的印度社会格局被打破。为了寻求出路，19世纪末，地主贵族和民族资产阶级先进知识分子接受了西方民主主义思想，主张学习西方先进文化，提出一系列宗教改革和社会改革措施，要求普及民众教育，使用民族语言，消除种姓差别，改善妇女地位，弘扬民族文化，实现民族自治的政治理想，甚至赞成搞社会主义实验。这场启蒙运动，推动了印度文化思想的现代化进程，印度的文学观念随之发生了变化。印地语启蒙文学家帕勒滕杜（1850—1885）指出，文学应描绘人的自然本性，应揭示社会和国家的弊端，激起爱国的崇高情感。乌尔都语启蒙诗人侯赛因·哈利（1837—1914）提出，文学应从宗教神话、艳情趣闻的陈腐题材中解脱出来，歌颂大自然、民族情绪和政治理想。在这些文学观念的影响下，一批富有才华，关注祖国与民族的未来的作家身体力行，投入社会改革活动，创办文学刊物和文学社团，与复古倒退的思潮作了不倦的斗争。他们创作诗歌、散文、小说、戏剧，歌颂祖国，表现反抗侵略的爱国精神，抒发叛逆自由的情愫，表达了对未来美好生活的憧憬。如乌尔都语诗人恰克伯斯特（1882—1926）的诗集《祖国的黎明》，印地语诗人古伯德（1886—1964）的《印度之声》（1912），等等。

二 反帝反殖反封建斗争中对民族未来生存发展方向的探索

如上所述，东方现代文学是东方现代民族觉醒和民族解放运动的产物，同时又是世界文学主要是西方文学直接影响的结果，它既有民族性，又有世界性，是在民族解放斗争的风暴中和东西方文化的冲撞下成长和发展起来的。东方各国启蒙时代的文学，以西方的文明作为参照来彻底否定东方传统的封建政治、文化、道德、伦理，动摇了封建统治的根基，拉开了东方各国由传统走向现代的序幕。民主与科学成了辉映这一时期的两面大旗。这是一个令人震撼的时代。这一时代很快就过去了，接下来东方各国都先后经历了血与火的洗礼，如火如荼的反帝反殖反封建的民族解放斗争成为时代的主旋律。这时，人民思想的觉醒导致了民族意识的觉醒，一些具有使命感责任感的作家逐渐意识到，在民族灾难深重的时刻，个人的命运与民族的命运息息相关，个人反封建求解放的斗争，如不和民族、民主斗争的洪流相汇合，将会一事无成。这样，救亡图存与民族独立，成了普遍的时代精神，也是文学精神的一面旗帜，越来越多的东方作家聚集在这面旗帜下，为民族未来生存发展的方向探索道路。

朝鲜无产阶级文学在俄国十月革命和马克思列宁主义思想的影响下于20世纪20年代兴起，表现出鲜明的革命性和批判性，与民族解放斗争紧密结合，显示出与资产阶级文学截然不同的风貌，成为朝鲜现实主义文学的优秀代表。其中赵明熙（1892—1942）的《洛东江》（1927）不仅表现了在日本殖民统治压迫下朝鲜人民的阶级觉醒和有组织的斗争，出现了具有社会主义思想的革命者形象，并且以其对斗争胜利前景的暗示，表达了对民族光明未来的向往。韩雪野（1900—1976）的《过渡期》（1928）描画了农村的没落和工业城市的新兴，以及农民转化为工人的过程，续篇《摔跤》（1928）则表现对工农联盟的向往。朴八漾的《新都市》（1929）运用想象，向读者展现了一幅经革命先驱者的奋斗而实现的美好生活图景。

印度进入20世纪后，先后掀起了三次声势浩大的民族独立运动。"向母亲致敬"，渴望祖国独立成为20世纪民族主义诗歌运动的主旋律。其中穆罕默德·伊克巴尔（1877—1938）的诗歌成为独立斗争中穆斯林的号角。他创作《爱的启示》《穆斯林之歌》《驼队的铃声》等诗歌，努力向各国穆斯林揭示资本帝国妖魅的恶劣行径，用炽热的激情呼唤穆斯林团结一致，启示他们为生存而战，共同振兴伊斯兰的大业。他一心要为伊斯兰民族探索一条生存和发展的新路，建立一个独立、公正、自由、平等、博爱的伊斯兰制度。而他在这里所提出的伊斯兰民族的理论，是以伊斯兰文化作为唯一的思想基础，强调伊斯兰民族的团结精神。他认为一切地域性民族或团体是不重要的，甚至是不必要的，应予以清除。这不难看出他在为伊斯兰民族探索生存发展的新路时是蕴含着很深的反殖民主情感的。印度孟加拉语作家萨拉特·钱德拉·查特吉（1876—1983）于20世纪20年代印度民族解放运动的第二次高潮中，也创作了以反殖民主义为主题的作品《秘密组织——道路社》（1923—

1924),小说通过几个不同人物的描绘,冷静地反映了爱国阵营内部在选择民族解放的方式、手段、途径等问题上的分歧,真实地反映了20世纪印度爱国者对民族独立方式和途径的探索。而浪漫主义的叛逆诗人纳兹鲁尔·伊斯拉姆(1899—1976)受到共产主义思想影响,第一个将《国际歌》译成印地语,并在新创的诗歌中充满向往地描绘了关于未来的独立、平等、自由的国家和社会理想。

同印度一样,东南亚各国的近现代文学也是在这样一个文化上东方与西方的冲突,政治上的殖民与反殖民的背景中成长起来的。

菲律宾著名诗人何塞·黎萨尔(1861—1896)既是反对殖民主义的坚强斗士,也是菲律宾近代新文学的创始人之一,是东方各国最早描写和反映殖民地人民幻想破灭与悲壮反抗的著名作家,也是最早以文艺为武器唤起民族觉醒、推动民族解放运动发展的著名作家。其长篇《不许犯我》(1887)和续集《起义者》(1891)对民族解放出路的探索经历了采用合法、和平的方式和进行秘密的暴力恐怖活动的方式两个发展阶段。这种探索打破了殖民地人民对殖民统治的幻想,同时也表明单枪匹马、个人冒险和恐怖手段是行不通的。

印度尼西亚1926年民族起义失败后,民族解放斗争转入低潮,但在文化战线上的斗争却有了进一步的发展。全国的民族意识普遍高涨,需要从文化上更好地把握今后民族发展的大方向。伊斯兰民族主义的代表人物阿卜杜尔·慕伊斯(1886—1959)的《错误的教育》(1928),就对奴化教育的后果表示了深深的忧患,同时又在东西方文化冲突的历史条件下探索了民族精神自新的道路。到20世纪30年代的"新作家"时期,在"西方派"与"东方派"文化大论战的背景下,民族运动全面深入发展,文学的体裁、题材也趋向多样化,个人反封建已不再是时代的主题,作家把目光移向与民族发展更密切相关的社会文化等重大问题上,探索个人、家庭乃至整个社会在东西方文化的冲撞中如何建立新的思想意识和价值观念。如"新作家"时期最重要的剧作家、"东方派"的代表萨努西·班奈(1905—1968)在20世纪30年代民族运动在政治上处于低潮时,参加文化论战,积极探讨今后民族发展的方向,并先后创作了三部多幕剧：历史剧《克达查耶王》（1932）和《麻喏巴歇的黄昏》（1933），现代剧《新人》（1940），将他的文化思想和主张贯穿其中。

近代的泰国是一种过渡的半封建半殖民地的特殊形态的社会，其文化包括文学也有很大的过渡性，这一过渡性是西方文学形式泰国民族化的过程。其中，泰国现代文学的奠基者西巫拉帕（1905—1974）的《向前看》（1957）描绘了一代知识分子追求真理、探索未来的道路。由于作者掌握了唯物史观，看清了人类历史的发展趋势，他把革命者放在历史的中心地位，把推动历史前进的人民群众当作小说的主角，使得作品从整体上把握住了时代的特点；他把对腐朽事物的暴露着眼于其必然灭亡的基点上，把对新事物的歌颂着眼于新的必然战胜旧的的历史发展趋势上，使得作品达到了泰国现代文学史上从未有过的新高度。蒙拉查翁·尼米蒙空·纳瓦拉（1908—1948）的《理想国》（1939），则表达了其政治理想。作者的最高理想是世界大同。他认为，国家的前途必须掌握在人民手中，政府应该代表大多数人民的利益。此外，他还提出改造经济的主张，宣传科学和民主思想，批判封建和迷信，主张纯洁的爱情，等等，表达了对美好社会的一种愿望。

撒哈拉沙漠以南非洲是西方殖民主义渗透最早、也是最严重的地区，先进的西方近代文化一直冲击着处于氏族社会阶段的社会，导致了撒哈拉沙漠以南非洲传统社会结构的分化瓦解，使之逐渐跨入近代社会。因此，撒哈拉沙漠以南非洲的文学是在全面移植西方文学的基础上，从无到有形成和发展起来的。撒哈拉沙漠以南非洲各国与宗主国之间，传统文化与近代文化之间的关系问题，一直是文学反映和探索的主要问题。撒哈拉沙漠以南非洲与西方之间在政治、经济、文化上的冲突，撒哈拉沙漠以南非洲传统社会文化在冲突中的分化瓦解，撒哈拉沙漠以南非洲人民的民族意识，近代思想意识的觉醒，觉醒后对民族出路、国家前途、命运的探索，构成了撒哈拉沙漠以南非洲近代文学的基本面貌。因而，全力塑造觉醒者、探索者的形象，正是撒哈拉沙漠以南非洲近代文学的一大特色。一方面，撒哈拉沙漠以南非洲人民对民族解放出路的探索，有政治经济制度上的探索。肯尼亚作家詹姆·恩古吉(1938—　)《大河两岸》(1965)中的瓦伊亚吉,喀麦隆作家斐迪南·奥约诺(1929—　)《童仆的一生》(1956)中的敦吉,《老黑人与奖章》(1956)中的老黑人麦卡,南非作家彼得·亚伯拉罕《献给乌多莫的花环》(1953)中的迈克尔·乌多莫等,都是作为觉醒者、探索者的形象被写的。这些觉醒者的觉醒意识起初是民族自尊意识,然后是民族自强意识和文化包容意识,他们的行动都体现了撒哈拉沙漠以南非洲人民对近代国家所面临的独立斗争以及独立后走什么道路的问题的探索。而塞内加尔法语作家桑贝内·乌斯曼(1923—　)的《祖国,我可爱的人民》(1957)则成功地描写了以实际行动谋求民族独立和自强的新一代非洲黑人,其深刻之处在于:它的主人公找到了振兴民族,建立和发展独立的民族经济,摆脱殖民统治的道路。另一方面,撒哈拉沙漠以南非洲人民既有对民族解放出路的探索,也有文化意识形态方面的探索。这一点突出表现在塞内加尔著名诗人、前总统桑戈尔(1906—2001)等人所提出"黑人性"口号及其诗歌创作中,他们的诗歌努力挖掘为西方文化淹没了的撒哈拉沙漠以南非洲文化的独立价值,力图从精神文化上维护黑人的特性,为黑人在政治文化上的独立和解放创造条件。

三　战后重建中对未来世界发展与人类命运的沉思

第二次世界大战以后,东方各国相继结束了殖民地半殖民地状态,取得了民族独立,东方各国的历史便由争取民族解放进入和平发展时代。这一时期,东方文学的基本特点是由冲突走向融合,文学主题由东西方文化冲突转为东西方的融合,由强调民族独立,转而重视与发掘民族的悠久历史与传统,展现民族的生存和发展以及社会生活中面临的新的矛盾和冲突。其侧重点虽有所转移,但振兴国家的爱国主义精神并没有减弱。从东方文学创作轨迹考察,东方的民族主义作家们的创作始终体现着对祖国、对人民的热爱,对现实政治的关心,对理想世界的追求,对历史前景的信心。他们为国家的前途、民族的幸福着想,将自己的思想随着祖国命运的航船一同前进,同时我们也可以看到他们所倡导的民族主义已经超越了狭隘的地方民族主义,深入对未来世界发展和全球人类生存命运的探讨。

蒙古自第二次世界大战结束至20世纪60年代中期,一直有计划地发展经济、文化事业。战后和平建设、国家面貌的变化,成为这个时期文学作品的重要主题。例如50年代蒙古诗坛上的活跃人物策·盖达布(1929—1979)的政治诗写作,具有独特的风格。他的诗歌蕴含了诗人对历史的回顾和对未来的思考,表达其对人民命运的深刻关怀。如《弗·伊·列宁》《达木丁·苏赫巴托》(1957—1966),等等。

埃及通过1952年七月革命摆脱了英殖民统治,推翻了封建王朝的统治,走上了独立的道路,这给千百万人带来巨大的希望。但是现实并没有人们想象的那样好,真正的社会主义和真正的民主并没能实现。这一切使得革命之后具有爱国忧民意识和政治参与意识的埃及作家处在一个要研究新价值的地位上,开始了新的思考。其中埃及著名作家纳吉布·马哈福兹辍笔六年,深入地观察革命后的社会生活,认真地思考新时期所提出的问题,并且在20世纪50年代末期重新握笔进行创作。纳吉布·马哈福兹这一时期的创作不完全以现实生活为题材,还用哲学家的思维,超越了自然形态的时空,思索人类发展的真谛,探索人类自我完善的途径,开辟通向理想境界的道路。为了适应这一需要,他选择了全景式、史诗性的小说形式,从不同侧面反复描绘人类追求真理,实现理想的奋斗历程。如寓言体作品《我们区街的孩子们》(1959)、《平民史诗》(1977)在广阔的时空之间,探索人类历史的奥秘,总结人类发展的经验,指明人类的幸福只能依据人类自己去创造和寻求;《千年之夜》(1982)则深入人的内心深层,揭示人性的真谛;纳吉布·马哈福兹关心祖国的未来,一直企图找到一条促进民族发展的埃及式的道路,《伊本·法杜玛游记》(1983)中古代爱国穆斯林伊本·法杜玛游列世界各国,寻求人类大同世界——山之国,恰好体现了他的这种探索。我们从这些创作中可以看到纳吉布·马哈福兹对社会现实的不满和对民族前途的忧虑,他思考的每一个问题几乎都与国家、民族的前途,全球人类的命运息息相关,而其思考的核心是寻找出路。

1960年尼日利亚获得独立。剧作家沃莱·索因卡(1936—)从伦敦回到阔别多年的祖国,渴望投身祖国的建设事业。他不辞辛苦地深入各地采风,在搜集民间艺术传统的基础上,致力于将西方戏剧艺术同约鲁巴等西非土著民族的音乐、舞蹈、戏剧结合起来,力图创造出一种既有20世纪时代精神,又不失尼日利亚乡土气息与民族风格的新型戏剧。《森林之舞》(1960)即是这种探索的最初尝试。这个剧本的剧情围绕人类为庆祝民族团聚而举行的宴会展开。人们为了欢庆民族大团结的喜庆日子,请求森林之王准许他们死去的祖先,作为"民族杰出的象征"来参加盛会,没料想与会者竟是些不受欢迎的人。作者企图借此告诉人们:历史并不伟大,也没有过什么黄金时代,只有正视现实,面向未来,才能找到真正的出路。①《森林之舞》正是在这种历史与现实的不断变化中提出了前进与未来的问题,体现了作者对于民族命运、人类命运的深刻思考。《森林之舞》所遗留下来的关于尼日利亚乃至整个人类前进与未来的问题,在1965年的剧本《路》中得到了更集中的表现。《路》上演时,尼日利亚已独立五年,但并未能走上健康发展的道路,反而暴露出各种深刻的社会危机,人民贫困潦倒,怨声载道。创作《路》的直接动因是作者有感于尼日利亚公路上频繁发生的交通事故,但是剧中却渗透着作者对许多现实问题的哲理性思考。剧中虽不乏作者对现实的深思,却很少探讨时事性问题,对社会生活内涵实质的分析多于再现生活,对于国家与民族问题的悲观与忧虑又多于希望与想象。因此,《路》表现出一种警世意义,一种对于未来难以名状的时代穿透力,表达了作者对国家前途与民族命运的一种深刻的思索,以及因为结论悲观所产生的一种内心的焦虑。

南非曾是英国的殖民地,南非社会主要由黑人、荷兰裔白人、英国裔白人和有色人种组成,少数白人统治南非。尤其是1948年国民党上台后,种族歧视和种族隔离日益法律化和制度化,种族关系日益恶化,从

---

① 王向远:《东方文学史通论》,上海文艺出版社1994年版,第423页。

而出现了很多反种族主义的作品。其中纳丁·戈迪默(1923—   )从激进的人道主义立场出发,坚决站在黑人一边,以笔作武器,同南非种族主义政权做斗争,为南非的自由而奋斗,创作了许多优秀的作品,如《说谎的日子》(1953),《陌生人的世界》(1956),《恋爱时节》(1963),《已故的资产阶级世界》(1966),《尊贵的客人》(1971),《自然资源保护论者》(1974),《伯格的女儿》(1979),《朱利的人》(1981),《大自然的运动》(1987)等,成为南非文学界里一颗最明亮的彗星。其中《大自然的运动》(1987)已不再是在南非社会框架寻求自我,而是放眼整个非洲,在主题与艺术方面另辟蹊径,描绘了一个以黑人为国家元首的自由平等、和平稳定而且富裕的理想国家,为种族隔离制度废除后的南非提出了可供学习的样板,也可以说,她在作品中构想了南非未来的发展蓝图:南非是非洲的南非,不是欧洲的南非,南非是全体非洲人的南非,不是少数白人专有的南非。她的贡献无疑是伟大的,正像瑞典皇家科学院所说的那样:"她的文学作品在以深刻的洞见透视历史进程的过程中,帮助实现这一进程。""通过她恢宏的史诗般的作品对人类作出重大的贡献。"[①]

第四节　马哈福兹:现实的未来思考

1988年埃及作家纳吉布·马哈福兹因为创作了"一种适应全人类的阿拉伯叙事艺术"征服了世界亿万读者,获得该年度的诺贝尔文学奖,成为阿拉伯世界第一位荣膺该奖的作家。他的作品以宏阔的视野、鲜明独特的创作风格,从不同侧面展示了埃及的历史、现实、未来,特别是作为一个对民族和国家具有强烈责任感的作家,在作品中详尽地描述了埃及现、当代历史进程,表现出他强烈的民族主义精神,因而被誉为"阿拉伯民族之魂"。同时,尽管世人对诺贝尔文学奖有各种不同的评判,获得此奖的作家因此而走向世界,恐怕也是不容置疑的事实。在

---

① 郁龙余、孟昭毅:《东方文学史》,北京大学出版社2001年版,第622页。

东西方文化激烈碰撞的今天,来探讨这一课题,无论对马哈福兹研究,还是对民族主义研究都会有所裨益。

"民族主义是民族共同体的成员在民族意识的基础上所形成的对本民族至高无上的忠诚和热爱,是关于民族和民族问题的理论政策,以及在这种理论政策指导下或影响下的追求、维护本民族生存和发展权益的社会实践和群众运动。"①民族主义不单表现为一种政治诉求,同时也表现为一种文化诉求,20世纪30年代东方各民族均面临着传统文化的现代化转型,马哈福兹正是在文学的创作园地孜孜不倦地实践着这一重要课题。1930年,马哈福兹进入开罗大学文学院哲学系学习,接触了西方各种民主主义和社会主义思潮,逐步接受了一些社会主义思想和科学观点。在取得硕士学位后,他又研读了福楼拜、左拉、托尔斯泰、普鲁斯特、福克纳、乔伊斯等西方大师的作品,从中汲取了"民主及科学与上帝同一"的价值观,以及各种西方文学的技巧与观念。在汲取西方文化有益养分的基础上,又表现出对传统文化的苦苦眷恋。可以说,马哈福兹是带着独特的民族特色而走向世界的,而这一特色又经过域外文学(特别是西方文学)的洗礼。他作为阿拉伯小说之父,写出了自己的语言中最丰富的现代小说。

一 民族主义是马哈福兹创作的基点和表述的核心

当有人问马哈福兹,"你是怎样走上文学创作道路"时,他答道:"当时的环境决定了我走文学创作的道路。爱国主义是主要的源泉,后来还有社会改良主义。"②他早年写短篇小说,1938年马哈福兹的处女作短篇集《疯狂的低语》问世。短篇集的大部分题材是描写男女爱情的,旨在揭露男女关系中的道德弊病和丑事。但是细心的读者会发现,

---

① 余建华:《民族主义——历史遗产与时代风云的交汇》,学林出版社1999年版,第13页。

② 马哈福兹:《把我当作修建金字塔的工人》,《诺贝尔文学奖获奖作品精华集成》(B卷),文汇出版社1993年版,第1399页。

作家大量地描写了贵族生活,揭露了这个阶层的帕夏、贝克、大臣及其夫人们的道德败坏、腐朽堕落的可耻行为。这是因为作家的童年是在埃及反英反封建的革命浪潮中度过的,受到父亲和老师们的熏陶,幼小的心灵中很早就印下了对祖国的热爱。

马哈福兹曾在接受记者采访时说:"我的小说中不缺乏政治。我愿意告诉人们,我们是受到政治的教育而成长的。在早期,是埃及的民族主义。随着1952年革命,社会主义使我们思路大开,阿拉伯民族主义开阔了我们的眼界。"①可见民族主义思潮对马哈福兹的影响是巨大的,纵观马哈福兹的作品,以民族主义为基础的爱国主义贯串了其整个的文学生涯,在他创作的各个不同时期都有着不同的内涵和意义。

(一)回顾历史:唤醒民众的民族自豪感

纳吉布·马哈福兹生于一个爱国的、充满宗教虔诚气氛的家庭,信仰科学和社会主义。他的父亲是位虔诚的伊斯兰教徒,宗教是这个家庭文化教养的主要源泉。父亲像那个年代大多数埃及人一样,关心国家大事,常在家中议论国事,给孩子讲民族领袖的故事。这无形中在小儿子心中播下了爱国主义的种子。在虔诚的伊斯兰信仰与充满爱国主义的家庭熏陶下,马哈福兹自幼培养了关心外部世界的习惯和观察分析的能力,逐渐意识到作为一个国民的责任。因此他的创作一开始就带有批判的性质,他深知,要使人们直视悲剧社会,就要启发人们的良知,唤起人民的觉悟,掀起反对殖民主义的民族解放运动。

20世纪30年代末,长期统治埃及的土耳其奥斯曼帝国已经解体,英国武装占领了埃及,加强殖民统治。上层土耳其贵族也歧视压迫土生土长的埃及人,引起老百姓的极端反感。图坦卡蒙古迹的发现使埃及人看到了祖先的光荣业绩,"像古代埃及人一样收复失地",是举国上下全民族的首要任务。面对灾难深重,处于重要历史转折时期的埃及,马哈福兹陷入了痛苦的思索之中。他觉得作为一名严肃、认真,对社会

---

① 马哈福兹:《把我当作修建金字塔的工人》,《诺贝尔文学奖获奖作品精华集成》(B卷),文汇出版社,1993年版,第1400页。

负有强烈责任感、使命感的作家，必然会在历史转折阶段、民族危机之际担当起对本民族历史和人类发展进行反思总结的重任，以激励民众继续奋斗。他要以特有的方式来伸张正义，他要为民族的独立和自由而呐喊。于是，马哈福兹的历史小说《命运的嘲弄》（1939）、《拉都比斯》（1943）、《梯庇斯之战》（1944）应运而生了。

这三部小说取材于古埃及的传说，都是表现爱国主义的，曲折反映了当时埃及人民反对外国军队占领、争取民族独立的迫切愿望。在《命运的嘲弄》中，作者描写一位平民出身的英雄继承了王权，开创埃及历史的新阶段，表现了反对专制独裁的思想和王权世袭的观念，它是埃及民族历史的开端；《拉都比斯》则描写昏庸荒淫的统治集团与僧侣之间的斗争最后以统治者的失败而告结束；《梯庇斯之战》描写古埃及人在梯庇斯王公的率领下，多次发动起义，历尽艰险，终于把侵略者赶出国境，建立了新王国，揭开了古埃及历史新的一页——新王朝时代。马哈福兹在这些小说中借古喻今，试图用现代民族意识赋予历史事件以新的解释，每一部小说都有一个政治含义，通过古代埃及民族史上反对异族侵略的光辉业绩告诫人们发扬光荣传统，唤起人们的民族自豪感，激发民族的热情，以响应时代的召唤。从中也可以看出，马哈福兹创作的思想基础是埃及法老文明和阿拉伯文明，以法老文明作为埃及民族主义的基础；以阿拉伯文明即伊斯兰宗教道德来规范其作品。马哈福兹正是脚踩着这两块坚实的"基石"来谴责掠夺、侵略与杀戮。他在历史小说中所描绘的埃及被侵略，民族遭践踏，人民受污辱的史实来控诉侵略者的侵略途径，以此来唤起民众，赶走殖民主义者，为埃及寻求一条民族复兴的道路。马哈福兹是一位爱国主义者，而不是一个极端的民族主义者，法老文明的公正和伊斯兰教的平等、宽容和博大的思想深深根植于他的灵魂，使他的小说在充溢着阿拉伯宗教文化气氛的同时，注满了正义和道德的力量。

马哈福兹曾经拟订了创作40部历史题材小说的宏伟计划，但是，当他创作了三部历史小说以后，他感到这种题材的局限，而且他觉得通过这三部也已经写尽了自己想要表达的主题，借助历史已经难以叙述他内心的感受了。于是,为了更有力地发挥文学对社会变革的参与、促进作用,他决定把笔触从遥远的古代转向埃及的现实,创作了一系列批判现实的写实主义小说,使埃及小说进入了"纳吉布时代——小说艺术的奠基时代"。

(二)反思现实:激励民众争取民族的民主自由

马哈福兹的创作从历史小说转向现实主义小说也是时代变迁使然。第二次世界大战以后,法鲁克王朝的统治越来越反动和专制,埃及人民的民族民主运动掀起一个又一个的高潮,老百姓平静的生活被搅乱了,加上封建社会千百年形成的旧传统、旧礼教依然在禁锢着人们的精神,束缚着人民的自由,使人们感到特别的压抑与困惑。但是对于埃及这样有着太深的历史积淀、背负着过重的历史包袱的国家来说,要走出困境是何等的艰难。

作为一个富有高度的历史使命感和爱国热情的作家,马哈福兹对祖国的前途和人民的命运具有强烈的忧患意识,他的心中始终牵挂着民族的兴衰存亡。古老而又现代的埃及是马哈福兹心目中永恒的文学王国。他所写的作品自始至终都着眼于埃及,他一直倾听着埃及的脉搏,写它的历史、它的现实……这个有力的基点把他同阿拉伯民族的命运牢牢地联系在一起,使他成为真正的阿拉伯民族之魂的建造者之一。

20世纪40年代中期开始,马哈福兹陆续发表了《新开罗》(1945)、《赫利市场》(1946)、《梅达格胡同》(1947)、《始与末》(一译《尼罗河畔的悲剧》,1949),形成了脍炙人口的社会小说四部曲,这一部分小说主要描写20世纪三四十年代开罗小资产阶层的生活,抨击了封建王朝的黑暗统治,表达了人们追求理想社会的愿望,赞美了年轻一代献身社会变革的精神。每部小说都贯穿一条冲突十分尖锐的情节线索,作家利用这个情节,通过一个街区、一个家庭或一个人的悲惨遭遇,表现当时整整一代人的社会悲剧,并进行了十分深刻的概括。在写作中,马哈福兹初步实践了"文学是对现实的革命,而不是简单的描绘"①的文学主张。把反映现实生活的悲剧,以激发人们改革社会的良知作为写作的出发点,并力图站在历史发展的高峰,怀着对美好理想的向往与追求。在揭露生活悲剧,鞭挞丑恶现象时,总是循着主人公的失败不幸的命运追根寻源,找出造成如此命运的社会原因。作品中人物的生活道路反映了埃及社会的风雨变幻,我们通过这些人物的生活遭遇和特定环境,以及真实而生动的社会画面看到了作者对埃及社会前途的深刻关注和对祖国命运的忧虑悲情。

这一时期他创作的最大成果自然是"三部曲":《宫间街》(1956)、《思宫街》(1957)、《甘露街》(1957)。小说是在1919年革命前夕拉开序幕的,当时的"埃及有两套权力机构,即赫底威和埃及内阁;另一套是实际上的权力机构,即以英国代表为首的英国权力机构"②。也就是说,埃及已实际沦为英国的殖民地。埃及人民在帝国主义和封建主义的双重压迫下过着悲惨的生活。农村凋敝,工人失业,政治腐败,知识分子和政府部门的人员受到英国人的排挤。埃及人民逐渐觉悟到帝国主义的统治是民族苦难的根源。民族矛盾如弦上之箭,一触即发。作品主要通过具有浓厚封建色彩的商人艾哈迈德一家三代人的生活和思想变迁,再现自1919年反对英国殖民统治开始的现代埃及的民族独立和解放斗争,谱写出埃及近代争取独立的"血泪史"。"三部曲"的核心是民族的独立和解放,公民的自由和平等。而"知识分子是参加1919年革命的资产阶级中革命性最强、最突出的一个阶层,也是1919年革命的资产阶级的一个组成部分。毋庸置疑,知识分子不仅是1919年革命中,而且是19世纪以来埃及政治生活中最突出的一个阶层"③。因此无论从社会理想或文化模式,知识分子最能体现出埃及民族运动总的特征。

---

① 蒋和平:《雨中情·译者前言》,纳吉布·马哈福兹:《雨中情》,蒋和平译,文化艺术出版社1991年版,第4页。

② 穆罕默德·艾尼斯、赛义德·拉加卜·哈拉兹:《埃及近现代简史》,埃及近现代简史翻译小组译,商务印书馆1980年版,第106页。

③ 同上书,第116页。

"三部曲"正是通过法赫米、凯马勒、阿卜杜·蒙伊姆和爱哈麦德等知识分子形象,勾勒出埃及民族解放运动的艰难历程。

《宫间街》的后半部分着重通过法赫米参加反对英国殖民统治的学生运动,描写了在民族主义思潮的影响下的1919年革命的重大历史事件。法赫米是法学院的学生,深受民族主义自由思潮熏陶,热情地参加学生爱国运动,最后在反英游行示威中献出了年轻的生命。法赫米代表了在1919年革命中成长的进步知识分子形象,从他身上我们可以看到一部分埃及知识青年在民族斗争中的觉醒与奋起,以及他们在前进道路上所遇到的社会上和心理上的羁绊。作家借助法赫米的眼睛不厌其详地描绘了蔚为壮观的反英游行示威,表达了埃及人民对殖民者的刻骨仇恨及强烈要求独立的民族精神。马哈福兹倾注了全部热情在法赫米身上,埃及传统文化中的仁慈、公正、慷慨、坚韧等等构成了其爱国主义精神的具体内容。在这个人物身上,明显地寄托了马哈福兹对家族、民族和国家复兴的希望。

凯马勒在小说中是一个十分重要的人物。现实与理想的矛盾困扰着他,他失去了上一代人的心理平衡,陷于精神危机之中。他代表了20世纪30年代在怀疑和信仰、宗教和科学之间彷徨的"迷茫的一代"。这正与20世纪30年代埃及的社会文化背景息息相关:1922年埃及宣布独立,但未取得真正意义上的独立,1936年,曾领导了1919年革命的华夫脱党与英国签订妥协的《英埃协议》,民族独立运动陷入低潮,反映了当时埃及人民在剧烈的社会变动中找不到民族的出路而陷入迷惘、痛苦的精神状态。

爱哈麦德是第三代人的代表。他与凯马勒相比,已不再苦闷彷徨。他有明确的反帝反封建目标,"希望能看到世界上所有的专制独裁的暴君一个个完蛋"。他和阿卜杜·蒙伊姆是于困惑、彷徨中崛起的"激进的一代",分别代表了民族一代新的领导力量,虽然各自选择的道路不同,但均意识到民族一代必须与社会改革紧密结合才能使民族真正走向复兴。作品在两个人被捕入狱的事件中降下帷幕,但作者或隐或显地预示了这只是"黎明前的黑暗",民族运动的高潮和社会大变动即将来临。

马哈福兹在接受访问谈到他从小说《新开罗》到"三部曲"的写作思想的发展时，他曾经说过，当人们思索民族主义时，他是从爱国主义出发，以法老主义作为埃及民族主义的基础。由此观之，作为马哈福兹自己，他不是狭隘的民族主义者，而是具有恢宏气度的爱国主义者。马哈福兹感受了从20世纪初叶不断掀起的反帝爱国斗争的革命风暴，目睹了祖国人民的苦难。他站在人类历史和时代的高度思考着民族的命运，面对西方的强势力量，他表现出强烈的民族情感和忧患意识，并自觉承担了一个优秀作家的道义责任，他的艺术世界因而充满了深厚的历史感和民族文化的底蕴。

（三）展望未来：寻求民族前进和人类发展的理想之道

马哈福兹的作品不仅对社会、对人类，表现出了强烈的忧患意识和危机感，他思考的每一个问题都与民族的前途、人类的命运息息相关，而其思考的核心是寻找出路。他常常通过具体的人物形象，向世人指出奋斗的方向，建议人们勇往直前——去探索、去追求。因而他的创作始终体现着对祖国、对阿拉伯民族的热爱，对现实政治的关心，对理想世界的追求，对历史前景的信心，这使他的作品焕发着一种奋发向上、开拓进取的时代精神。

1952年埃及人民摆脱了英殖民统治，推翻了封建王朝的统治，走上了独立的道路，这给千百万人带来巨大的希望。但是现实往往没有人们所希望的那样好，真正的社会主义和真正的民主并没能实现。于是在民族危机的重要关头，马哈福兹又开始了新的思考。一个背负着民族命运前途的作家，出于良心的促使，他又重新拿起了笔来创作新的历史环境下的新内容的小说，接连写了《我们街区的孩子们》（1959）、《小偷与狗》（1961）、《鹌鹑与秋天》（1962）、《道路》（1964）、《乞丐》（1965）、《尼罗河上的絮语》（1966）、《米拉玛尔公寓》（1967）等多部作品。这些作品主要对独立后的埃及社会存在着的假社会主义、贪污腐化、走私、通货膨胀等各种社会弊端进行了揭露和鞭挞，对社会伪君子进行了辛辣的嘲讽。比如《小偷与狗》中的拉乌弗·阿利凡,年轻时号召人们同统治者斗争,自己也决心把一生投入为人民斗争的事业。当他自己爬上统治者的位置后却转向了与人民为敌的方向。通过这个形象作者反映了人民对独立后的埃及的失望。我们也从中看到了马哈福兹对社会现实的不满和对民族前途的忧虑。《鹌鹑与秋天》描述了一个旧官员从仇恨革命不予合作,到心平气和地公正评价革命而做出顺应潮流的选择的转变过程。《道路》进一步从人类关怀的角度表达了狭隘的民族主义是没有出路的。《乞丐》《尼罗河上的絮语》则批评了一些中产阶级知识分子因不满现状而消极避世的人生态度,主人公对历史断断续续的思考揭示了历史发展的规律,引导人们去自觉地推动社会前进。

　　1967年埃及在中东战争中惨败,打破了阿拉伯不可战胜的神话,震惊了整个阿拉伯世界,人们普遍陷入悲观失望的情绪之中。马哈福兹冷静地面对现实,形象地分析局势,以洋溢的爱国热情,提笔写了许多政论文,号召人们为收复祖国的领土去进行英勇的战斗。同时马哈福兹以他特有的犀利眼光,观察到战争期间埃及社会上的种种腐败现象,以作家的良知反思战争失利的原因,用文学作品表达了他对民族出路的思考,写出了《车棚下》(1966)、《雨中情》(1973)、《平民史诗》(1977)、《顶峰上的人们》(1979)等小说。《车棚下》描写一群候车者在候车亭下观看小偷偷窃、车祸发生、淫荡暴力的猖狂而不制止,最终被警察击毙。这是作者怒其不争的表现,并以此刺激人们行动起来,同一切的社会恶势力进行斗争,这是既救社会又救个人的唯一出路。《平民史诗》整部小说由十个各自独立而又互相关联的故事组成,串联各个故事的主线是平民争取自由、平等、理想的幸福生活。第一代人阿舒尔是正直无私、助弱抑强的义士,他的传奇遭遇正反映了淳朴善良恪守正义的埃及民族的共同的民族心理。小说告诉人们一个真理:要取得幸福生活必须依靠自己的力量与行动,而不依赖于任何其他人。这部小说在思想上体现了作家追求自由、平等、博爱的理想世界的境界。

　　马哈福兹关心祖国的未来,企图找到一条促进民族发展的埃及式的道路。《伊本·法杜玛游记》(1984)体现了他的这种探索。他借古代一位爱国穆斯林伊本·法杜玛的列国之游，对比了城邦制的日出国、君权神授的苦恼国、高度文明的竞争国、人人平等的安全国、静心修行的日落国不同的政治制度和信仰，权衡了它们的利弊，最后，主人公又继续前进，奔向众人心目中的理想世界——山之国。其间途经日落国，欲往山之国的人都在那里静心修身，排除私念后方可启程。然而安全国为了与竞争国对抗，占领了这块土地。修身的人被迫在准备不足的情况下提前出发。山之国近在眼前，但走起来却很遥远。此情节的安排意味着世人对所追求的理想境界缺乏足够的准备。山路崎岖，看着近走着远，为达到理想境界，人们尚需决心和顽强的努力。

马哈福兹还探索了不同类型的知识分子在革命后的生活道路，并探索了人生的真谛。他孜孜不倦地寻找适合埃及国情的通往公正社会的改革之路。探索需要勇气和智慧，马哈福兹敢于触及社会现实中比较敏感的问题，没有避而绕行，表现了一个具有民族使命感的政治小说家的果敢和气魄。他企图打破传统观念的束缚，在埃及固有文化和世界先进文化之间找到结合点。他的思考与探索虽然没有明确的答案，但却为埃及的出路何在做出了有益的提示。

虽然说政治激情是马哈福兹艺术实践的主要源泉，但马哈福兹并不愿意为政治唱"赞歌"。20世纪70年代初，他曾和一些著名作家联名上书萨达特总统，敦促他采取果断行动结束与以色列"不战不和"的局面。20世纪70年代末，他以民族大义为重，勇敢地支持受到众多非议的《戴维营和平协议》。他还经常就国内外大事指点江山，臧否人物，晚年对穆巴拉克总统褒扬的同时，也坦率指出他的若干政策失误。他还有先知一般的洞察力，能敏察黑暗势力的滋生和蔓延，并以艺术的形式预言社会危机的来临，因而屡屡得罪当权者，曾几度险遭不测。

总之，从马哈福兹的小说创作轨迹考察，他的整个创作活动始终基于民族的土壤，从历史和民族传统中汲取养料，有着一颗关切民族命运的火热的心，用创作去振奋民族精神和唤醒人民觉悟起来同落后、黑暗势力作斗争。他是位真正的民族主义作家，他为国家的前途、民族的幸福着想，将自己的思想随着祖国命运的航船一同前进；但同时我们看到,他所倡导的民族主义已经超越了狭隘的民族主义,立足于对全球人类生存的探讨。

二 西方文化与马哈福兹民族主义的碰撞与融合

人类的文明史表明:任何一个民族的文学的发展都是合力的结果。文学融合的本身是不间歇的矛盾的运动。所谓世界文学既带有人类的普遍共性,同时也必须容纳各民族文学的个性。因为如果除却个性,也就谈不上什么丰富多彩的世界文学了。可以说,任何一位获得了世界意义的作家,不管是诺贝尔文学奖得主还是未获此奖的作家,首先都应是弘扬本民族文化传统的模范,他们向世界提供了自己民族的文化精品。纳吉布·马哈福兹即属于此列,上文就是从其创作思想和创作内容方面详细论述了他作品中表现出来的那种强烈的民族主义精神,而就马哈福兹的创作艺术方面而言,也明显地表现出他对埃及、阿拉伯民族文学传统的继承。同时我们知道,任何一个几乎与20世纪同龄的东方作家如果是直面西方文化大潮,就不可能无视西方现代文学的存在。马哈福兹也毫不例外,他的创作经历了一个探索的过程。

马哈福兹是一位勤于思考又颇有主见的作家,在他的创作中经历了激荡的风云变幻,他在一个复杂的环境中把握了自己的方向。在处理民族文化传统和西方文化影响的关系中,马哈福兹走的是一条继承传统—借鉴西方—回归传统—走向世界的道路,贯串其中的是马哈福兹不断探索、追求创新的意识。

(一)传统写作手法的继承与发展

马哈福兹对传统文化的继承是多方面的,体现在艺术的追求中,马哈福兹的小说创作首先也是得益于民族传统文学的滋养,马哈福兹开始进行创作时,以传统的现实主义方法为主。作为埃及现代文坛最杰出的作家,马哈福兹把民族文化精神融入了自己的血肉,埃及性(Egyptianness)已无法从他的身上剥离,一下笔就会自然而然地流露出民族文化浸染的痕迹。但同时,宽广的文化视野,使马哈福兹对包括西方文化在内的各种异质文化进行了广泛的接触,他曾研读过的福楼拜、左拉、托尔斯泰、普鲁斯特、福克纳等西方大师的作品中的各种文学表现技巧也被他有所借鉴。马哈福兹将它们与自己民族文学的传统结合起来,创造出属于自己时代的新文学作品。

首先,马哈福兹继承传统的阿拉伯民族文学创作手法,擅长客观描写和白描铺陈。由于马哈福兹对开罗的历史典故和风土人情谙熟于心,他在小说中用大量篇幅对自己故乡的居民生活作了细腻生动的描写。打开他的小说,我们就可以嗅到老开罗的乡土气息,仿佛听到吱吱咯咯的开门声,从闪开的门缝里我们看到了埃及平民生活场所里的门厅、阁楼、凉台、咖啡馆、清真寺等情景,以及开罗旧区胡同里的理发匠、小店主、小贩、媒婆、妓女、失意的文人等各种各样的人物,还有宰牲节杀羊烹牛,清真寺礼拜,咖啡馆聚会聊天等风土民情,这些使得他的小说又有着宝贵的民俗学价值。如同《一千零一夜》是中世纪阿拉伯的史诗与风俗画一样,马哈福兹的作品也构成了一幅幅五光十色的现代埃及普通居民生活的图景。但在具体的叙事中,马哈福兹保留了埃及传统的写实风格,同时借鉴了西方批判现实主义的细节描写,比如"三部曲"中凯马勒每次去夏达德公馆时,无论冬夏,都是西装革履,可又忘不了戴一顶土耳其红毡帽,这样的细节勾画出凯马勒徘徊于东西方文化之间的矛盾心理。有时甚至采用自然主义的手法,比如"三部曲"里对亚辛放荡行为的描写。

其次,这个阶段马哈福兹力求用传统的故事形式来表现埃及人民的历史命运,以全知的叙述角度讲述有头有尾的故事。小说按时间顺序紧紧跟踪人物和情节,结构相应由单线演进到多线的平行或交叉,线索清晰,事件完整。这种紧凑的单线结构小说最典型的是《新开罗》《赫利利市场》,从《始与末》开始出现双线平行的结构,而到"三部曲",马哈福兹借鉴了西方小说的开放式结构,三部曲犹如一座设计精巧的建筑,成扇形的辐射结构,老宅的生活场景构成扇形的轴心。由此改变了传统的阿拉伯故事讲述形式,给读者以似完未完的结尾,留有更多的思考余地，比如每一部和最后的大结局都有这样的效果。在人物关系的安排上，马哈福兹学习左拉的《卢贡-马卡尔家族的命运》等作品，用血缘或家庭关系把众多的人物群像组织在一部作品里面，规模宏大而线索分明；情节上，不仅仅按照故事发展过程来安排情节，更加重视情节发展链条上的因果关系，以及人物性格发展的逻辑性。

再次，马哈福兹广泛运用了阿拉伯文学传统中的对比对照手法。比如"三部曲"中，有宏观的对照：其整个作品都充满了新与旧、爱与恨的强烈对比，如家庭内的专制、冷酷与家庭外青年群体中的自由、温暖的对照；以艾哈迈德为首的老年一代与以法赫米为代表的青年一代的对比；两代人的价值观念、伦理道德和生活方式的对照。这种明显的对照比较，先进与落后、正确与错误泾渭分明，鲜明地表达出作者的爱憎态度和时代发展的趋势。还有人物刻画中的性格对比、命运对照，如艾哈迈德的放荡、专横与艾米娜的纯洁、温柔，法赫米的严肃热情与亚辛的玩世不恭，凯马勒的优柔寡断与爱哈麦德的坚定果敢等等。如此相互对比，相互衬托，从而使每一个独特的性格表现得更为强烈，形象更为丰满。但是马哈福兹小说中的对比描写，并不是简单的、概念化的对照和映衬。他同时借鉴了西方批判现实主义典型描写方法，力求人物性格的丰满和合乎逻辑。比如《赫利利市场》里的阿基夫、"三部曲"里的艾哈迈德、亚辛兄弟等等都是成功的富有立体感的形象。在具体人物的刻画方面，还穿插了浪漫主义，比如"三部曲"里对法赫米和凯马勒的爱情描写。

最后，阿拉伯传统文学虽也有内心世界的描写，但是采用意识流的手法通过大量的内心独白来揭示人物心灵世界，则是西方现代主义小说的一大特色。在马哈福兹的"三部曲"里这一手法的运用俯拾皆是，主人公有时是第一人称的自述，有时是第二人称的倾诉，有时交叉在人物对话之间，有时是大段甚至整章的独白，如艾米娜等待丈夫回家时的内心独白等，充分展示了人物心灵的自我冲突。而且，马哈福兹小说中的象征手法运用也很独特，"三部曲"分别以三条街来命名，小说故事多半在几条街上的几个家庭里上演。街道，与家庭紧紧连在一起，封建制度把人们,尤其是妇女限制在家里,连上街的权利都没有。走出家门,走上大街,是妇女获得自由解放的象征。通过发生在旧埃及街道上的一个个故事,表达了作者的爱与恨,理想与希望。

另外,在小说的语言艺术上,马哈福兹继承了阿拉伯小说那种清新典雅、凝练朴素的传统,其作品都语言朴实,自然流畅,通俗易懂,毫无矫揉造作之感,用词不讲含蓄,力图通过最简明的语言叙事状物,把自己的思想感情准确、清楚地传达给读者。

总之,马哈福兹的前期小说创作以传统的现实主义为主,同时又借鉴了西方批判现实主义、现代主义、浪漫主义等表现手法,在艺术上力求完美,形成了一种既保留有埃及传统文化的质朴、热烈和本真,又充满了现代感与想象力的东方美学与西方技巧相结合的现代小说风格,拓宽了阿拉伯叙事文学的表现领域。

(二)西方创作方式的借鉴与改造

1952年埃及的独立使埃及社会发生了深刻的变化,进入了一个新时代。马哈福兹也开始探索适合表现已经迅速变化了的社会生活的艺术形式,虚心学习一切有用的新方法。"当我重新写作时,我将不回到现实主义方面,因为我对它已感到厌倦。"① 其实早在1948年的长篇《蜃景》中其变化已露端倪,它不仅受到弗洛伊德精神分析的影响,而且叙述角度上也打破了作者以往超越人物和事件洞察一切的方式,而改让主人公即叙述者以第一人称进行回忆,倒述自己恋母情结的产生与逝去,作家没有参与议论,只有主人公的客观叙述和个人心理的体验。作品产生了极大的艺术魅力,成为前期众多社会小说中奇特的音响。

也从这时起,马哈福兹开始学习运用西方现代派文学的观念和技巧,西方的象征主义、表现主义、超现实主义、意识流、荒诞派都是他借鉴的对象,但他并不专注于某一流派,更多的时候是将两种或几种

---

① 转引自岳生:《马夫兹的"现实主义"》,《四川大学学报(社科版)》1989年第3期。

手法交替使用，给人以耳目一新的感觉。他说："我了解文字，不认识流派。"①他辗转于各派之间，博采众家之长，以丰富自己的艺术表现力。但马哈福兹并不是盲目地照搬或模仿，新的文学形式与作家对社会现实的思考、探索和体验紧紧相连，与作家一贯坚持的现实主义精神有机结合。于是马哈福兹这一时期的作品便呈现为以下形态：或在结构方面套用现代派小说模式，或在作品中对现代派艺术手法加以运用与改造。

首先看作品结构方面对现代派小说模式的借鉴。《米拉玛尔公寓》（1967）是部新艺术探索的完美之作。小说以农村少女泽赫拉逃婚到公寓作女仆和她在公寓里与各个房客的人际关系为内容，抛开了传统的作者讲述的形式，用四位房客的视角记叙公寓发生的事件，与泽赫拉的交往以及个人的经历等，每个人既是当事者又是旁观者，作者不着一字，让读者去思考琢磨其中的涵义，客观化色彩明显。小说采用了阿拉伯文学中故事套故事的形式，不仅写了因人而异的往事，而且写了具有同一经历的不同侧面的现在的故事，从这看，马哈福兹似乎又把福克纳的《喧哗与骚动》与罗伯特·勃朗宁的《指环与书》的叙述方式结合在一起，形成他特有的叙述模式。读者可以从不同的视角观察生活，从而产生立体的效果。长篇历史小说《生活在真理之中》（1985）是这种艺术手法的发展，它采用反辐射的手法塑造伊赫那吞这个中心人物，伊赫那吞不说一句话，而让众多的叙述者从各自的立场出发讲述他的为人和经历，让读者去分析判断，从而使人物形象真实可信，以达到客观公正的效果。《镜子》（1972）和《日夜谈》（1986）在结构创新方面走得更远，完全打破小说传统模式，成为"不是小说的小说"。作者完全成为局外人，仅仅记录人物的言语行动，人物姓名统统按字母顺序排列。

另外在短篇小说的结构组合中，马哈福兹运用了西方现代派惯用的蒙太奇手法。比如《一杯茶》中的那个窗口就好像一个电影屏幕，作品中的人物一批批从窗口走进房中进行表演。《十二号房间》中找十二

---

① 关偁：《纳吉布·马哈福兹谈创作》，《文汇报》1988年11月14日。

号房间房客的各色人物络绎不绝,在读者面前依次闪现出助产医生,承包商,各种经理以及政界、军界、宗教界的头面人物。这种手法的运用增加了作品的内涵和动态美,弥补了短篇反映生活面窄的不足,又包蕴了丰富的审美感受。

其次来看作品中对现代派手法的运用与改造。《黑猫酒馆》《车棚下》《黑暗》《蜜月》《小偷与狗》等篇已从根本上背离了传统小说的写法,或以象征,或以荒诞变形,或以意识流动,或以极度夸张去建构小说文本。

象征手法的运用在马哈福兹作品中随处可见。《蜜月》用一对新人象征着埃及,表现了作者强烈的爱国主义;而其中女仆的儿子和一些乌七八糟的人则象征埃及的侵略者,带有作者明显的憎恶之情。《黑猫酒馆》中的陌生人是暴力的象征,《反面》中的奥斯曼和拉马丹象征了人性中的两极,《车棚下》象征当今阿拉伯世界的混乱局面,《黑暗》中的黑房子是人性中的悲观、消极因素的象征,它阻止了人们向上的进取心。马哈福兹的作品大多是以这些象征作为作品运行的中心,为此展开情节,突出全篇的主旨,这样使作品超出对一般具体生活的反映,而具有历史的深度和对人性的深沉思考。

作者在晚年谈论起卡夫卡的作品时曾说:"我从卡夫卡和表现主义作家那里,发现的是与现实平行的世界,比现实更现实。《审判》写得非常好,主人公被诉有罪,而他根本不知道自己有何罪过。读者看起来觉得类似笑话,其实很真实,因为有时候你在大街上也能看到人在发呆,嘴里念道:'真主啊,我作了什么孽,要遭受这样的不幸?'"[①]所以在《乞丐》《尼罗河的絮语》中作者以荒诞的故事,反对荒诞的人生态度,在作者的笔下,生活是荒诞的,人生也是荒诞的。在《捉拿幽灵》中,警察面对凶手现场束手无策,发现不了犯罪动机,找不到破案线索,罪犯像个"幽灵",最后的结局是探长本人被杀害在办公桌上。社会生活的正常逻辑完全被破坏了:罪犯→受害者→警察→罪犯这种局

---

① 拉贾·尼高什:《马哈福兹回忆录》,《金字塔报》翻译出版中心1998年版,第56页。

面就显出了荒诞的性质。

　　《小偷与狗》是马哈福兹借鉴意识流手法的名篇。小说"小偷"萨伊德为主人公，通过他的内心独白、自由联想、回忆、想象等意识流动表现了他少年和青年时期的经历、他的复仇行动的失败等等。小说的主导叙事是第三人称，但常常自由地变换人称：突然从第三人称变为第一人称，再回到第三人称。作者采用意识流手法很适合小偷的特点，因为小偷的行为是见不得人的，他的思想、潜意识更不能公之于众。但是《小偷与狗》却不是一篇地道的意识流小说，比如，它的情节性很强，意识流动部分并不是文本的主干；主人公的心理活动也很清晰，不是西方意识流小说中常见的那种模糊、混乱的潜意识状态；再有，读者可以明显感到"叙事人"的存在，"叙事人"不仅通过主人公的视角描述各类人物的言行，揭示主人公的内心的活动，而且站在客观立场直接描述主人公的外貌，并对主人公的心理进行分析、评判。所以作者对西方的意识流技巧作了加工改造，使之与传统叙述手法和谐地统一起来。

　　在这段被评论界称为"新现实主义"的创作阶段里，马哈福兹基本上在西方小说的框架中进行各种尝试，但他在大胆引进、仔细消化、彻底改造外国创作手法的过程中找到了文学的自我，即"源于作家内心的旋律"保持浓郁的阿拉伯风情和气派。比如这段时间马哈福兹小说中不大注重对人物进行精雕细刻，而多侧重于文学的宣教意义。这尤其表现在他的短篇小说中，这些作品的人物大多没有自己具体的名字，有的用人称代替，有的以职业相称，有的干脆以古人的名字作代码。比如《山鲁佐德》中，女主人公就没有姓名，只好借用《一千零一夜》中的山鲁佐德作为自己的名字，男主人公就用其中国王的名字。作品偏重事件描写，淡化人物，突出作品的主旨。而这正是秉承了阿拉伯民族文学的传统。在阿拉伯文学史上，教化性的诗歌很多，其突出的特点就是鲜明的社会政治性。阿拉伯古代优秀作家多为宫廷诗人，或是代表某一集团利益的行吟诗人，他们或歌功颂德，或针砭时弊，而很少对人物去进行专门的刻画。

虽然马哈福兹称自己"有点保守"①,但由于他把世界文学的优秀成果纳自己的艺术视野,并从中汲取有益养料。他却是埃及第一位在文学创作领域进行变革传统试验的新进作家。但他的模仿并不是机械地照抄,固有的文化基因决定了马哈福兹选择的形式、方法与他所追求的本土文学的主题、内容相一致。他运用意识流的手法,但他的小说并非意识流小说;他有过荒诞的非理性的描写,但他的小说也不是荒诞派作品;即使他那些被认为是非小说的小说,也没有把情节淡化到无情节、无故事,完全无视阿拉伯人审美习惯的地步。他强调借鉴时要忠实于文学的自我,否则不能写出既有个性特征又有民族气派的作品来。

(三)回归传统与借鉴西方基础上的创新

马哈福兹在借鉴西方文学手法极大地丰富了自己的艺术表现力的同时,没有忽略从阿拉伯文学遗产中吸取营养,进而回归到探索具有传统民族特色的小说形式,以实践他的"地域文学"的主张。《我们街区的孩子们》《平民史诗》《爱的时代》(1980)借用了阿拉伯民间文学玛卡梅故事体裁;《伊本·法杜玛游记》采用阿拉伯古代游记的笔法;《千夜之夜》则是《一千零一夜》的再创造。但作者并没有简单搬用传统文学的模式,而是加以创新和改革,并且增加了现代小说的艺术手段,诸如对白、独白、联想、暗示、象征等等,创作了现代风格的寓言小说。

玛卡梅是兴盛于阿拉伯阿拔斯王朝的一种短篇散文故事,其模式和特点是:由一个"传述人"讲述主人公的种种趣闻轶事,主人公往往是个聪明善文的乞丐,故事旨在传播知识和教化读者,并采用当时流行的诗与韵文相间的语体。马哈福兹继承了玛卡梅故事的传统,摒弃了它不符合时代精神的语体和死板的结构,只选择其中的"传述人"来代替他叙述故事。而且马哈福兹作品中的"传述人"不仅仅是故事的叙述者,也是历史的见证人,对发生的事件予以评说,这样增加了作品的哲理性,也让读者仿佛置身于一堂生动的思想教育课之中。

---

① 关偶:《纳吉布·马哈福兹谈创作》,《文汇报》1988年11月14日。

《我们街区的孩子们》以宗教传统为背景,以一个街区的人物和故事为象征,寓意人类社会变化发展的历史进程。小说中的老祖父杰卜拉维就是一个有神话色彩的人物,他象征着造物主,又是专制家长的喻体,且可看作严酷而公正的自然法则的化身;几代子孙象征着摩西、耶稣、穆罕默德和具有科学头脑的新人。作品中的主要事件,也大都具有某种隐喻、象征意义。艾德海姆与乌梅玛被逐出大宅邸来到荒野,代表着原始初民生活之困窘与艰辛;而阿尔法夜探大宅、杰卜拉维受惊而死则形象地代表着科学最终给上帝宣判了死刑……作品中的某些事物也具有一定的象征意义,如宗教基金象征着社会财权和权力,魔法象征着科学,而作品一再提到的"街区",则代表着整个人类的生存场,是作品所营构的总体性象征意象。因此在某种意义上可以说,这是一部颇典型的象征型小说。

《平民史诗》进一步发展了《我们街区的孩子们》的主题与风格,作者精心设计了不少富于象征寓意的人和物,其中最典型的就是象征作者政治理想的修道院和象征罪恶的宣礼塔。同时作品还有节制地采用了魔幻现实主义的某些表现手法,故事的传奇与神秘色彩进一步明显,其风格也更接近于《安塔拉》等阿拉伯民间传奇故事。它既保持了阿拉伯的传统风土人情、思维方式,又具有现代意识,突出平民百姓武装夺取政权,实现美好理想的主题。

在改写自《一千零一夜》的故事《千夜之夜》里,作者保留了原作的人物和情节,改变了原作大故事套小故事的结构,从原作中选取了彼此无关的十三个故事用象征主义、意识流以及魔幻现实主义等现代手法重新加工联结为一个完整的故事整体,并将其置于一种神秘的、非历史的氛围之中。以其深邃的思考扩大了故事的艺术空间,增强了作品的审美趣味。并且深入人的内心深层,揭示人性的真谛,形象地道出了"世上无宁日,恶魔得以为所欲为的缘由在于人的贪欲"的道理。

受某种观念或某类作品的启发,构成自己小说形式的框架,这也是作者探索民族形式的一个方面。《伊本·法杜玛游记》受传统游记文学的启发,写一位古代爱国者为了祖国的繁荣富强,云游四方,比较各国社会制度的优劣，寻求最佳道路的故事。

《王座前》（1983）是他受古埃及冥世观念的启发而写的又一部对历史进行反思的作品。古埃及人重视冥世，认为人死后要到冥世之主奥西里斯前接受审判，死者的心要放在天平上称量。奥西里斯神根据死者生前的表现判定死者是上天堂或下地狱。马哈福兹利用这一观念，安排埃及历代统治者及其他重要人物到冥世法庭受审。小说里，从古埃及第一王朝国王米那开始，直到已故萨达特都被带上冥世法庭。受审判者总共七八十位。

综观上述可以看到，由于马哈福兹博览群书，学贯东西，并随时代前进，具有变革创新意识，所以他既继承发扬了埃及、阿拉伯民族古典文学传统的各种表现手法，也借鉴了西方的浪漫主义、自然主义、现实主义，以及包括诸如表现主义、结构主义、意识流、荒诞派，乃至拉美的魔幻现实主义在内的各种表现手法。正如作家自己所说："通过这些作品，我可以说，自己是烩诸家技巧于一鼎的。我不出于一个作家的门下，也不只用一种技巧。"①借鉴、继承、创新，贯穿于纳吉布·马哈福兹的整个创作历程中。他的作品是现实主义、现代主义及本民族传统文学融会在一起，共同孕育的产物。因此，它既有民族性，又有世界性，最能体现现当代文学的风采。

马哈福兹热爱自己的家庭和国家，而作为人类"良心"的文学家，他又总是立足于人性的角度去思考什么是爱与恨、美与丑、光明与黑暗，以超越狭隘文化民族主义的博大胸怀，时时关怀着人的生存状态和未来命运，希望人人和平相处，共建一个理想的家园。瑞典皇家学院曾指出，决定授予马哈福兹文学奖的原因是：他的充满诗意的作品既反映出东方学见解的现实主义特点，又隐约地反映出感情和回忆的特色。他的作品体现了埃及社会丰富多彩的现实生活。他在半个世纪的文学创作生涯中为推动阿拉伯文学创作活动和发展阿拉伯文学语言做出了不朽的贡献。马哈福兹在诺贝尔文学奖颁奖仪式上也曾经说过，他的灵

---

① 仲跻昆：《阿拉伯现代文学史》，昆仑出版社2004年版，第218页。

感,来自哺育他的两大古老文明:法老文明与伊斯兰文明,来自他对西方"丰沛而迷人的文化美酒的畅饮",也来自他个人的渴求和探索。他既继承民族文化优秀传统,又借鉴融化西方艺术的优秀技巧,以自己的文学"架设了东方和西方之间的精神桥梁,同全人类对话"。

尽管马哈福兹作品在艺术上并不平衡,有些作品显得单调而直露,但是它确实顶戴东方文化之光走向了西方,走向了世界。

第五节 "民主派":立足民族现实

现代化是世界历史发展的潮流,而现代化起源于西方是个既定的历史现实,西方的现代化对其他任何后来可能出现的现代化模式而言都是一个不可或缺的原型或参照。而"长期以来,在西方世界中颇为流行的看法是:包括东亚在内的东方是与农业经济和'东方专制主义'相联系的,因而是同现代性的要求格格不入的"[①]。即便如此,东方世界在19世纪末都不同程度地开始了现代化的艰难历程。而在文艺思想界,面对"千年未有之历史大变局",立足于民族现实的一派作家们则从文化的特殊性中寻求普遍性,寻求东西方共通的价值理念。

一 东海西海,心理攸同:追求共通的价值理想

阿拉伯文化的现代化依赖于一系列的条件。首先是一批深受西方政治、科学和文化影响的知识分子广泛宣扬西方的价值观念。先驱人物哲马鲁丁·阿富汗尼(Jamal al-Din al-Afghani, 1838—1897),代表人物是其弟子穆罕默德·阿卜杜(Muhanmmad Abhuh, 1849—1905),他们都坚持运用理性主义的原则改造伊斯兰教,推进伊斯兰教的现代化。"在埃及的穆斯林中间,也出现了一批新的上层精英,他们持有阿

[①] 夏光:《东亚现代性与西方现代性》,生活·读书·新知三联书店2005年版,第14页。

富汗尼的伊斯兰现代派的观点和阿卜杜的文学和学术复兴思想。"①其次是各类研究院、学会、世俗大学的建立以及报刊等传媒的创办。"1898年时已经出现了169家报刊,到1913年增至282种。在杰出的穆斯林改革家阿富汗尼的影响下,作为进行教育或评论政治的工具,期刊受到人们的普遍赞许。"②报纸期刊成为新的文学体裁、新的文学思想的试验园。

黎巴嫩、叙利亚在近现代的阿拉伯复兴运动中,同埃及一样,是走在前列的。但由于黎巴嫩特殊的地理位置,使得在传播新的价值观念、文学思想上有着得天独厚的优势。这一地区濒临地中海,是古代迦南人、腓尼基人、阿拉米人的故乡,希腊、罗马、拜占庭、波斯人都在这里留下了他们的足迹。正是这种特殊的地缘关系,使得黎巴嫩、叙利亚与阿拉伯其他国家相比,"这一国家人民的文化素质较高,更容易接受世界各地的新思想、新派别,而较少保守性"③。特别是从黎巴嫩文学阵营中产生的旅美派文学,更是融合东西文化于一体,表现出开放、宏阔的文化心态。

纪伯伦(1883—1931)、努埃曼(1889—1988)、艾敏·雷哈尼(1876—1940)是旅美作家的代表人物,纪伯伦则是最为知名的世界级的诗人和作家。纪伯伦前期的创作以小说为主,主要的短篇小说集有《音乐》(1903)、《草原新娘》(1905)、《叛逆的灵魂》(1908)等,"这些小说具有强烈的叛逆和反抗的浪漫精神,矛头直指封建暴政,揭示了阿拉伯社会的丑恶现实和人民遭受的苦难"④。从1913年起,纪伯伦发表一系列的散文诗,《泪与笑》(1913)、《先知》(1923)、《沙与沫》(1926)、《先知园》(1931)。而《先知》被认为是纪伯伦的代表作,作者借哲人亚墨斯达法之口,对爱、婚姻、施与、欢乐与悲哀、友

---

① A.阿杜·博亨主编:《非洲通史》第七卷《殖民统治下的非洲1880—1935》,中国对外翻译出版公司、联合国教科文组织出版办公室1991年版,第557页。
② 同上。
③ 仲跻昆:《阿拉伯现代文学史》,昆仑出版社2004年版,第277页。
④ 工向远:《东方文学史通论》,上海文艺出版社1997年版,第264页。

谊、时光、善恶等26个与人生和社会相关的问题阐释了自己的看法。

纪伯伦既受到阿拉伯传统文化的熏陶,又受到西方现代文化的影响,熔东西方文化于一炉,故而在文学创作上独树一帜,独具一格。同时,他对东西两种异质文化有自己的独到的见解。在他的文艺作品中表现出满腔忧国忧民的思想,他对埃及,对东方世界的封建礼教、宗法观念进行无情的嘲讽;同时,他对西方城市文明的弊端,资本主义社会的拜金主义、帝国主义的侵略进行严厉的抨击。正是这种充满了理想主义、完美主义的文学篇章,能够穿透历史的云烟,直到今日仍能广为传颂。

埃及文学在新旧文学观念、价值观念形成与冲突中,逐步形成了三个主要不同的文学流派:复兴派、创新派、"埃及现代派"。复兴派,也称作新古典派,"在表现形式上严格地遵循古典诗歌的古风,讲究词语典雅——语言美,音韵和谐——音乐美。而在内容上,则极力反映时代脉搏、政治风云、社会情态和民间疾苦"[①]。他们力图使诗歌恢复到阿拉伯古代,特别是阿拔斯王朝初期的风格,代表诗人是巴鲁迪(1838—1904)、邵基(1869—1932)。创新派,又称"笛旺派",他们对传统的古典文学并不推崇,而对19世纪英国、法国的浪漫主义文学十分推崇,他们认为诗歌不应是为他人应景写作,主张诗歌应该摆脱生活的喧嚣,表达诗人本身的悲伤、痛苦,抒发诗人内心的世界。他们曾对"新古典派进行了过激的批评,认为他们在诗歌形式上因袭旧体,而且指责他们写的政治、社会方面的诗歌也只是涉及表面现象,而未能深入问题的实质"[②]。这一流派代表作家有阿卜杜·拉赫曼·舒凯里(1886—1958)、易卜拉欣·马齐尼(1889—1949)。"埃及现代派",这一流派的作家"大都到法国留过学,无论在学识、修养、思想观念还是在写作技巧上,都具有一定程度的欧化倾向,同时同自己的国家的历史文化传统和现实保持着密切的联系"[③]。这一流派的作家有塔哈·侯赛因(1889—1973),

---

① 仲跻昆:《阿拉伯现代文学史》,昆仑出版社2004年版,第108页。
② 同上书,第129页。
③ 王向远:《东方文学史通论》,上海文艺出版社1997年版,第258页。

陶菲格·哈基姆(1898—1987)。

这三个流派的诗人、作家在文学理念上存在较大差异,但不同流派的作家群体中都有作家能穿透历史谜障,立足民族现实,以一种健康开放的心态面对历史和未来,形成了埃及民族主义文学思潮中的"民主派"。

邵基是埃及复兴派的代表诗人,他出生在一个多种族成分的家庭,父亲是库尔德人,母亲是土耳其人,祖母是塞加西亚人,外祖母是希腊人。邵基一生的创作以1918年第一次世界大战的结束为分水岭,分为两大历史阶段。在1918年以前,邵基作为一名阿拔斯王朝的宫廷诗人而获得了厚禄和高位,1915年阿拔斯被废黜之后,邵基流亡西班牙,在那里,他在诗歌的象牙塔里不断诉说阿拉伯人的古老荣誉。1918年,第一次世界大战结束后,邵基回到了埃及,这时,"他的政治立场和人民性倾向都发生了根本的变化。他不再与宫廷联系。他生活在家里……他把大部分时间用来创作具有民族意识的诗歌"[1]。体会到了被流亡的痛楚,感受到了意外的苦难,诗人的境界开阔了不少,他不仅吟唱自身的痛苦,而且吟唱别人的痛苦。

> 亲爱的同胞啊,
> 我忠贞的心仍然不渝,
> 虽然远离了祖国。
> 啊,快把那里的河水,
> 捎带些来吧
> 以滋润我心头的焦渴,
> 除开尼罗河水,
> 别的泉源都酸涩难喝![2]

正是由于后期创作中洋溢着强烈的民族意识和爱国情感,邵基诗名大振、驰誉遐迩,并获得"诗王"的称号。

---

[1] 汉纳·法胡里:《阿拉伯文学史》,郅傅浩译,人民文学出版社1990年版,第594页。

[2] 同上书,第613页。

邵基不仅完成了由一个诗歌王国的喃喃自语者向关注社会现实诗人的转变，更重要的是他形成了健康开朗、宏阔自信的文化心态。

面对民族的传统文化，他自信从容，曾经的尼罗河、金字塔、法老的国度在文明的发展史上起着重要的作用，对此邵基充满了骄傲：

> 当大地笼罩着愚昧，
> 人类处在愚昧之时，
> 他们是天上的星。
> 希腊把它的光辉借鉴
> 罗马在它的照耀下前进。
> 恢弘、开阔的心态面对西方的挑战。①

而面对西方的入侵，他不仅大声反抗，也坚信正义必胜，如他在《二月二十八日计划》一诗中，对英国议员兰比说：

> 耶路撒冷的占领者啊，
> 请你将宝剑扔在一旁；
> 十字架当是一块干木，
> 它并不是铁制的刀枪。
> 需知弱者蕴含着潜能，
> 真理最终会战胜强暴。②

而面对不同宗教在埃及并存、相互斗争的局面，他抛弃了简单的二元对立的观念，以一种宽容的精神，笃信真主的同时，对耶稣、圣母也同样景仰。

> 穆罕默德的遗产，
> 耶稣基督的福音，
> 这两种不同的宗教，

---

① 汉纳·法胡里：《阿拉伯文学史》，郅傅浩译，人民文学出版社1990年版，第614页。
② 同上书，第611页。

是否都对你表示喜庆?

愚昧曾经使得二者,

世代相斗,

如今人民是否已把仇恨抛弃?①

从这些诗歌中,我们不难看出,邵基的民族主义思想就是:"埃及在内外事物上应该完全独立,不允许殖民主义和外国干涉者以任何方式插手。至于政权,则应该依据宪法由伊斯玛尔家族继承。宪法应保证人民在议会中有代表权,保证公正的对待人民和团体,把具有不同信仰的民族成分团结在一个不可分割的民族整体中。"②

另一文学阵营中的陶菲格·哈基姆(1898—1987)也是一位具有健康平等心态的作家。

陶菲格·哈基姆被认为是埃及,同时也是整个阿拉伯世界现当代文坛最著名的作家和思想家之一。他是阿拉伯现代小说艺术的先驱,更是阿拉伯现代剧坛之魁首。

陶菲格·哈基姆生于埃及港口城市亚历山大的一个富裕家庭,父亲有很多的田产,同时又在司法界任职,是土耳其贵族后裔。自幼聪颖的哈基姆表现出对音乐戏剧的热爱,26岁那年父亲送他到法国留学,希望他学成法律博士。但哈基姆在法国的四年,完全沉浸在西方文学的海洋中。出入音乐厅、咖啡馆、剧场,广泛阅读从古希腊戏剧到现代剧作家萧伯纳、易卜生、契诃夫等人的戏剧。1928年,陶菲格·哈基姆留学归来,在司法部门任职,担任过乡村检察官,这使他有机会接触到现实中种种阴暗面。这段生活经历为他以后创作小说《乡村检察官的手记》(1937年)、影响最大的剧本《交易》(1957年)积累了生活素材。1934年调任教育部后,在工作中他坚持创作,发表文章、作品针砭时弊。因创作表达了正义的呼声,1952年埃及革命胜利后,他获得了多项荣誉:埃及艺术科学院荣誉博士、最佳文学家与思想家、尼罗河勋章等,并于

---

① 汉纳·法胡里:《阿拉伯文学史》,郅傅浩译,人民文学出版社1990年版,第611页。
② 同上书,第616页。

1980年和1982年两次被提名为诺贝尔文学奖候选人。

《灵魂归来》是哈基姆小说的代表作,是他留法期间用法文写成,后用阿拉伯文重写,分两卷,于1933年发表。作品主人公穆哈辛从乡下来到埃及首都开罗,寄居在他的两个叔叔家。与他同住一屋的还有他的堂叔——一个停职的警察、一位工程系学生阿卜杜胡、他的姑姑泽努芭,此外还有一个男仆人。叔侄们不约而同的都暗恋上邻居——一位退役军医的漂亮女儿苏妮娅,为了苏妮娅,一屋人相互猜忌提防,但姑娘却另有所爱,嫁给了别人。穆哈辛精神上受到了沉重的打击,有些垂头丧气,全家也为此发生了一场风波,这时埃及1919年的革命爆发了。穆哈辛和一家人都抛弃了个人的情感的纠葛,从对苏妮娅具体的情爱中摆脱出来,积极投身于反英爱国的民族革命之中。

小说的恋爱——失恋——爱的升华这个表层结构的背后,表现的是作家对埃及民族原始精神的呼唤。小说标题《灵魂归来》是作品主题思想的高度概括,这里的灵魂就是古代埃及农业时期的民族精神。小说中有这样一个场景:暗恋苏妮娅的穆哈辛离开了喧嚣的开罗,回到乡村度假。清晨,晨鸟啼鸣,旭日东升,乡村的一切显得宁静平和,蓝天白云,柔光小溪,让他感受到了一种浓郁的田园气息——

> 翌日清晨,穆哈辛在鸟儿啁啾声中醒来了。宁静的早晨,朝阳刚刚跳出地平线,周围的一切都在静谧中开始复苏。他顿时觉得心胸开阔,起身推开窗户,眼前是一片碧绿的田野,湛蓝的苍穹。花儿、鸟儿都在静静地微笑,他第一次在内心深处觉察到生活的美好,体验到自然界的万物和它那安静机体的井然有序的排列。他隐约产生了一种模糊的感觉:所谓永恒只是这种时刻的延续。……他们理解的死后的永恒,便是重返故土,然后再死,之后又一次复活,循环往复,如此而已。因为上帝只创造了一个天堂——埃及。①

这就是哈基姆追寻的埃及原始文明,这种文明不是后来阿拉伯人

---

① 陶菲格·哈基姆:《灵魂归来》,王复、陆孝修译,湖南人民出版社1985年版,第231页。

带来的农业文明，而是尼罗河沃土上发展繁荣起来的古埃及文明。他们内部难免出现龃龉的事，存有矛盾，但"兄弟阋于墙，外御其侮"，一旦在利害攸关的时刻，那个曾经创造了金字塔奇迹的民族灵魂就一定会归来，再创奇迹。

陶菲格·哈基姆崇尚民族主义、爱国主义精神，但并非是狭隘的民族主义者。他主张学习借鉴西方文明的同时要保持东方的精神，但他也反对因循守旧，他曾大声疾呼："让我们伸出手来，不要受传统习惯锁链的束缚！"到了晚年，他曾写过这样的话："我们只擅长于大声宣扬往昔的光荣，用动听的演说、漂亮的言辞，重复过去的成就，我们把过去当成一个炫耀的题目。我们谈论'我们的纯洁性''我们的遗产'太多了，而不是去行动……"①在这里，陶菲格·哈基姆对埃及传统的文化作了深刻的反思，不仅希望传统精神回归，更希望民族能够创造出新的文化。

如果说陶菲格·哈基姆只是到晚年才更多地以客观冷静的心态对待民族传统文化的话，那么"埃及现代派"的中坚作家塔哈·侯赛因则始终如一地以科学、平等的心态看待东方文化。

塔哈·侯赛因（1889—1973）是埃及，也是阿拉伯世界现代最著名的文学家、文学评论家。自幼双目失明，但却以超常的毅力努力追求人生的价值。最后，终成为一名著作等身、享誉国内外的作家，被人尊称为"征服黑暗的人"，被誉为"阿拉伯文学之柱"。

塔哈·侯赛因对埃及近代文学的贡献主要表现在两方面，一是文论，二是小说创作。他以西方近代的哲学思想和研究方法为标准，对阿拉伯古典文学进行了新的评估。他发表的专著《蒙昧时代的诗歌研究》，引起了以塔哈为首的革新派与保守派之间的激烈争论。此后，塔哈又发表了一些著作，这些作品为埃及近代新的文学观念的确立作出了很大的贡献。在小说创作方面，他重要的小说有《日子》《鹬鸟声声》《一个文人》《苦难树》《大地受难者》等。长篇小说《日子》是他的代

---

① 转引自伊宏：《陶菲格·哈基姆社会哲学观初探》（续），《阿拉伯世界》1989年第1期。

表性作品，全书共分三卷，分别发表于1929年、1939年、1962年，时间跨度非常大。第一卷写作家的童年生活，描写了在殖民主义和封建主义双重压迫下，埃及全国上下贫穷、落后、愚昧的情景。第二卷集中地记叙了作者在爱资哈尔大学的生活，以文化教育界为例，反映了埃及改良派和封建势力的斗争。第三卷则记叙了作者留学法国的生活和浪漫经历，从中我们看出塔哈对先进西方文化的向往。

  从他的文艺评论以及他的文学创作，我们可以看出塔哈·侯赛因既不因循守旧，也不盲目排外。他"身体力行地向西方现代文化、文学借鉴、学习，但并不主张照搬欧洲的一切，他认为东西方文化是要互补，应当相互交流，既要'拿来'又要'给予'。他反对复古守旧，但同样反对全盘否定阿拉伯古代文化遗产"[①]。而正是这种心态使得塔哈·侯赛因成为"埃及现代派"作家中具有健康民族主义思想的重要代表。

  在埃及这三大作家阵营之外同样有不少作家、思想家都持有"民主派"的民族主义观念，他们能在激烈的社会变革中保持一份清醒与冷静，对埃及民族的未来做出理智的判断。

  穆罕默德·阿卜杜（1849—1905）被认为是埃及和阿拉伯近代文学复兴和启蒙运动的先驱者之一，是一位杰出的思想家、宗教改革家，是伊斯兰现代主义的倡导者。阿卜杜的主要成就在思想和宗教方面，《回教哲学》《〈古兰经〉注释》是他的两部代表性的作品，系统地阐释了阿卜杜关于伊斯兰现代主义的基本思想，他糅合了理性与信仰，并强调理性在宗教信仰中的重大作用。"他以理性主义的观点来建构他的神学大纲，他首先指出，以前的思想家以学术为理性的目的，以宗教为信仰的目的，是各走极端，二者都是片面的。"[②] "哲马鲁丁·阿富汗尼和穆罕默德·阿卜杜在阿拉伯世界有很大的影响"[③]，他们一方面提倡泛伊斯兰主义，反对西方殖民主义者对伊斯兰和阿拉伯世界的侵略，同时，他们又说："摆脱欧洲辖制的唯一希望，在于学习西方的方法，获得科学的

---

① 仲跻昆：《阿拉伯现代文学史》，昆仑出版社2004年版，第192页。
② 蔡德贵、仲跻昆主编：《阿拉伯近现代哲学》，山东人民出版社1996年版，第63页。
③ 仲跻昆：《阿拉伯现代文学史》，昆仑出版社2004年版，第65页。

观点,掌握西方技术从而增强力量,以捍卫伊斯兰世界。"①

在哲学观念上,阿卜杜担当的是一个启蒙者的角色,在文学艺术上,阿卜杜也同样如此。他在散文方面的贡献与巴鲁迪在诗坛上的地位相当,在文学史上起到了承前启后的作用。一方面,阿卜杜有较为深厚的阿拉伯古典文学的功底,对阿拔斯王朝时期的著名作家十分熟稔。另一方面,他又受到了西方文化的影响,流亡前读过大量的翻译著作,流亡法国时,又学会了法文,这些为他创作出开一代风气之先的散文创造了条件。"他使报刊杂文自成一体,使内容密切贴近政治、社会生活,随时代脉搏跳动;文字通俗、晓畅、生动、活泼、清新、自然,但又不失严谨、典雅。"②

阿卜杜以及他的导师阿富汗尼同是伊斯兰现代主义运动的两大支柱,实际上,这个运动是带有资产阶级改良性质的宗教改革的思潮和运动,是当时伊斯兰世界风起云涌的民族运动中影响深远的一派。尽管这一由著名学者和文学家倡导、发动的运动在现实的层面上不及凯末尔主义那样立竿见影,成效显著,但这一带有开启民智、启蒙思想的现代主义运动为埃及以及伊斯兰教的现代化历程拉开了帷幕。

二 浴火重生,凤凰涅槃:艺术手法的融合创新

民主派的作家不仅在价值理念上努力寻求东西方相通的基石,在艺术手法上也推陈出新,在借鉴西方文学手法的同时,大胆革新,融合创造出为东西方双双认同的艺术佳作。

罗宾德拉纳特·泰戈尔(1861—1941)是印度孟加拉语大诗人、大作家。泰戈尔终其一生都生活在英国对印度的殖民统治时期,他的创作带有鲜明的时代烙印,反映出他浓厚的爱国主义情感。1875年,当泰戈尔14岁的时候,他就参加了孟加拉民族主义者主办的"印度教集会",泰戈尔在这次集会上朗读了自己首次创作的爱国主义诗篇;1905年,年

---

① 赛义德·菲亚兹·马茂德:《伊斯兰教史》,中国社会科学出版社1981年版,第600页。
② 仲跻昆:《阿拉伯现代文学史》,昆仑出版社2004年版,第147页。

轻的泰戈尔满怀激情地参加并领导反对分割孟加拉的斗争,他还特地写了一首歌曲,歌词为"所有孟加拉兄弟姐妹们,让我们永远连着心,永不分离";1911年他发表了著名的歌曲《人民的意志》,深受印度人民喜爱,此歌于1950年印度独立时被定为国歌;1919年,为了抗议英国殖民当局屠杀印度人民的阿姆利则惨案,泰戈尔宣布放弃英国政府授予的"爵士"称号;1939年,第二次世界大战爆发之后,他和国大党领导人一起发表声明,要求英国在战后允许印度独立;1941年上半年,年逾八旬的泰戈尔写了一篇题为《文明的危机》的论文,最后一次对西方的巧取豪夺发出了有力的控诉。泰戈尔的爱国主义思想不仅表现在他终生的一系列的实践活动中,也表现在他的文学创作之中。小说《戈拉》、诗歌《故事诗集》、戏剧《摩克多塔拉》、散文集《民族主义》无一不是泰戈尔的爱国主义思想的流露。

泰戈尔的戏剧创作融合了印度梵剧"梵我合一"的美学思想,又充分借鉴了西方的象征主义戏剧的表现手法,"西方象征主义不只是一个诗歌和文论流派还是一个社会及思想流派"[1]。泰戈尔的戏剧创作有印度神秘主义因素,又有西方象征主义的表现因子,从而使他的戏剧创作成为东西合璧之佳作。

刘小枫先生以神学研究为契入点,向人们指出我们只注意到"欧洲精神有中世纪封建文化和近代资本主义文化的冲突,却没有注意到欧洲精神中更为根本的是超逾了阶级斗争的历史精神冲突:希腊精神与犹太精神的冲突、希腊精神自身中神话与理性的冲突"[2]。这种理性与神性的冲突在艺术领域表现得尤为明显。古代暂且不论,近代以来则出现了席勒"感伤的诗"与"素朴的诗"的对立,在尼采处出现了"酒神艺术""日神艺术"的对立,而这在文学思潮领域,在18—19世纪之间,出现了从古典主义中裂变出来的浪漫主义与现实主义的对立,并且两者均向极端化发展,各自出现了象征主义、唯美主义和自然主义、批判现实

---

[1] 张首映:《西方二十世纪文论史》,北京大学出版社1999年版,第67页。
[2] 刘小枫:《圣灵降临的叙事》,生活·读书·新知三联书店2003年版,第19页。

主义的种种对立。这一系列对立类型的出现绝不是偶然，正是神性与理性两种力量角斗的体现，而神性与理性两股不同的精神张力则又构成了西方现代文学、艺术发展的内动力，而最后尼采让狂欢的狄奥尼索斯这一酒神战胜曾经具有不可动摇地位的日神，似乎便昭示着一个迥异于前现代的现代主义美学思潮的到来。

如果我们考察一下各国象征主义的戏剧作品，便不难发现象征主义背后所蕴含的神性力量，作家们通过这种"圣灵降临的叙事"来拯救由于资本主义商业与工具理性的进逼而导致的日益萎缩与异化的人的精神世界。简言之，是依靠神性对过度理性化的反拨与纠偏。叶芝的《凯瑟琳伯爵小姐》中凯瑟琳小姐便是神性力量的化身，她的出现是作者对出卖自己灵魂以糊口求生的村民们的有力鞭答，梅特林克的《盲人》写的是众盲人失去神性的拯救力量——教士之后的迷惘，霍普特曼的《沉钟》，易卜生的《当我们死者醒来》中讲述的都是两位艺术家在两个世界中的徘徊与犹豫，一个是充满浪漫色彩的激情世界（神性的），一个是平凡而充实的现实世界（理性的）；奥尼尔"通过一个重要概念'归属'（belonging）从心理上探讨人生在资本主义条件下失去意义的悲剧"。"奥尼尔追寻人与他自身之外，能给他的生活以意义的东西。"[①]而梅烈日柯夫斯基"把资本主义社会的种种矛盾归于基督教的衰落……认为基督与反基督的斗争是永恒的"[②]。凡此种种不难看出西方精神世界在"上帝已死"之后所面临的精神空缺与价值迷惘，而泰戈尔戏剧作品中以拯救力量的突然降临（预示着圣主即将到来）、大团圆的美好结局（预示着天国理想的实现），无疑给了处在迷茫与困惑中的西方世界一份安慰与寄托。《邮局》是泰戈尔作品译介到西方最受欢迎的作品，阿马尔总是渴望融入外面多姿多彩的世界之中，期盼着国王的到来，经过种种曲折磨难，终于迎来了国王派来的使者——御医的到来，最终他也在御医的安抚之下寂静而满足地睡去。这出戏剧在泰戈

---

① 董衡巽：《美国文学简史》，人民文学出版社2003年版，第306页。
② 梅烈日科夫斯基：《诸神之死》，刁绍华、赵静男译，北方文艺出版社2002年版，第4页。

尔眼里或印度人眼里,是人生寻求解脱、梵我合一的历程,而在西方人眼里就是圣灵显灵,人物得救的启示。"如果对于这样一个谜一样的宇宙,我们已有事先准备好了的答案,那么诸如佛祖和基督这样伟大的先知肯定会早早地告知人类。既然对于我们大多数人来说答案都是不确定的,那么我们必须面临的事实是宇宙的终极真理超越了我们心灵与知觉的极限。"① 泰戈尔的戏剧正是在这个点上满足了西方的需要,因而获得了极大成功。

日本现代文学史上,有两位作家因作品的独特魅力,赢得了举世瞩目的诺贝尔文学奖——川端康成和大江健三郎。诺贝尔文学奖不是评价一个作家是否优秀的唯一尺度,但是日本这样一个东方国家,在不到30年的时间里连续两次获奖,充分说明日本文学在"西化"的大潮中,构造了一个融合传统与现代、西方与东方的广为世人接受的艺术世界。这个艺术世界不单纯是紫式部笔下的"物哀",也不单单是西西弗斯式的绝望,而是在东西方艺术之火的淬炼中重生的凤凰。

川端康成(1899—1972),日本新感觉派的重要作家,代表性的作品《雪国》《伊豆的舞女》《千只鹤》等。"新感觉派重视主观的表现,艺术的象征和形式的革新。它不是文学思想的革新,又不仅仅是技法上的革新,而是意味着新的文学思潮的萌生。"② 川端康成作品中独特的艺术魅力,在其代表作《雪国》中得到明显的发挥。作家怀着丰富的同情心,写了主人公驹子的天真纯朴与不正常的生活而产生的内在真实的哀愁,并将这种哀愁余韵化,展现了一种冷艳的美。在继承日本传统美的基础上,他以象征、暗示和自由联想等西方意识流的创作手法来剖析人物的深层心理。同时又用传统文学严谨格调加以限制,两者达到完美的协调。比如借助暮景的镜子和白昼镜子这两面镜子把岛村诱入超现实回想世界的描写,就是典型的例子。战后,川端对民族历史文化的重新认识,以及审美意识中潜在的传统的苏醒,使他更深切地感受到"日

---

① Ed Viswanathan, *Am I a Hindu*? Halo Books, 1992, p. 12.
② 叶渭渠:《日本文学思潮史》,经济日报出版社1997年版,第478页。

本的'悲哀'是同美相通的",正是在这种哀愁下,培育出它的《舞姬》《名人》《古都》《千只鹤》《山音》和《睡美人》等优秀之作。

　　大江健三郎(1935—),日本战后存在主义代表性作家。《万延元年的足球队》《性的人》《我们的时代》《个人的体验》是他的代表性作品。大江健三郎的获奖与川端康成一样,在其艺术世界中构造了一个兼有东西方文化特色的艺术世界。首先,他十分尊重和执着传统,其次,他对外来文化持开放平等的态度,有消化外来文化的信心和能力,吸收创造了外来文化。这样的文化环境培育的作家,既是日本的、东方式的,同时也是世界的、现代的。大江是存在主义作家,但他的存在主义和萨特、加缪的存在主义多有不同。大江虽然受到萨特和加缪的影响,但他更多的是吸收了存在主义在艺术创作上的技巧,对存在主义核心的价值观念并没有完全的接受。即便是所吸收的存在主义文学理念,也明显地加以日本化了。大江文学既贯穿人文理想主义,致力于反映人类生存环境的改善的题材,又扎根于日本民族的思想感情、思考方式和审美情趣等,并且经常强调他写作是面对日本读者。从他作品中经常反映的两个主题——核威胁和残疾问题——就可以看出这一点。大江学习西方文学技巧的同时,非常强调"民族性在文学中的表现",他在颁奖仪式后的晚宴上的致辞还提及,他先前对日本古典名著《源氏物语》不感兴趣,现在他重新发现了《源氏物语》。并且,他在创作实践中贯彻这种思想。比如,他的获奖作品《个人的体验》《万延元年的足球队》运用了日本传统文学的想象力,以及日本神话中的象征性。它们立足于现实,又超越现实,将现实与象征世界融为一体,创造出大江文学的独特性。这种独特的文学性是西方个人孤独与焦虑、东方的哀怨与幻想的完美结合。

　　川端康成和大江健三郎都属于20世纪日本作家。川端走上创作道路是在20世纪20年代,那个时代要求他必须直面的是几乎东方所有民族都不可回避的西方文化大潮,他的生命历程也是在东西方文化的激烈碰撞、交融中度过的。大江健三郎于50年代登上文坛,属于战后的新一代,他所面临的东西方文化交融比川端走上文坛时更为激烈,而且更为复杂、特殊。川端康成作为一位勇敢的探索者，对西方文化经历过一段简单移植的过程。但是，作为中坚创建日本新感觉派的同时，他注重学习西方现代派对自我感觉的表现，并且把它和东方的"主客如一"主义融合在一起。可以说，川端康成借鉴西方文学的指向，是为了更好地弘扬日本文学的传统，强韧地将以"幽玄""物哀"为代表的日本美的理念在现代日本文学中加以表现，并将它展现给西方世界。正如安达斯·艾斯特林在给川端的授奖辞中所说："其一，川端先生以卓越的艺术手法，表现了道德性与伦理的文化意识；其二，在架设东方与西方精神桥梁上做出了贡献。"而正是这种融合中西方优秀文化底蕴的新创作，为大江健三郎、川端康成开创了既具有特殊性、民族性的同时，又拥有普遍性和世界性的意义的文学作品。

从亚非拉作家获奖的理由来看，尽管因人而异，但也有一个共同的特点，那就是他们都尊重民族的传统，并兼备现代的文学理念和技法，因而获得了成功。以大江之前的东方获奖者印度的泰戈尔、日本的川端康成、埃及的马哈福兹为例，就足以证明这一点。诺贝尔奖对泰戈尔的评价是："泰戈尔十分尊敬祖先的智慧与探索精神。"对川端康成的评语是："以敏锐的感受，高超的小说技巧，表现了日本人的内心精华"；"川端康成虽然受到欧洲近代现实主义文学的洗礼，但同时立足于日本古典文学，对纯粹的日本传统体裁加以维护和继承"。对马哈福兹的评价是："马哈福兹融会贯通阿拉伯古典文学传统、欧洲文学的灵感和个人的艺术才能"，"开创了全人类都能欣赏的阿拉伯语言叙述艺术"。他们的经验证明，文学的发展首先立足于民族的文学传统，这是民族文学美的根源。离开这一点，就很难确立其价值的取向。然而，一民族、一地域的文学又存在一个与他民族、他地域的交叉系统，不同民族和地域的文学交流汇合而创造出来的文学，必然具有超越民族和地域的生命力。也就是说，优秀的文学不仅在一民族、一地域内生成和发展，而且往往还要吸收世界其他民族和地域的文学精华，在两者的互相交错中碰撞和融合而呈现出异彩。

第六节　泰戈尔：自由主义民族主义

　　无可否认，泰戈尔是一位伟大的爱国主义者，他有着独具特色的民族主义观念。他的民族主义观念是一种基于人道主义、人权思想基础上而形成的自由主义民族主义观。这一民族主义观念与同时期的极端民族主义者和不合作运动的倡导者在观念上有着根本分歧，而正是这种差异使得泰戈尔在民族主义运动中表现出不同的政治立场，在文学作品中表达出迥异于一般民族主义者的主张与理念。本节中我们将探讨泰戈尔自由主义民族主义观的特征与表现，结合他的小说代表作《戈拉》做出具体分析，分析他的民族主义思想形成的原因，就他的民族主义在印度现代化的进程中所起的作用做出新的评价。

一　泰戈尔自由主义民族主义的内涵与表现

　　自由主义有多种含义，在一般意义上我们常把它理解为自由散漫、不守纪律的工作作风、生活态度等。但是这里我们所讨论的自由主义指的是近代以来资产阶级意识形态中始终占主流地位的政治主张以及得到资产阶级广泛认同的一种价值立场。作为一种政治主张，自由主义者具有多层面的含义，如主张建立宪政政府、保护私人财产、实行自由企业制度等等；而作为一种价值立场，它同样具有多重内涵，如关注社会正义、坚持个人至上、肯定人类道德的统一性等等。因此对于自由主义，我们很难用三言两语把它的含义概括清楚，但是"自由主义的基础与出发点是个人主义。当自由主义论及自由、民主或市场经济等观念时，其重点是强调个人的自由、个人的参与或个人的经济活动"[①]。我们可以说个人主义是自由主义的重要基石。

　　民族主义同样是一个纷繁复杂的概念，民族主义所涵盖的现象和范围是广泛而多侧面的，甚至在东西方不同的区域亦有各自的表现。人们普遍认为在欧美国家，民族主义的"正式形成是在18世纪末和19世

[①] 李强：《自由主义》，中国社会科学出版社1998年版，第147页。

纪初,其标志性事件是北美独立战争、法国资产阶级革命和费希特的《对德意志民族的演说》的发表"①。这种民族主义是资产阶级民主主义革命的重要推动力,它是和民主、自由主义和宪政紧密联系在一起的,欧美民族主义运动的结果是封建专制主义国家的解体和群众性民族国家的建立。亚非拉等欧洲以外地区的民族主义则是20世纪初才出现的历史现象。在近代史上,亚非拉等绝大多数国家都是深受帝国主义压迫的殖民地或半殖民地。这个最基本的客观事实决定了各国的民族主义运动都是以推翻帝国主义统治、建立民族国家为根本目的。同时我们必须看到无论在欧美国家,还是在亚非拉等殖民地半殖民地国家,民族主义都是一把双刃剑。就欧美国家而言,对自由主义原则的背离和对本民族利益的过分夸大使得他们的民族主义常常和暴力与侵略战争联系在一起;而对亚非拉国家而言,民族主义的过分发展常常又和封闭、仇外联系在一起,并且极易和传统的封建专制主义相结合,成为现代民主社会发展的某种障碍。民族主义的这种双重作用,不少学者已有所洞察,泰戈尔便是其中之一。

作为一名殖民地作家,泰戈尔的民族主义观念却极富世界性和前瞻性。他反对英国在印度的殖民统治,但他坚持英国人可以参与建设印度的命运;他坚持印度人民应该团结起来为民族独立而努力,但反对用民族、国家这样的宏大叙事压制个体的选择与自由。他的这种民族主义是融合了自由主义理念与民族主义精髓的自由主义民族主义。泰戈尔认为在培育不同民族观念的同时不应忽视其他民族的利益与价值;而对各个民族内部而言,在强调民族群体价值的同时也应重视个人自由价值的实现。民族与民族之间应该是自由而和谐的,民族与个人之间也同样应该是自由而和谐的。这便是泰戈尔自由主义民族主义的基本内涵。

泰戈尔的自由主义民族主义表现在他的论著、作品以及社会活动中

---

① 厄内斯特·盖尔纳:《民族与民族主义》,韩红译,中央编译出版社2002年版,第3页。

的各个方面。

他肯定了一般意义上民族存在的价值:"作为一种社会存在,它是人的自发的自我表现。它是人类关系的自然准绳,使人们能够在互相合作中发展生活理想。"①但是他对于西方的民族主义以及利用民族概念所推行的计划是持否定和反对意见的。"事实上,冲突和征服的精神是西方民族主义的根源和核心;它的基础不是社会合作。……实际上,这些民族为了增加牺牲品和地盘,正在相互争斗。"②第一次世界大战的爆发就是西方民族主义冲突的恶果,这次世界大战不仅对欧洲大陆有着极大的破坏,而且对殖民地国家而言也是一场浩劫。就印度而言,战争一开始,英国就最广泛地利用印度的人力、物力和财力,来满足它的军事需要。"战争期间,英国对印度的物资掠夺是耗竭性的。不仅农产品、纺织品、皮革制品、钢材等军需物资由国家统购或通过市场压价收购,还突击开采矿产,大量抽走原准备在印度使用的交通器材。"③所以第一次世界大战的爆发无论对于帝国主义国家而言,还是对于广大殖民地国家,都是一场巨大的灾难。作为一名印度作家,泰戈尔的可贵之处在于他不仅仅反对英国利用民族的幌子推行"一整套最恶毒的利己主义计划,而一点也意识不到他们在道义上的堕落"④,而且更可贵的是他站在全人类的立场上,反对这次战争,并真诚地呼吁民族之间的和睦相处:"在民族之间进行的这次欧洲战争,是因果报应的战争。人类为了自己的生命,一定反对设置障碍,哪里有感情,哪里有制度和政策,哪里就应当涌现出生动的人与人的关系。"⑤这种民族主义观点才是一种更具理性、更合人心的民族主义。

作为一名诺贝尔文学奖获得者,泰戈尔不仅直接阐述他对民族主义的看法,更善于用文学艺术的形式表达他对民族主义的思索。诗作

---

① 泰戈尔:《民族主义》,谭仁侠译,商务印书馆1997年版,第4页。
② 同上书,第11页。
③ 林承节主编:《殖民主义史(南亚卷)》,北京大学出版社1999年版,第228页。
④ 泰戈尔:《民族主义》,谭仁侠译,商务印书馆1997年版,第23页。
⑤ 同上。

《世纪的黄昏》表达了诗人对民族主义泛滥的忧虑以及对自由的向往：

> 世纪末日的太阳在西方的血红的云海中和仇恨
> 的旋风中没落。
> 民族利己的赤裸裸的激情带着它的贪欲的醉狂，
> 紧随刀剑的砍杀和复仇的狂歌舞蹈。
>
> 民族的贪欲会由于它无耻的取食而发狂。
> 因为它已经把世界变成它的食物，
> 舐着，嚼着，大口地吞着，
> 它不断地膨胀，
> 直到在那邪恶的筵席上，一声霹雳突然从天而降。
> 击破它那肥大的心脏。
>
> 祖国呀，地平线上闪耀的通红亮光不是和平曙光。
> 那是火葬场的火光，民族利己的巨大尸体在焚化，
> 它因为纵欲而死亡。
> 黎明在东方漫长的黑夜后面等待，
> 恬静而温良。
>
> 守望着，印度
> 携带您对那神圣日出的崇敬献礼，
> 让欢迎它的赞歌由您最先来唱：
> "来吧，和平，您这上帝的大苦大难的女儿。
> 来吧，带着您的知足的珍宝、刚毅的剑
> 和闪耀在您前额的温良。"
>
> 不要羞惭，我的兄弟，站在骄者和强者面前，
> 穿着您那朴素的白袍。
> 让您的荣誉成为谦恭的荣誉，您的自由成为灵魂的自由。
> 就在您毫无掩饰的贫穷的基础上，

天天修造上帝的宝座。

要知道庞然大物并不伟大，骄傲并不久长。①

这首诗用孟加拉文写于1899年最后一天，诗作主题非常明显。作者在诗作的第一节和第二节痛斥了西方国家民族意识膨胀所带来的刀光剑影和相互杀戮，第三节则是告诫国人应当以西方民族利己主义为借鉴，并且坚信东方的恬静与温良应当成为世界的希望。最后两节诗人用饱含诗情的笔调歌颂了印度社会的知足、刚毅和温良的品质，并积极地呼吁自由的来临。这首诗可以说是诗人民族观念最直白的表露，他从人道主义的立场出发，呼唤世界范围的各民族的互谦互让与温良友爱。

泰戈尔在长篇小说《家庭与世界》中，进一步对他的自由主义民族主义进行了诠释。作品主人公尼基尔是一个追求真理，对事物有自己独特见解的理性主义者。他极力反对盲目的司瓦西德运动。当他的妻子深受运动影响，想把自己的外国衣物全部烧掉的时候，尼基尔却说："为什么不打定些主意来建设建设呢？你连十分之一的精力也不该浪费在这种破坏性的疯狂举动里。"②尼基尔不仅反对司瓦西德运动所带来的盲目排外的情绪，更反对激进派借爱国主义之名行使蛊惑人心的手段。作品中山谛普就是激进民族主义的代表人物，在尼基尔眼中，"他头脑聪明，可是本性鄙陋，因此他用漂亮的字眼来装饰他那些自私的欲念"③。在小说中山谛普是作为勾引尼基尔妻子的反面形象出现的。这部小说一出版就被指责为不爱国，污蔑世族领袖的负面小说。我们若不拘泥于具体人物的德行而从更高的层面进行解读的话，就会有新的发现。这部题为《家庭与世界》的小说实则以妇女命运为切入点表达了作者对在特殊的历史条件下"人"该如何觉醒的思考。作为一名理想人物，尼基尔一方面希望自己的妻子由家庭走向世界，希望妻子的自我意识能

---

① 泰戈尔：《民族主义》，谭仁侠译，商务印书馆1997年版，第70页。
② 泰戈尔：《家庭与世界》，邵洵美译，人民文学出版社1987年版，第12页。
③ 同上书，第29页。

逐步觉醒，成为一个真正意义上自由自觉的人："如果我们能在现实的世界里见面，互相了解，那时候我们的爱才是真的。"①另一方面他却十分痛心地看到，在民族主义思潮疯狂高涨的历史条件下，走出被家庭压抑的妻子却走向了被国家强权以及激进民族主义所压抑："我起初一点不疑心，一点不害怕；我只觉得我是献身给我的国家了。……我已经切切实实地懂得了，为什么人们能在彻底的自我牺牲中，获得无上的喜悦。"②在这里，真正意义上"人"的觉醒却难于实现。泰戈尔想要说明的是民族独立的过程也应该是"人"的觉醒的过程，用民族、国家这样宏大庄严的历史诉求压抑个人的自由、平等与选择的权利是应该极力反对的。作品的结尾以仆人阿摩利耶的死揭露了山谛普的伪善，而妻子似乎至此才真正地觉醒。这是一个光明的"尾巴"，表达出泰戈尔美好的愿望：不做盲目的激进的民族主义分子，而是在充分的理解、思索与觉醒之后再以更加理智的方式投身于民族建设。

二 个案分析：泰戈尔思想整体中的《戈拉》

《戈拉》是泰戈尔小说创作的代表作。对于这部作品的思想内涵的理解，国内学界有些分歧，有人认为小说的主题思想是"反帝爱国"，有的认为小说的创作目的是"社会改革"。有人甚至认为小说所反映的19世纪70年代，印度无产阶级已经起来，同民族资产阶级一起领导了印度的民族民主革命。这些看法都是立足于社会反映论的层面对作品作出接受性阐释，只是各自强调不同的侧重点。从作品表现的题材和对象看，这些理解都没有错。但泰戈尔是一个追求统一性的思想家，他注重现象背后的本质。我们理解《戈拉》也应透过题材和事象，探寻蕴含其中的意义。

结合泰戈尔的自由主义民族主义思想，从泰戈尔的宗教哲学体系整体把握泰戈尔文学创作的内涵，恐怕更能接近泰戈尔创作的初衷。

---

① 泰戈尔：《家庭与世界》，邵洵美译，人民文学出版社1987年版，第8页。
② 同上书，第57页。

《戈拉》于1907—1909年在《外乡人》杂志连载，1910年出版单行本。提出这一创作时间，意在强调两点：第一，经过四十余年的人生体验和精神探索，到1905年前后，泰戈尔的以和谐统一为核心的宗教哲学思想已经完全定型成熟。之后直到逝世前的几年，一直坚持并不断充实他的思想体系。第二，1905—1908年印度民族解放运动掀起高潮，经过19世纪后半期印度民族知识分子的思想启蒙，印度民族意识觉醒，以反对分割孟加拉为导火索，国大党提出了司瓦拉吉（自治）、司瓦西德（国货）、抵制英货和民族教育"四大纲领"。随着运动深入，对民族解放的道路存在分歧，1907年国大党分裂成激进派和温和派，前者积极行动，以武装斗争争取民族独立，后者努力以宪政方法争取自治。最终以温和派向殖民当局的妥协和激进派被镇压，宣告运动失败。泰戈尔在那个如火如荼的日子里亲自参与了运动，但他不赞成极端派的做法，也不接受温和派的妥协，只好退出运动，更加深入冷静地思考印度民族的未来道路和命运。

在这样的前提下创作的《戈拉》，一方面泰戈尔定型的宗教哲学思想在小说中得到艺术的表现；另一方面这种宗教哲学思想的表现中，包含着民族解放的现实内容。理解《戈拉》，对这两者都不能偏废。我们理解泰戈尔的创作原意，是将二者统一起来，以小说的艺术形象体系，通过民族矛盾中人们的人生道路选择来表现他的宗教哲学思想。

《戈拉》情节展开的背景，并不是创作当时的民族解放运动，看不到轰轰烈烈的宏大场面，没有抵制英货的群情激愤描写，也没有秘密组织的地下活动场景，更没有武装抗英的战火硝烟。泰戈尔不喜欢暴力和喧嚣，他更看重人的内在精神的运动，灵魂深处的革命，在外在的宁静中获得内在自我的提升。因而他把小说背景摆在19世纪七八十年代，那是一个思想交锋的年代，围绕着民族传统和西方文化而展开观念上的冲突，冲突的一方是主张以西方文化变革印度传统的梵社，另一方是倡导回归民族传统、纯洁民族文化的正统印度教派，小说的情节主线是两个教派成员之间的思想冲突，两个家庭（安纳达摩伊一家、帕勒席一家）成员之间的爱情、亲情和友情，再交织穿插主要人物活动范围所及的其他人物的遭遇与经历,如南德的死、哈里摩赫妮的命运、戈希布尔村村民的悲惨处境、布朗县长家的生日宴会等。然而,贯穿小说始终的还有一个重要内容,就是这些表面情节给人物心灵的投影,主要人物面对外在的这一切所产生的困惑以及困惑破解后的欢欣。对于泰戈尔来说,表现人物精神的变化才是创作的目的,情节故事只是人物前后变化的一种触媒、某种契机。

在泰戈尔的宗教哲学体系中,人具有两个自我,一个有限自我,一个无限自我。有限自我也称肉体自我、孤立自我、小我,他变化易逝、受时间、地点、环境诸多条件的限制,表现为人的日常世俗性。无限自我又称为灵魂自我、普遍自我、大我,他是永恒的、超越时空的,他是人的精神深处的梵,是人中的神性。有限自我的各种想法基本上是为肉体生存而考虑的问题,他最突出的特点是自私和贪得无厌,他通过占有和获取物质财富而感到最大的满足,满足过后又有新的欲望,从而使自我成为外在的物质世界的奴仆,陷入束缚之中;而且他以自我为中心,走向利己主义,排斥他人,从而为自我筑起无形的高墙,封闭孤立自我。无限自我则不断推动人超越自身,突破有限自我的束缚,追求与永恒精神的合一,渴望证悟统一性的自由。泰戈尔在1909年的一篇文章中描述无限自我引导人与神结合后的情景:"这时候外部世界与内心世界之间的一切对立都将烟消云散,这时候没有战胜,只有福乐;没有斗争,只有嬉戏;没有分裂,只有相合;没有个人,只有大众;没有外界,也没有内心;只有梵——闪耀着神圣光辉的梵。这时候作为个体灵魂的我与作为终极灵魂的梵合为一体,这就是梵我一如。这时候只有无私的怜悯、温和的宽容、纯洁的爱——一个智、信、业互不分离的完美无缺的整体。"①

因而人生就得不断突破有限自我而走向无限自我,由独特自我走向普遍自我,证悟自我的真正本性,达到梵我统一的和谐、自由境界。而这一切,都在人自身,在人的内在世界里进行。因此,人的一生是不断变

---

① 泰戈尔:《三境界》,《泰戈尔全集》(第23卷),河北教育出版社2001年版,第351页。

化、不断提升的过程。

《戈拉》里被肯定的几个青年人——戈拉、维纳耶、苏查丽达、纳丽妲,他们的内在世界都经历了一番变化。其中最突出的是主人公戈拉。对于戈拉,学界一直把他当作爱国主义者的标本来分析。从小说中戈拉的身份(爱国者协会主席)、言论和行动来看,这样的分析肯定没有错。他尊崇祖国的传统,与侮辱、损害印度的任何言行势不两立,愿意为印度而献出自己的一切,并以自己的坚定信心去感染身边的知识分子,唤醒麻木中的广大民众等等,从中我们感受到的的确是一位爱国主义者的所作所为。但泰戈尔不仅仅把他当作爱国主义者来刻画,同时还把他当作一个"人",表现他如何突破有限自我的束缚,抛却小我的遮蔽,显露自我内在的无限性、证悟真理、获得自由快乐的过程。至少,泰戈尔是把他的爱国主义与人格完善结合在一起加以表现,"爱国主义"是他外在的行为模式,"人格完善"是他内在的性格运动;"爱国主义"是戈拉人格完善得以彰显的实体,"人格完善"在背后牵引着他的爱国主义的演进方向。

小说开始时的戈拉,有限自我的遮蔽至少表现在三个方面:第一,一种"天降大任于斯"的自傲。用他的朋友维纳耶的话说:"你以为上天把力量都给予你一个人了,而我们其他人都不过是软弱无能之辈。"[①]他从小就是"领袖",习惯于指挥别人,教训别人。"自傲"有悖于平等对话,在泰戈尔的思想词典中是自我中心的"小我"表现。第二,拒绝、回避对异性的恋情。青年男女的纯洁相恋,是人的自然情感的流露,是双方内在神性的彼此呼唤。泰戈尔在许多场合下赞美这种美好的感情。他曾从女性角度写道:"女子有两个形象——母性的形象和情人的形象。……在情人的形象里,女子的苦行使得男子的一切卓越的努力富有生命力。"[②]也就是说,男女恋情只要不是单纯的情欲,就能使双方

---

① 泰戈尔:《戈拉》,唐仁虎译,《泰戈尔全集》(第13卷),河北教育出版社2000年版,第15页。小说引文都出自该译本,下不一一作注。

② 泰戈尔:《印度的婚姻》,殷洪元译,《泰戈尔全集》(第24卷),河北教育出版社2000年版,第259页。

的人格获得提升。但戈拉以责任感或其它的各种理由,回避、拒绝这种自然的感情,当他与苏查丽达在内心中彼此相恋时,他犹豫彷徨,不敢面对,自我压抑,甚至自欺欺人。第三,盲目受制于传统习惯。戈拉是出于爱国,而对印度教的一切都加以维护,把教规习俗当作自身的枷锁束缚自己,种姓制、不可接触制、对妇女的歧视都努力遵守,设法寻找理由为其存在加以辩护。尽管他的初衷是维护祖国尊严,但过于固执,发展到不顾事实,在现实面前碰壁还违心地盲目遵守,这无疑与真理的融合是相悖的。泰戈尔在一篇题为《习俗的压迫》的文章中写道:"这也碰不得,那也沾不得,坐要有坐态,走要有走姿,别人的米饭不能吃,别人的女儿不能娶,要这样起立,要这样坐下,要这样走路,指手划脚地去评论日月之短长,将无所事事的短暂生命割碎,再堆积起来。这难道是我们的生活目标。"①

当然,戈拉之所以能在人生中突破小我遮蔽,是因为他身上有着趋向无限的动力因素。仔细分析作品,戈拉的这些因素表现在三个方面。第一,牺牲精神和博大的胸怀。戈拉为了印度的独立解放,可以牺牲自己的一切,大学毕业后他全身心投入祖国解放事业,深入农村了解民间疾苦,为同胞的屈辱伸张正义,宁愿坐牢吃苦。这种牺牲精神是一种自我放弃,来源于他超出有限自我的博大胸怀,能舍弃生活的享乐,听从祖国解放事业的召唤,激发起他的热情和意志。他为打抱不平与警察冲突,被判处监禁,却放弃保释的机会,在给母亲的信中写道:"我们在家里舒舒服服地过日子,由于长期养成的习惯,体会不到自由地接触外面的世界是一种多么大的特权——有许多人,他们要么是由于自己的罪过,要么是出于无辜,被剥夺了这样的权利,遭到禁锢或凌辱。迄今为止,我们根本没有想到他们,跟他们没有任何接触。现在,我要打上跟他们一样的烙印才出来,决不与大多数装扮得体体面面的伪君子为伍来保持自己的所谓名誉。"第二,执着的信念和坚强的意志。信念是对

---

① 泰戈尔:《习俗的压迫》,潘小珠译,《泰戈尔全集》(第23卷),河北教育出版社2000年版,第182页。

人生目标的专注,戈拉的爱国热情来源于他内心深处的信念:印度不仅有伟大的过去,也会有光明的未来,尽管现在的印度贫困、落后、愚昧、迷信,但他深信"另外还有一个真实的印度,一个充实而富足的印度"。他在辩论中说:"我发现印度形形色色的表现和努力中,贯穿着一种深刻伟大的统一性,我为这统一性高兴得快发疯了。我为这种统一性所陶醉,愿意毫不畏缩、毫无顾忌地跟自己最无知的同胞同甘共苦。……我深信印度的深奥精神一定在暗暗地,然而长期不断地在他们中起着作用。"这种信念成为他灵魂深处的一盏明灯,照亮他的内外世界,使他能心无旁骛,一往直前,在行为上表现出刚强的意志。这种信念和意志对他周围的人产生无穷的人格魅力,好朋友维纳耶感叹:"多么坚强的戈拉!他的意志多么坚强!他会置人生中一切关系于不顾,以自己的意愿为最高目标,在胜利的旅途上前进——造物主赋予了戈拉如此伟大的天性。"第三,感觉敏锐,以小见大,有一种整体性思维。戈拉看问题不是就事论事,往往通过现象把握本质,从事物间的普遍联系中看待事物的价值和意义。一个木匠健壮的儿子南德死了,他的脚被凿伤,感染成破伤风,母亲不信医药,请巫师念咒而延误了治疗时间。他死于迷信和愚昧。戈拉由此看到的是民族的命运以及肩上的责任:"整个民族都把自己的智慧卖给骗子了。怕神、怕鬼、怕喷嚏、怕木星——什么都怕,没完没了。在这个世界上,要为真理进行多么顽强的斗争啊!……这一切恐怕和骗局就像一块沉重的巨石,跟喜马拉雅山一样重,压在印度上面,谁能把它搬走呢?不管什么伤害我们的祖国,无论伤害得有多重,都一定有办法治疗——治疗的办法就在我们手里。"正是这种敏锐,使他能从特殊把握普遍,能从有限自我透视到无限自我,能缩短小我与大我的距离。

这样的潜在质素,成为戈拉不断突破有限自我的基础,只要外在条件形成某种契机,他内在的大我就会得以呈现,人格获得某种提升。作品中人物和事件为戈拉人格的演进提供契机,最突出的有三次。首先是走出加尔各答,沿着大干道的徒步游历。他从城市来到农村,是对印度社会的一次深入的考察,了解到了印度真实的一面,他看到"这辽阔广衰的印度农村是多么分散,多么狭隘,多么软弱——对自己的力量何等无知,对自己的幸福是何等麻木,是何等漠不关心!"而正是传统的教规,把人分成不同的种姓和等级,给人以种种束缚,导致人们的愚昧和狭隘。在游历中,他对自己盲目遵从传统习俗产生了怀疑,在穆斯林理发师家里吃饭。他出狱后继续到农村漫游,对印度农村的贫困、落后、愚昧有了实际的体验,以他敏锐的天性体会到"传统习惯只是把人分为各种等级,把不同等级分开,给人带来疾苦,不愿让人理智地处理问题,把仁爱远远地抛到一边,甚至给人前进的道路上处处设置障碍"。由此使他对原来固守的正统印度派的立场和信仰体系产生全面的怀疑,"他再也不可能用自己织成的幻想之网来束缚自己了"。其次,与梵教姑娘苏查丽达感情的萌生。对于异性恋情,戈拉一直不屑一顾,看成是事业的阻力,打算终身不娶,但在与苏查丽达接触的过程中,她的柔美、睿智、纯洁打动了戈拉的心。在理智上,戈拉不愿这份感情发展,但这种来自灵魂深处的爱的召唤又令他难以忘怀。尤其是在监牢中的一个月,"苏查丽达的身影总是浮现在他的眼前,无论如何都不能把她从眼前赶走,从前有一个时期,戈拉心里没有想到印度还有女人这一事实,可是现在,因为苏查丽达的缘故,他终于认识到了这一真理。这样一个伟大而古老的事实突然全部呈现在他眼前,使他整个强劲的心灵都颤抖起来,仿佛突然受到极大的打击似的"。正是这份恋情拓展了他的视域,扫除了他在妇女问题上的萌蘖,从苏查丽达身上看到印度新的力量和希望。最后的契机是他明白出生真相。他原来在血缘上与印度教没有任何联系,他一直背负的传统包袱纯粹是一个虚幻的幻影。前面的两次契机还使他难以从习俗和小我中彻底解脱,甚至陷入更深的疑惑和痛苦。这一次使他彻底解脱了,以赤裸裸的真诚面对真理,拥抱无限自我。他难以抑制真正解脱后的欢欣与自由的喜悦:"这么长时间以来,我一直在竭尽全力地理解印度,可是我处处碰壁——我一直力图把这些障碍变成信仰对象,为此夜以继日地工作。……我塑造了一个完善无瑕的印度,为了把自己的信仰完整地保存在她那坚不可摧的堡垒里,我进行了多么艰苦的斗争!可是今天,我那幻想的堡垒像海市蜃楼一样,顷刻之间消失得无影无踪。而我完全自由以后，突然发现自己站在巨大无边的真实之中，我的心感受到全印度的一切善与恶，苦与乐，智与愚。现在我真的有权为她服务了，因为真正的劳动场所已经展现在我面前，这不是我幻想出来的——这是为两亿印度儿女谋幸福的真实场所。"

至此，一个从小我走向大我的完善人格真实地站在读者面前。小说也至此结束，但读者可以想象出一个没有个人欲望、致力于印度各教派、各民族的团结，为建设一个独立、民主、平等、自由、幸福的印度而努力工作的完美形象。在他的精神世界里，不仅没有种姓、教派、民族之分，甚至没有国家的区分，他的爱尔兰血统使他的工作和努力超出了爱国主义，具有国际主义的意义。他为之奋斗的不是国家、民族，而是真理、人类。当他以解脱的自由心态、普世的梵的眼光来看人世社会、自然不为尘世的苦乐所累，而是一种爱、真诚、宽容、和乐的境界。就是作品中安纳达摩伊、帕勒席的境界。

总之，《戈拉》围绕着戈拉的宗教信仰与现实生活中所发生的冲突而展开。戈拉这位不明白自己身份的爱尔兰小伙子却固守着印度教的一切教规与传统，因为在他看来造成印度苦难现实的根源就是印度人忘记了自己的光荣传统，要使自己的国家强大起来就必须无条件地遵守印度教的一切传统。他为印度教的一切传统，包括种姓制度、偶像崇拜、妇女无权等落后愚昧的传统辩护，并且身体力行，严格遵守印度教一切教规。为此，戈拉最好的伙伴毕诺耶离他而去，面对自己心爱的姑娘苏查丽达，戈拉却无法走近，甚至和自己最为挚爱的母亲安楠达摩依也心生嫌隙。宗教信仰与现实之间的冲突使得戈拉苦闷而烦躁，而最终使戈拉到得到解脱的却是他的养父克里代纳达雅尔病危时关于他身世的告白。戈拉是一个隐喻或象征，泰戈尔是要告诉人们：自设的樊篱与框框是多么的可笑，顽固不化的保守观念从一开始就是错误的，不是立足于现实而是立足于形式和教条的东西终究是空虚不可靠的，狭隘的民族主义并不利于民族的独立、建设和发展。泰戈尔借助戈拉这个形象表达出这样的企盼：呼吁世界大同，欢迎不同民族的人民参与印度的新建设。因此从整体性和内在性上分析，"这部小说标志着泰戈尔从狭隘的民族主义向国家主义的转变,在宗教观上他已趋向于'人'的宗教"[①],而这不正是泰戈尔自由主义民族主义的立场吗?

三　成因探析与意义考量

无论《戈拉》中的国际主义立场,还是《家庭与世界》中对民族与个人的理性思索,都是泰戈尔以尊重人、理解人,呼唤个人独立与解放为基础的自由主义民族主义的表现。他这一思想的形成既是印度传统文化熏陶的结果,也和中世纪的人道主义观念的传播、近代的启蒙运动的兴起有关。

印度传统文化也可谓博大精深,"各派哲学在后代影响最大的是吠檀多派。它是奥义书以来婆罗门教或印度教哲学的主要代表"[②]。吠檀多派众多哲人关注的问题是梵我关系的问题。大多数哲人对这一问题的看法是所谓"梵我同一"。但是他们在表述这一理论时又有明显的分歧,这些哲学家们一方面说梵与我是一个东西,而另一方面又对它们作种种区分,如作为最高我的梵是唯一不二的,而小我则是杂多的,梵是自由的、纯净的,而小我是不自由和不净的。泰戈尔接受了传统的吠檀多哲学的某些方面,并就"小我"与"大我"提出了自己的思索。在他看来,每个具体的人都有两重性,一方面是普遍性,即人的共同的内在本质,这是神性的体现;另一方面是个我、自我。人在尘世中生活,难免有七情六欲,内在本质常常被遮掩,如果个人欲望占了上风,就会产生利己主义。因此泰戈尔认为要达到梵我合一,就要努力认清人的内在本质,认识到这一点就可以达到"小我"与"大我"的协调。泰戈尔的这一宗教哲学观念决定了他政治道路的选择以及文学艺术的创作。在《戈拉》中,"泰戈尔不仅仅把他当作爱国主义者来刻画,同时还把他当作一个'人',表现他如何突破有限自我的束缚,抛弃小我的遮蔽,显示自我内在的无限性、证悟真理、获得自由快乐的过程"[③]。我们认为这种

---

① 石海峻:《20世纪印度文学史》,青岛出版社1998年版,第37—38页。
② 姚卫群编著:《印度哲学》,北京大学出版社1992年版,第73页。
③ 黎跃进:《文化批评与比较文学》,东方出版社2002年版,第76页。

解读是符合泰戈尔内在宗教哲学观念的,而这一观点的形成无疑与印度传统文化的影响密切相关。

泰戈尔的民族主义观点最大的特点就是对个性的关注,对"人"的重视,反对用民族运动,压抑个人生存空间。这也正是泰戈尔"不合群"之处。这种重视生命个体的观念不仅仅是在印度处在英国殖民统治之下才出现的,印度中世纪以来就形成了这样的传统,泰戈尔继承这一传统,并在新的历史条件下扩充了人道主义的内涵。在中世纪德里苏丹王国时期以及莫卧儿王朝的前期,印度社会经济呈现繁荣稳定的局面,手工业、商业、商品货币关系以及整个市民社会都有长足的发展。这一封建社会鼎盛时期的文学代表人物是迦比尔(1440—1518),他是一位出身低微的作家,但是却有着坚强的信念,独特而新颖的思想。迦比尔背叛正统思想之处表现在,他不认为在人之外存在着具体的神灵,而认为一切生灵都是神圣的。从这一基本观点出发,他又产生了在神的面前人人平等的思想。"迦比尔的宗教哲学观点反映了15世纪市民阶层个人意识的普遍高涨,他的观点包含着与中世纪世界观根本对立的思想——认为每个人的命运要由自己决定。"[①]后继者钱迪达斯和其他虔诚诗人一样,都拒绝承认宗教信条是拯救灵魂必须遵循的唯一方法。他在"揭示虔诚主题时点明'人的尊严在于人的本身'('人是什么?我的兄弟,你听我说:人——这是最高的真实,此外再没有什么更高了'),因而这与形成个性解放的问题相接近"[②]。泰戈尔继续高扬人性解放的大旗,如果说中世纪的诗人作家们在思索人如何从神的威严下走出来的话,泰戈尔则在思索人如何从外在世界的权威与强权下走出来;如果说民族主义运动的高涨只能导致家庭妇女由对家庭、对丈夫的崇拜而走向对民族、对国家的崇拜,而始终缺乏独立自主、清醒理智的"人"的出现的话,那么这样的民族主义何益之有?

印度近代的启蒙运动是和罗姆·摩罕·罗易联系在一起的,罗姆·摩罕·罗易(1772—1833)出生于西孟加拉邦一个显贵的婆罗门家庭,从小

---

① 季羡林主编:《印度文学研究集刊》(第一辑),上海译文出版社1984年版,第330页。
② 同上书,第332—333页。

受到了良好的教育，20岁以前，广泛的游历了南亚次大陆，增长了见识，学习了印度教的有关知识。32岁那年受雇于英国东印度公司，在与英国人的交往过程中，他逐步了解了基督教的教义和西方近代以来的启蒙思想和人道主义观念。1814年，在东印度公司工作了十年之后，他辞职定居于加尔各答，专门从事宗教和社会改革活动。

他精通多国语言，具有比较开阔的眼界去观察、思考印度的社会政治问题，他深刻地认识到印度社会、宗教、政治中有诸多弊端。他钦慕英、法、美资产阶级思想家的著作中阐述的民主、自由的思想，因此他从宗教改革入手开始了资产阶级的启蒙运动和争取政治改革的运动。1828年罗易在加尔各答建立梵社，而他的两个助手便是泰戈尔的祖父和父亲。梵社的改革主张包括很多方面，但概言之有以下三点："用理性原则检验宗教权威，用一神论代替多神论，用内心崇拜代替繁琐的仪式。"[1] 这种种主张归根到底反映出印度资产阶级要求打破封建等级制，实现资产阶级的平等、自由的社会理想。梵社是印度近代社会两大宗教改革团体之一，罗易被誉为"印度近代最伟大的思想家和改革家，被印度人们尊称为'印度近代之父'"[2]。他的杰出之处就在于"他不仅最先敏锐地感觉到印度丧失了自由，而且是第一个庄严地宣布印度人民的自由权力并且以民族的名义向殖民当局争取这个权力的人"[3]。这里突出地表明了两点：他以"民族"的立场追求印度人民的"自由"。

泰戈尔的父辈是罗易时期启蒙运动的积极参与者，泰戈尔的几位兄长也大都是资产阶级新思想的追随者，生长于这样一个充满资产阶级自由气息的大家庭，泰戈尔不可能不受到自由主义观念的熏陶。

传统文化的积淀，现实苦难的撞击使泰戈形成了他独具一格的自由主义民族主义，他同情下层民众的苦难，希望民众团结起来为印度的独立、富强而努力；但他又拒绝群众运动的盲从与激进，希望广大民众能

---

[1] 林承节：《印度民族独立运动的兴起》，北京大学出版社1984年版，第71页。
[2] 朱明忠、尚会鹏：《印度教：宗教与社会》，世界知识出版社2003年版，第58页。
[3] 林承节：《印度民族独立运动的兴起》，北京大学出版社1984年版，第66页。

在运动中有"人"的觉醒,甚至他在很大程度上对启蒙的强调远远大于他对救亡的强调。对于泰戈尔的这种民族主义立场,不少学者是持否定意见的,如林承节教授就认为"泰戈尔政治态度妨碍了印度民族运动的发展,这是他一生中的重大缺陷"①。的确,泰戈尔与民族运动领导人之间存在着斗争策略与斗争方法的分歧,而最终甘地以他的非暴力不合作运动大大推动了印度民族独立的进程。但是我们不能以泰戈尔的思想主张未成为当时的主流思想就认为他的思想毫不足取,是他的重大缺陷。我们必须看到从罗易提出改革思想到甘地获得领导权为止,这一百余年间是印度资产阶级不断摸索与试验的阶段。且不说泰戈尔的思想作为探索阶段的重要组成部分的价值,更重要的是他的这种以自由主义理念为基础的民族主义对于极端民族主义可能导致的专制与极权起了很好的纠偏作用,其实"'民族'这个概念总是将我们牵引到其与政治'权力'的关系上"②。我们知道印度最终选择了一条既不同于社会主义,又有别于西方资本主义的现代化道路,从而避免了东方式的集体主义以及西方式的个人至上,而在这种历史进程中泰戈尔等思想家们在选择中所起的作用能忽视吗?

　　进言之,步入20世纪90年代以后,印度或者说整个世界的经济发展转到了以自由化、市场化、全球化为方向的新轨道上,泰戈尔的自由主义民族主义为当下印度的发展提供了思想资源。而且从世界范围来看,近十年来,种族主义和政治权威主义的民族主义以其极端的排外性和种族歧视,日益成为当今世界冲突的根源。泰戈尔在近一百年前就确立的自由主义民族主义对当下世界各民族该如何发展、如何相处无疑极具参考价值。我们可以说泰戈尔的民族主义是极富世界性和前瞻性的民族主义,对于全球化语境中民族性与世界性关系的思考具有重要的启示意义,也是泰戈尔对世界文化的重要贡献!

---

① 林承节:《印度民族独立运动的兴起》,北京大学出版社1984年版,第474页。
② 韦伯:《经济行动与社会团体》,《韦伯作品集Ⅳ》,康乐、简惠美译,广西师范大学出版社2004年版,第312页。

第四章　东方现代民族主义文学思潮与其他文学思潮的关系

民族主义文学思潮是东方现代文学的主潮。但东方现代文学史上还有体现不同审美群体要求的文学思潮存在，这些文学思潮和民族主义文学思潮或者相辅相成、彼此促进，或者相互对立、在论争中发展。这是东方社会文化多元在文学领域的表现，也是东方现代文学自身丰富性的体现。

第一节　民族主义文学与无产阶级文学

20世纪东方文学是东方民族反抗外来殖民，进行民族解放运动的产物，同时也是无产阶级觉醒和抗争的产物。东方民族主义文学与东方无产阶级文学，是东方各个国家现代文学的两股主要旋律，两种思潮相辅相成，你中有我，我中有你。一方面，大多数东方国家的无产阶级文学具有反帝反殖民的性质，在某种程度上，它是东方民族主义文学的一部分；但另一方面，两种思潮又有着本质不同的立足点：民族主义文学属于批判现实主义文学，是资产阶级民主革命的一部分，其指导思想一般是资产阶级的人道主义，目的仅在于推翻殖民统治，建立一个独立的君主立宪或资产阶级执政的国家。而无产阶级文学是在马克思主义科学理论指导下的无产阶级斗争的组成部分，它的目的不仅要推翻殖民统治，还要推翻一切剥削制度，建立一个真正自由平等的社会主义制度。所以，在思潮的起源、作者的构成以及包含的内容方面，东方国家的无产阶级文学具有与民族主义文学同中有异的特质。发现、总结两种思潮的相同和不同的特质,将有助于我们更准确地理解、认识这两种思潮。而这,也只有通过比较研究才能得到解决。

一 两种思潮的起源

从两种思潮在东方国家的起源来看,它们都是在西方资本主义的发展和扩张、东方民族和国家沦为殖民地或半殖民地的国际大背景下产生和发展起来的。但东方民族主义文学思潮主要体现为一种自觉性和自发性,是东方民族在反抗外来殖民者的斗争中自发自觉形成的一种文学思潮;而无产阶级文学更多的是在外来影响下——由本国知识分子有意识的吸收、引进西方无产阶级特别是苏联无产阶级文学,产生和发展起来的。

东方民族主义是世界民族主义的一种形态。如果说近代西方民族主义的产生是重商主义与自由主义理念相结合而促成的,那么近代东方民族主义产生的主要原因则是与民族生存面临危机时所作出的自发反应有关。尽管东方各国民族主义存有各种各样的差异,但东方民族主义却包容着一个共通点:它的产生具有"应激—反应"性特点,它是反西方列强威逼、侵略的产物。从根本上说,这种民族主义起源于本民族的危机意识以及由此产生的"避害反应"。因此,它的产生是东方各民族维护本民族生存和发展的自发要求。

东方民族主义文学思潮是东方民族主义的文学体现。东方民族主义的这种应激性决定了东方民族文学的自觉性和自发性。国破家亡的境遇,使得担负着启蒙和救亡双重使命的东方思想家、政治家殚精竭虑,自觉地探索着民族走出苦难困境的路径。反帝反殖的民族斗争成为东方近代文学发展的巨大推动力,近代东方文学涌现出了一大批具有民族意识和爱国热情的作家作品。许多作家诗人甚至亲身投入民族解放运动和民主运动,甚至为此献身。不少作家虽未直接斗争,却在更高的层次上冷静地思考民族的前途命运,对东西方文明作出独特的理性分析和价值判断。正是这种自发的爱国心和忧患感,东方近代作家不断在文字世界中探索着民族生存和发展的道路和手段，形成东方现代文学中一浪高过一浪的民族主义文学思潮。

同东方民族主义意识形态的自发性特点不同的是，东方无产阶级意识形态大多不是东方各民族工人阶级自然生长的成果，而是从外国马克思学说中吸取的。首先在东方各国传播马克思主义学说的，大多是那些在国外受到社会主义思想熏陶的资产阶级和小资产阶级知识分子。他们失望于资产阶级民族主义者对外依靠帝国主义列强，对内依靠少数资产阶级、小资产阶级救国救民的道路。因此，在西方社会主义革命感召下，走向了无产阶级革命的道路，并想以马克思主义思想来挽救祖国。

而东方无产阶级意识形态的直接表现——东方无产阶级文学的兴起，同样是受外来无产阶级文学思潮直接影响的结果。由于马克思主义在世界范围的传播，一些东方国家找到了这一科学真理，20世纪二三十年代，无产阶级作为重要的政治力量登上历史舞台。无产阶级文学在日本、中国、朝鲜、印度、缅甸、印尼等国都不同程度地形成、发展起来。在朝鲜、日本等东方国家，无产阶级文学一度还成了文坛主潮。它的思想基础是马克思列宁主义，从理论到创作，都受到苏联等国不同阶段的各种无产阶级文学的影响。

日本是东方各民族中较早接受苏联无产阶级文学影响的国家，日本无产阶级文学作为运动的兴起直接受益于苏联的无产阶级运动。1921年，《播种人》文学杂志的创刊，以小牧近江、金子洋文等人结成的《播种人》同仁队伍，在十月革命的影响下，赞赏社会主义革命，在文学界首先举起了反对资本主义的革命旗帜。

在我国，无产阶级文学运动的产生也是直接受到外来无产阶级文学的影响。主要影响源有两个，其一是苏联，早在1924年，刚留苏回国的蒋光慈发表《无产阶级革命与文化》，最早打出了建立无产阶级文学的旗帜。随后茅盾发表长文《论无产阶级艺术》，郭沫若发表《革命与文学》等，初步形成理论倡导之势。中国形成的强大的无产阶级文学运动，并成波澜壮阔之势的，则来自另一个更重要的影响源——日本。这一方面是由于1927年大革命失败后中苏关系断绝，思想交流严重受阻，邻近的日本提供了一条直接联系的渠道。另一方面许多已转向革命文学的后期创造社成员其时正聚居日本，亲身感受到了日本开展无产阶级文学运动的浓烈氛围，有了直接借鉴的条件。在这种情况下，日本文坛对苏俄文学理论和运动的译介是中国人了解苏联的主要来源，同时日本左翼理论家的著述也大量介绍到了中国。在无产阶级文学倡导和革命文学论争时期，鲁迅、陈望道等人译介的《文艺理论小丛书》四种均为日本人所著。日本优秀无产阶级文学家，如小林多喜二、德永直等的作品也被大量译介，给中国的革命文学以直接的推动。

朝鲜的"卡普"文学同样是在外国无产阶级文学——特别是苏联和日本无产阶级文学的影响产生和发展起来的。在初期提倡"布尔什维克化""唯物辩证的创作方法"等，甚至于出现了严重的照搬苏联"拉普"的做法。

南亚、西亚、北非各国的无产阶级文学不像东亚各国那样纯粹，但这些国家的无产阶级作家们同样也接受了马列主义的影响，如缅甸成立了"红龙书社"，大量翻译和编撰外来进步书籍，宣传共产主义思想；印度尼西亚的"人民文化协会"接受苏联无产阶级文艺观，明确提出了"文艺为人民服务"的方针等。所以，我们可以看到，东方无产阶级文学和东方民族主义文学不同，它一开始就是有意识地吸收外来思想，在外来文学直接影响下进行文学运动。

这实际上与当时东方社会的历史背景有关，当时的东方各国大多已被西方殖民者侵略占领，在国破家亡的紧要关头，东方各民族的爱国热情、救国救民的急切愿望被自然而然地激发出来，这种激情、这种愿望是几乎不需要外来思想学说的激发。而民族主义文学就是这种激情、这种愿望的直接表达。虽然东方民族主义文学的形成也受益于西方文学的引进，经历了具有强烈民族意识的启蒙文学、传统和西化的论争，但这并不是直接的民族主义学说的引进，引进的只是一种思想的震动。而无产阶级文学不同，由于当时东方大多数国家的资本主义发展还不充分，无产阶级作为一个独立的阶级发展还很不成熟。加之东方各国无产阶级大多没有受过很好的教育,很多国家的无产阶级文学运动只能在没有无产阶级身份的作家参加的情况下,由资产阶级或小资产阶级知识分子作家代为创造。而这些资产阶级或小资产阶级知识分子显然没有作为无产阶级的亲身感受,自然很难独立形成无产阶级思想学说,创造出无产阶级文学。当他们在国外受到社会主义思想熏陶后,由于失望于本国资产阶级民族主义者对外依靠帝国主义列强,对内依靠少数资产阶级、小资产阶级救国救民的道路,他们将无产阶级革命思想和文学带入国内,希望能以马克思主义思想来挽救祖国。

二 创作主体的阶级出身

从作者的阶级出身看,东方民族主义文学作家绝大多数都属于资产阶级和小资产阶级出身,还有一部分封建贵族阶级,工农身份的作家非常少。而东方无产阶级文学作家成分复杂一些,虽然多为资产阶级和小资产阶级出身的,但也有一些工农身份出身的。

东方民族主义文学从本质上看,是资产阶级民主革命的一部分,其指导思想一般是资产阶级的人道主义,所以东方民族主义作家大多为资产阶级出身。19世纪末,东方的许多国家的民族资本主义有了进一步发展,民族资产阶级和无产阶级都已经形成,而且还涌现出了相当数量的代表民族资产阶级利益,受到西方教育及资产阶级民主思想影响的新一代知识分子。他们大多出身于有一定经济实力的资产阶级家庭,受到过良好的西式教育,有的甚至留学西洋,深受西方文化影响而又具有强烈的民族意识,他们回国后进行文学改良,倡导建立适应时代发展、表现时代精神的民族新文学。正是他们写出了一部部具有强烈民族主义思想的文学作品。

20世纪50年代以前,由于东方各民族特殊的社会背景和历史条件,工农身份的无产阶级作家并不多,很多具有无产阶级思想的资产阶级和小资产阶级出身的作家成为东方无产阶级文学阵营的重要组成部分。如在中国,由于经济的不发达,无产阶级受教育程度不高,无产阶级文学运动只能在没有无产阶级身份的作家参加的情况下,由具备了无产阶级意识的资产阶级或小资产阶级知识分子代为创作。对此,鲁迅先生曾感叹道:"所可惜的,在左翼作家中,还没有农工出身的作家。一者,因为农工历来只被压迫,榨取,没有略受教育的机会;二者,因为中国的象形——现在早已变得连形也不像了——的方块字,使农工虽是读书十年,也不能任意写出自己的意见。"①除去第二条不说,虽然鲁迅说的是中国的情况,但在当时的东方,很多其他国家也具有大致相同的情况,如朝鲜、印度等国家。这也是东方无产阶级不同于西方无产阶级的一个方面。由于西方资本主义发展比较早,无产阶级作为一个独立的阶级也逐渐成熟,再加之西方无产阶级受教育机会更多,这些都使得西方无产阶级作家很多都出身于工农。

但东方无产阶级文学毕竟是在马克思主义科学理论指导下的无产阶级斗争的组成部分,是无产阶级革命的重要内容。它的作家不可避免地会包括一些工农出身的无产阶级成员。如日本无产阶级文学是随着劳资矛盾的尖锐和社会主义思想的传入,而由当时出现的工人作家创作的。这些作家本身就是工人,他们以小说、诗歌、报告文学等形式,描写工人的生活和斗争,如荒田寒村、宫岛资夫、宫地嘉六、平泽计七、小川未明、薪井纪一、前田河广一郎等。这些作家本身就是工人,他们以小说、诗歌、报告文学等形式,描写工人的生活和斗争,引起了文坛的注意。1919年,随着工人文学创作队伍的不断扩大,还出现了《劳动文学》和《黑烟》两种专门刊登工人文学作品的杂志。这种自发的工人文学在20年代初期,便发展演变为有组织、有理论的自觉的普罗文学(无产阶级文学)运动,原有的工人作家大都参加了普罗文学运动,成为普罗文学家。这与明治维新后日本实行"教育立国",努力普及初等教育的方针有关。据统计,到明治末年(1912),日本的入学率已达到了95%,这就是说,在日本的工农大众,即无产阶级中,可以而且能够产生出描写和表现本阶级生活愿望的作家;20世纪20年代印度尼西亚也出现了一批

---

① 鲁迅:《二心集·黑暗中国的文艺现状》,人民文学出版社1973年版,第81页。

工人作家,当时的一些进步报刊上发表了许多工人诗人的作品,表现了工人阶级团结一致,推翻资本家统治的豪情壮志;而朝鲜著名无产阶级文学代表作家李箕永就是出生于一个贫苦农民家庭,他的青少年时期颇为不幸,幼年丧母之后,又备尝亡国和失学的痛苦。18岁那年,为生活所逼不得不离开故乡,到处流浪。这期间,他生活在最底层的劳动人民之中,亲身体验到亡国奴的悲惨命运。这种饱含辛酸的生活对他的思想发展影响很大,促使他成了一名坚定的无产阶级文学家。而随着东方无产阶级的发展壮大,尤其是到了50年代以后,越来越多的无产阶级作家加入到了无产阶级文学的创作中来。这是民族主义文学所不具有的。

三 异中有同的创作主题

无产阶级文学和民族主义文学,这两大文学潮流在反帝反封建、要求独立自主等方面是一致的。但二者在本质上又有着区别,民族主义文学属于资产阶级民主革命的一部分,其指导思想一般还是资产阶级的人道主义,目的仅在于推翻殖民统治,建立一个独立的君主立宪或资产阶级执政的国家。而无产阶级文学是在马克思主义科学理论指导下的无产阶级斗争的组成部分,它的目的不仅要推翻殖民统治,还要推翻一切剥削制度,包括资本主义制度,建立一个真正自由平等的社会主义制度。所以,两者在创作主题方面,同中有异,甚至还有斗争和对立。

反帝反殖反封是东方现代社会的时代主题,也是东方民族主义文学与东方无产阶级文学所共有的主题。东方民族主义文学在反帝反殖反封的解放运动中发展,是民族解放运动的组成部分,又是解放运动的艺术记录。东方民族主义作家们用现实的描绘来展现解放运动的各个发展阶段,揭露帝国主义、殖民主义统治的罪恶,反对封建统治对人性的束缚;反映人民的痛苦和呼声,维护民族尊严,要求独立和发展;讴歌民族解放斗争的胜利,探索民族解放的道路。如印度的四大民族主义诗人——印地语的古伯德(1886—1964)、孟加拉语的伊斯拉姆

（1899—1976）、马拉雅拉姆语的瓦拉托尔（1899—1957）和泰米尔语的巴拉蒂（1882—1921），他们的作品集中反映了反对外国殖民统治，渴望祖国独立的民族主义精神，发出了印度现代文学的最强音。还有的著名民族主义作家般吉姆的《要塞司令的女儿》《拉吉辛赫》《穆里纳莉妮》等都再现了印度人民反对外族侵略和压迫的光辉的斗争历程。菲律宾近代文学的第一篇杰作、著名长诗《弗罗兰第和萝拉》（1838，弗朗西斯科·巴尔塔萨尔著）以反抗异族侵略、反对民族叛徒和歌颂爱情与自由为主题，诗人巴东布亥的《我看见那割下来的头》《圣诞树》和《这就是他们的罪状》等诗，揭露的是反动集团篡夺抗战的胜利果实、镇压人民的反动本质。阿尔及利亚在整个20世纪60年代里，民族主义作家们的创作主题主要是反对法国殖民主义和民族解放斗争。如穆卢尔德·弗拉温的《土地与鲜血》（1953）、穆哈迈德·迪博的《火灾》（1954）、穆卢德·马迈里的《安睡》（1955）、卡戴博·雅西诺的《恩德热玛》（1956）、马莱克·哈达德的《鲜花堤岸沉默了》（1961）等都具体而生动地描绘了阿尔及利亚人民怎样由觉醒到反抗的这一历史性转变。诗人阿卜杜·卡迪尔·杰扎伊里（1808—1883）跟随父亲反对土耳其统治，后来又跟随父亲参加反法武装斗争，并被推举为反法武装斗争的领袖。他的诗歌猛烈抨击法国侵略者，拒斥他们所带来的所谓的"西方文明"，怀念往昔和平、宁静、安详的草原游牧生活，夸耀自己面对侵略者的勇敢善战。被称为"尼罗河诗人"的哈菲兹·易卜拉欣（1871—1932）是一位典型的民族主义诗人，他和一些著名的民族主义政治家保持着密切的联系。其诗歌洋溢着强烈的民族主义感情和爱国主义热忱。

　　反帝反殖反封同样也是东方无产阶级文学的重要主题。东方各民族长期处在帝国主义的殖民统治下，东方人民的敌人首先是外来占领者，而本国封建统治者往往和外来殖民者相勾结，所以，反帝反殖反封是东方无产阶级作家笔下的重要题材。东方无产阶级文学是在反对外来帝国主义，争取民族解放的斗争中形成和发展起来的。在朝鲜，抗日成为无产阶级文学的基本主题，朝鲜无产阶级文学在历史使命感的驱使下，把反帝与反封建的双重变奏融于无产阶级意识之中。在李箕永、宋影、赵明熙、严兴变等人的作品中，可以看到当时朝鲜革命的民族斗争和阶级斗争的联系。在印度尼西亚，一些进步报刊发表了许多表现工人阶级团结一致，反帝反殖的豪情壮志的无产阶级文学作品。在西亚、北非，各国由于社会制度的性质和西方资产阶级文学的深刻影响，虽然无产阶级未能形成一种运动，但一些具有无产阶级意识的进步文人歌颂中国、印度等国的革命斗争的作品，同样表现了反帝反封建和革命的理想信念。

但另一方面，无产阶级文学具有反资产阶级的性质，具有强烈的斗争性，对非无产阶级文学（包括具有反帝反殖性质的民族主义文学），往往都会采取斗争的姿态。东方无产阶级文学着重表现的是无产阶级政党领导下的民族民主革命历程，具有直接为无产阶级解放事业服务的功用性和鲜明的政治倾向性。他们要求当时的作家脱离自己感受最深的反封建斗争去描写他们不熟悉并且还难以熟悉的工农群众的革命斗争，要求作家脱离开自己熟悉的题材去反映他们还不熟悉的重大题材，要求他们脱离体会最深的黑暗的现实去设想光明的出路，要求他们脱离开了如指掌的平凡人物去塑造高大的无产阶级形象等等。他们不仅在题材上硬性规定写工农的政治斗争，而且把作家对艺术上的追求看成是资产阶级的东西。他们质问"饿着肚子的工农大众还谈什么美呢？""哪怕是传单、标语式的作品，只要对无产阶级有利那就是好作品。"①表现出严重的机械论倾向。对那些与自己理论有差异的文学，东方无产阶级文学往往采取批判斗争的态度。开展理论斗争是东方无产阶级文学中的一个普遍现象，作家以革命的姿态登上文坛，以资产阶级文坛为旧文坛，企图在对旧文坛的反叛中创造出崭新的文学。正如李初梨所宣称的："中国的普罗列塔利亚文学，必然地以中国的既成文坛为它的斗争对象。"②斗争的对象除了帝国主义、封建主义以外，具有反帝、反封建性质的资产阶级的民族主义文学也成为其斗争的对

---

① 金允植：《韩国近代文学批评史研究》第2卷，汉城一志社1993年版，第65页。
② 李初梨：《对于所谓小资产阶级的抬头，普洛列塔利亚文学应该怎样防卫自己》，《创造月刊》，1929年2月6日。

象。尤其在一些东方国家的早期无产阶级文学中,不分青红皂白地宣判了一切非无产阶级作家(包括民族主义作家)创作的作品的死刑。他们忽视了资产阶级、小资产阶级在当时所具有的反帝反封建的积极意义,对之采取过火的否定态度,认为这些作品"虽然也攻击社会的不良,虽然有时也发几声反抗呼声,但是始终在彷徨……寻找不出什么出路",因此"我们根本不需要这种似是而非的东西"[①]。这样对具有反帝、反封建的爱国思想而尚未接受马克思主义的一些民族主义作家实行打击、排斥、疏远的态度,忽视了他们在当时情况下所具有的进步意义。

第二节 东方民族主义与东方唯美主义

在民族运动风起云涌的20世纪,东方文学在政治化功利化主潮压倒性的声音之外,还有另外一种潜隐的但一直持续不断的声音——唯美主义。唯美主义文艺思潮是19世纪后半叶颓废主义大潮中的支流,唯美派是近代欧洲文艺思潮中有深远影响的艺术流派之一。20世纪,西方唯美主义思潮传播到了东方。有的东方国家形成了完整的唯美主义创作流派,出现了一些典型的具有代表性的作家,如日本的"唯美派"、朝鲜的"创造派"等,也有一些国家,虽然没有完整的流派,但有一些坚持唯美主义创作原则的作家,唯美主义的作品以各种形态零散地、断断续续地出现,如中国、印度、印度尼西亚等。属于唯美主义思潮中的作家,其创作都具有唯美主义倾向,都恪守唯美主义创作原则;但坚持唯美主义创作原则的作家并不一定称得上是严格意义的唯美主义作家。前者主要是指形成于某一时期、拥有众多作家支持的声势浩大的文学运动,它一般具有明确的理论主张,有大量的创作实践及具有代表性作家;而后者是指创作过程中作家刻意追求文艺审美性的一种创作要求。应该说,东方唯美主义作家很多是属于后一种,他们的唯

---

① 金允植:《韩国近代文学批评史研究》第2卷,汉城一志社1993年版,第110页。

美主义"为艺术而艺术"或"艺术至上"的文艺观念中还常常混杂或关涉着浪漫主义、象征派、唯美主义、意象派、未来派、颓废主义、神秘主义、个人主义、自由主义等多种近现代派文学思潮和创作倾向。在东方国家，就艺术的目的和功能问题，往往形成两种具有代表性观点的争论——"为社会而艺术"和"为艺术而艺术"。民族主义文学因参与现实变革和民族解放，比较注重艺术的社会性功能，代表着"为社会而艺术"；而唯美主义文学追求自我肯定、自我实现和自我完善，比较注重艺术的主体性，是"为艺术而艺术"的代表。两种文学思潮在争论中有融合，融合中有交锋。

一 论点的交锋

（一）文学功能："为社会"还是"为艺术"

东方民族主义文学是在东方各国反帝反殖的解放运动中发展起来的，是东方各民族解放运动的艺术纪录。这使得东方民族主义文学往往成为东方民族解放运动的组成部分，使它具有了特殊的社会功能。揭露帝国主义、殖民主义统治的罪恶；反对封建统治对人性的束缚；反映人民的痛苦，维护民族尊严；讴歌民族解放斗争的胜利，这些是东方民族主义文学的基本内容。而这些内容决定了东方民族主义文学的文学观点——"为社会而艺术"。东方民族主义文学强调文学服务于反帝反封建的政治目标，并紧密联系这一斗争的实践。虽然存在不少偏颇和失误，给文学现代化进程蒙上了一些阴影，但却显示了与社会变革的主流相一致的走向，在现代文学的历史进程中产生了相当的积极作用。悠久的文学传统和严峻的社会现实，都使得这一时代的多数东方作家具备强烈的参与意识和忧患意识，怀有强烈的社会责任感和使命感，自觉不自觉地将文学活动服从于民族革命，焦虑地描绘社会现实和表现内心的苦闷。总的说来，这一时期的文学主要是表现出强烈的政治功用倾向的走向十字街头的文学。闻一多在抗战时期曾经说过："这是一个需要鼓手的时代，让我们期待着更多的'时代的鼓手'出现。至于琴师，乃

第四章　东方现代民族主义文学思潮与其他文学思潮的关系　　193

是第二步的需要,而且目前我们有的是绝妙的琴师。"①他的这种说法生动地反映了那一时代相当普遍的认识,即首先需要甚至只需要战斗的鼓点,而不需要休憩的琴声;只欢迎参战的鼓手,而不能容忍观战的琴师。东方民族文学中涌现了大量的这种鼓手式的作家和鼓点式的作品。这种作家或作品的出现更多地来源于东方的社会政治条件,出自解救自己国家和民族的目的,而较少像唯美派文学那样出于个体精神上或艺术上的考虑。

　　但是,人类精神生活的需要在任何时候都不可能是单一的。即使是在特殊条件下,也无法完全禁止对"纯艺术"追求的存在。东方唯美主义作为有现代意义的文学思潮,它的总纲领、总口号是"为艺术而艺术"。唯美主义者主张艺术独立,即艺术从劝世训诫的说教追求中脱离出来,从现实的功利追求中脱离出来,从认识世界获取科学知识的追求中脱离出来,而仅仅以其自身为目的,为其自身而存在。如中国的创造、浅草、弥洒、新月等社团,越南的"新诗派",朝鲜的"新感觉派""白潮派"等。郭沫若认为"艺术本身无所谓目的"②,成仿吾也主张文学应"除去一切功利的打算,专求文学的全与美"③,郁达夫则承认"美的追求是艺术的核心"④,郑伯奇干脆明确表态:"艺术的王国里,只应有艺术至上主义,其它的主义都不能成立。"⑤在这种艺术主张的指导之下创作出的作品,如《红豆》《白蔷薇》《碧桃花下》《艺术家的春梦》等,大都与现实生活联系不紧,追求语言文字的华美和构思结构上的巧妙以及节奏、色彩的优美与艳丽。东方唯美主义反对文学的功用性,如日本"新兴艺术派"直接反对文学与政治挂钩,曾指责无产阶级文学:"闯进花园来,只留下虫蛀的肮脏的红花,而用肮脏的泥鞋践踏和蹂

---

① 闻一多:《时代的鼓手——读田间的诗》,《闻一多全集》第三卷,湖北人民出版社1993年版,第404页。
② 郭沫若:《文艺之社会使命》,《民国日报·觉悟》,1925年5月18日。
③ 成仿吾:《新文学之使命》,《创造周报》第2号,1923年5月。
④ 郁达夫:《艺术与国家》,《创造周报》第7号,1923年6月23日。
⑤ 郑伯奇:《国民文学论》,《创造周报》,第33—35期,1923年12月至1924年1月。

躏了其他美丽的花!"①再如马来西亚作家罗斯玛拉提倡"为艺术而艺术"的创作观念,反对文学为政治服务。他的作品大多从题材上脱离了当时如火如荼的反殖民主义斗争,淡化了作品中的政治色彩,以对"小我"世界的刻画逃避了尖锐的现实矛盾,带有明显的个人色彩。

坚持纯艺术理论倾向的作家大多具有比较优越的社会地位,比较安定的生活环境,对学理的探究具有浓厚的兴趣,和现实的社会矛盾与斗争有一定的距离,对解决现实社会问题带有较多的理想主义的成分。他们之中的不少人都还有一段在国外留学的经历。和国内社会环境文化氛围的暂时阻断,无疑也给他们提供了一种相对超脱的学习和思考的条件,而这时集中地接触到的西方知识分子自由主义的政治思想、绅士派的文化态度以及超越功用的美学观念,也自然适时地对他们产生了影响。这些对于滋长他们的纯艺术理论倾向都具有直接或间接的作用。他们身上产生的阶层追求便很自然地强烈表现为企图以艺术独立地面对社会人生。在这方面,他们和以文学为武器而战斗的民族主义作家,和更多考虑作品商业效果的某些通俗文学作家,都有所不同。

(二)文学性质:"群体"还是"个人"

民族主义是以民族群体的自我寻求和情绪为开端,再转化为社会和政治运动。以民族诉求寄托政治诉求,以价值取向表达历史意向,这就是作为民族大脑的知识分子群体所创造的民族主义意识形态。民族主义的意识形态决定了民族主义文学不可避免的强调文学的"群体"性。所以,民族主义文学往往注重明晓易懂,使社会上各阶层的人都能看得懂,从中吸取政治营养。而且,东方民族主义作家很少描写身边琐事,儿女情爱,一般都是反映一个国家,整个民族的命运和现实。即使自传性作品,也能从中看到整个民族的历史,如埃及侯赛因的《日子》,马来西亚阿卜杜拉的《阿卜杜拉传》,印度萨拉特的《斯里甘特》等都是这样的作品。

---

① 村武罗夫:《谁,踩躏了花园!》,《新潮》1928年第6期。

而唯美主义从人性论的基点出发强调文学的个性因素，否定文学的阶级性等社会性质；反对因表现群体意识而影响作家的独立思考，反对抹杀艺术个性，强调文艺自由。如日本的新感觉派主张艺术创作的源泉应到个人"无意识"中去寻找；朝鲜"白潮派"悲观厌世，希望躲在"我的卧室"，寻找"梦的世界"；中国五四运动高潮时期创造社的个性宣泄。郭沫若后来回顾这段历史时说："他们主张个性，要有内在的要求，他们蔑视传统，要有自由的组织。这内在的要求，自由的组织无形之间便是他们的两个标语。这用一句话归总，便是极端的个人主义的表现。"① 对个体、个性自由的推崇，使束缚人性全面发展的封建观念和宗教思想受到批判和冲击，同时也引导人们较多地注重个体的利益。在文学艺术活动中，个性的张扬显然较之现实世界更为自由。个性主义很自然地成为唯美主义思潮的思想基础之一。如果说，这种"个人主义"，这种强烈的对自我的关注，包括由此而引起的对表现自我或满足自我的纯艺术世界的关注，构成对现实社会秩序的冲击的话，那么，当东方社会和文学关注的中心都集中到轰轰烈烈的群体的革命浪潮上去的时候，当民族危亡的现实抉择横亘在每个人面前的时候，个性主义的自我关注便不免显得孤寂和晦暗。

（三）文学价值："内容"还是"形式"

东方民族主义文学担负着唤醒民众，讴歌民族斗争，追求民族独立的责任，这决定了其对于文学内容的重视，所以，民族主义文学具有"作品的思想内容高于形式技巧"的文艺观。如钱杏邨在《批评的建设》中谈到批评家的工作步骤：批评一部作品的时候，应该捉住作品的时代背景，梳理出这个时代的政治环境、文艺思潮，捉住作品的中心思想，再客观地根据"批评时代"的文艺思潮加以批判；然后，才能说到技巧。他认为专门注意技巧的批评，是一种最大的错误，现代文艺批评，应该注意思想的综合与分析。

---

① 郭沫若：《郭沫若文集》（第十五卷），人民文学出版社1990年版，第206页。

而唯美主义认为艺术的价值重在形式。劝世训诫、金钱实利的追求，认识世界获取知识的追求，都不在艺术的职能范围之内，艺术即是它自身，它的目的就在于追求自身的完美。这是主张艺术自主论者们的共同信条。但是"艺术自身"所指的具体内涵是什么呢？他们的回答是：形式，一种与内容相脱离的纯粹的形式。在《英国的文艺复兴》一文中，王尔德这样写道："不要在油画中寻找主题，而只求它有绘画的魅力、色彩的美妙和构图的完美。""诗歌也是如此，诗的真正特质，诗的快感，决不来自主题，而是来自对韵文的独创性运用，来自济慈所说的诗句的感性生命。"这也就是说，艺术的魅力纯粹源于它的形式。东方唯美主义流派注重形式艺术，如日本的"新兴艺术派"主张艺术以形式艺术为中心的官能价值。他们认为艺术之成为艺术，就在于形式技术。艺术现代派首先要从读者新鲜地意识到的现实出发，由内容和形式的交叉关系组成的要素随着文学技术的发达而分裂，在作为单纯的形式艺术的官能上产生特殊的价值观念。经过唯美主义者们的理论建构和艺术实践，艺术摆脱了劝世训诫、认识世界等传统的重负，最终成了一种纯粹的形式、一种语言组织的感官印象、一种可以任意驰骋的想象领域，从而为东方现代文学提供了新的借鉴和启发。

二　论点的契合

当民族面临异族侵略，当国家面临存亡危机的时刻，"为艺术而艺术"的口号不免显得有些孤寂和晦暗。西方的唯美主义文学观到了东方之后，在东方各国特殊的社会背景下，不再是原初意义上的"为艺术"的文学观了。西方的"为艺术"的文学观重美而轻善、重形式而轻内容、重个人而轻群体。而东方的"为艺术"的文学观在重视"美"中加入了"善"，重视"形式"中加入了"内容"，重视"个人"中加入了"群体"，希冀着用文学来启蒙民众并达到救国的目的。西方的"为艺术"的文学观是可以不计是否爱国、是不是道德的，而东方的"为艺术"文学观则往往无法离开他们的祖国；西方的"为艺术"的文学观在东方不但受到了东方当时时代及社会背景的制约,还受着隐在东方文人意识底层的民族文化价值取向心理的影响。所以,东方唯美主义文学"为艺术"的观点与东方民族主义文学"为社会"的观点,又有着一些契合之处。

第一,现实基础的确立。西方唯美主义认为艺术是生活的本源,艺术对现实生活的模仿少于生活对艺术的模仿。艺术超越于时代、人生、生活之上,处于至尊至上的地位。而东方的唯美主义文学基本上是在承认生活对艺术作用的基础之上,维护艺术的主体性,研究艺术本身的特点和规律,承认形式美是为内容服务的。从而摒弃了西方唯美主义的唯心成分,将艺术从空中重新拉回到现实生活的土壤之中,强化了唯美派文学的积极色彩,摆正了文学的审美性与功利性的位置。所以有很多东方作家虽然主张唯美主义的"为艺术而艺术",但在创作中却是以现实为基础的。如马来西亚的哈姆扎虽然在文艺批评领域不遗余力地鼓吹"为艺术而艺术",但在文学创作实践中却进行了现实主义的尝试,从不同侧面反映当时的社会现实。他最著名的长篇小说《那个家就是我的世界》深刻反映了上层社会的腐朽没落,具有一定的批判现实主义色彩。中国的创造社虽然举着"为艺术而艺术"的旗帜,但却不能就此忘记了他们所处的社会和时代,于是又同时强调了新文学对于"时代的使命"。他们说:"我们是时代潮流中的一泡";"文学是时代的良心,文学家便应当是良心的战士,在我们这良心病了的社会,文学家尤其是任重而道远。"①可见,他们从来没有脱离社会和时代,他们的"为艺术"的文学观中"始终寓于反抗精神和破坏的情绪""他在重压下的呻吟中寄寓着反抗"。②在他们的作品中同样也有着淋漓尽致的表现。郁达夫的《沉沦》中的主人公虽然有无可发泄的性的苦闷和思乡病,但是最后他还是喊出:"祖国呀祖国! 我的死是你害我的! 你快富起来,强起来吧!"

---

① 成仿吾:《新文学之使命》,《创造周报》1923年第2号。
② 成仿吾:《创造周报停刊宣言(一年的回顾)》,《创造周报》,上海书店,1983年。

第二,"群体"意识的加强。东方唯美主义作家强调表现"个人性",但当他们强烈地感受到了社会和时代对于他们所做出的质的规定性,以及他们所借鉴来的"为艺术"的文学观在当时东方社会的非适应性时,他们懂得了在一个事关存亡的时代,文学只能是社会和国家奋进的工具,而绝不能单是"为艺术""为个人"的。所以,很多东方唯美主义作家在经过了一段时间唯美主义的探索后,渐渐地改变了他们的最初的言行。如在《留声机器的回音——文艺青年应取的态度的考察》里,郭沫若引述了自己1925年在《文艺论集·序》里的"忏悔"言辞来说明其"思想的线索"和"小有产者方向的转变过程":"我从前是尊重个性,景仰自由的人,但在最近的一两年之内与水平线下的悲惨社会略略有所接触,觉得大多数人完全不自主的失掉了自由,失掉了个性的时代,有少数的人要来主张个性,主张自由,总不免有几分僭妄。在大多数的人未得发展其个性未得生活于自由之时,少数先觉者毋宁牺牲自己的个性,牺牲自己的自由,以为大众人请命,以争回大众人的个性与自由!这儿是新思想的出发点,这儿是新文艺的生命。"

第三,民族传统的体现。东方具有古老优秀的文化遗产,随着民族意识的觉醒,东方作家学习继承民族文学遗产,弘扬民族传统,以各自的方式开展复兴文化传统的运动,20世纪50年代,整个东方还提出了"文艺复兴"的口号。在这种社会背景下,东方唯美主义思潮虽然是受西方唯美主义思潮影响而形成的,但从一开始就渗透进了传统的因素。比如日本接受了西方唯美主义文学的影响,但日本唯美主义中渗透了日本传统的审美精神,形成了不同于西方唯美主义的独特品格。东方审美文化精神的核心就是重感性、重体悟、重印象性批评,而这对于日本审美传统来说则是追求一种更为细琐的幽情、沉寂与空旷的境界,在当时,井原西鹤的创作风格及江户时期的"香艳"审美趣味便成了他们承继的最好衣钵。所以日本唯美主义也强调"艺术第一,生活第二",但其不像西方那样追求高雅意味,使艺术成为有意味的形式。他们也强调艺术中的"美",但美不再是一种理想,不是人勤勉追求一生的终极目标。他们认为唯美的属性就是享乐主义,人生是短暂的,"人生的态度就是要尝尽世上的一切花朵",就是"要尽情地享受大千世界的快乐,而艺术就是寻求这种快乐的天地"(上田敏《旋涡》)。他们所谈的"美"就是美人、美的肉体。因此,在唯美主义追求美的理想幻灭之后,他们终于走向美的肉体,走向了颓废主义。再如中国一些唯美主义诗歌中加入了中国传统诗歌的格律,如闻一多的《死水》、朱湘的《采莲曲》、徐志摩的《偶然》等。创造社的"为艺术而艺术"的口号中从一开始就加入了中国传统文化中的"文以载道"思想,加入了一些"为人生"的因素。

总的看来,东方唯美主义这种纯艺术思潮试图摆脱喧嚣的战斗大潮,走向艺术和个人的象牙之塔。如果说,在刚传入东方各国之时,它作为对旧社会、旧传统的一种反叛声音,作为东方文学大合唱中不太成熟的一个声部和主旋律尚属合拍的话;那么,随着东方各国社会矛盾和政治斗争的激化,则无论出于何种高尚的目的和真诚的愿望,这种倾向所表现出来的文学理想和社会理想,都不能不成为与社会革命和文学主潮不和谐的杂音而受到冷遇。可以说,作为东方文学现代化进程的一个支脉,这一思潮从来没有形成能和东方民族文学主潮相抗衡的局面。而就其中的多数流派和个人而言,坚持纯艺术倾向的理论活动的时间一般都不太长,影响也不足以和"为民族""为人民""为社会"的民族主义文学主潮相比。

第三节　东方民族主义文学与东方现代主义文学

作为研究对象,东方现代主义指的是在东方现代文学史上出现的,与民族主义、现实主义等文学相辅相成、互动并进的文学思潮和流派。站在21世纪之初,当我们对20世纪东方文学进行回顾和展望时,民族主义文学和现代主义文学都是不可回避的、具有理论和实践意义的重要课题。要研究两者的关系,首先必须梳理东方现代主义文学的发展脉络,探讨两者相同和不同的特质。

一 东方现代主义的发展历程

东方现代主义的发展历程，大致可以分为两个阶段。

第二次世界大战结束前，为东方现代主义发展的萌芽和发展期。早期现代主义在东方各国都有不同程度的形成和发展。这些现代主义有相当一部分处在对西方现代主义的引进和模仿阶段。有的开始表现现代主义文学常有的世界荒诞、危机和卑微的主题，有的引进和借鉴现代派文学的艺术手法。这些早期现代文学为二战以后东方各国现代派文学的兴盛和成熟奠定了基础。

在东亚地区，乃至在整个东方，日本都是较早引进现代主义文学、较早形成现代主义文学团体和流派的国家。日本新感觉派于1924年诞生，提倡文学革命，融汇了西方的象征主义、意识流、表现主义、达达主义和未来派等各种现代主义文学流派的思想和方法，在现实感受、语言运用和形式表述等方面刻意求新。新感觉派虽然存在时间不长，但在声势、成就和影响等方面都堪称该时期东方现代主义的代表。30年代日本出现的新兴艺术派、新心理主义等，在作家阵营和创作倾向上，都是新感觉派的继续和发展。朝鲜最早的现代主义流派是"创造社"，此后还出现了"废墟派""白潮派"等现代主义流派。我国20世纪20年代后期到30年代，也出现了一些具有现代主义色彩的文学流派，其中有以李金发、戴望舒和卞之琳为代表的象征诗和现代诗；以刘呐鸥、穆时英和施蛰存为代表的感觉小说和心理小说；以洪深和曹禺为代表的表现戏剧等。

在南亚地区，印度的早期现代主义文学也有较大规模。其主要原因是此时印度还是英国的殖民地，受英国文学的影响最为直接。如印度作家高古尔·纳格等人于1923年5月在达卡创办《浪涛》月刊，发表新潮作品，自称超现代派。从时间上说这是东方第一个现代主义文学流派。纳格的长篇小说《过路人》（1925）着重写人物瞬息即逝的感觉，是东方第一部意识流小说。被誉为"继普列姆昌德之后的第二位重要小说家"的杰南德尔·古马尔的创作受西方现代派小说的影响，善于发掘人物的心理世界和对人物进行心理分析,被视为印第语近代文学中心理小说的创始人。

在西亚、北非地区,土耳其在20世纪20年代曾出现过受法国诗人波德莱尔影响的"七火炬"流派。到了30年代,诗人内杰普·法泽尔的表现个人在社会中孤独、绝望和痛苦的诗歌风靡一时。在伊朗有以赫达亚特为代表的"拉贝",研究、介绍和学习西方现代派小说;黎巴嫩有以阿戈勒为代表的象征诗派;伊拉克有以努里等人为代表的"蹉跎岁月社"等。

在撒哈拉沙漠以南非洲各国,法语文学中的现代主义成为文坛中的一股重要力量。如刚果法语诗人费利克斯·契开亚学习法国象征主义和超现实主义,喜欢用晦涩的语言、神秘的意象来表达对外在世界的复杂感受;马达加斯加著名诗人让·约瑟夫·腊伯阿里维洛崇尚19世纪末的法国文学,努力探索和追求适合表现现代作家复杂的世界观的艺术形式,他的诗用象征主义手法曲折而出色地表现了现实。同时期的东方现代主义总体上表现得比较幼稚,对西方现代主义文学的模仿较多,所表现的思想内容与如火如荼的现实斗争脱节。艺术上的刻意翻新,也与广大读者的欣赏习惯相背离。因此上述流派大都短命夭折。但本时期也产生了一些优秀的作家作品,显示了东方现代主义的创作实绩和发展潜力。

二战结束后,东方现代主义在东方各国进一步获得了发展,是现代主义的成熟和兴盛期。但由于东方各国政治制度、意识形态和文学传统的不同,对现代主义文学的存在和评价也出现了很大差异。中国台湾地区在20世纪五六十年代曾出现过现代主义兴旺发达的时期,中国大陆在20世纪80年代开始较为全面地认识评价和介绍现代派文学,作家们才开始借鉴现代派的某些观念和技巧。而在日本、韩国,现代主义得到了蓬勃发展。日本战后初期现代主义与实现主义平分秋色,但自"战后派"开始,现代主义在纯文学中渐居主导地位,后来的"第三新人""战后一代"等,基本上都属于现代派。日本战后现代主义文学的旗帜是安部公房和大江健三郎。安部公房的前期代表作《墙壁》(1951)

以主人公变成一堵墙壁表现人的异化现象。后期代表作品《樱花方舟》（1984）以主人公惨淡经营防核避难所而失败的荒诞情节，表现人们在核威胁下的生存忧虑，他的创作深得象征主义、表现主义和存在主义的精髓。大江健三郎的成名作《奇妙的工作》（1957）、《死者的奢华》（1957）和《饲育》（1958）等着力于人生荒诞性的揭示。20世纪60年代以后，他把生存危机、人生荒诞等抽象哲理与个人实际生活体验相结合，写出了《个人的体验》（1964）、《万延元年的足球队》（1967）等杰出的长篇小说。在韩国，现代主义文学在战后文学的基础上进一步发展和成熟。20世纪60年代，韩国文坛的存在主义文学盛行一时。萨特、加缪和弗洛伊德的学说成了许多作家的认识和创作的哲学。60年代，韩国还出现了所谓"新感觉派"，其实质是西方的弗洛伊德、达达主义、超现实主义等现代主义流派的混合。

在南亚、东南亚地区，现代主义也有一定的市场。如印度的新小说派和新诗派分别产生于1954年和1955年，以《新小说》和《新诗》杂志的创刊为标志，是战后印度影响最大的文学流派。从作家阵营和创作倾向看，二者实际是一个流派。新小说和新诗派是战前实验主义文学的继续和发展。只是相对于后者的偏重心理分析，前者更多地接受了存在主义的影响，更关注人的存在状态和人性异化问题。新小说和新诗派的领袖和旗手仍是阿葛叶，他50年代创作了脍炙人口的诗歌《江心洲》和同名小说，仍延续战前创作的主题，侧重表现个人与社会的冲突，张扬个性与自我。他60年代的创作转向存在主义，长篇小说《视若路人》（1961）表现了现代人互相隔膜的存在主义思想。诗歌《舞》则以"在绷紧的绳上跳舞"的象征意象揭示了现代人的生存危机和焦虑。印度尼西亚的著名诗人凯里尔·安哇尔早在20世纪40年代初就写了许多表现主义的诗歌。战后，他仍是印尼现代派诗坛中的棋手。存在主义也曾影响到马来西亚，但由于存在主义"存在先于本质""世界是荒诞的""人生是痛苦的"命题与马来西亚大多数人所信奉的宗教教义格格不入，所以存在主义不能引起读者的赞成和共鸣。

西亚、北非地区出现过一些在世界文坛有一定影响的现代主义作品。如埃及的赫拉特的小说带有法国"新小说"的特点;图比亚的小说主要是意识流式的,并大量运用了神话意象。在叙利亚以写作荒诞小说著称,作品主要有短篇集《白马的嘶鸣》《走向海洋》《闷雷》等。

总的看来,本时期的现代主义文学,其发展成熟主要表现在以下几个方面:一是作家创作摆脱了简单模仿,开始从对现实生活的感受出发表现现代意识;二是带动战后文学焦点由群体意识向个体意识转移,从而确立自己的主导和主流地位;三是出现了一批更为成熟的、领先于自己时代的作家作品;四是版图不断扩大。现代主义几乎遍及所有的亚非国家。

二 两大思潮的比较

东方民族主义文学与东方现代主义文学同为东方各国的创作思潮,对东方各国影响都很大。东方民族主义文学在创作上更多的是采用批判现实主义的创作方法,与现代主义的创作方法有比较大的差异。在观念上,我们不能存有偏颇,即独尊现实主义创作方法是唯一正宗的方法,现代主义则是离经叛道;而应真正认识到创作方法上的百花齐放,各有千秋。在这样的前提下,我们从几个方面对东方民族主义文学与东方现代主义文学做出比较。

(一)从创作主题看

东方民族主义作家们用现实的描绘来展现解放运动的各个发展阶段,揭露帝国主义、殖民主义统治的罪恶,反对封建统治对人性的束缚;反映人民的痛苦和呼声,维护民族尊严,要求独立和发展;讴歌民族解放斗争的胜利,探索民族解放的道路。"反帝反殖、争取民族独立和民主,是这种文学总的主题。它的主要内容表现在:充分地揭示了亚非被压迫民族同帝国主义、殖民主义的矛盾,深刻地描绘了亚非人民痛苦的生活和觉醒的过程,无情地鞭挞殖民主义侵略者,热情地歌颂亚非人民的斗争,预示亚非人民革命胜利的前景。"① 如印度的著名民族主义作家般吉姆的长篇历史小说,再现了印度人民反对外族侵略和压迫的光辉的斗争历程。阿尔及利亚的民族主义作品如穆卢尔德·弗拉温的《土地与鲜血》(1953)、穆哈迈德·迪博的《火灾》(1954)、穆卢德·马迈里的《安睡》(1955)、卡戴博·雅西诺的《恩德热玛》(1956)、马莱克·哈达德的《鲜花堤岸沉默了》(1961)等都具体而生动地描绘了阿尔及利亚人民怎样由觉醒到反抗的这一历史性转变。菲律宾近代文学的第一篇杰作著名长诗《弗罗兰第和萝拉》以反抗异族侵略、反对民族叛徒和歌颂爱情与自由为主题。

现代主义文学是西方资本主义社会进入垄断资本主义阶段以及由此所带来的严重的思想危机的产物。本来有相当多的西方人,其中不乏一些敏感的作家,原以为取代了封建社会的资本主义是人类追求的最理想的社会,但事与愿违。前人奋力宣传的"理性王国"根本没有实现,当今社会与鼓吹的"自由、平等、博爱"相距甚远。过去认识上的盲目性导致今天很多人一下子就陷入了难以自拔的悲观与绝望之中。现代派文学中名目繁多的流派多半指其艺术手法的不同,就其表现内容和揭示主题看,很多则是相似的。即主要表现在各种唯心主义非理性哲学思潮的影响下所体现出来的悲观、迷惘以及愤怒和无奈的感情,作品带有较强的哲理性、抽象性和内倾性。现代派文学着意坦露普通人那种孤立无援的失落感和对当代西方文明衰落的危机感,披露当代资本主义社会的种种罪恶。东方现代主义同样表现了这种价值失落、世界荒诞和人性危机。横光利一写人不如苍蝇能把握自己的命运(《苍蝇》),川端康成表现爱的徒劳与美的虚无(《雪国》);阿葛叶表示"我无法认识自己"(《大都市的一瞥》)。他们都有对理性价值的怀疑和反馈,但并未走到上帝和人都死了的极端。在表现人生荒诞、世界虚无的同时,仍未放弃价值追求。川端康成写艺妓对生活的执着(《雪国》),写孤女对亲

---

① 彭端智:《东方文艺复兴的曙光——关于亚非现代民族革命文学的几个问题》,《外国文学研究》1979年第2期。

情的寻觅(《古都》);阿葛叶向往宁静的森林文明(《森林神话》);大江健三郎写先天弱智儿子成长为音乐家。他们都是在追求人生的价值、世界的意义。在东方现代主义作家那里,怀疑失落与执着追求并存,失落中有追求,追求中有失落。显然,这是一种深层次的披露,与民族主义文学作品中所描绘的那种具体的可捉摸的披露有很大不同。

(二)从审美标准看

东方民族主义文学由于负有唤醒同胞的民族心、爱国心的重担,所以作家们在自己的作品中竭力创作美的形象,刻画美的灵魂,塑造真善美统一的典型,让那些美的人物深入人心,让那些美成为激励人们的动力。民族英雄往往成为他们作品中的主人公。所以,民族主义作家们一般认为真、善、美是统一的,是以"美"作为自己创作的审美标准。

但现代主义文学追求的最高境界不是美,而是"真"。大量的事实和生活本身早已告诉了人们真、善、美并不统一,真的东西并不一定都美,相反,也许很丑。把真、善、美揉合在一起只是一些善良作家的主观愿望罢了。东方现代派作家受西方现代主义理论影响,认为文学要达到真的境界是件很难的事。为了实现这个目的,首先要认识"丑",然后才谈得上"真",于是丑成了认识世界的第一步。基于这样的认识,在东方现代文学那里,丑的形象,缺乏激情,没有美感的人物大量涌现;缺胳膊少腿,不成为人的人登上了舞台;灵魂扭曲、外形猥琐的形象活跃在文学作品中。比如日本的无赖派文学把放浪形骸的无赖之徒作为主人公,极力表现他们的肉欲、酗酒、自杀和犯罪这些"丑"的东西;日本"新感觉派"代表作家横光利一的《拿破仑与顽癣》不厌其烦地描写长在拿破仑肚皮上的一块令人恶心的顽癣,给读者留下的是丑恶的感受和恶心的感觉;印度"新小说派"名篇《又一次生活》(莫汉·拉盖什)反映的是现实世界的冷酷无情,人际关系的疏远与淡漠,人的心灵的空虚与荒凉。在新的审美思想指导下,传统文学中的真善美的统一消失,和谐、统一、匀称的传统美感被矛盾、对立、冲突取而代之。文艺作品不再给人以愉快、欣赏之情,而是震动、刺激之感。现代派文学赋予本来静止的或流速缓慢的生活以新的活力，形成一种动态美、力度美。现代派文学审美标准的变化更符合生活在当代资本主义社会中的现代人那种焦虑不安、精神失控的心理状态。而"丑"作为艺术辩证法的另一面，能为现代派文学追求的"真"提供一种新的动力，不失之为对文学发展的贡献。

（三）从叙事的方式看

因为民族主义以唤醒普通民众的民族心、爱国心为己任，民族主义文学自然就担负起了"传达"革命理想、"传播"爱国思想的重任。具有"传播""传达"重任的东方民族主义文学，必须运用"明晰"的叙事手法，只有让大多数普通民众看得懂、喜欢看，才能达到宣传、鼓动的作用。所以，东方民族主义文学在叙事方式上，大多采用"明晰"的叙事手法。

而西方现代主义文学却不愿意把文学视为传播或传达活动，出于对内在真实的追求，西方现代主义大都废弃传达的明晰性，对"晦涩"有种莫名的"崇拜"。像《尤利西斯》《荒原》《喧哗与骚动》等典型的西方现代主义文本，都是以晦涩难解而著称。东方现代主义受西方现代主义影响，相对于其他流派也因其晦涩难懂而被诟病，像马来西亚的一些作家运用象征主义、表现主义、意识流等方法写作，却一般被视为"精神病态"。而我国20世纪20年代的象征诗和80年代的朦胧诗，埃及的象征诗和象征剧，韩国的"新感觉派"等，也大都不能被普通民众所接受。这些流派一般十分注重语言的感觉、印象的飞跃和心理分析，认为艺术创作的源泉应当去"无意识"中去寻找。当然，相对于西方现代主义，东方现代主义文学比较重视文学的传达功能。如东方的象征诗和象征剧，在追求个人体验的同时，常常与群体象征相结合，以保持作品的传达功能。陶菲格和索因卡的象征剧和荒诞剧，常采用本民族传统的神话意象，从而使观众产生联想，容易接受。但总的看来，东方现代主义文学相对于东方民族主义文学，它的叙事方式是"晦涩难懂"的。

(四)从创作的成果看

第二次世界大战结束前,东方文学是在东方各民族深入开展反帝、反殖民的民族解放运动中发展的,是东方民族解放运动的一个组成部分。反帝反殖民的民族斗争是东方近代文学发展的巨大推动力,近代东方文学涌现出了一大批具有民族意识和爱国意识的作家作品,许多作家、诗人亲身投入民族解放运动,甚至为此而献身。不少作家虽未直接投身斗争,却在更高的层次上冷静地思考民族的前途命运,对东方文明做出理性分析和价值判断。这一切都决定了东方民族主义文学在各国文学中的主导地位。

相对而言,这时期的东方现代主义还处于一个边缘地位。西方现代主义诞生在19世纪末20世纪初,西方资本主义国家正从自由竞争阶段转为以垄断为主的资本主义,社会的异化和人的异化特别明显而严重,作为不满社会现状而又找不到解决社会问题出路之时对文艺的叛逆,现代主义文学思潮无疑是现代资本主义的产物,是对资本主义文化的反思、反动,也是向现实主义和浪漫主义文学发出的挑战。在这一层面上,不难看出现代主义文学较以往的文学有先进的因子。但东方烽火遍地的气候和土壤(日本少数几个没有成为西方殖民地的东方国家除外),只会使现代主义文学这束移植的异域奇葩水土不服。在东方,当严酷的社会现实呼唤作家现实意识、时代感、历史感、政治意识的高涨时,现代主义的这种"先进性"早已泥牛入海、消散殆尽,而积极投向现实斗争的民族主义文学更受青睐,这种选择是自觉的。

第二次世界大战结束后,随着东方各国相继结束了殖民地半殖民地状态,取得了民族独立,东方各国的历史便由争取民族解放进入了和平发展时期。这一时期东方文学中的民族主义情绪削弱了,作家们以更大的自觉性努力保持与世界同期文学的一致性,现代主义作为先锋派的文学在这一时期得到东方作家更为广泛的关注,并出现了一大批成熟的、有特色的东方现代派作家。而东方民族主义文学在新时期具有了新的特点,很多东方作家,都试图使自己的民族精神文化在世界文化中获得一席之地。他们在作品中大量表现本民族特有的文化传统、风俗民情、审美心理等。这时的民族主义更多的成为参与世界性文化与文学交流的通行证。

三 东方现代主义文学的民族主义色彩

现代主义是在社会大动荡之后人的心理失衡、精神苦闷与空虚的产物,西方现代主义之所以在20世纪20年代前后一段时间特别活跃,正是第一次世界大战之后欧洲知识者在精神废墟上挣扎而求解脱的必然结果。东方各国迅疾地接受了西方现代主义思潮的影响,并在新文学创作中让现代主义扮演了重要的角色,也是这个社会因素在起作用。但当社会又卷入大灾大难大动荡的旋涡中,带有对实际生活作超越色彩的现代主义也往往会收敛。西方是如此,东方各国更不例外。从20世纪20年代末期起,东方各国社会发生大动荡的事件相继发生,国难家仇接踵而来,为民族斗争火焰的燃烧增添了燃料。在这国难家仇同步逼来的境况下,一代知识分子要想作社会超越,客观上实属难以办到,现代主义创作也就势所必然侵染上民族主义色彩。而第二次世界大战结束后,文学走向"世界化"时代,"民族性"成为东方各国文学走向世界的通行证。现代主义与东方古老的民族文化传统结合起来,与东方作家特有的民族心理素质结合起来,从而使东方现代主义同样也具有了民族主义色彩。这种色彩主要表现为以下几个方面。

(一)民族精神、民族传统的体现

东方现代主义作家虽然大都是世界主义者,不仅在观念方法上注意向西方学习,而且所关注的大都是全人类性的问题,但他们又都具有很强的民族意识,很多东方现代主义作家具有民族主义思想,本身就是民族主义作家,比如印度的阿葛叶是印度现代主义的领袖,深得精神分析和存在主义之精髓。但他一方面积极参加民族独立运动,另一方面倾心于民族语言和文化。埃及著名现代主义作家陶菲格·哈基姆,融合东方宗教哲学和法老时代文化传统,借鉴了欧洲古典戏剧和现代戏剧,对阿拉伯现代派戏剧的形成、发展做出了贡献。但他同时也是民族主义作家,他的自传体长篇小说《灵魂归来》是一部富含民族主义精神的作品。当然,很多民族主义作家作品中也会汲取很多现代主义因素,比如中国民族革命斗士鲁迅作品中的尼采哲学、弗洛伊德精神分析学等。

对民族精神的继承与弘扬是民族主义文学的一个重要表现,有很多现代主义作家在自己作品中,大量继承民族文学传统,弘扬民族精神,体现了东方现代主义"民族化"的特点。如日本的川端康成早年在谈到"新感觉派"与西方文学关系时曾宣称:"我们把表现主义称作我们之父,把达达主义称作我们之母。"①后来在诺贝尔文学奖获奖演说《我在美丽的日本》中又特别强调日本传统文化对自己的影响。他说:"我们的文学虽然是随着西方文学的潮流而动,但日本文学的传统却是潜藏着的看不见的河床。"②

(二)群体意识的加强

个体与群体、自我与社会是一对具有永恒性的二元对立,一般说来,民族主义文学因为担负着唤醒民众的重任,所以它一般强调的是群体意识;而西方现代主义则把个人主义作为形成的核心内涵而被大力标榜着。但当西方现代主义传到东方,在东方这块人文土壤中现代主义逐渐地被加入东方特色,个体意识逐渐被个体意识与群体意识的融合所替代。这是因为真正个人主义的精神意识在东方的文化土壤中几乎是存在不了的。在西方,标榜个人主义首先要求在一个社会环境中,人与集体的关系应该平等,然后把个人主义化为充分肯定自我价值和发挥自身力量的精神。在东方却有个相反的传统:个人与集体在一个社会环境中始终是不平等的,前者只是对后者的依附。比如中国文人有个传统文化心态:"达则兼济天下,穷则独善其身。"这正是个人对社会集体依附的典型心态。具体而言,在西方个人与社会集体其实是大交融中的对

---

① 转引自叶渭渠:《东方美的现代探索者——川端康成评传》,中国社会科学出版社1989年版,第60页。
② 同上书,第207页。

立,而东方则是大对立中的交融。随着东方社会大动荡的加剧而个性解放越来越被社会、民族解放所替代,现代主义文学的个人主义在东方也越来越失去了本色,而具有了东方现代主义的特点。所以相对于西方现代主义,东方现代主义一方面在表现现代人互相隔膜的同时,又渴望人与人之间的沟通。如印度新小说作家沃尔玛的代表作《候鸟》中的女主人公和她的两个男友,互相作伴却不能沟通心灵,三人犹如候鸟等候着他们之间的冰雪消融。另一方面作家把自我存在的荒诞与全民甚至全人类的生存危机相结合,如日本作家安部公房的《樱花方舟》和大江健三郎的《核时代的想象力》都表现核武器给人带来的威胁,把个人的存在焦虑与人类生存危机结合起来。

(三)由内向外的改变

所谓内向和外向是指文学表现是侧重于人的主观感受和内心世界,还是侧重于人的外部行动。民族主义文学因为与社会现实紧密联系,可以说是外向型文学的集大成。相对而言,现代主义是一种内向型文学,东方现代主义也表现了这种内向性。如日本的"新感觉派"受西方表现主义的影响,强调以主观感觉代替客观描绘;心理小说侧重心理分析。但相对于西方现代主义,东方现代主义仍具有一定的外向性,即表现出较多的对人的外部行动的关注。东方基本没有完全梦幻式的纯意识流小说,而常把人物的潜意识流动与人的外部行动结合起来。中国20世纪40年代的现代主义诗潮流——九叶诗派,怀着强烈的民族意识从事新诗现代化运动,他们大胆地把象征主义融入现实主义,在感知方式上以客观化的外倾抒情方式传递心灵对现实的体验与感受,凸显了现实与理想错位的情境下,民族在血泊中呼求奋起、渴盼新生的时代焦灼感与阵痛感,沟通了个人的情感与人民的情感。还有横光利一的《机械》、阿葛叶的《谢克尔传》、马哈福兹的《米拉玛尔公寓》等,都是内向与外向相结合的东方心理小说。

第五章　民族历史：民族主义文学的热门题材

东方遭遇现代西方的历史进程中，东方的古老传统发生了某种程度的断裂，但新的价值体系还没有完全建立起来。摆在东方现代民族主义作家面前的问题是：如何建立一个现代的民族国家以抵抗殖民侵略，如何摆脱民族文化自我认同的尴尬境地。因此，东方现代文学很大程度上是有关现代民族国家的叙事，其中所隐含的一个最突出的想象就是对于民族国家的想象。而在这种想象中不可能不包含着对于本民族历史的认同感、归属感，如何重写本民族历史以及在"全球化"背景下新的历史观等问题。对于具有悠久历史的东方民族国家而言，在血雨腥风之中挣扎的现代历史过程中，历史叙事确实具有其它题材所不具备的特殊优势。

第一节　历史题材兴盛及其成因

美国后现代主义文化评论家弗雷德里克·詹姆逊有一句深刻的名言：第三世界的文学"总是以民族寓言的形式来投身一种政治：关于个人命运的故事包含着第三世界的大众文化和社会受到冲击的寓言"[①]。东方各国横贯百年的现代文学史与殖民历史和民族解放运动紧密相连，是在复杂激烈的民族和阶级斗争中发展起来的。因此东方民族主义文学的创作总是与现实斗争紧密结合。具体而言，在殖民时期，反殖、反帝、反封建和民族觉醒是文学反映的中心主题。在第二次世界大

---

① 张京媛主编：《新历史主义与文学批评》，北京大学出版社1993年版，第235页。

战后和20世纪五六十年代,大部分东方国家政治独立之后,作为一种现代民族文学,创作主题又集中在了民族国家意识和民族自我认同。

一　民族想象与民族历史认同

东方现代民族主义文学的发展进程中,有一大批优秀作家是以历史为书写对象,以反思民族历史的方式重建民族文化,摆脱民族文化自我身份认同的尴尬处境。一时之间,历史题材的文学作品纷纷涌现。东亚、南亚、阿拉伯以及撒哈拉沙漠以南非洲地区都有优秀作家和作品出现。

地处东亚的日本是东方唯一没有经历殖民、半殖民历史的国家。在明治维新之后经过一系列改革走上资本主义道路,在20世纪初成为亚洲仅有的帝国主义国家。因此日本文学具有不同于其他东方国家的发展轨迹和特点。日本作家创作历史题材的原因各不相同,但可以肯定的是由于特殊的政治状况,日本的历史题材创作与民族解放运动并无联系,这是日本历史题材创作区别于其他东方国家的最大特点。日本作家真正以现代手法进行历史题材创作是从森鸥外开始。其后又有芥川龙之介、井上靖和司马辽太郎等。森鸥外是由于明治末年复杂的社会情况以及天皇驾崩后失去了精神寄托;芥川龙之介是因为幼时对怪异的事情甚感兴趣才从历史中寻找题材;而井上靖则是满怀对东方古代文化的向往来进行历史创作。他们在写历史小说时大多是通过历史事件的描写,发掘出古今人类共同的人性,表现人性善恶、人生的幻灭感和伦理道德观,面对个体人生、自身欲求更胜于关注时代政治。森鸥外曾经阐述,历史小说的两种创作方法,一种是尊重历史的,一种是脱离历史的。在他的作品中,尊重历史史实的有《兴津弥五右卫门的遗书》《阿部家族》。两部均以武士殉死为题材,前者对武士殉死事件持赞赏态度,认为这种行为是忠君的表现。而仅三个月后在《阿部家族》中,森鸥外否定了自己的观点,从人道主义观点出发,剖析了阿部一家惨遭灭顶之灾的悲剧根源,并深刻分析了封建社会的君臣关系和武士殉死的内在心理原因。脱离历史事实的创作有《山椒大夫》和《高濑舟》。芥川龙之介受森鸥外影响，在历史题材的创作中倾向于脱离历史的创作。他主要的历史小说有：《罗生门》《鼻子》《戏作三昧》《地狱图》等。在对历史题材的处理上，芥川龙之介并没有停留在忠于历史和历史事件本身以及过程的表面叙述，而是深入历史事件和历史人物的精神实质中，以历史作为镜像折射现实。例如他的代表作《罗生门》是取材于《今昔物语》中一个小故事。芥川对原型故事进行了修改，写出了一个普通人在困境中如何暴露自私本性最后成为盗贼的变化过程，从而把一个滑稽故事上升到对于人性探讨的层次。井上靖一生著作颇丰，其中历史小说就占三分之一以上，因此有"历史小说家之称"。井上靖的历史小说按国别可以分为三类：中国历史题材小说、日本历史题材小说、取材于亚洲其他国家的历史小说。其中有大部分是取自中国题材，如《天平之甍》《楼兰》《苍狼》《敦煌》。司马辽太郎酷爱《史记》，连名字也取"逊于司马迁"之义。他写过不少关于日本历史的评论，后来又把题材从日本历史扩展到中国历史。写下《汉风楚雨》《空海的风采》《项羽与刘邦》等长篇小说以及散文集《从长安到北京》。他的史观比较积极，认为历史是变化而发展的，在他的作品中往往以"俯视"态度对历史人物和历史事件加以全面评价。

　　同处东亚的朝鲜的历史题材创作在19世纪后期的启蒙运动中已经出现，最初的目的处于普及民族历史，向国民宣传爱国思想。爱国启蒙运动家撰写的《乙支文德传》《姜邯赞传》《李舜臣传》等历史上抵御外敌侵略而取得胜利的战争英雄的传记得到了广泛的普及，并鼓舞了面对日本侵略的国民的士气，唤起了他们的爱国心。另外，还翻译出版了《意大利建国三杰传》《华盛顿传》《彼得大帝》《美国独立史》《意大利独立史》《法国革命史》《越南亡国史》等书籍，向国民介绍了外国的建国英雄的传记和独立运动、革命运动的历史，为提高国民的独立意识和历史意识进行了努力。20世纪重要的历史小说是李箕永的长篇小说《图们江》，勾画了朝鲜民族解放斗争的历史图景，反映了从爱国义兵运动到抗日胜利的朝鲜近现代历史。

东南亚文学的现代文学时间比较模糊,大概从19世纪下半期始至20世纪初结束,比较短暂。这一时期的文学发展主要受日益激化的民族矛盾和西方文化渗透的影响,是旧文学向现代新文学"觉醒文学"的过渡期,但旧文学仍然保持着相当规模。文学题材集中于反映东南亚从封建社会向殖民社会转变的历史过程。因为作家们在这一时期普遍放弃了以脱离现实的神话传说为基本题材的传统,转而以现实生活作为创作基础,所以历史题材作品数量不多,成就也不高,但仍表现出民族觉醒萌芽期的时代特征。这一时期,菲律宾民间流行韵文故事,即侠义英雄诗"阿维茨"和传奇宗教诗"科里多",主要作品有《拉刺的七王子》和《贝尔纳多·卡尔标传奇》等。其实,这些故事取材于西班牙和法国中世纪骑士故事诗,虽然其主题与中世纪骑士文学相差不大,但也含有反对异族入侵的民族主义思想内容。著名的是他加禄语诗人巴尔塔萨尔的《费罗兰特和萝拉》。这一时期的印度尼西亚文学、华裔马来语文学开始活跃起来,而且华裔作家的小说创作是从翻译、改写中国古典小说和西方近代小说入手的。最早出版的是从中国《海公小红袍全传》中节选翻译的《周文王之子周观德传》,此后,《三国演义》《列国志》《水浒传》《西游记》等相继问世,名著、公案小说、志怪小说、民间故事都有涉及。泰国现代文学也是深受中国传奇故事和历史小说影响,相继翻译《开辟演义》《隋唐演义》《英烈传》等。越南这一时期也不乏借用中国题材的历史作品。如越南的阮廷炤写中国东晋末年和南朝刘宋初年在契丹入侵后产生民族矛盾的叙事诗《渔樵医术问答》,塑造不肯屈事外族的典型人物。

在东方国家中,印度的民族主义文学声势最为浩大,几乎所有的现代作家都渗入了民族主义因素。民族主义文学一方面在声讨殖民主义暴行,一方面也在通过赞扬民族传统文化从而激发民族自尊。在歌颂民族传统文化时,因为民族历史事件的叙述最容易获得民族的认同,借鉴历史题材进行创作就成为作家的必然选择。印度作家为了唤起人民对自己国家、历史和民族的感情,多数都用自己的地方语言进行创作。以乌尔都语写作的有阿卜杜尔·赫里姆·萨勒尔,代表作是《国王阿齐兹与弗吉尼亚》；马拉提语中比较受人关注的是拉姆金德尔·皮迦吉·贡吉格尔，代表作是《解放的堡垒》；孟加拉语的代表作家是般吉姆·钱德拉·查特吉，写了近十部长篇历史小说，代表作是《阿难陀寺院》《要塞司令的女儿》《穆里纳莉尼》《拉吉辛赫》等。英国近代历史小说家司各特是般吉姆小说创作的重要启蒙，他吸收了司各特历史小说的传奇性、通俗性和趣味性。重要作品《阿难陀的寺院》取材于孟加拉真实事件，反映作者强烈的民族主义情绪的同时，以宗教的虔诚情感来号召爱国激情。《迦帕尔贡德拉》和《拉吉辛赫》相比较而言，可阅读性更强，浪漫主义情调更加浓郁，人物形象也更加丰富形象。20世纪印地语文学的历史题材创作有拉胡尔·桑格里德亚因的《从伏尔加河到恒河》。在泰米尔语文学中有号称"泰米尔语历史小说先驱"的卡尔基，他的历史长篇小说有《巴尔底班之梦》《伯因妮之子》《西瓦迦米的誓言》等。

从20世纪五六十年代起，埃及人民开始了反对帝国主义的斗争；亚洲阿拉伯国家的民族解放运动也逐渐兴起，许多地区掀起了反对土耳其和英帝国主义的武装斗争。在叙利亚、黎巴嫩、伊拉克等经济比较发达地区，出现了反帝和反封建的解放运动。阿拉伯文报纸和杂志的出版，新式学校的创办，阿拉伯文学的革新，促进了这些地区民族解放运动的发展。始于19世纪初的阿拉伯现代文学又可以被看作是阿拉伯文学新的复兴运动。异族入侵和帝国主义统治所激发出来的民族意识的觉醒和增长是阿拉伯文学复兴运动的第一推动力。在新的历史环境下，阿拉伯文学创作的题材和形式都表现出成熟与多样化的趋势。为摆脱西方文学对民族文学的不良影响，一些有识之士开始借助历史题材加上虚拟的故事情节，创造出具有教育意义的历史小说。1921年，作家贾玛尔扎德发表了第一部短篇小说集《故事集》。在《故事集》问世前后，伊朗出版了很多历史小说，多写帝王或英雄的文治武功，往往带有理想主义色彩，美化历史人物。伊拉克的历史题材主要集中在历史剧的创作。由著名剧作家叶海亚·卡夫和法兑勒·绥达利合写的6幕历史剧《攻克阿穆里耶》大获成功。剧作家苏莱曼·萨伊厄则从伊斯兰和伊拉克历史中选材,作品近似欧洲古典派戏剧,崇尚理性,在剧中进行说教。19世纪末至20世纪初,叙利亚大批文学家不堪忍受压迫,流亡国外。剧作家艾布·赫利勒·格巴尼侨居埃及,根据历史传说和《一千零一夜》的故事,共创作了50多部戏剧。诗人奈西卜·阿里达侨居美洲,著有历史小说《迪库·金的故事》。除此之外还有著名作家迈阿鲁夫·艾纳乌特的小说《欧麦尔·本·海塔卜》、欧麦尔·艾布·雷沙的诗剧《济·卡尔战役》等历史题材的作品和赫利勒·欣达维取材于希腊神话的戏剧《盗火者》。黎巴嫩在19世纪尚处于文艺复兴阶段。马龙·奈卡什将《一千零一夜》中的故事改编为剧本,被认为是现代阿拉伯第一个剧作家。19世纪80年代,著名作家杰尔吉·宰丹在埃及创办《新月》等杂志,并创作《迦萨尼姑娘》《卡尔巴拉的少女》等通俗历史小说20多部。20年代最著名的历史题材作家是福阿德·艾弗拉姆·布斯塔尼,写有长篇历史小说《为什么》。埃及文学家、小说家迈哈穆德·台木尔,现代阿拉伯短篇小说奠基人之一,创作了历史题材的戏剧《永恒的夏娃》《古莱什的雄鹰》《比魔鬼狡猾的人》等。马哈福兹以爱国主义为起点,以古埃及历史为创作题材,以借古喻今的手法激发民族热情,反对帝国统治。他早期的三部历史小说《命运的嘲弄》《阿杜比斯》和《埃伊拜之战》,就是与埃及人民反对外来侵略、争取民族独立的斗争相关。

  撒哈拉沙漠以南的非洲国家,包括东非、西非、赤道非洲和非洲南部及诸岛的绝大多数国家。在其文学史上,书面文学虽然稀少而且鲜有流传,但是口头文学的蓬勃发展也使其文化得以保存、延续。撒哈拉沙漠以南非洲虽然少有历史文献,但是在口头文学中有大量的历史传说和野史记载,历史故事是民间传说的重要题材。19世纪末20世纪初,随着该地区的社会动荡,民族意识迅速发展,文学创作的主题与爱国思想相结合,成为民族解放运动的晴雨表。在两次世界大战期间,在文学领域出现了维护民族文化运动,其基本理论是文学的"黑人性"理论,与殖民主义同化论唱反调,强调非洲传统文化的绝对价值。马达加斯加作家A. 腊查奥纳里维洛的《比纳》和安哥拉作家安东尼奥·儒尼奥尔的《死者的秘密》都是以歌颂民族历史出发,肯定传统,鞭挞现实。"二战"后直至五六十年代,民族运动的反抗力度大大加强,其法语文学、英语文学都迅猛发展。其中涉及历史题材最多的是法语文学中的故事和戏剧创作。作家用法语记录、编辑和创作的故事中善用历史题材的是一些传奇故事。几内亚作家吉布里尔·塔姆西尔·尼亚奈的《松迪亚塔》以几内亚民间艺人口述的形式,记述了13世纪初古代曼丁国凯塔王朝的继承人松迪亚塔英勇抗击侵略者,收复国土,创建盛极一时的马里帝国的故事。故事塑造了一位不畏强暴、敢于斗争的民族英雄形象,借缅怀历史英雄激发现实中的反殖斗志。达荷美(现贝宁南部)作家保尔·阿祖美发表历史题材的传奇《朵吉西米》,以19世纪上半叶的达荷美王国为背景,讲述公主朵吉西米的恋爱悲剧。刚果作家让·马隆加的《姆福穆·马·马佐诺的传说》写一个公主和马佐诺在奴隶们的支持下战胜敌人,建立一个公正的城邦。上沃尔特(现布基纳法索)作家纳齐·博尼的《古代的衰落》追溯上沃尔特近300年的历史,赞美古代的非洲文明,谴责欧洲殖民者的侵略。法语戏剧中有一大类别是以反帝、反殖、热忱爱国为主题的戏剧。这类戏剧多以历史的形式出现,但不拘泥于历史。创作历史剧的非洲作家之所以对本国历史题材感兴趣,并非对历史本身有兴趣,而是看重历史题材在现实中的引导意义。塞内加尔谢克·恩达奥的观点代表了剧作家创作历史剧的动机:"历史剧不是历史问题的学位论文。我的目的是创作能鼓舞人民、引导人民向前的神话。"①

二 历史题材创作的四大类型

从以上东方各个国家写作历史题材的作家作品中可以看出,虽然都是历史题材创作,但是在驾驭材料和主题的传达上还是有所区别,其中比较典型的有四大类型:

---

① 谢克·恩达奥:《阿尔布里的流亡·前言》,转引自尼基福罗娃:《非洲现代文学》(上),刘宗次、赵陵生译,外国文学出版社1980年版,第300页。

(一)借古喻今型历史题材创作

此类历史题材创作是历史题材的运用中最基本、最普遍的一类。在东方民族主义文学中,大部分作家关注"历史"的出发点都在于通过历史反映现实,以历史对照现实,达到以史鉴今的目的。这类历史题材是把历史背景和现实中的反帝、反殖斗争以及民族主义精神联系得最为紧密的。古老的东方文明成为作家发泄民族情感的最好题材,他们往往采用借古喻今的手法,鞭挞社会时弊,通过描写本国人民历史上反抗异族侵略的光辉业绩,来支持国内方兴未艾的民族独立运动。因此,此类历史题材创作与同时期出现的历史题材创作相比,更具社会性、批判性和忧患意识。

(二)超历史的历史题材创作

凡历史题材的创作又可被称作是文本化历史,即叙述中的历史。而文本化历史又有正史和野史之分。正史,即一种正统历史,为主流精英群体所认同的体现主流意识形态,一般由史官编纂,强调其合理性和所谓的真实性。而野史是一种非正统历史,为正统历史所排斥,表现符合大众口味,流于民间的散漫历史意识,超历史的历史题材创作即是这种野史的重要表现形式之一。所谓超历史的历史题材创作指取材于民间故事、逸闻、野史进行历史题材的创作,虽然具备一般历史题材创作的某些特征,但是又超越了真实的历史故事,以历史为背景,甚至在历史事件的基础上进行虚构。超历史的历史题材创作之所以被称为"超历史",具体体现在两个方面:1. 忽略宏大叙事、建构小历史。体现在超历史的历史题材创作中就是回避国家、政治、权利等宏大的社会话题,把视角集中在个人史,尤其是芸芸众生的小人物身上。因此历史叙事并非以再现历史为目的,而是更加看重人的深层心理、处事情怀以及人性等问题;2. 历史情境的抽象化。这类历史题材的创作往往把历史事件与作者的思想直接对应,因此故事中的人物、情节、环境非但不强调其真实性,相反地,"超历史"也就是超越了具体的历史人物和事件,把历史情境抽象化，从而达到超越历史本身，超越时空的表达。此类创作的突出代表是日本的芥川龙之介。

(三) 传奇式历史题材创作

所谓传奇式历史题材创作是指把浪漫主义、夸张、虚构等手法加入历史叙述中，使历史题材的创作具有传奇化色彩。首先，把历史真实与虚构情节相结合。传奇式历史题材的创作是从古代的传奇故事中取材，而传奇故事本身就具备了浪漫主义因素。在一个真实的大历史背景的前提下，允许情节的大胆想象与虚构，情节多变、曲折，因此故事往往具有通俗性和趣味性。其次，创作大量虚构人物。叙述史实和文学创作有一个很大的区别就在于，叙述史实时出现的人物形象纯粹是为了事件而存在的，人物形象的塑造较为单薄，不强调性格的鲜明性。而在文学创作中，人物可以虚构，人物性格典型集中，具有鲜明的特征。东方民族主义文学是在反帝反殖的大前提下发展起来的，因此作品中的人物形象多围绕着古代和历史中的抗敌英雄形象，起到励志作用。传奇式历史题材创作在民族主义文学中是浪漫色彩最浓郁的一类创作，作品中的人物相比较而言，比其他创作中更加形象、生动，与整部作品中的传奇色彩协调一致。而且，在传奇式历史题材创作中还多以爱情故事作为线索与历史背景交错发展。此类创作以印度的般吉姆·钱德拉·查特吉为代表。

(四) 他国题材的历史题材创作

他国题材的历史创作指借用其他国家的历史，以异国历史作为背景进行创作，其中最突出的是日本作家的中国历史题材创作。日本作家对于中国题材的偏爱已经成为日本文学的特色之一，而且日本在历史渊源上与中国相近，对中国历史更是兴趣浓厚。日本的中国题材历史创作可以按照取材的不同分成以下几类：第一，取材自中国的古代文史作品。比如，芥川龙之介根据唐人小说所做的《杜子春》《黄粱梦》，以及《仙人》《奇遇》等历史小说，井上靖改写《论语》而做的《孔子》。第二，是以中国的某地域做背景写历史题材。井上靖的《楼兰》和《敦煌》既是作家本人的巅峰之作,同时也代表了这个时期此类作品的最高成就。除此之外,还有芥川的《南京的基督》《湖南的扇子》。第三,是以中国历史人物为题材。中国的历史人物中,如成吉思汗、孔子、杨贵妃、项羽、刘邦等都在日本作家笔下被重新塑造。

三 历史题材创作兴盛原因探

综观19世纪中期以来的东方文学,历史题材创作的确已经成为民族主义文学思潮的热点之一。在同一时期,众多作家同时关注同一种题材,其中原因应该是多方面的。

(一)东方的悠久历史能够提供丰富的创作素材

东方的各个国家均历史悠久,有着众多地域辽阔、民族众多且博大精深的文明古国,因此有着十分丰富的文化和文学积淀。历史上大量的神话、传说、传奇、民间故事、民谣、口头文学都是作家们可以借鉴的素材。历史的辉煌和沧桑,对历史碎片的感怀与凭吊,或俯仰观察,或吟咏赞叹,最终也都成为作家们笔下炙手可热的写作内容。

(二)历史题材创作具有极强的时代意义

对于正在进行着如火如荼的民族解放运动的东方国家而言,作家的创作题材选择必然与其特殊的时代背景息息相关。历史题材虽然看似与现实相隔久远,但在与外来殖民文化相抗衡的过程中,"历史"的厚重感使其成为一种最突出也是最强大的民族力量。作家们意识到,东方民族的自信心和民族精神都蕴涵在本民族文化之中,只有借助历史叙述才能找到民族精神的依托,才能稳固自己的文化之根。作家们选择历史题材正是看重它的当下意义。在创作历史题材作品时,历史虽然是昨天的,但意识却是当下的,他们并不满足于对过往事件的简单复制,而是从历史中折射现实,表达伤国忧时之气,实现古今精神的互释。

(三)历史题材创作提供了更大的创作空间

因为题材本身的关系,历史题材的创作可以任意穿越于无限自由伸展的时间和空间跨度上,可以在古代与当今、过去与现在间进行转换。在时空切换之中,历史题材体现出的是现实给人的一种历史反思,以及这种反思体现的民族文化传统和思维的特点。因此,所谓历史题材创作并不需要拘泥"历史",在创作过程中,作家们可以扩展历史内容,加入无限诗意想象的空间。在介入历史时,可以采取描述、再书写、反思等不同手段,分别对历史加以再现、重塑或者解构。因此,在转变了文学历史观念之后,历史题材创作非但没有板滞、沉闷之态,相反,创作空间进一步扩展,这也是这一时期作家纷纷选用历史题材的一个重要原因。

(四)历史题材创作进一步凸显文化意义

历史题材在叙述过程中不可避免地与政治叙事、民族叙事、家族叙事等相联系,而这些叙事内容无一不超越文学叙述层面而与文化相关。越是源远流长的历史,就越是更深层地处在文化感染之中,也就越能够反映出一个民族的文化特色。从某种意义上讲,一个时代的历史题材的繁荣从一个侧面体现了一个时代或者一个民族的明确的文化要求。对东方民族主义作家来讲,历史题材创作的第一层目的,是试图以自己的创作迎合民族解放运动的政治局面。而其更深层的目的则是以自己的创作去重塑民族文化的辉煌。

第二节 东方现代民族主义历史题材创作的特征

如果说,现代的东方是一个不断展开的历史文本,那么民族主义就是已经叙述了近一个半世纪的话语主题。民族国家和民族主义从来不是建立在纯粹的族裔、血缘基础上,而是一个特定经济、社会、文化群体政治上的自我理解和自我规定。这种自我理解和自我规定的实现不以单纯的个人和集体意志为转移,而是有着复杂而深刻的历史、社会、文化、心理和政治根源。因此,民族主义是现代时期大多数东方国家共通的意识形态体现。在那篇影响颇大的文章《处于跨国资本主义时代中的第三世界文学》一文中,詹姆逊提出了一个重要观点,那就是不应该把第三世界的文化看作人类学意义上的独立或自主的文化,"相反,这些文化在许多显著的地方处于同第一世界文化帝国主义进行的生死搏斗之中——这种文化搏斗的本身反映了这些地区的经济受到资本的不同阶段或有时被委婉地称为现代化的渗透。"① 詹姆逊进而认为,第三世界文化生产的文本均带有寓言性和特殊性,这些文本应被当作"民族寓言"来加以阅读。"民族寓言"的说法实际上就相当隐晦地透露出以下的特性:第三世界文学的表述方式和内容受制于政治、经济、文化等外力压迫。按照这种理论,历史题材的创作无疑会受到这一时期占统治地位的民族主义的深刻影响。

在民族主义与历史题材创作之间架构桥梁的是历史记忆。民族主义与历史记忆的关系体现在,以家园、土地、语言、感情等非理性联系为基础的历史记忆是民族主义的滋生地。一个民族的历史记忆服务于建立民族国家并为民族文化提供其合理性的充分条件。屈辱的东方历史记忆往往是民族主义高涨的根源,民族主义诉求一般集中在政治认同、文化独立、重述历史。这种内在联系使作为历史记忆文本的历史题材创作必然选择民族主义作为自己的创作依托和文化背景。因此,在某种程度上,东方民族主义的诉求和特质与历史题材创作的特征是相互对应、相互关联的。

一 民族主义的内在诉求与历史题材创作中矛盾的对立统一

从19世纪中期到20世纪末期,东方民族的历史突出表现着它的复杂性、曲折性和沉重感。西方现代文化以其凌厉的攻势席卷了几乎整

---

① 弗雷德里克·詹姆逊:《处于跨国资本主义时代中的第三世界文学》,张京媛主编:《新历史主义与文学批评》,北京大学出版社1993年版,第234—235页。

个东方文化,在东方的眼光中,这场现代化过程充满着血泪和耻辱。与西方民族主义的胜利诉求相比,东方民族主义只能表现为一种悲情诉求,这其中隐含着作为文化弱势一方的无奈与悲哀。对于东方民族主义来说,重建自己文化的过程并不仅仅是推翻和排斥西方文化那么简单。在难以分辨是主动还是被动的现代化进程中,东方民族对自身文化的认识陷入深深的矛盾之中。东方民族主义面对的最尖刻的问题是,未来的民族文化既不可能恢复原来的文化形态,又不可能完全抹杀西方文化的渗入,那么民族主义的文化诉求究竟应该停留在哪个层面上。与此相应,历史题材作家们在创作时也充分表现出对民族文化的矛盾态度,既表现对于本民族文化的情感依赖,同时也包含着对于文化自救的深沉思考。从政治爱国到文化反省,从恋古的民族思维惯性到内在文化结构的调整,历史题材创作的内容必然是纠结着理性与情感、传统与现代、历史与当下、个体叙事与民族话语等多重矛盾的对立统一体。

(一)理性批判和情感依赖的结合

几乎所有历史题材的创作都避不开理性批判和情感依赖的矛盾状态。作家们热衷于历史题材的书写,很大程度上应该归因于对传统文化的一种挥之不去的温情留恋。但是,从另一角度讲,每一部历史题材创作背后都隐匿着创作时代的文化立场。这种文化立场是通过对既有历史文本的解读或改写,还原或加工,认同或颠覆表现出来的。作家们意识到,外来文化带来的巨大冲击已经形成了仅靠退守本土文化远不能解决的文化冲突。在他们抱着重释和赞美的态度去历史中寻找传统文化的生机,在体验文化民族主义情绪之余也充分认识到,历史的文化品质并不是现代性精神的源泉。因此,作家在使用历史题材创作时不照搬不拘泥,必要时加以个人的分析判断,原因就在于文化的现代化进程需要一种理性精神对传统、历史加以分析判断,从而确立自己超越狭隘的本土立场的创作心态。森欧外、芥川龙之介等日本作家在对历史的描述中就是本着这种理性批判的立场,因此大部分作品带有悲剧意味。森欧外无论是对武士精神的愚忠进行批判还是在《高濑舟》中对社会底层人民生活惨状的叙述，芥川无论是对市民阶层自尊心的嘲讽还是借历史人物抒发个人心胸，都是以一种审视、剖析的态度来看待历史与现实，表现出一种无力突破现实困境的苦闷和焦虑。

（二）文化寻根与现代意识的结合

传统文化从某种意义上讲，既是历史惰力又是历史的动力，如何理解传统也就意味着以什么样的姿态进入历史。一方面，历史题材的作家们描写传统，怀恋传统，以一种怀旧情调表现对现实的批判和失意情怀。面对着外来的文化冲击，他们会本能地站在民族性地域性的一面上，坚守精神家园；但另一方面，久远的历史文化氛围已经无法完成一种现代自我认同。意大利著名历史学家、文艺批评家克罗齐有句名言：一切历史都是当代史。从本体角度看，历史是客观存在的，它并不因人们对它的不同认识而改变其本真的形态。但从认识角度看，历史又是主观可变的，它只存在于人们的记忆、思考与描述之中。在历史题材创作中，一方面，历史意识融通在现实的历史化演绎中；另一方面现代意识体现在历史的现实化想象里，作家在对历史的阐释与重塑中，追求一种新的现代精神和价值观念。作为一种阐释行为，历史题材创作既要关照历史，又要产生意义。这个意义就是历史意识与现代意识、历史精神与现代精神的综合体现。因此，历史题材的作家大多选取矛盾冲突相当激烈的历史时期作为写作背景，比如般吉姆笔下的历史题材选自17世纪印度反对阿富汗斗争历史，12世纪反对莫卧儿统治历史，18世纪反对英国统治历史等，其目的就是与东方民族的现代处境相呼应，在回顾历史的过程中，既要挖掘古今相通的民族意识，还要在此基础上通过反思历史人物和历史事件进一步生发出符合时代要求的精神内涵。

（三）真实与想象的结合

历史题材创作具体地说是把历史叙事消融于文学叙事中，充分体现出真实与想象的结合特征。历史题材创作的真实与史学家的所谓真实存在着很大的差异。人只能在一个特定的时期，站在特定的立场，以一种特定的方式叙述历史,因此当历史存在于某个叙述之中的时候,就不可避免地置身于真象与假象,确定性与可能性之间。文本历史对于历史本身而言,是要在"发现"的基础上去"补充",在历史的"必然性"之外寻找"偶然性",于是想象出场了。在作家笔下,历史更类似于故事,无论人物和事件都不求无一事无出处,他们关注历史并非是以超然的历史框架俯瞰的姿态,而是用想象填充出一个一般历史达不到的生活化、细节化、情景化的具象世界。在这个时期的东方民族主义历史题材创作中,传奇类历史题材创作在这一点上表现得尤其突出。刘安武先生在《印度文学与中国文学比较研究》(中国国际广播出版社)中有一篇是论述中国的重史轻文和印度的重文轻史。相比较而言,印度的民族性重幻想、想象,这从印度民族的神话体系发达就可见一斑。因此印度是个不断将历史事实传说化的民族,开始是基于史实的英雄史诗在流传过程中也会变成历史传说史诗。因此,印度历史题材中的所谓"以古鉴今"往往是以神话、传说为鉴,主要是幻想和想象的产物。

二 民族主义的多种阐释与历史题材创作的文本化特征

民族主义的概念难以界定,就是因为对于民族主义的阐释可以有多重层次和多重角度。按照类型划分,可以分为政治民族主义、经济民族主义和文化民族主义;按照性质划分,有压迫民族的民族主义,也有被压迫民族的民族主义;如果民族主义过分地表现其"内护性"就会产生狭隘民族主义,如果过分表现其"攻击性"就会产生极端民族主义或者种族民族主义。这说明,民族主义不是一个固定或者稳定的概念,民族主义有各种各样的形态。它可以是某种情绪和情感、文化情节、思维风格、行动方式,也可以是社会和政治运动、意识形态等等。我们可以把民族主义进行多样阐释,它既是一种情感,也是一种历史运动,既是一种政治原则,也是一种集体理想。这种阐释的可能性意味着人对于本民族的文化感情、文化态度和文化目标都可以处在不同的层面上,因此作为文化的重要载体之一的历史也可以有不同的叙述角度。体现在历史题材创作中,即其文本化特征。

(一)从叙述媒介——语言本身进行分析

人们理解历史事件,主要是通过一定的历史文本来实现的,而文本叙述的最基本单位是语言,因此理解历史的文本化特征最关键的是如何认识历史叙述中的语言问题。对历史事件的理解,离不开对其语言观念的理解,历史叙述以何种语言来言说历史事件,决定着理解者最后的结论。也就是说,语言在这里并不仅仅是一个想象、文笔和叙述形式的问题,而是关系到历史解释、历史观念、历史意义等深层问题。在传统观念中,因为历史本身的"真实性",历史题材的创作似乎比其他文学题材显得更加确切、客观。这种观点所犯的致命错误是仅仅把语言当作叙述的工具看待,而忽略了语言本身的独立功能。实际上,语言的介入使我们不能把历史的叙述当作一种事实。叙述活动一旦展开,语言的独立功能就会发挥作用,生成新的意义,叙述者通过语言所建立的一切观点、解释都只是语言本身的一种表现方式,可以从不同层面、不同角度、不同意义上进行理解,从而使叙述出来的历史与原有的"历史"不同。因此,历史结构和叙述都具有了多样性,而不再是唯一和必然,理解历史依赖的不是史料、事实,而是文本。

(二)从叙述主体——叙述者分析

每一个叙述者在记录或叙述历史事件产生、发展变化的过程中,都不可能处于历史之外,以一个绝对客观的态度进行记录和叙述,而是自觉不自觉地在叙述中打上时代或叙述者本人的烙印。因此,人们在历史认识的过程中所面对的并不是那个曾经发生过的客观的历史事件,而是记录和叙述历史事件的文本。只有借助于历史叙述者的文本这一中介,才有可能触及历史的本体。换言之,人们对历史进程的认识,只能是对历史叙述结果的研究,研究的是一种叙述的活动,不仅需要研究叙述的内容,而且需要研究叙述的活动本身。既然历史只存在于历史叙述活动之中,每一位叙述者都有权编撰自己个人化的历史文本,历史文本也就相应地反映出叙述者的身份和立场。在东方民族主义文学中，叙述者的叙述意图及其相应形成的叙述立场主要有三类：1. 抱有政治意图的民族立场，以印度和撒哈拉沙漠以南非洲的一些民族主义作家为代表。这类作家是具有强烈民族意识的知识分子。他们创作历史题材是为了再现与阐扬东方优秀的文化传统，激发本民族人们强烈的反抗意志，心怀对民族文化身份的焦虑和重塑民族辉煌的渴望。他们站在民族主义的立场上，立意宏大，代表的是一种集体意识。2. 抱有寻根意图的怀旧立场，日本作家借鉴中国题材的历史创作以及阿拉伯一些美化历史人物的作品大多属于此类。这类创作在回顾历史时并没有非常明确的政治目标，大多因为对现实状况不满而引发出对历史某个时期或对某个历史人物的回忆，表达想要回归古代的美好愿望，流露的是一种怀旧情结。3. 抱有批判意图的人性立场，以森欧外和芥川龙之介的作品为代表。这类作品以剖析人性作为创作目的，由于人性的共同特征，作品中并没有十分明显的历史、现实的分界，时间感不强，表现的是超越时代局限的探索意识。

同一时代选取同一题材进行创作却表现出不同的叙述立场，这充分证明了历史可以通过不同的方式进行叙述。历史叙述与一般的文学叙述一样，是语言的产物，代表着叙述者的立场，没有绝对客观而唯一的历史，历史总是存在于文本的无限多样的形式之中。

三 民族主义的非理性色彩与历史题材创作的日常化、细节化和心理化特征

民族主义的现实表现充分表明，即使是有所谓"现代理性的内在制约"，世界各地的民族主义（无论是发达民族还是落后民族）仍然表现出很强的情绪化、非理性色彩。这种非理性色彩之所以形成，一方面是因为，民族主义是在历史的文化描述中逐步形成的，而共同的语言、习俗、伦理规范和历史记忆必然形成本民族的文化优越感，具有对他民族文化的潜在排他性；另一方面则是因为，尽管从理论上讲，民族主义

伴随民族国家诞生，是一种集体意识的产物，是一种"大历史""大叙述"，但在现实生活中，民族主义也和个体思想观念和行为方式密切相关。因此，说到民族主义，大可至家国天下，小可至日常生活，大可至爱国精神，小可至家园意识。把民族主义放置在政治大背景下将其理解为纯粹的社会集体意识的产物显然是片面的，我们不可忽略它的细节力量和情感因素。因此，民族主义文学的历史题材的创作也不能把历史话语简单地等同于主流叙述，陷入单一叙述模式，而是强调日常化、细节化和心理化特征。

　　历史、历史记忆、历史叙述是三个完全不同的概念。历史叙述即历史题材的创作是话语层面的历史，它不仅不能真实地再现发生的历史本身，甚至也不是对历史事件的回忆性复述。也就是说，每一个历史叙述都带有叙述意图。这种意图暗含着时代色彩，暗含着叙述者的历史眼光和文化立场。对于东方国家而言，近代以来，在各种宗教—文化—民族的"共同体"中，溯源寻根，通过自己的历史叙述来界定个人、民族的身份认同，已属十分常见。但在东西方文化的征服与反征服斗争中，个体化文化立场和个性化文化特征却显得相当重要。殖民权利弥散在东方国家的各个层面，既体现在种族、文化、阶级、性别的复杂关系，也同样会反映在家族、恋情、生活琐事这些日常化的生活细节和个体心理上。所以，历史的叙述意图就不可能停留在记叙枪炮史和政治史，而是要还原具体和细部的历史。因此，东方民族主义文学中历史题材作品的创作意图是要在虚构的历史中着意挖掘和表现历史的劫难以及人在历史过程中表现出的人性的复杂性和多样性。创作意图决定了创作形式与创作特征。这一时期的历史题材叙述不同于被放大化的宏观历史叙述，而是倾向于历史叙述的日常化、细节化和心理化。宏大的历史叙述在造就"大历史""大文化"的同时制造的是一种集体话语，历史叙述不免陷入单一模式。真正丰富而多变的历史叙述是体现在从关注主流到关注边缘，从关注政治变动到关注其背后的人情、人性。变化具体体现在以下几方面：

（一）所谓日常化是指历史题材本身从整体到个体的变化

创作中的集体话语开始向私人化叙述过渡。在东方各民族经历血雨腥风的百年历史中，一个人，一个人的命运，一个人的情感经历看似微不足道，但在历史叙述中呈现出的公共话语和私人话语，公共空间和私人空间的对照却能使一个个体于不经意之间折射一个国家和一个民族。叙述者们意识到，日常生活所透露的精神气质和感情悲欢是一直为波澜壮阔的"大历史"所忽略的，而这些所谓私人内容构成的日常化的"小叙述"却能够揭示出为大历史所遮蔽的个体诉求以及个体与历史之间的关系。在这里，"历史"不再高高在上，不再是僵化的年代和事件，历史中的任何一个瞬间、任何一个碎片都可能被叙述者捡拾起来。如马哈福兹的历史三部曲《命运的嘲弄》《阿杜比斯》和《埃伊拜之战》，除第三部《埃伊拜之战》是直接描写战争和埃及历史之外，前两部都是日常化叙述的典型代表。《命运的嘲弄》中主人公达达夫的英雄业绩是个人经历，而他最后登上王位的命运既讽刺了统治者又把个人经历和历史进程紧密联系。《阿杜比斯》是典型的爱情悲剧，爱情的狂热、恋人的生离死别和女主人公的殉情场面都是个体历史空间的描写。

（二）所谓细节化是指叙述方法从宏观到局部的变化

实际上，当人们相信历史决定论，关注必然性和规律性的同时，历史的偶发性和不确定性被遮蔽了，其最终的结果是对历史图景的概念化和简约化。历史题材的日常化直接导致了叙述方法的变化。一个历史的叙述者，强调回到历史现场，强调回到历史情境中。也就是要回到当时的历史情境去叙述那一段历史。因此，只有描述细节才能为历史的碎片、逸闻和边缘化事件提供清晰的历史叙述，才能使历史叙述具备日常生活的感性质感。于是熟悉的宏大叙述为琐碎的细节所替代，另一种丰富的历史面目由此呈现出来。井上靖的《敦煌》中赵行德与西夏女子的邂逅过程；安东尼奥·儒尼奥尔的《死者的秘密》中患昏睡病和精神错乱的女主人公形象都是具体的细节描写。

(三) 所谓心理化是指叙述视角由外在向内在的变化

应该从两个角度来理解这个问题。一是历史题材创作作为一种掺杂了想象、虚构的文学产品，从本质上讲只能是对历史的选择、审美和一种言说方式。作品中的历史不是对历史的直观也不是镜子式的历史复现，而是主体化的历史变形，是心理化的历史折射。伽达默尔说："真正的历史对象根本就不是对象，而是自己和他者的统一体，或一种关系，在这种关系中同时存在着历史的实在以及历史理解的实在。"[①]伽达默尔将这种历史称为"效果历史"。历史叙述所展现的正是"效果历史"。历史叙述既不是史料的简单堆积，也不是历史规律的机械演绎，而是叙述者对过往的历史事件和历史人物作独立的思考。历史视野注定了不可能完全再现历史真实，我们与历史永远处于一种张力中。历史的叙述并不仅仅指代怀旧，通过叙述者的心理映照，从中可以达到对历史新的理解。二是在历史题材的创作中体现了人性世界的表达。有些作家能够在历史故事的叙述中，超越阶级斗争的历史遮蔽，追寻蕴涵人性深度的心灵化的情感历史。历史成为表演人性的舞台，而人性又成为历史的缩影。在历史的风云变幻中，无论是抗击外敌的英雄还是卑鄙无耻的强盗都会面临生与死的选择；无论是身份尊贵的贵族还是遭遇不幸的平民都会体验爱情的悲欢；无论是执着于绘画的艺术家还是在历史旋涡中受人摆布的小人物都会思考存在的价值与意义。作家们恰恰是意识到了人性与心理在历史意义上的延续性和稳定性，因此把人性的光彩与悲哀，感性和理性杂糅着生命的复杂与壮烈写进了历史题材作品之中。

第三节　移民三雄后殖民创作中的"历史"主题

已经过去的20世纪可以说是人类所经历的最为动荡不安、风云变幻的时代。在经历了百年沧桑巨变之后，如果可以对这一时代进行总

---

① 伽达默尔：《真理与方法》上卷，上海译文出版社1992年版，第384—385页。

结的话，恐怕最为恰当的表述应该是：从对抗走向妥协。从文化意义上讲，是东西方从隔离逐步走向对话的可能性，试图打破东方文化的边缘身份，改变其"他者"形象。在这一文化发展的过程中，我们悄然进入了后殖民时期，文学的关注热点自然就落在了一批具有复杂的民族身份，游荡于两种文化之间的移民作家身上。

移民作家往往出生于东方，但是接受的教育与文化熏染都是来自西方，而且已经成为西方文化精英中的一员。特殊的双重身份和文化背景使他们成为典型的后殖民主义作家，在东西方两种文化之间自由地穿梭跋涉。但从另外一个角度上讲，移民作家本身又具有更加严重的双重"他性"：对故土而言，他们是代表西方视角的"他者"，对西方而言，他们又是体现出非西方性的异己，因此他们在作品中对种族历史的记忆性叙述以及由历史而折射出的现实意义尤其重要。本节将探讨被称为"英国文坛移民三雄"的拉什迪、奈保尔和石黑一雄三位作家关于"历史"主题的创作，从而分析其文化象征意义。

一 叙述策略：从个人史向民族史的延伸

20世纪的西方文论在出现了新历史主义理论之后，对文学和历史关系的认识发生了巨大改变。人们在进行文本分析时开始重新关注曾经被形式主义抛弃的历史语境和在此基础上形成的文化精神。在新历史主义看来，对历史而言，文学是彰显历史真正面目的意义存在体，它不是仅仅摹仿现实的存在，而是一个更大的符号象征系统。这种观点颠覆了传统历史主义认为历史真实大于文学虚构的看法。文学对历史的阐释意味着文学参与了历史，而每一个阐释者因为视界受限不可能纯客观、全方位地进行叙述，因此这种阐释是在一种历史不断游移、变化的情况下的断裂的、非连续性叙述，于是历史的真实性、客观性被颠覆了，历史仅仅成为文本叙述中的历史。而拉什迪、奈保尔和石黑一雄在创作中的历史主题正是对这种观念的印证。奈保尔曾经说过："我从我的过去而来,我就得写我所来之地的历史——写被忘弃的人民。"①我们必须承认,拉什迪等三位作家的创作的确充斥着浓郁的历史气息。然而,醉翁之意不在酒,历史在他们的作品中不仅仅是一种对"过去"的回忆,也不仅仅是为了单纯的历史追溯,历史的叙述在与细节虚构、主观立场、现实意义结合之后变成了带有象征性的寓言,为读者呈现出复杂而厚重的文化景观。

三位作家不约而同地在作品中都是从个体叙述开始的,而后又都把个体史与重大历史事件、种族的发展历程相联系,从表现自身主体性失落的焦虑发展成为对整个种族当下生存状态的质问,个体历史成为民族历史的隐喻性叙述。拉什迪作品中最重要的主人公萨利姆(《午夜的孩子》),出生在一个对于印度来讲具有历史性意义的日子,是印度摆脱英国殖民统治的那一天。而这带有寓意性的诞生意味着萨利姆以及他家人的命运不仅仅代表着个体的人生,还将贯穿印度从20世纪20年代到70年代近60年的历史进程。这其中包括20年代英军在金庙进行的大屠杀、印巴战争、甘地夫人签署紧急状态法等一系列真实的社会历史事件。主人公偶然的经历和印度的变迁一直息息相关,就像在《午夜的孩子》开篇萨利姆自己所说的:"要感谢那玄秘的致敬钟声所带来的神秘的力量,我被神秘地和历史铐在一起,我和国家的命运被不可分割地锁了起来。在接下来的三十年中,无处可逃。"②而奈保尔在创作中对民族大历史的深刻描写成为他获得诺贝尔文学奖的原因之一,在颁奖词中他被这样评价:"作为康拉德的继承者,他(奈保尔)担负起为帝国命运编年纪史的职责,而那是道德史,即:帝国究竟对人类做了什么。他的记叙的权威来自他的记忆,……他写下了特立尼达可怕的殖民历史。"③然而在他的叙述过程中,民族历史的记忆,殖民历史所遗留

---

① 法·德宏迪:《奈保尔访谈录》,邹海仑译,《世界文学》,2002年第1期。
② Salman Rushdie, *Midnight's Children*, London: Jonathan Cape, 1981, p. 11. (译文为本文作者译。)
③ 《瑞典文学院2001年度诺贝尔文学奖授奖词》,阮学勤译,《世界文学》,2002年第1期。

的伤痛是通过一个又一个的个体人物曲折地表现出来的：毕斯瓦斯先生对生存空间执着的追求（《毕斯瓦斯先生的房子》）、因达尔在传统和西方之间的矛盾（《河湾》）、威利·詹德兰在自己名字中间加上一个英国人名"萨姆塞特"（《效颦者》）。相比而言，在三位作家中石黑一雄是历史主题涉及得最多的一位，从早期作品开始，他的小说就很少有脱离历史的创作。他的叙述深沉、缓慢，带有日本文学特有的琐碎和零散，但叙事的结构却一直是搭建在历史之上。早期作品《浮世绘大师》和短篇小说《团圆饭》比较典型地体现了这一点。两部作品实际上都是以第二次世界大战作为历史背景，但是叙述并未集中于战争的酝酿、残酷、流血、牺牲、结果，而是从很细微的生活细节出发，写女人的婚姻，写家业的败落，写父子的分歧，力图再现战争前后从军国主义思想的空前膨胀到对战败原因的深层反省这一整体性的民族心理的变化过程。

二　构筑史观——从历史叙述到还原历史真相

之所以说这三位移民作家关于历史主题的创作是对新历史主义理论的印证，当然不只是因为他们在作品中关注历史、记叙历史，这在以传统历史主义观念作为理论基础的作品中屡见不鲜。实际上，与其说他们是在讲述历史，不如说他们是在一种反叛性思考中构筑了新的历史观。在作品中我们可以读出作者的这样一种暗示：历史是阐释者的主观产物，非客观性比真实性更贴近历史的本质。想要还原历史的真面目，就必须先瓦解历史真实的虚假神话。也就是说，三位作家对历史主题的关注并非为了叙述历史而叙述历史，其真正目的是颠覆我们固有观念中对历史的认识。在作品中，历史的真相是这样被揭开的：

（一）揭示历史的主观性

如前所述，三位作家惯用的手法是通过主人公的人生经历来反映整个社会的历史变迁。这在传统小说中亦属常见。但是与传统小说不同而且也是超越了传统小说的是，三位作家意识到了个体叙述与历史之间的关系,并且利用这一点来揭示历史的本质。在作品中,从个人史所延伸出来的所谓历史是以一个人物作为基点,以个体的视角来划定范畴而叙述出来的历史。更进一步讲,这里所谓的历史是作者设置的特定人物所看到的、听到的、感受到的历史,也是通过这个特定人物的个人回忆讲述出来的。作家之所以把历史的叙述限定在这样一个狭小的范围中,恰恰是为了突出一种认识:历史本身就是主观的。每个人的记忆都是有选择性的,我们记忆了一些东西,必然就筛漏了一些东西,记载下来一些东西就必然遗留一些东西,只要是被写出来的历史,就不可能全面的纯粹客观。这使我联想到另一位移民作家昆德拉在创作《生命中不能承受之轻》的最初给作品起的名字叫作《无经验的行星》。昆德拉认为,人的生命只有一次,因此生命以何种方式展开也就只有一次,所以人在自己的人生中所获得的所谓"经验"其实并没有包括生命展开的其他可能性,因此是非常局限的经验。同样,历史的展开方式也具有多种可能性,但是时间的流变决定必须选择其一,既然有了选择就有了选择者的主观性。

(二)历史的模糊性——真与假的辨证认识

三位作家虽然都关注历史,从历史的广度和深度上进行创作,但是又都不希望读者带着传统历史主义的眼光理解自己的作品。于是,他们运用各种方法来打破读者对自己作品中历史感的信任以及理解历史的唯一模式。而要打破这种信任首先要做的就是必须辨证认识传统思维中"真—假"的对立界限。其实,对于作家来讲,用小说介入历史本身就是对"真—假"界限的消解。在我们的传统观念中,历史是真实的,小说是虚构的,然而当历史进入了小说之后,再去强调它的真实性似乎没有任何意义。人们是在以一种自以为真实的方式叙述着历史,结局却是恰恰让历史的真实消弭在叙述的话语之中。因此,三位作家尽管所采取的手段不尽相同,但最终殊途同归:模糊"真与假"的界限,重新思考人类历史和历史观。

1. 拉什迪：以魔幻现实主义表现荒诞历史

拉什迪丰富的想象力使他的作品往往沉浸在一种古老神话和奇幻巫术的迷幻色彩之中。他的人物可以随意跨越生、死，鬼、神和人的界限，可以说极尽虚构之能事。用这种方式写作历史主题，本身就意味着作家意图在形式与内容的分裂中模糊"真与假""怪诞与现实"的界限。在《午夜的孩子》里，两个出身、种姓、宗教传统完全不同的男孩在出生时被掉了包，萨利姆作为印度教和基督教的私生子成长在穆斯林家庭中，而且萨利姆形体怪异，长着硕大的异常灵敏的鼻子。历史的叙述是在萨利姆的回忆和重述中完成的，但是萨利姆的回忆并不是完全按照时间顺序，不仅过去和现实交错，互相混杂，而且他是在发烧的情况下叙述的，甚至还曾经失忆。如果萨利姆是印度民族在作品中的隐喻形象，那是相当戏剧化的。我们可以这样理解：如果印度民族真的是一个人，那也只能是像萨利姆那样奇形怪状的人，他的身份值得怀疑，他对自己故事的叙述也值得怀疑。这说明从一开始，作者就特别设置了对历史真实的讽刺基调。

2. 奈保尔：以微缩世界表现错位历史

恐怕现在大部分学者都同意把奈保尔笔下的世界看做是特立尼达尤其是印裔社区生活的一个微缩世界，但是在分析中却往往忽略一点，即这种微缩不是简单的缩小，而是在原型生活基础上的选取、删节、改造以后建构的一个新世界，而这个新世界在某种意义上是对历史真实的一种错位描写。首先，在奈保尔的小说中，我们往往不能很确切地知道具体的历史年代，只能从模糊的年代信息和主人公的心理了解到他是以殖民或后殖民时期的历史来作为背景的。因此，奈保尔并没有在作品中要达到史实真实性的意图。其次，在主人公所生活的历史时期内所发生的一系列事件，甚至如一战、二战爆发这样的消息都是被隐晦地表现出来的，说明奈保尔重视的是人物内心发展的真实而非事件的真实；最重要的是奈保尔在一些作品中设置了双重背景。一重是作品表面上的历史背景，另一重是人物心理潜在的文化背景。这表现在他描写殖民时期历史的时候，以一种潜在的后殖民心态进行书写。殖民主义和后殖民主义最主要的区别在于：殖民时期宗主国主要强调对殖民地国家的军事、政治和经济统治，而在后殖民时期才强调柔性力量的文化侵袭。而奈保尔在最典型的如《毕斯瓦斯先生的房子》和《米格尔街》这类描写殖民过程的作品中，让人感受最深的不是欧洲殖民者的残暴形象，也不是军事统治和经济压迫，而是直接过渡到后殖民时期人们才更为关注的殖民地文化的扭曲、被殖民者的精神归属等问题。这让我们没办法通过他的作品去追溯特立尼达殖民时期真实、全面的历史图景。

3. 石黑一雄：以文化批判表现历史片面性

石黑一雄在作品中的文化批判，一方面来自于个人，是小人物不光彩的历史。石黑一雄的历史文本是在有意识的描写小人物，如退休老画家、商行老板、仆人、普通军官。这些人物往往不是历史的制造者也没有能力改变历史。然而这些人物的人生经历和他们的生活态度所导致的最终悲剧却成为历史片面性的一种寓意和象征。比如石黑一雄的代表作《黄昏时分》里的主人公，一个只知效忠主人，为了自己的工作兢兢业业、鞠躬尽瘁的管家史蒂芬斯。在这个无可挑剔的工作狂身上，除了看到他的尽忠职守之外，我们看到的更多的是冷漠的人情、扭曲的心理和曲意逢迎。为了效忠，史蒂芬斯不顾主人的身份和所作所为，甚至不顾主人是纳粹爪牙，仍然自欺欺人地奉行自己的所谓工作原则，成为盲从的典型。作为一个没思想的附庸，他的小人物的伟业完成得越是成功就越是把自己陷入更深的悲剧之中，也就越是不光彩。石黑通过对小人物自以为是的嘲弄表达了自己的批判意识。第二方面的批判指向欧洲对真实历史的逃避态度。中心主义的优越感曾经使欧洲自认为是所谓落后国度的"救世主"，他们把侵略说成拯救，把压迫说成文明输入。在中英关系中，鸦片战争就是一个典型的例子。一些英国学者仍然认为是鸦片战争使中国从封闭落后中苏醒过来，这不仅是对痛苦的遗忘，更是对历史责任的一种逃避。石黑的《当我们是孤儿时》，就是对这种历史态度的深刻反思。故事表面情节是班克斯追踪父母的失踪事件，实际上却是对历史真相的寻觅。然而随着事件的明朗化，历史谬误也越来越凸显出来。大英博物馆历史记载的颠倒黑白，真正恶人真面目的暴露都让人不禁对历史产生怀疑,从而更深刻地理解作者对历史片面性进行揭露和批判的文化意义。

三 结语:超越种族的世界写作

萨义德曾经说:"从文化方面描述帝国风风雨雨的历史能够揭示历史,阻止历史重演。"[①]这或许就是三位作家关注历史主题的深层原因。他们所要揭示和阻止的就是建立在孤立、分裂、对抗基础上的殖民史。多种文化的共同孕育使他们意识到,文化依赖、文化交融要比文化对抗更加强大,更应该成为未来文化的发展主流。人的身份和文化认同的模糊性其实在某种意义上是文化先进性的表现。因此,拉什迪骄傲地宣称自己是历史的私生子,奈保尔在印度、特立尼达与英国三地之间游移,石黑一雄虽然不是来自于殖民地国家,但对双重身份的热衷使他和前两位作家一样,在写作上主张不纯、混杂,带上了多元文化的特征。

对于移民,经常还有另外一种说法:流放。这个词汇的传统意义带给人们一种心理暗示,即移民者都是痛苦的,都是在两重文化的夹缝中挣扎的,都是在困境中不知如何选择。而事实上,正如萨义德的"阈限空间"的概念所指出的,流放者是一位在更广阔的领域里的穿越者,他们占据着一个所谓中间的位置,这个中间的位置是对民族、政治、归属进行调解的一个空间。这种微妙的态度使移民者摆脱了两种文化矛盾的困境,既不选择也不取舍,而是如霍米·巴巴所说的成为一个"商讨者"。后殖民本来就是一种文化殖民,而在这种文化殖民中,话语权利和话语霸权又是至关重要的。这种话语权利体现在用边缘文化改写主流文化,用弱势文化改写强势文化。"改写"在这里值得特别强调。改写不是全盘否定,改写也不是非此即彼,而是一个"商讨"过程。拉什迪、奈保尔和石黑是这种身份的最突出的实践者。他们反对种族隔离,

---

① 爱德华·萨义德:《文化与帝国主义》导言,包亚明主编:《二十世纪西方美学经典文本(第四卷):后现代景观》,复旦大学出版社2000年版,第290页。

反对地域上的人为障碍,反对文化宗教的褊狭心理,呼唤多民族文化的相互交融和和平共处。他们的文学从国籍上说属于英国,但从文化上说,从其杂糅性上说,从其多元特征上说是属于世界的,是超越本民族、超越一种文化的世界写作。

第四节　个案研究:乔治·宰丹的历史小说创作

乔治·宰丹(1861—1914),黎巴嫩学者、哲学家、历史小说家,出生在贝鲁特,曾在贝鲁特美国大学学习药理,后因故辍学,改学古叙利亚语和希伯来语。后宰丹定居埃及,创办《新月》杂志。宰丹的著作涉猎颇广,涉及文学、语言、历史、地理、哲学诸多方面,其中在文学方面主要是历史小说创作。宰丹是非常具有时代性的一个作家,在很多方面都是现代阿拉伯知识分子的典型代表。1883年,宰丹来到埃及,最初做的是报社编辑工作,不久就开始了自己的文学创作。1891年,在创作了三个短篇之后,宰丹找到了自己描述历史的小说创作途径,1892年《新月》杂志的创办使他有更多的机会传达自己的思想和文学观念。由此,宰丹开始走上了使自己成为当时最高产也是最受欢迎的历史小说家的创作道路。从开始创作直至去世,宰丹一共有23部历史小说,其中18部是关于伊斯兰历史,这也是宰丹的历史小说受到关注的主要原因之一。现代阿拉伯作家中,历史题材创作并不鲜见,受司各特影响,他们用历史小说把英雄形象、罗曼蒂克色彩、传说故事糅合在一起。但是,没有哪个作家在历史小说创作中有宰丹这样的规模,并且与他的哲学思想、史学观念相结合,最终形成阿拉伯—伊斯兰历史系列著作。继宰丹之后,20世纪的一些作家,如黎巴嫩作家安顿、耶古卜、女作家哈希姆在题材、结构、叙述技巧上都受宰丹影响。因此,在东方民族主义时期,宰丹的历史小说不仅独具特色,而且具有深远的影响力。

宰丹的23部历史小说有5部被翻译成中文。分别是《第一位伊斯兰女王——莎吉蕾杜》《萨拉丁·伊斯梅尔集团内幕》《古莱什少女》《古莱氏贞女》《埃及姑娘》。

阿拉伯在东方现代历史中是比较典型的被殖民区域，大部分国家都遭受殖民主义的统治。与对其他东方国家所实施的殖民手段一样，除军事、政治、经济之外，殖民者还试图控制殖民地文化。阿拉伯文化的特殊之处在于其灿烂辉煌的历史对东、西方都曾经产生过影响。在历史上，欧洲曾经非常自觉地学习阿拉伯文化，而且欧洲文学一直受到阿拉伯—伊斯兰文化的持续影响，这使欧洲入侵者对于阿拉伯文化对自身文化的威胁充满着恐惧感，于是要刻意制造出一种"野蛮""落后""神秘"的形象来打击本土文化。因此，对于阿拉伯各民族而言，争取民族解放斗争是与被称为"伊斯兰觉醒"的一种文化现象并行的。为反击殖民者的文化侵略政策，阿拉伯现代作家们努力在作品中重现、宣传阿拉伯—伊斯兰的伟大文化，以历史反射现实，通过再现伊斯兰黄金时代，一方面提高人民对本民族历史的兴趣和信心，另一方面通过历史叙述传达自身思想和史观。基于以上目的，宰丹的历史小说主要是从以下两大方面出发认识和描述民族历史。

一　文化民族主义——暗合现代伊斯兰主义的复古情结

阿拉伯伊斯兰世界的民族主义从其起源、内容上讲都不同于现代西方意义上的民族主义。西方民族主义来自于产业革命，而阿拉伯民族主义却来自于漫长而坚实的历史基础。一般而言，一个民族的自我意识往往产生于与他民族的矛盾和斗争之中，阿拉伯人就是在这样的过程中越来越意识到，共同的语言、文字、社会意识、宗教等文化因素是产生认同感和民族意识的基础。可以说，阿拉伯民族主义产生于在经历了外族侵略和内部纷争之后阿拉伯人对于文化凝聚力的认识。穆斯林学者一般将公元9—13世纪这段时间看作是伊斯兰的中世纪时期，即伊斯兰的全盛时期。这一时期许多宗教学者对伊斯兰思想发展具有重要贡献，最重要的就是《古兰经》的传诵和《圣训》注释。这些著作的作用在于，首先用一种书面语统一了语言，使人们有了最基本的共同的沟通交流方式；其次，就是伊斯兰宗教思想的确立。统一的宗教思想成为阿拉伯民族共同的信仰纽带和民族精神的依托。因此，阿拉伯民族主义并不是仅从种族观念出发，它还是一种文化方面的内容，是一种文化民族主义。进入现代之后，西方列强的入侵使阿拉伯民族的自我意识复苏，进而变得强烈。其中一个很重要的表现就是伊斯兰复兴运动的高潮。复兴运动的主要主张是反抗压迫，振兴伊斯兰。在这个意义可以说，现代伊斯兰复兴是穆斯林面对外来强势文化的压迫和凌辱，为了摆脱自身危机和困境所采取的自救方案，其目标是摆脱外来侵略和压迫，恢复或重建伊斯兰社会历史上曾经有过的辉煌。

伊斯兰教复兴运动的出现，代表着人们试图从伊斯兰内部入手，借助古老教义解决现代问题，寻找出路和新的思想倾向的强烈愿望。在复兴运动的过程中，历史小说在唤起伊斯兰古老意识方面所起到的积极作用恐怕比宗教改革家们所起到的作用更广泛。其中，宰丹的历史小说中就带有暗合现代伊斯兰主义复古思潮的因素。

宰丹在1889和1890年受埃及新政府指派写出了《埃及现代史》和《共同的历史》两部著作，而后创作了以大量前伊斯兰历史为资料基础的《伊斯兰文明》，宰丹曾经宣称，这部作品是以欧洲研究伊斯兰的资料为根据的，其中最重要的是古斯塔夫·勒庞（Gustave Le Bon）的《乌合之众》。从这些材料中，宰丹得出的结论是：伊斯兰文明形成于伊斯兰的中世纪。宰丹在作品中把四大哈里发的统治时期看成是中世纪伊斯兰的鼎盛时期。和宰丹在作品中的观念类似，现代伊斯兰主义运动提出的政治目标是"重建伊斯兰国家"，这种"伊斯兰国家"的建立是要以最初的伊斯兰神权政治制度为榜样，即要以先知和四大哈里发时代为楷模建立新型的伊斯兰国家。现代伊斯兰主义者认为，从公元622年伊斯兰神权政治制度建立起，到第四任哈里发阿里于661年遭刺杀止，这39年中的伊斯兰的神权制度是阿拉伯历史上最为完美的，而从伍麦叶王朝以降，伊斯兰的政治制度逐渐被破坏了。

宰丹在历史作品中对于伊斯兰领袖的认识和现代伊斯兰主义者是一致的。他在作品中塑造了很多历史上的领袖人物，但唯独把先知穆罕默德、四大哈里发和伊斯兰教精神联系在一起。在《古莱什少女》中，宰丹以656年第三代哈里发奥斯曼被刺杀，第四任哈里发阿里继位为历史背景。在历史上，先知穆罕默德逝世之后，圣门弟子因为继承人的问题一度产生矛盾混乱，但是随着德高望重的艾比·贝克尔继任哈里发，这个分歧也就平息了。到了第三代哈里发奥斯曼时期，一部分人对他的行为有所不满，指责他任人唯亲，所以起而反对，最后导致他的被刺。第四代哈里发阿里时期，叙利亚总督穆阿维亚开始反叛阿里的领导，阿里同意与他和谈，穆阿维亚遂建议双方平等，推选第三者为哈里发。阿里因此丧失了哈里发的地位。于是遭到了部下许多人的不满，他们奋而出走，形成"哈瓦利基"派别。这部分人不但反对穆阿维亚，而且也不再拥护阿里为哈里发。阿里被"哈瓦利基"派刺杀之后，穆阿维亚在大马士革名正言顺地成了哈里发，这就是伍麦叶王朝的开始，虽然伍麦叶家族仍然声称奉行的是哈里发制度，但纯洁的民主协商制已经被他们用独裁世袭的君主制所代替。

在阿拉伯历史中，史学家把四大哈里发时期叫"拉什顿"，即"正统派别"的意思。宰丹在《古莱什少女》中一直坚持这个观点，称四大哈里发是"正统"哈里发。在阿里与穆阿维亚的斗争中，宰丹的倾向性是通过女主人公的观点表现出来的。在女主人公阿斯玛的眼中，阿里是一个和蔼可亲的长者，平易近人，为保护伊斯兰教而战，而穆阿维亚却是挑起争端争夺哈里发权位的野心家。阿里在赢得了骆驼战役和绥汾战役两次胜利之后，宰丹写道："……就在这片辽阔的大平原上，爆发了著名的绥汾战役，数万人战死疆场，像贾迈勒战役（骆驼战役）一样，阿里取得了胜利。但是，后来他控制住局势了吗？没有。在哈里发权位的这场争夺中，这是他所取得的最后一次胜利。这倒并不是因为他的斗志衰退了，而是由于阿姆拉·本·阿斯策划了一个计谋，他中计了，他的人马惨遭失败，内部因此而分裂。"[①]这个计谋就是著名的让战士用枪尖挑着《古兰经》逼迫阿里接受所谓天书的仲裁，最后剥夺了阿里的哈里发权位。阿里的失败使阿斯玛悲愤绝望，对于她而言，伊斯兰历史又失

---

① 乔治·宰丹：《古莱什少女》，唐杨、黄封白译，新华出版社1982年版，第284页。

去了一位民族的伟人。当穆阿维亚攻打埃及，杀死了阿斯玛的爱人穆罕默德之后，阿斯玛毅然投身火海，小说以悲剧告终。宰丹把女主人公的个人经历和整个民族的历史衰退相互交织，表达出自己的历史观念，读者能够从他的小说中读出明显的对中世纪伊斯兰历史的推崇和留恋。

二 民族主义修辞——女性形象的寓意

在20世纪转型期间，对于阿拉伯知识分子来说，女性的社会角色是一个众说纷纭的话题，对于女性问题的讨论已经变成阿拉伯社会改革运动和现代化进程的一个组成部分。这是因为，女性问题比社会生活的其他方面更容易直接触及个体生命和最强大的传统意识。当一个知识分子去探讨埃及的民族性、制度或者科学的可行性等等问题的时候，他可以忽略一个人的私人生活，但是当一个知识分子去关注女性在社会中地位和形象的变化，那么他就必然会去关注每个女性的个体生命。女人的身体和母亲的身份和形象在民族主义文化的再生产过程中扮演着重要的角色，在这个意义上，民族主义的修辞是很"女性化"的。在19世纪的最后一个阶段，现代主义者开始对中东女性在传统中低下而隔膜的社会地位表示抗议，宰丹接受的是埃及法学家恰西姆·阿敏（Qāsim Amīn）的思想，认为女性地位反映着一个社会的进步程度，主张一夫一妻制、废除父权和夫权制度和女性必须接受教育。作为典型的历史小说的创作者，宰丹试图通过描述和分析历史中的女性形象来阐释现代社会中女性的地位和角色问题。小说的虚构性特征使宰丹有更大的空间来表达自己的思想观念，我们甚至可以说宰丹的历史小说是对恰西姆·阿敏理论的一种文本阐释。

（一）以女性人物设置象征男女两性关系

宰丹的历史小说，首先从题目上就一目了然，可以看出其主题与女性的紧密联系。五部作品中有四部是与女性相关：《第一位伊斯兰女王——莎吉蕾杜》《古莱什少女》《古莱氏贞女》和《埃及姑娘》。宰丹在大部分作品中设置的情节有一个基本的模式。小说中的女主人公作为女性形象的代表,除了美丽之外,一般都具有相似的品质。如,善良、勇敢、多情,而且大都聪慧,受过良好的教育。姑娘有一个真心相爱的爱人,母亲支持她的爱情,但是父亲却为了自己的经济、政治或是其他利益要把姑娘嫁给另外的追求者。然后故事就围绕着一对恋人为争取爱情自由而与姑娘的父亲和追求者之间的矛盾斗争展开,小说中的人物清晰地分成对立双方,即一对恋人和母亲与父亲和追求者之间的对立,其中最主要的是姑娘和父亲之间的关系。父亲的专制、无知和野蛮实际上象征着以父权制度为基础的社会中,男性对女性的压迫和控制,女主人公为了爱情的抗争又象征着女性对于男权制度的反抗。值得注意的是,宰丹在叙述中虽然写出了父权社会中男性对女性的一定程度的控制,但是双方力量对比并不十分悬殊。在宰丹笔下的伊斯兰早期社会,女性的社会地位与男性基本平等,她们独立、受教育,可以不受限制自由出入公共场合。

(二)以虚构女性形象夸大历史状况

无可否认,在伊斯兰历史上的确有受教育女性的例子,但是实际上,早期伊斯兰时代的女性在社会中的独立性和受教育程度不会真的就像在宰丹作品中描述的那么普遍,宰丹对女性形象的虚构实际上是为了夸大早期伊斯兰社会的先进程度。按照恰西姆·阿敏的观点,女性的社会地位是一个社会进步程度的标志。宰丹把早期伊斯兰女性塑造得越完美就越能证明伊斯兰社会早期是一个辉煌的文明时代。比如,在《埃及姑娘》中,宰丹对女主人公艾尔玛努赛的描述:"迈古格斯有位姑娘,正值青春妙龄,面如白玉,羞花闭月,沉鱼落雁,集罗马之美貌与埃及之风雅于一身,名唤艾尔玛努赛。姑娘生就性情温柔,眉清目秀,聪颖贤淑,致使人们以她的貌美和智慧来打比方……"[①]在《古莱什少女》中的阿斯玛虽然是平民之女,但宰丹的溢美之词毫不吝啬,她的形

---

① 乔治·宰丹:《埃及姑娘》,李唯中译,新疆人民出版社1991年版,第4页。

象是这样写的:"阿斯玛不但长的妩媚动人,而且兼有女性的柔顺和男性的刚勇。她举止大方,言谈温顺。她中等身材,肤色浅棕,长得丰满健壮。一双乌黑的大眼睛里,闪烁着敏锐和智慧的光芒。还有那长长的睫毛,紧锁的双眉,樱桃般的小口和那如花似月的容貌,使她更显得俊美端庄,令人起敬。"可以看出,阿斯玛的形象塑造得性格更刚强,有着男性的毅力、胆量和见识,更能概括宰丹对女性形象的认识。除女主人公之外,宰丹对于作品中出现的其他女性也都是抱以赞扬、欣赏的态度。《埃及姑娘》中的白尔巴莱虽然是个女仆,但同样是智慧、坚强、勇敢的女性形象。《古莱什少女》中的阿伊舍虽然听信谗言挑起骆驼之战,但其形象仍然不失威严,庄严持重,具有极强的号召力和凝聚力。

(三)以关注女性地位反映历史进程

宰丹的历史小说是比较模式化的,小说以两条线索并线发展。一个是女主人公的爱情故事,一个是历史背景。两条线索结合得比较紧密,女性的命运是被融入民族历史的发展进程之中,并为民族历史叙述服务的。在宰丹的历史小说中,可以看到众多的女性角色,她们受教育,要求自由、解放,面对坎坷的命运有坚强的意志,但是我们却不能称宰丹是一个具有女性意识的历史作家。因为,在他的观念中,对于女性的关注,女性的解放,男女平等的社会地位并非从女性本身出发,而是将其视为一种表现社会进程的功能。女性的解放程度,并不取决于女性的人性需求,而是以社会需求出发。这也就能解释为什么宰丹会不反对女性戴面纱,并认为这是东方区别于西方的一种文化表现。宰丹在女性的社会地位和历史视角中的社会文化发展之间建立了一种内在的联系,女性的地位变化和阿拉伯历史发展的高低曲线基本一致。早期伊斯兰社会是文明早期,女性地位突出,随着阿拔斯王朝衰落,女性地位逐渐降低,直到现代社会人们在受到西方文化影响之后重新重视女性社会地位的重要性。

历史叙述中的伊斯兰历史和女性是宰丹在探索民族发展道路上的两个关键词,通过他的历史小说,我们对于阿拉伯民族的认识可以扩展到中世纪伊斯兰文明、埃及灿烂而丰富的民族文化、阿拉伯知识分子的历史观念、民族历史在现代的延续性等等问题,并通过叙述技巧的运用使阿拉伯伊斯兰世界宏大而复杂的民族历史得以个体化、浪漫化,注重趣味性和可阅读性,在东方现代民族主义文学思潮的历史题材创作中独树一帜。

第六章　东方现代民族主义经典作家研究

扛起东方现代民族主义文学思潮大旗的是一批经典的东方现代作家。在前面第三章中已经对几位不同倾向的代表普列姆昌德、马哈福兹和泰戈尔作出了论述，本章再对黎巴嫩的纪伯伦、伊朗的赫达雅特、印度的伊克巴尔和安纳德、南非的库切五位作家的民族主义创作进行阐释，以全面展示东方现代民族主义经典作家共性中的不同个性。

第一节　纪伯伦：异乡人的哀伤与幸运

纪伯伦是阿拉伯旅美派的代表作家。在东、西文化互为参照的宏阔视野中，他以文学创作表达对东、西民族和文化的思考，追求超越东、西方文化的人生境界，被西方人称为"东方刮来的一阵强风"[①]。

一　创作概览：小说和散文诗

纪·哈利勒·纪伯伦（1883—1931）出生于黎巴嫩北部风光秀丽的山村。当时黎巴嫩作为叙利亚的行省并入土耳其奥斯曼的版图，黎巴嫩人不堪异族压迫，纷纷移民美洲。纪伯伦一家在1895年经埃及、法国，定居美国波士顿。两年后他返回祖国学习民族语言文化，中学毕业后赴美定居，一直在欧美学习、创作。1908年至1910年年底在巴黎学习绘画，游历欧洲历史文化名城，广泛涉猎西方艺术文化。1911年起一直活跃在美国纽约文艺界，成为具有世界影响的作家和诗人。

---

① 伊宏：《纪伯伦散文诗全集·序》，浙江文艺出版社1993年版，第49页。

纪伯伦从1903年开始公开发表作品,先后用阿拉伯语和英语创作小说和散文诗,尤以散文诗的成就瞩目。他的主要作品有小说集《草原新娘》(1906)、《叛逆的灵魂》(1907)、中篇小说《折断的翅膀》(1911)、散文诗集《先驱者》(1920)、《暴风集》(1920)、《珍趣篇》(1923)、《先知》(1923)、《沙与沫》(1926)、《人子耶稣》(1928)、《流浪者》(1932)、《先知园》(1933)。

早期两部小说集收集了7个短篇小说。这些作品表现了两类题材:恋爱婚姻与社会批判。《世纪的灰与永恒的火》以丰富浪漫的幻想,在世事沧桑的辽阔时空背景中,歌颂青年男女纯真、永恒的爱。《芮尔黛·哈妮》刻画了一个冲破传统封建樊篱,勇敢追求真情实爱的叛逆女性,倡导按照自然法则生活,"并从这法则中吸取自由的荣誉和欢乐"。《新婚的床》描述一对恋人殉情的悲剧,赞美为爱而死的壮烈。《疯子约翰》叙述在教权和政权压迫下弱小者的悲惨。《玛尔塔·巴妮娅》表现妓女生活的痛苦和哀怨。《墓地的呼声》控诉惨无人道的法律与法官。《叛教者哈利勒》通过青年修道士哈利勒的塑造,集中体现了纪伯伦早期对社会、宗教和人生的思考,鞭挞坐享其成、压迫人民的统治者和虚伪贪婪、对人民实行精神奴役的宗教僧侣,以富于艺术感染力的环境烘托和激情,赞美主人公的自由意志和独立品格。

《折断的翅膀》是纪伯伦小说的代表作。小说具有多重思想,表层情节叙述的是女主人公萨勒玛高尚圣洁的爱与她欲爱不能、屈从强权、最后惨死的悲剧。另一层意义是把萨勒玛的个人悲剧与民族的悲剧命运融合起来,把女主人公当作"受尽统治者和祭司们折磨的民族"的象征。更深一层的内涵,是在哲理层次上对人生、爱情、幸福、美等进行艺术的思考。

纪伯伦的10部散文诗集有不同的风格。《泪与笑》是他早期散文诗作品的汇集,诗集中充满青春的伤感,以哀叹、倾诉和优美的笔调,探讨美、爱、孤独等人生体验。诗集开头写道:"我不想用人们的欢乐将我心中的忧伤换掉;也不愿我那发自肺腑怆然而下的泪水变成欢笑。"集中也有对社会不义的愤懑和人生理想的追求,但总体上是轻歌柔曲。

《暴风集》和《珍趣篇》《泪与笑》大异其趣,以暴风般的气势和力度表现鲜明的爱国主义和民族主义思想,对封闭落后的民族传统加以深刻的反省;诗人以"掘墓人"自诩,针对阿拉伯世界甚至整个东方民族的现实问题,指陈东方病入膏肓的病症,抨击无处不在的种种"奴性",呼唤"暴风雨"的来临,"用风暴武装,以现在战胜过去,以新的压倒旧的,以强大征服软弱"(《致大地》);以极大的热情,迎接"新时代"的到来,号召同胞做"属于明日的自由人"。《疯人》《先驱者》《流浪者》主要是一些寓意深刻的短小寓言。这三集既有《暴风集》的力度,又透射出深邃的哲理,而且用对普遍人性的思考代替了《暴风集》中的民族主义立场,往往以超现实的寓言故事来讽刺人类现实的荒诞:抛下面具、追求真实被视为"疯子",断肢残臂倒是正常,种种人为的框范束缚人生的自由,战争残杀无辜,虚伪戴上真实的王冠,无知以各种面目充斥社会等。《沙与沫》是格言体散文诗集,辑录诗人关于人生和艺术的佳言妙句,凝练简约,隽永深刻,闪耀着思想智慧的火花。《人子耶稣》以众人对耶稣的议论,塑造一个富于人性、勇敢乐观的耶稣形象,在耶稣形象中寄寓了诗人的人生道德理想。《先知》和《先知园》是纪伯伦构思的先知"三部曲"中的两部,另一部《先知之死》因诗人早逝而未完成。《先知》是纪伯伦创作的纪念碑,代表了他创作的最高成就。《先知园》和《先知》主题一脉相承,都是表达一种生命哲学,但《先知园》侧重于表现人与自然的关系,强调人和自然的同一与依存。四季变换、时光流逝、晨雾阳光、鲜花枯木都透露出生命的信息,人的智慧受启于自然,人的生存依赖于自然。

此外,纪伯伦还创作了长诗《行列》和剧本《国王与牧人》《大地之神》及大量富于文学色彩的书信。

综观纪伯伦的创作,可以看到其创作具有清新、隽永、深刻的风格。这种风格首先表现为浓郁的哲理化倾向。纪伯伦的作品不是就事论事,往往是透析事物背后的本质,无论是早期的民族立场和社会批判,还是后期的普遍人性的思索,都不是满足于事实的铺陈,而是最大限度地拓展理性思维空间,在辽阔的精神世界自由驰骋。其次是丰富的想象力和激越的情感。纪伯伦的创作"视通万里",古往今来的事件,远方异域的风光,大到宇宙,小到沙粒,都能成为他作品中的题材。而这些材料经他的情感激活,凝成一个个富有鲜活生命的艺术画面,诗情洋溢。再加上新颖的象征意象、灵活多样不受成规框范的艺术形式和富于音乐性的语言,更增强了他的作品的魅力。

二 "异乡人"的痛苦和孤寂

纪伯伦在群山逶迤、雪松苍翠、风光旖旎的故乡度过了他的童年时代。1895年,纪伯伦随着母亲及兄弟姐妹,经埃及、法国,定居美国波士顿。从清新宁静的山村来到繁华喧闹的城市,在这里接受西方文明教育。两年后又只身回到祖国学习民族语言文化,直到中学毕业后返回美国。期间游历黎巴嫩各地,探访名胜古迹。返美后再也没有回过黎巴嫩,一直在欧美学习和创作。1931年病逝,灵柩被送到故土,他的灵魂才回归到他秀美的故乡。

远离祖国的纪伯伦,在精神上更是一个孤独的游子。他自称为"异乡人":

在这个世界上,我是个异乡人。

我是个异乡人。远离故土,孤独寂寞,痛苦难堪,却使我永远思念我不认识的神秘的故乡,使我的梦境出现了我望不到的遥远的故土的影子。[1]

作为一个有思想、有良心的艺术家,纪伯伦一直关注着异族统治下的祖国,对专制统治下痛苦挣扎的祖国人民寄以深切的关怀。他一方面积极从事解放祖国的政治活动,曾参与筹建祖国独立的政党,利用各种机会演讲谴责土耳其政府的专制;第一次世界大战中任叙利亚难民委员会会长,实行援救饥荒中的叙利亚人民的计划,以至于国内有人呼吁纪伯伦应该参加黎巴嫩政权。另一方面他通过文艺活动和文艺创作,积

---

[1] 纪伯伦:《泪与笑》,仲跻昆、李唯中译,湖南人民出版社1984年版,第261页。

极推动祖国的民族独立斗争。他团结组织海外阿拉伯侨民文学作家,组成"笔会",担任笔会主席,领导"旅美派"文学的发展。在创作当中,他以烈焰般的激情和不乏辛辣的语言,极力唤醒沉睡中的同胞:

> 你们的灵魂在教士、巫师的手心里战栗,你们的肉体在暴君、刽子手犬齿间颤抖,你们的国土在敌人和征服者的铁蹄下抖动,那你们怎能希望站立在太阳面前?
>
> 你们的剑在鞘中生了锈,你们的枪断了矛头,你们的盾埋在土中,你们又何必站在战场上?
>
> 你们的宗教是沽名钓誉,今生是谎言,来世如烟云。可怜虫可以一死万事休,你们又何必活着?①

其诚挚之情和忧伤之状,可谓溢于言表。

对祖国命运的关注,使得纪伯伦难以安宁,总在不断地思索:"你们的祖国和我的祖国会走向何方?哪位巨人占领使我们在阳光下长大成人的丘陵、高原呢?叙利亚将被抛入狼窝、猪圈,还是被暴风卷进狮穴、鹰巢呢?黎明的曙光还会升上黎巴嫩的山巅吗?每当我孤独幽居时,总是向自己提出这些问题。"②这种痛苦的思索,甚至转化为一种沉痛的自责:"我的亲人死了,我的友伴死了,眼泪和鲜血浸透了祖国的高原。在这里,我像亲人友伴活着的时候那样生活;当时祖国的高原沐浴着太阳的光焰。我的亲人死了,不是饿死,便是亡于刀剑。在这个遥远的国度里,我生活在自由、欢快的人们中间。他们吃食香美,饮料可口,床铺光滑柔软。他们望着岁月笑意盎然;岁月望着他们,春风满面。我的亲人死得真惨,而我却在这里活得舒适安然。这是一幕永恒的悲剧,常在我心灵的舞台上重演。"③诗人为自己不能减轻祖国的灾难,不能和祖国人民共患难而忧伤自责,他继续写道:"我没有能够和亲人一道同受饥寒之苦,没有跟随他们的队伍共赴灾难,而是出居重洋外,生活宽

---

① 纪伯伦:《泪与笑》,仲跻昆、李唯中译,湖南人民出版社1984年版,第199页。
② 纪伯伦:《纪伯伦散文诗全集》,伊宏译,浙江文艺出版社1993年版,第143页。
③ 同上书,第145页。

裕悠闲。在这里我远离祸殃和灾民,毫无引以为自豪炫耀之处,只有垂泪胸前。"

由此我们不难体会纪伯伦身居繁荣富足的西方,面对祖国的贫困、战乱而在内心产生的痛苦和不安,也不难看到纪伯伦虽然远游海外,却对祖国倾注的满腔赤子情怀。

三 民族自省中的爱与恨

人生中缺少的东西,也是人们最执着地追求的东西。缺少母爱温暖的人,最渴求母亲的怀抱。

在纪伯伦的作品中经常出现"母亲"的意象。他笔下的母亲与"祖国"的形象相迭合,往往从对祖国的爱来歌颂母亲。在著名中篇小说《折断的翅膀》中,他是这样抒写对"母亲"的深情:"人的嘴唇所能发出的最甜美的字眼,就是'母亲',最美好的呼喊,就是'妈妈'。这是一个简单而又意味深长的字眼,充满了希望、爱、抚慰和人的心灵中所有的亲昵、甜蜜和美好的感情。在人生中,母亲乃是一切。在悲伤时,她是慰藉;在沮丧时,她是希望;在软弱时,她是力量;她是同情、怜悯、慈爱、宽宥的源泉。谁要是失去了母爱,就失去了他的头所依托的胸膛,失去了为他祝福的手,失去了保护他的眼睛……"[①]这就是一个游子心目中的祖国母亲的价值和意义。纪伯伦当然对她非常珍爱,为她梦牵魂绕。他曾以同样的激情和梦幻般的想象,描绘了一幅黎巴嫩的"晨昏图":村民睡在他们坐落核桃林和大田之间的茅舍里,那里飘着水仙、晚香玉的芬芳,弥漫着素馨花的香味,还有温暖的泥土气息以及夜风的微微吹拂。人们心中充满了友爱,甚至想飞翔。晨曦来临,村庄渐渐苏醒,山谷里肃穆庄严。教堂的钟声震响,早祷的声音打破了宁静,群山间钟声缭绕,似乎整个自然界都在祷告。这里显得多么宁静、平和、友爱和温馨。

然而,纪伯伦不是一个狭隘的、盲目的爱国主义者。当他从幻想回

---

① 纪伯伦:《折断的翅膀》,译林编辑组译,江苏人民出版社1984年版,第71页。

到现实、从自然来到社会,他看到一个千疮百孔的祖国,一个披头散发、面黄肌瘦、遭人蹂躏的"母亲"。纪伯伦的心在滴血,他以沉痛的笔触描绘了现实中的"黎巴嫩的子嗣":

> 他们的灵魂诞生在西方人的医院里。
>
> 他们的智慧发蒙自那些佯装慷慨豪爽,实则贪得无厌者的怀抱之中。
>
> 他们的柔弱的枝条,左右摇摆,毫无目标;他们早晚战栗,自己却全然不知。
>
> 他们是浪涛上的船只,既无舵,也无帆;犹豫、彷徨是它的船长;妖魔栖息的洞穴是它的港湾。①

因而诗人发怒了,由爱转向了恨:"同胞们,我曾爱过你们。这种爱损害了我,却无益于你们。如今,我恨你们了。这种恨像洪水,它只会冲走枯枝败叶,摧毁那摇摇欲坠的茅屋。"②纪伯伦以思想家的冷静,严厉地解剖了黎巴嫩乃至整个东方民族的劣根性:愚昧、盲从、守旧、软弱,概括出来的一个核心概念就是奴性。在《奴隶主义》一文中,诗人写道:"我走进了宫殿、学院、庙宇,站在宝座、讲台、祭坛前,我发现劳工是商贾的奴隶,商贾是大兵的奴隶,大兵是官宦的奴隶,官宦是国王的奴隶,国王是牧师的奴隶,牧师是偶像的奴隶。"③各种各样清规戒律,使每个人都成为奴隶,人们也甘愿成为奴隶。

纪伯伦青年时代在贝鲁特希克玛学院求学的时期,学院的枯燥课程和没完没了的祷告令他反感,只有假日里投身大自然才体验到生活的甜蜜。在故乡,他经历了初恋,爱上了贵族小姐候莱。但门户不当注定了初恋只是一次痛苦的体验。这件事教育了纪伯伦,他体验了这种僵死文化对人性的损害。后来在一篇描写当时生活的作品中写道:"青春是一个美丽的梦幻,书本中莫名其妙的教条扼杀了甜美的梦境,使它变成残

---

① 纪伯伦:《泪与笑》,仲跻昆、李唯中译,湖南人民出版社1984年版,第311页。
② 同上书,第198页。
③ 纪伯伦:《纪伯伦散文诗全集》,伊宏译,浙江文艺出版社1993年版,第102页。

酷的现实。什么时候,哲人们能像通过责备把互不融洽的心灵联结在一起似的,把青春的梦想和知识的趣味结合起来?是否会有一天,大自然将成为人的老师,仁爱是课本,生活作课堂?"① 后来纪伯伦把这次初恋的痛苦体验写成《折断的翅膀》。小说中把个人的体验上升到民族的悲剧,在青年男女爱情的描写中,揭露宗教旧势力的凶残,僵死教条对人性的摧残和东方妇女的苦难命运。小说中描写悲剧女主人公:

> 今天黄昏时分的萨勒玛·克拉玛,就像一只盛满神圣的、把生活的苦汁与心灵的甜美均匀地掺合在一起的醇酒的酒杯。她并不知道自己代表了东方妇女的生活:一走出可爱的父亲的家园,就被粗暴的丈夫套上了枷锁;刚离开父母的怀抱,就得在狠心的婆母奴役下苟且偷生。②

小说在西方出版,传到祖国后却听到一片指责之声。说作者是"想败坏青年男女的道德","发现那是搅拌在肥油里的毒药"。③这些令诗人作何感想呢?

当然,纪伯伦对东方民族传统的审视,并非仅仅从自身经历出发,他更以其置身的文化作为参照系。西方文化中的平等、民主、自由等合理因素无疑给诗人某种精神的启示。

纪伯伦远游海外,身处与自身传统不同的异质文化社会之中,得以避免"身在此山中"的盲目和局限。作为遭受异族统治的知识分子,往往由于政治上的"救亡图存",而出现文化上的短视,缺乏对民族传统文化作深入剖析的条件和愿望,激进的民族热情阻碍其对传统文化负面价值作清醒的理解。纪伯伦游离于母体文化之外,客观上没有狭隘民族主义者的种种负担,能在西方文化某些因素的启发下,冷静地观照民族传统,进行深刻的民族自省。

纪伯伦早期创作了两部短篇小说集:《草原新娘》(1905)和《叛

---

① 纪伯伦:《折断的翅膀》,译林编辑组译,江苏人民出版社1984年版,第108页。
② 同上书,第54页。
③ 纪伯伦:《纪伯伦散文诗全集》,伊宏译,浙江文艺出版社1993年版,第126页。

逆的灵魂》(1907)，其中大多通过男女情爱的题材来表现现实问题，对阿拉伯民族某些腐朽的教义、摧残人性的法规、风俗予以猛烈的抨击。我们只对其中的《莴尔黛·哈妮》稍作分析。小说描写美貌的莴尔黛18岁那年被40岁的富翁拉希德娶作妻室，丈夫让她穿金戴银，把她当作一件收藏珍品带到亲戚朋友家去炫耀，当时莴尔黛还不懂得爱，"生命还未从少女的沉睡中苏醒"。而当她从爱中惊醒，懂得"一个女子的幸福，不在于丈夫的荣誉与权势，也不在于他的慷慨和温存，而是在于爱情，那使他俩的灵魂融合到一起，使她的感情能注进他心灵的爱情"的时候，她感到异常的痛苦，曾努力使自己学会爱丈夫，但怎么也爱不起来。这时一个穷书生走进了她的生活，他们心心相印。但按教规和律法，她已为人妻，没有再爱的权利。当然她也可以和无数的女人一样：与丈夫同床异梦，与心上人暗中幽会。但她没有这样，她挺身反抗社会的传统，响应爱的召唤，舍弃了富足的物质生活，离开丈夫，与所爱的人生活在一起。由此她遭到社会的唾弃，人们用尽恶毒的语言咒骂她，把她"逐出了他们的阶层"。但她没有屈服，昂然抬起她的头，真正感受到爱的甜蜜和人生的幸福。

纪伯伦把莴尔黛当作"叛逆的灵魂"来表现。这篇小说令人联想到托尔斯泰笔下的安娜·卡列尼娜。但托尔斯泰妇女观的保守，使他安排安娜走向自我毁灭。而这里的莴尔黛，作者以极大的热情赞美她对社会的叛逆和反抗。小说中有一段描写这对有情人站在一起："我看到，在我面前，两个青春焕发、和谐协调的躯体代表着天使般的灵魂，爱神站在他俩中间，展开翅膀，保护着他们免受人们的谴责与申斥。我看到，两张清澈的脸上显现出忠诚，洋溢着纯洁，透露出彻底的谅解。我一生中第一次看到，被宗教所不齿，被法律所鄙弃的一男一女身上却放出幸福的灵光。"问题是，为什么莴尔黛从虚伪的爱走向真诚的爱、追求忠诚和幸福，却会遭到社会的谴责？作家剖析现象背后的本质：

> 因为，他们的祖先幽灵依然活在他们的心中，他们犹如空谷里的洞穴，只能为别人的声音发出回响，却不知道那声音意味着什么。他们并

不懂得上帝对万物的律法，甚至他们也不知道人怎样才是错了，怎样又算是无辜的。他们只是用鼠目寸光的眼睛看事物的表象，而不去探索其中的奥秘。①

这种因循守旧、缺乏追求真理的热情的民族性格，正是纪伯伦极力抨击的对象。

在他创作的散文诗集，尤其是在《暴风集》(1921)、《珍趣篇》(1923)两集中，有不少篇章是对东方民族性格的冷峻剖析。《独立与红毡帽》是《珍趣篇》中的名篇，作者在篇中讲了两个东方人的故事。一个叙利亚文学家在开往埃及的法国轮船上就餐时，法国人要他脱下他的红毡帽，这是阿拉伯世俗官员的标志，他为此写了一篇表示抗议的文章。另一个是位印度王子，诗人曾在意大利邀请他观看米兰城的一次歌剧表演，王子回答："如果你邀请我去访问但丁的地狱，我会随你欣然前往。但我不能在一个禁止我缠头巾和抽烟的地方落座。"这是一种何等狭隘的民族感情！一顶毡帽、一块头巾就能代表着民族气节的祖国独立大业？纪伯伦透过现象，看到了本质："我看到了东方人执着他的某些信条，即使对他的民族习俗的某个影子也紧紧抓住不放。"②

执着于陈腐的信条，不辨是非，不思变革，这是东方民族落后的根本原因。在《奴隶主义》一篇中，纪伯伦列数种种"奴隶主义"的表现，但他认为"其最出奇者"，是"将人们的现在与其父辈的过去拉在一起，使其灵魂拜倒在祖辈的传统面前，让其成为陈腐灵魂的新躯壳，一把朽骨的新坟墓"。③

变革、向前，这是纪伯伦的人生准则，也是他的社会思想。他说："被过去的声音扼死的人，决不能与未来对话"④，"要向前进！停止不前就是胆小、怯阵，回顾往昔之城就是愚昧，蠢笨"⑤。然而东方民

---

① 纪伯伦：《折断的翅膀》，译林编辑组译，江苏人民出版社1984年版，第140页。
② 纪伯伦：《纪伯伦散文诗全集》，伊宏译，浙江文艺出版社1993年版，第203页。
③ 同上书，第103页。
④ 纪伯伦：《泪与笑》，仲跻昆、李唯中译，湖南人民出版社1984年版，第303页。
⑤ 纪伯伦：《纪伯伦散文诗全集》，伊宏译，浙江文艺出版社1993年版，第52页。

族的恋旧、沉湎于"往昔之城"几乎成了病入膏肓的症状，只有用"解剖刀做彻底的手术才有痊愈的可能"。《麻醉剂与解剖刀》是纪伯伦民族自省篇章中最有力的一篇。其中写道："东方是一个病夫，灾病轮番侵袭，瘟疫不断滋扰，他终于习惯了病痛，把自己的灾难和痛苦看成是某种自然属性，甚至看成是陪伴着高尚的灵魂和健康的良好习惯；谁要是缺少了它们，谁就会被看成是被剥夺了高度智慧和高度完美的残缺不全者。"而这个"病夫"需要的只是各种各样的麻醉剂，"东方人仍然生活在昔日的舞台上，他们倾心于开心解闷的消极事物，讨厌那些激励他们，使他们从酣梦中惊醒的简单明了的积极原则和教诲"①。

东方民族沉疴已深，需要惊天动地的"诅咒"，需要摧枯拉朽的"暴风"。因而纪伯伦以"疯人"的姿态出现，自觉做旧时代的"掘墓人"和"新时代"的"先驱者"，其目的是要摆脱屈辱和落后，获得民族新生②。

纪伯伦不是民族虚无主义者。剖析民族性格的负面价值，不意味着对民族传统的全盘否定，也不意味着对民族发展的悲观绝望。在《相会》一篇中，作者把黎巴嫩和埃及拟化为一对青年男女，追忆阿拉伯世界各民族之间的团结奋斗和光荣的历史。《时世与民族》中，通过时世老人来评说叙利亚的落后："叙利亚，你所说的衰落，我把它称之为必要的沉睡，随之而来的将是朝气勃勃，充满活力。因为花儿只有枯死才会重生，爱情只有离别后才会变得更加炽烈"。③是的，只要正视民族面临的问题，在屈辱中奋起，从沉睡中惊醒，革除陈弊，积极进取，一种富于活力的新文化，一个勃勃朝气的新民族就会出现。

四 人类"先知"：超越性追求

由于英年早逝，纪伯伦文学创作的时间并不长，从他1903年发表

---

① 纪伯伦：《纪伯伦散文诗全集》，伊宏译，浙江文艺出版社1993年版，第128页。
② 这段文字加引号的皆为纪伯伦创作的诗集或诗题名。
③ 纪伯伦：《纪伯伦散文诗全集》，伊宏译，浙江文艺出版社1993年版，第28页。

第一篇文学小品算起,到他去世的1931年,不到30年。纵观他近30年的创作,明显可以看到他创作的发展。大体上可以分成前后两个时期,尽管中间的界限不是截然分明。前、后两期的发展变化可以从三个方面概括:

第一,在创作形式和语言运用上,前期以小说为主,也写散文诗;后期以散文诗为主,也写过诗剧。前期主要用阿拉伯文写作;后期主要用英语写作。

第二,在创作内容主旨上,前期着眼于现实的问题,表现出暴风雨式的抨击,"破坏"是其中心意念;后期则着重于理想的表现,精心构筑"爱"与"美"的世界,"建设"是其中心意念。

第三,在文化思想上,前期立足于阿拉伯民族的立场,批判西方的物质文明,也进行深刻的民族反省,"哀其不幸,怒其不争";后期则试图超越东、西方文化,站在"人类一体"的立场上思考人类的普遍问题:人的完善、生命的升华、人与自然、精神与物质、生与死等等。

散文诗集《先知》(1923)是纪伯伦后期创作的代表作,也是他一生创作的高峰。诗集中塑造了一个饱经人世沧桑、充分体验了人生奥秘,又满怀着挚爱和宁静的东方哲人形象。他在西方的阿法利斯城滞留了12年,将回到他渴念的东方故土。临别前这位"上帝的先知,至高的探求者",应当地人的请求,为他们"讲说真理",给他们披露"真我",告诉他们"关于生和死中间的一切",具体讲述了爱与憎、哀与乐、生与死、美与丑、情与理、罪与罚、给与取、荣与逸、善与恶、自由与法律等26个主题。诗集的基本主题,是人的精神世界的充实和提高,是"生命在宇宙的大生命中寻求扩大"。在纪伯伦看来,人生充满了矛盾和冲突,也显得异常的缤纷多彩。在人身上,存在着"兽性""人性"和"神性"三个层面。"摆脱动物性、发扬人性、走向神性、获得自由,这就是纪伯伦在《先知》中为人类'升腾'规划的'神路历程'光明大道。"①

---

① 伊宏:《纪伯伦散文诗全集·序》,《纪伯伦散文诗全集》,伊宏译,浙江文艺出版社1993年版,第28页。

《先知》中,作者虽然是从人性出发,但旨归在神性;虽然涉笔人们的现实问题,但驻足的是人的理想世界,从解决社会问题的角度讲,《先知》显得高渺超远,与现实有一段距离。但文学是文化系统中具有超越功能的文化因素,它毕竟不是对现实的一种解决,不是一种政治手段,因而在文学中对理想和"神性"的思考有着更大的魅力和光照面,更具有超越性,因而也更显出其价值。在救亡图存、争取民族独立的背景下的近代文学中,纪伯伦是为数很少的具有这种超越性追求的作家中的一个。

纪伯伦从前期向后期的转变以及后期这种超越性追求,当然可以从多方面去解释。但毫无疑问,与他作为东方人却生活在西方文化氛围中有着直接的关系。他一方面以西方文化来审视东方民族的传统,从而获得前期的深刻民族自省。另一方面他也以东方民族文化来审视西方近代以来的工业城市文明。他在一篇作品中写道:"我们这些大部分岁月在人口稠密的城市里度过的人,对于黎巴嫩边区村落里居民的生活几乎是一无所知。我们已经趋附于现代文明的潮流,有意无意地忘却了那里纯洁、朴实、优美的生活所包含的哲理。如果观察一下那种生活,便会发现春天是明媚的,夏天是繁忙的,秋天收获了硕果,冬天可稍事休息。农村的生活更接近我们的母亲大自然的各种本能。我们比村民们有钱,他们却种瓜得瓜,种豆得豆;我们是贪欲的奴隶,他们却十分知足;我们从生活的杯盏中饮下的是由绝望、恐惧和厌倦酿成的苦酒,他们喝的却是最清澈的琼浆。"①

把东、西文化互为参照系加以观照,诗人在两种文化中都有过深刻的体验,他看到人类面临的不是哪一个民族、哪一个国家的问题,人类需要的是一种突破民族和文化疆域的思考。加上他年近"不惑",思想趋向成熟和敏锐的天赋,他能独自站在"鹰鸟作巢的山峰上",俯视东方与西方,俯视整个大地。

---

① 纪伯伦:《折断的翅膀》,译林编辑组译,江苏人民出版社1984年版,第106页。

第二节　赫达雅特：哀伤的民族情感

现代东方作家，生存在东、西文化剧烈冲撞的夹缝当中。具有社会良心和社会责任感的作家，都满怀忧伤和悲愤。面对西方列强政治上的殖民统治、经济上的残酷掠夺和文化上的渗透扩张，他们感到民族存亡的危机；他们试图以文学为武器，唤起民众的民族情感。然而，他们又往往敏锐地体验到西方大潮的巨大力量，他们为民族传统的衰落而伤感。伊朗现代作家萨迪克·赫达雅特（1903—1951）就是一位典型的现代东方作家。他的作品不多，只有几十篇中、短篇小说，三个剧本和一些游记、杂文之类的散文作品。但他的作品中渗透着强烈的民族精神和悲愤的情感体验。我们从他的几篇代表性作品入手，分析赫达雅特创作中民族精神的内涵和特点。

一　《爱国志士》《哈吉老爷》：如此爱国

《爱国志士》是赫达雅特的一个著名短篇。小说叙述74岁的学界权威赛伊得·纳斯罗拉奉命出使印度，这是老学者首次远行。他航行在海上，异常恐惧，感到随时都有葬身大海的危机。由于不懂英语，不能按"旅客安全须知"的说明正确使用救生圈，在恐慌中套上救生圈而被卡住喉咙勒死了。两个月后，国家为他竖起了纪念碑和塑像，教育部部长哽咽着报告死者的事迹，称他为"爱国志士"，青少年听众异常感动和悲伤。

这是一位什么样的"爱国志士"？教育部在报告中给了他很高的评价："他在为祖国效劳的途中表现了举世无比的、奋不顾身的大无畏精神，并且坚持到最后光荣殉难。……我们应该以我国出了这样一位爱国志士而引以为无上光荣。"① 但小说中的赛伊得·纳斯罗拉却恰好相反，他胆小怯懦、贪生怕死、贪婪吝啬、虚伪狭隘。

赛伊得贪图生活的悠闲，认为世间最珍贵的东西莫过于个人安逸

---

① 赫达雅特：《赫达雅特小说选》，潘庆舲译，人民文学出版社1962年版，第57页。

的生活,迫不得已他接受了出使印度的使命,但一想到远行印度的情景,就"立刻恐惧不安,脑袋发晕,连脚底下的土地也旋转起来了"。只是出使期间能拿到双份薪金和其他补助津贴,才决定去冒一下险。而在口头上,他堂而皇之:"为了亲爱的祖国,非去不可!"①离开安乐小窝,路程的奔波劳顿,孤陋寡闻带来的心理恐惧,令他身心疲惫、痛苦不堪。轮船行驶在海上,他感受到的是大海的威胁。他战战兢兢地从甲板上看海,"碧蓝碧蓝的海水,一刹那成了一片黑水。赛伊得·纳斯罗拉恍惚觉得这些海浪像是一些痛苦万状的爬虫,在颤抖着,在蠕动着;由于剧痛和愤恨,它们恼羞成怒的到处乱叫,打算在一眨眼之间把成百艘大船连同旅客一起埋葬在大海,……他对大自然盲目的威力感到不可名状的恐怖。特别是他知道,在这片汪洋大海里该有多少渴望着吸引着他鲜血的猛鱼海兽"②。因而他坐卧不安,各种凶险的幻象纷至沓来,才有最终被救生圈勒死的结局。

在赛伊得·纳斯罗拉接受使命和出使航行的整个过程中,他从来没有想到过民族的利益和国家的尊严,只有个人利益的计算和个人安危的恐惧。

像赛伊得这样的"爱国志士"不是个别的,赫达雅特在小说中独具匠心地以赛伊得在途中的怨愤表现了这一点。小说把赛伊得摆在一种担心随时会死去的恐惧和怨愤之中,这样的特定情境使他放弃了平日的虚伪,对当时的现实加以真实揭示。教育部部长哈基木-巴什-普尔,口口声声"国家使命","民族大业",实际上是以"祖国"的名义,捞取自己的政治资本;他不学无术,却善于钻营,身为犹太人,却为了美国文凭加入基督教,在国内伊斯兰有势力,他又拼命讨好。他派遣赛伊得出使印度,真实目的是在海外宣传其功绩。部长手下得势的"少年派","这些人是部长大臣的台柱,而且他们总是互相吹捧,借着留学深造之名,实际上却利用人民的血汗在欧洲厮混逍遥"。那些留学欧洲的"进

---

① 赫达雅特:《赫达雅特小说选》,潘庆舲译,人民文学出版社1962年版,第37页。
② 同上书,第50页。

步派"和"保守派",其实"都是一丘之貉,只是名称不同罢了"。他们出国留学,就是想弄个博士头衔回来哄骗老百姓。"那些人真正的愿望,只不过是满足肚皮的需要和卑鄙的个人肉欲!那些人痴想着的,也只是三层楼住址、私人小汽车和奉命出国罢了。"①在激愤当中,赛伊得甚至把矛头指向了当朝国王,他本想写篇到达印度后的演说稿,却写下了下面的文字:

> "朕即国家!"我的目的——就是要替我们那位借助于吸血器来吸收人民骨血的伟大的执政者进行宣传。普及教育的目的——根本不教人民认字读书,而是只要人们能看懂报纸上对他本人,以及哈基木-巴什-普尔的赞扬,人人像报纸上所教导的那样去说话和思考,人人忘掉了古老的文学语言——最崇高的波斯语言!这是阿拉伯人和蒙古人从来没有完成的事业!……一切——都是空想,一切——都是谎言!他把个人利益说成是祖国的神圣利益!②

就是这样,赫达雅特描绘了从国王、部长到学术权威、政治精英们的"爱国"。"祖国"和"民族"只是他们谋取私利的"招牌",他们心目中根本就没有祖国、民族的位置。

《哈吉老爷》是赫达雅特1945年发表的中篇小说。小说刻画的哈吉老爷是一个商人兼政客,他常以"民族灵魂"自居,以"爱国"的面目出现,他凭借手中的金钱实力,与政府上层和外国要人交往密切,竞选议员,挤进政界,妄想有朝一日,当上首相。赫达雅特以深刻犀利的讽刺笔调,揭露了哈吉老爷与《爱国志士》中的赛伊得同样的丑恶嘴脸:在"爱国"的面具下隐藏的是一幅极端自私自利的真实面目。

见风使舵以获取个人的最大利益是哈吉老爷的本质特征。不仅在商场上如此,在他的政治生活中也有充分的表现。第二次世界大战前礼萨·汗出于现代化改革的需要,维护伊朗的主权和独立,结束近代以来俄国和英国在伊朗的殖民势力,实行引进第三国势力的外交路线,

---

① 赫达雅特:《赫达雅特小说选》,潘庆舲译,人民文学出版社1962年版,第46页。
② 同上书,第54页。

大力发展与德国的合作关系。德国后来发展为法西斯主义,二战中的1941年8月苏、英军队同时开进伊朗,9月礼萨·汗逊位。原来亲德的大地主和大资产阶级迫于国内外压力而改变了自己的腔调,转而投靠英美帝国主义。哈吉原是一个狂热的亲德分子。这时候他摇身一变,宣称自己本来就是坚定的民主派,是自由爱好者,是礼萨·汗专制主义的死敌。他举杯祝贺盟国的胜利,激烈地谴责上届政府,利用假阿訇身份分发枪支,制造部族冲突。从中可以看到,哈吉老爷根本没有自己的民族立场,他的爱国是假,以政治投机捞取资本是真。其实,比起民族、国家来,他珍爱的是钱。钱才是他的心肝宝贝、妙药灵丹,是他欢乐的源泉和恐惧的因由,是他生活的唯一寄托;一提到钱,一听到金钱的叮当响声,一伸手数钱,哈吉的心儿就像花蕾一样绽开。顿时,全身泛起一阵酥软,他正因为金钱是钱,才这样爱它。他对儿子说:"你在这个世界上只要有了钱,光荣呀,信任呀,高尚呀,尊严以及名誉呀等等,你也统统都有啦。……你只要有钱,不论在阳间冥府总是当太上皇。将来你要是有非常多的钱,你就可以到圣地去朝拜;人们到处用笑脸逢迎你,器重你,尊敬你,要是高兴的话,你还可以把鼓挂在国王的髭胡上敲哩。总之,有钱的人就有了一切,没有钱的人就一无所有。"①这段自白充分暴露了哈吉老爷极端的利己主义和狂热的拜金主义精神世界。这种自我至上和金钱至上的信念,与"爱国"是水火不相容的。

二 《伊斯法罕半天下》:令人自豪的民族传统

《伊斯法罕半天下》是赫达雅特的长篇游记,描述他在一次假期中四天远游伊斯法罕的见闻和感受。文中详细叙述他启程赴伊斯法罕途中的经历,在伊斯法罕游览恰哈尔巴格林荫道、肖塞却什米大桥、契赫尔苏通宫殿、梅达尼沙赫广场、阿里-卡波宫、甲米清真寺、伊玛姆-扎杰-伊斯曼尔陵墓、摆晃塔、袄教徒之山等15处名胜的情景,交织穿插历史传说、现实场景和自然风光的描绘,叙述、描写、抒情熔于

---

① 赫达雅特:《赫达雅特小说选》,潘庆舲译,人民文学出版社1962年版,第202页。

一炉，展示了伊斯法罕这座文化名城的历史厚重与沧桑，渗透着作者的民族自豪感与危机意识。

"伊斯法罕是伊朗一座越千年历史的古城，'伊斯法罕半天下'是伊朗人在16—17世纪对这座古老城市光辉历史的描绘。"①这座古城依山傍水、自然风光秀丽，又有浓厚的民族文化内涵。在萨珊王朝（224—651）就已是著名城市，之后历经战火浩劫，先后被阿拉伯人、突厥人、蒙古人、阿富汗人占领，到萨法维王朝（1502—1736）时期作为都城，修建宫殿、清真寺和许多公共设施，不仅恢复昔日风采，且更加壮美。赫达雅特在游记开篇谈到游历伊斯法罕的原因时，满怀深情地写道："伊斯法罕的清真寺、大桥、园屋顶、高塔、瓷砖、卡拉姆卡尔布，直到今日还没有失去它们的雄姿和光彩。这座工艺大师辈出的城市，在赛菲维特王朝时期，曾是世界上最大的城市，如今依然享有历史上的盛名。"②

赫达雅特在观赏古迹名胜的过程中，经常情不自禁地对几百年前民族祖先的创造力表示由衷的赞叹。参观契赫尔苏通宫殿，看到精美的壁画，"它的壁画具有世间罕有的美丽，精巧雅致与丰富多彩的特色。……虽然已经过去了三百年，但艺术家笔下描绘的作品，至今依然给我们表达出陶醉在柔情甜梦里的画家的情愫。这说明了那个时代文化的伟大气魄。"③看到沙和清真寺的瓷砖彩画，赫达雅特感叹："多么伟大壮丽啊！人在它面前禁不住惊叹、发怔。仿佛在阿拉伯统治期间受压迫的伊朗艺术大师们，在赛菲维特时期再世复活，又意气风发，神采奕奕，创造了人们很难想象得到的伟大事迹。"④

然而，赫达雅特赞美的只是过去的伟大时代和艺术，对于当今的现实社会，他是否定的。游记中往往把自然与社会、传统与现实两两相对，赞美自然的旖旎和传统的伟大，指责现实社会的黑暗和丑恶。

作品中的自然描写虽然很少长篇大论，但简洁的文句中渗透着作

---

① 邢秉顺：《伊朗文化》，文化艺术出版社2003年版，第107页。
② 赫达雅特：《赫达雅特小说选》，潘庆舲译，人民文学出版社1962年版，第108页。
③ 同上书，第124—125页。
④ 同上书，第129页。

者的挚爱之情。如柔风轻拂的美妙夜晚，滔滔不绝的扎扬杰鲁特河水、绿水盈盈的水池，月光辉照下朦朦胧胧的城市，郊区广袤的田野、青翠葱绿的耕地、雪白如银的罂粟花等。但只要涉及社会人事，往往令作者感到失望。同行游历的地主老爷傲慢骄矜、夸夸其谈，带来一路的不愉快；各处珍贵的壁画，都遭到人为的破坏，在画上胡乱涂写，留名纪念；一些瓷砖彩画被盗卖一空，阿里-卡波里宫一些壁画被烟火熏黑，或者残破不堪；有人把惊世的雕刻艺术杰作剥下来当作引火劈柴等等。更让赫达雅特伤感的是，如此壮丽、辉煌的伊斯法罕，却成了鸦片、酗酒和梅毒的天下。作家满腔悲愤地写道："伊斯法罕骇人听闻的穷根，就是鸦片、酗酒和疾病，必须跟它们进行坚决的斗争。神学的强大势力千方百计地阻碍着渴求进步的青年们的发展，并且在人民中间培植着一种自趋灭亡的情绪。"①

更令赫达雅特不安的是，随着西方文化的侵入，民族传统与西方文化碰撞而发生了变异，产生出了一种杂糅、混合的东西。赫达雅特漫步扎扬杰鲁特河岸，意外地看到河岸两旁的石头上、沙地上晾晒着漂洗后的卡拉姆卡尔布，上面印染的莪默·伽亚谟画像十分丑陋，蕾莉和马季农也只剩下大肚皮和干瘪的两条腿，完全没法和古典诗人精心刻画的艺术形象相比。赫达雅特感叹："这既不是新的艺术，也不是旧的艺术，已不是伊朗风格，也不是欧洲风格……我真不明白，既然在伊斯法罕齐赫尔苏通、阿里-卡波宫殿，以及其他地方还保存着赛菲维特时代壁画的优美形象，为什么还要这样的刻意模仿欧洲艺术呢？"②这不仅是民族传统的衰落，而且是对艺术的亵渎。

伊朗文明有几千年的历史，阿齐美尼德王朝时期的波斯帝国作为东方文明的代表与强大的希腊抗衡。萨珊王朝是伊朗古代文明的顶峰，随后阿拉伯人、突厥人、蒙古人入侵，但事实上在伊朗本土，是高度发达的伊朗文化同化了入侵者的文化，伊朗文明的民族之根一直源源相

---

① 赫达雅特：《赫达雅特小说选》，潘庆舲译，人民文学出版社1962年版，第123页。
② 同上书，第120页。

续,在萨法维王朝再次获得繁荣,伊斯法罕的文化名胜是最好的见证。近代以来西方文明的冲击,其势汹涌,传统伊朗民族文化面临空前危机,赫达雅特为此焦急,看到这种模仿拼凑的畸形文化物象,更为民族精神的异变忧伤。

综观《伊斯法罕半天下》全文,在作家对民族文化之根的追寻、对民族艺术传统的赞美、对现实社会的鞭挞和批判中,我们清楚地看到赫达雅特理解的民族品格:简朴、自由、真诚和创造力。当然,赫达雅特是在伊朗专制严酷统治、异族虎视眈眈的现实背景下,对民族的过去虚幻化和理想化,而且对民族未来的发展似乎感到希望渺茫。因而他宁愿驻足于过去的精神寓所里,面对民族的现实,他更多是悲观。

三 《盲枭》:民族文化衰落的悲伤

《盲枭》(又译《瞎猫头鹰》)是赫达雅特借鉴西方现代主义表现方法创作的中篇小说。作品以象征的方式表现作家内在的主观感受,其内涵可作多层面的理解。

有论者认为:"《瞎猫头鹰》讲述了两个荒诞不经而又富于哲理的故事。……前者主要描写主人公'我'对理想中的'美'无限向往与追求,后者则着力表现'我'对现实中的'恶'的无比憎恨与厌弃。理想中的'美'好似海市蜃楼,可望而不可即;现实中的'恶'犹如泥潭,陷入其中,难以自拔。于是乎,只能得出悲观厌世,活着不如死的结论。这正是赫达雅特苦心孤诣所要表达的人生哲理,亦即《瞎猫头鹰》中所包含的深刻寓意。"①这是从抽象的普遍人生哲理层面理解作品的内涵。

也有论者认为:"《瞎猫头鹰》的蕴涵十分深厚,反映的主题是多层次的。《瞎猫头鹰》反映出作者心中一种'既希望又失望'的情绪。从一个层次上说,作品反映出作者希望现代伊朗能走出贫穷、落后、愚昧的泥坑,重新强大起来;然而,这种梦想在黑暗腐朽的现实社会面前彻底失落。从另一个层次上说,《瞎猫头鹰》不仅反映了现代社会中人的

---

① 元文琪:《〈瞎猫头鹰〉:图像的人生哲理》,《外国文学评论》1989年第3期。

异化,更反映了作者在以西方物欲主义为代表的现实社会中,对人的精神依托的寻求。在这种寻求中作者希望用东方的传统精神重建人的精神价值,然而作者对这一希望又是十分绝望的。"①还有论者联系时代社会现实,认为《盲枭》的主旨是"伊朗梦的失落"。

联系赫达雅特所处的时代和他深沉的民族精神来看,《盲枭》表现的是对伊朗民族传统文化衰落的悲伤。

小说中反复出现的画面中的美丽女郎是伊斯兰教之前伊朗民族文化的象征。"我"执着地在笔筒上刻画,从通风口的窥视,陶罐上的画面都是以象征性语言表达赫达雅特对民族传统的执着和向往。女郎的出现和随即死去、腐烂则是民族传统在现实中被窒息、丧失生命力的具象化表现。

"此时,就在我的房间里,她把身体和影子全给了我。她那与尘世毫无关系的短暂而脆弱的生命,从那带褶的黑衣中缓缓地飘出来,从折磨她的躯体里飘飞到无所依托的影子世界,仿佛把我的影子也一起带走了。她的躯体却无知无觉,一动不动地留在了这里,成为蛀虫和地老鼠的美食。在这多灾多难、贫穷不堪的破房子里,在这像坟墓一样的房间里,在笼罩着我并渗入墙体的无穷无尽的暗夜中,我必须同一个死人——同她的尸体为伴,度过一个寒冷而漫无尽头的黑夜。"②这一段文字非常清晰、极富表现力地表达了这样的思想:伊朗民族传统文化的生命力已经丧失,只留下现在的躯壳,礼萨·汗统治的伊朗割断了与民族传统的联系,只是蛀虫和地鼠的美食而已;而"我"必须在礼萨·汗的统治下,经历着寒冷而漫无尽头的长夜。

"我"痛苦、悲愤,在鸦片吸食中麻醉自己。在麻醉的幻觉中"我"来到另一个世界:

> 我在一个崭新的世界中清醒,那里的环境气氛,对我来说十分熟悉和亲近,甚至比完美的生活环境更令人感到亲近,好像是我真正的

---

① 穆宏燕:《〈瞎猫头鹰〉译者前言》,《世界文学》1999年第1期。
② 赫达雅特:《瞎猫头鹰》,穆宏燕译,《世界文学》1999年第1期。

生活的反映。另一个世界，它与我是那样密切相关，我似乎回到了我的本源世界中。我诞生在一个古老，然而更加亲近、更加自然的世界。①

很显然，这里描述的是赫达雅特想象当中的伊朗的原初文明世界。

小说后半部分同样以象征的人物和场景，表现伊朗传统文明是怎样衰落的。是贪欲，是追求物质欲望和享乐的外来文明侵蚀的结果。正是在这种外来文明的诱惑和腐蚀下，伊朗人放弃了伟大绚烂的传统。妻子的变化，苏兰小溪的干涸，都是这样的象征意象。人们都成了驼背、瘘眼、豁嘴的怪物。

只有"我"在痴迷、执着地寻求伟大的传统，极力抵抗贪欲的诱惑，试图以民族传统唤醒国人，拯救民族。但"我"有那种力量吗？何况"我"自身内在的贪欲总在蠢蠢欲动。最终，获得的陶罐也被人夺走，"我"也成为驼背、瘘眼、豁嘴的老头。

赫达雅特的结论是悲观的，他看不到民族伟大传统复苏的希望，他也难以承担起他曾想担负的文化使命，于1951年在巴黎自杀。

四 赫达雅特民族精神的特点

赫达雅特是一个有着强烈的爱国热情的作家，他由衷地热爱民族传统文化。他留学西方，但并不崇洋媚外，而是对祖国的命运、民族的前途极为关注。他一生倾注很大心血收集民间故事、歌谣、谚语，曾编写过一本详尽的，供收集整理民间文学材料的工作手册，1931年他出版了一本民间故事集，1933年又出版了汇集伊朗古老信仰和传说的《创造奇迹的国家》，从这些实践行为和他的创作中，我们可以看到赫达雅特的民族精神具有几个特点：

第一，从否定的视角表达他的民族精神。赫达雅特生活创作的时期，正是礼萨·汗统治伊朗的时期。礼萨·汗被称为"现代伊朗之父"，他推行的社会改革为伊朗摆脱西方列强的殖民统治和现代化发展做出

---

① 赫达雅特：《瞎猫头鹰》，穆宏燕译，《世界文学》1999年第1期。

了贡献，但"他所有的改革虽然得民心，应天意，但都是以国王命令的形式强制推行。……他残酷镇压工农群众及自由民主派的反抗与斗争，在某种程度上讲，他是以野蛮的手段冲击强大而保守的传统社会，推行现代化改革"①。从历史发展的角度看，礼萨·汗是造福于伊朗；从人伦情感的角度看，他的西化、世俗化的改革带来民族传统的失落；他的专制统治带给人们的是恐怖与灾难。这对于敏感的知识分子来说，体验尤为深刻。20世纪30年代后期礼萨·汗的专制统治日益加强，推行其亲德反苏政策，残酷镇压进步力量。1936年，发生了迫害共产党人的"五十三人案"，致使五十三人中为首的埃拉尼博士被折磨而死，进步诗人法罗西惨遭杀害。书报检查更为严格。这种黑暗的政治统治和镇压措施在敏感的赫达雅特的心灵投下阴影，他感受的是令人窒息的政治气氛。他的许多作品被禁止出版发行，《盲枭》在伊朗国内不能出版，发表于印度的孟买；《哈吉老爷》直到1979年才被解禁。1950年世界和平大会邀请他出席会议，当局不予批准，他致电大会主席说："帝国主义分子把我国变成了一座大牢狱，在这里发表自己的意见和进行正常思维都被认为是犯罪。"②

这样的社会文化背景，加上他敏感脆弱的天性，形成和强化了他悲观的人生观。1926年他在比利时求学时就写过一篇题为《死亡》的作品，赞颂死亡是痛苦人生的解脱，显示出强烈的悲观厌世倾向。因为喜好文学，违背父辈的安排，因此与家庭断绝关系，不仅丧失生活来源，以微薄薪金维持独立生活，还得偿还与家庭之间的债务。这使赫达雅特更加孤独和内向，他没有什么朋友，也没有相知相恋的女性，终身未娶，过着清贫潦倒的生活。他曾满怀伤感地说："我深感这个世界并非属于我，它属于那些恬不知耻、卖弄学问、巧取豪夺、骄奢淫逸之徒。他们就像在肉铺打转的饿狗，对世间和天上的统治者极尽摇尾乞怜、阿谀奉承之能事。"③追求真诚、自由和尊严的人在现实中没有立足之

---

① 王新中、冀开运：《中东国家通史·伊朗卷》，商务印书馆2002年版，第276页。
② 张鸿年：《波斯文学史》，北京大学出版社1993年版，第282页。
③ 孟昭毅：《赫达雅特小说美学》，《国外文学》2000年第4期。

地，人生是悲苦、丑恶和虚假。这种消极悲观的人生观使他认为现实是痛苦的，唯有死亡才能解脱。1951年4月，在无法排解的悲观绝望中，赫达雅特在自己的寓所里打开煤气自杀。自杀前将身边所有的手稿和材料全部焚于一炬，没有遗言，没有解释，表明他对人世、社会的彻底决绝，不抱任何希望，没有任何幻想。

这样的人生历练，使得赫达雅特往往从否定的角度看待社会现实，在民族、国家立场的表达方面，也同样是从反面着眼，主要笔墨是描写假爱国者违背民族利益的行为，在嘲讽和谴责中表达自己的民族精神。在赫达雅特看来，《爱国志士》《哈吉老爷》中的赛伊得、哈基木、哈吉之流是假的"爱国志士"，真正的爱国者、民族英雄与他们截然相反；把祖国、民族利益置于个人利益之上，为祖国和民族大业英勇无畏地贡献自己的一切，真诚坦荡，视野开阔，在世界大潮中引领祖国前进的航向。《伊斯法罕半天下》中，赫达雅特对丢弃、毁损民族传统瑰宝，追求西化的行为加以批判。

第二，崇尚、向往前伊斯兰时期民族文化的辉煌。伊斯兰化之前的波斯帝国领土辽阔，留下了宝贵文化遗产。在赫达雅特身上有一种深入骨髓的爱国情结，深以伊朗民族前伊斯兰时期的辉煌历史而自豪。然而，当他面对西方近现代工业文明和伊朗这个文明古国的没落时，便产生了一种难以言状的强烈的失落感，形成了一种难以排解的情结：一方面，理智上清醒地认识到20世纪的伊朗已经不可能再现昔日波斯帝国的辉煌；另一方面，情感上却十分怀念并沉醉于伊朗古代文明的那份绚丽。作为一个受过良好教育的知识分子，赫达雅特的思想认识超越于当时的伊朗社会，曲高而和寡，知音难觅，不仅终生未婚，朋友也寥寥无几，一生落落寡合，与家庭和当时的社会环境格格不入。他留学欧洲，希望从西方的现代文明中学到什么。然而，第一次世界大战后的欧洲，已是卡夫卡和艾略特笔下的欧洲——物欲横流，人性异化，人们已陷入一种难以自拔的精神困境。这一切令赫达雅特十分失望。在对现实的失望中他转而从前伊斯兰文化中寻求精神寄托。

《伊斯法罕半天下》这篇游记，主要是描写波斯古都伊斯法罕城的名胜古迹的,但在写景状物之中,作家缅怀往日祖国的伟大、古老的历史、文化、艺术,"永远没有失去它固有的优美隽永的特色",热情歌颂那时波斯"人民是自由自在,身心健壮,无比强大","也还没有拜倒在阿拉伯人的泥丸之前",为自己的祖国的光荣历史而感到骄傲自豪!祆教徒之山是赫达雅特游览的最后一站。它距伊斯法罕有十三四公里,这是一座圆锥体的山丘,建筑物早已被毁,只剩下断垣残壁,但赫达雅特是以朝圣般的心情观赏遗址。他这样写下他的感想:"祆教徒之山,早先很是巍峨壮观。火神庙四周不设围墙,如不会围起清真寺、教堂一样。它根本不必避人。这个地方就像火一样纯洁,而永恒之火——就是纯净和美丽的象征。火焰腾腾升上天空,在昏黑的漫漫长夜里,使满怀忧伤的人们有了信心,并且用一种复杂而又迷人的语言跟他们娓娓而谈。"正是这种对伊朗久远传统的敬仰之情,使他从废旧的瓦砾石头中看到了祖先们的智慧和力量,这里对"火"的想象和赞美,就是对民族文化源头的想象和赞美。

在青年时代,赫达雅特就热爱波斯古代文学。他心目中最珍爱的是波斯古代诗人,其中之一就是莪默·伽亚谟。他潜心研究莪默·伽亚谟的四行诗创作,颇有独到的见解,曾于1924年出版过专著。

萨法维王朝的文化尽管有着民族精神的底蕴,但它毕竟是伊斯兰化以后的文化。作为民族文化的寻根者,赫达雅特推崇的是伊斯兰化之前,以祆教为代表的伊朗民族文化。

第三,基于人道主义思想的民族精神。赫达雅特作品中最重要的主题之一,就是对民族、祖国的热爱。祖国和民族对赫达雅特来说不仅仅是一个"抽象的概念",他热爱饥寒交迫、处在水深火热之中的祖国人民。他对祖国同胞的命运表示了无限的关怀,而对人剥削人的社会充满了恨之入骨的憎恶,对深受帝国主义和国内封建势力双重压迫的劳苦大众,则充满了深厚的骨肉之情。短篇小说《一个失掉丈夫的女人》描绘了普通妇女札琳柯拉赫悲惨的命运。她在娘家受父辈虐待,出嫁遭丈夫毒打,直至被遗弃。在男权社会的重压之下,伊朗妇女没有丝毫自主与尊严。《达什·阿克尔》叙述了正直、真诚的阿克尔为了纯真的爱情含恨丧生。《昨天》里的排字工人在罢工斗争中惨遭杀害。《死胡同》中的小职员，孤独寂寞，愁肠百结，生活如一潭死水。赫达雅特从人道主义立场出发，在许多作品以哀伤的笔调，描写普通平民的悲惨遭遇，从而深沉地表现出作者对于帝国主义和封建势力压迫下祖国同胞的深厚同情。

赫达雅特人道主义的民族精神也表现在对世界法西斯主义侵略扩张、以强凌弱的霸道行径的揭露和鞭挞。《活水》以民间故事的形式，表达了作者对20世纪40年代初法西斯的不满态度。作品不遗余力地谴责了六亲不认、心怀鬼胎、迫害手足的驼子哈桑尼、秃子侯赛尼，热情颂扬坚韧、勤劳、勇敢的阿赫玛达克。作者在这篇寓言故事中，精心设计了黄金国、月光国和永春国几个国度，"黄金国""月光国"是德、意、日法西斯反动势力的象征，"永春国"则表现了作家对祖国美好未来的憧憬，希望自己的祖国繁荣富强，战胜法西斯的凌辱，成为人人过上美好、欢乐生活的自由国家。小说写道："他们妄想痛饮我国人民的鲜血，我们不崇拜黄金和白银，因而才能过着自由的生活。他们那里还保护着贵族和老爷的地位，就因为他们的人民都是瞎子和聋子的缘故。"这篇寓言具有明显的民族主义倾向。在短篇小说《野狗》（1942）中，作家独具匠心地把巴特尔比喻为遭受法西斯欺凌、践踏的弱小民族。赫达雅特是一位爱国主义者，祖国的荣辱与他息息相连，他热爱处于水深火热中的伊朗人民；他也是一位具有人道立场的世界主义者，对于和祖国一样遭受法西斯铁蹄践踏的世界弱小民族寄予无限的关切。

第三节 伊克巴尔：巴基斯坦的精神之父

阿拉马·穆罕默德·伊克巴尔（1877—1938）是巴基斯坦近代最著名的诗人之一，同时他也是20世纪上半叶在伊斯兰现代化运动中涌现出的一位杰出人物，被尊称为巴基斯坦的精神之父。伊克巴尔曾在英国和德国求学，接受过西方现代教育。但他的诗歌和哲学始终都以伊斯兰教为中心，他的理想就是要重建伊斯兰教思想，建立一个统一的穆斯林民族,使伊斯兰教在现代世界重新焕发活力与生机。

一 伊克巴尔与伊斯兰现代主义

伊克巴尔于1877年11月诞生于旁遮普的锡尔科特镇。当时在旁遮普聚集了很多从克什米尔迁移来的穆斯林,伊克巴尔的家族就是其中之一。尽管他的父亲和母亲都没有受过高等教育,但他们都是虔诚的穆斯林。由于宗教虔诚和神秘气质,伊克巴尔的父亲被同辈们尊称为"没有受过教育的哲学家";伊克巴尔的母亲对于信仰和义行有着深刻的意识,并将这种意识灌输给了她的孩子们。在这样一个具有浓厚宗教氛围的家庭中长大,伊克巴尔从小就深受伊斯兰教的熏陶和影响,这种影响的意义是深远的,以致伊克巴尔晚年曾说到,他的哲学体系的发展不是从哲学阐释而来,而是从他父母那里继承而来。[①]伊斯兰教宗教哲学思想是伊克巴尔诗歌和哲学思想的中心和源泉。

印度次大陆的伊斯兰现代主义(Islamic modernism)出现于19世纪后期,是伊斯兰教内部的不断衰弱和外部的殖民主义的宗教文化威胁双重压力之下的产物。之所以称其为伊斯兰现代主义,是因为它的现代主义只是手段和方法,学习西方先进科学技术的目的在于为伊斯兰教注入新的活力,使伊斯兰教能适应现代社会的要求,但其内在的价值体系和世界观仍然是伊斯兰教的。伊克巴尔就是在这场运动中涌现出的杰出人物。

"伊克巴尔的职业是法律;他的激情在于创作诗歌和散文;他一生所关注的,是穆斯林宗教和政治救亡与改革。"[②]1930年全印穆斯林联盟年会在阿哈拉巴德召开,伊克巴尔应邀主持大会讨论并发表了演说。在这次演讲中,伊克巴尔明确提出伊斯兰是一个民族概念,并认为

[①] See *The life of the poet-philosopher*, Hafeez Mali & Lynida Malik, *Hundred years of Iqbal studies*, compiled by Dr. Waheed Ishrat, Islamabad: Pakistan Academy of Letters, 2003.

[②] John L.Esposito, *Islam: The Straight Path*, New York: Oxford University Press, 1998, p. 137.

这个民族理想"今天在那些伊斯兰国家中正以穆斯林民族主义的方式得以逐步实现"①。他认为，伊斯兰教是一个具有一种特定政策的民族理想，是一种由一个法律体系调控并为一种特定的民族理想激励的社会结构，而这正是印度穆斯林历史上主要的构成性因素。在伊斯兰法和与伊斯兰文化有关的制度的影响下，由于其自身显著的同一性和内部的一致性，穆斯林社会已经形成。伊斯兰教的宗教理想和它所创建的社会秩序息息相关。伊克巴尔指出，七千万穆斯林比印度的任何其他人民都更具有同一性。"印度的穆斯林确实是唯一可以被现代意义上的'民族'一词恰当地描述的印度人。"②伊克巴尔的宗教民族主义思想并不仅限于印度的穆斯林，他所希望的是全世界的穆斯林联合起来成为一个民族。"伊斯兰教向全人类的最终联合迈出的实际性的第一步就是号召那些事实上拥有这一相同民族理想的人们聚集并联合起来。"③1933年10月，在应邀访问阿富汗、为重建阿富汗的高等教育事业出谋划策之前，伊克巴尔曾在一次讲话中说道，受过教育的阿富汗将是印度最好的朋友。那什么是伊克巴尔推崇的教育呢？"对于阿富汗来说，他谴责世俗教育，因为'教育的完全世俗化在任何地方都没有产生好的结果，特别是在伊斯兰世界'。"④而在阿富汗访问期间，眼见穆斯林昔日的光荣演变成今日的破败，他曾向真主发问："为什么对英国人这么仁慈？他们把人类限制在房屋的界限之内。"诗人自己给出的答案是："穆斯林已经失去了对生活的热情，他的心不再跳动。他曾是复活的天使，但他生活的号角已不再响亮。"他曾赠送给阿富汗国王一本《古兰经》，并说："它是那些追随真理之人的灯塔之光。"⑤可见在伊克巴尔看来，教育必然包含着接受有关伊斯兰教的教导，并以此为中心和

---

① *Iqbal's Allahabad Address (Extracts), Iqabal: the spiritual father of Pakistan,* Rashida Malik, Lahore: Sang-e-Meel Publications, 2003.

② Ibid.

③ Ibid.

④ *The life of the poet-philosopher*, Hafeez Mali & Lynida Malik, *Hundred years of Iqbal studies*, compiled by Dr. Waheed Ishrat, Islamabad: Pakistan Academy of Letters, 2003, p. 31.

⑤ Ibid.

旨归。

作为一位充满激情的诗人，伊克巴尔的诗歌创作充分体现和反映了他的这种宗教民族主义思想。尽管在早期他也创作过像《喜马拉雅山》(1901)、《新的寺院》(1916)这样赞颂印度斯坦、洋溢着全印度爱国主义热情的诗篇，但从他一生的创作所关注的中心来看，伊克巴尔的诗歌创作毫无疑问是他伊斯兰教宗教哲学思想的表达。他为伊斯兰教和穆斯林写作。在《诉怨》(1911)一诗中，他向真主抱怨，述说历史上穆斯林的丰功伟绩，他们的悲惨遭遇和所得的可怜的报偿："主啊，我们为你做了这一切，异族得到天仙美女，我们的奖赏却是晴天霹雳。"①而在随后创作的《答诉怨》(1913)一诗中，真主回答了诗人的怨愤，反驳道，穆斯林由于他们自身的毫无生气和形式主义而遭受现在的不幸与灾难。因此，在其后的诗作中，诗人不断地向穆斯林呼吁，希望唤起穆斯林的民族自尊心和自豪感，帮助穆斯林重新树立"自我"，对抗欧洲文明的入侵，使伊斯兰教重获新的生命力。"只有自由人的眼睛才能明辨真伪！只有勇敢的人才配做今日的主人，他能从时代的海洋里捞出明日的瑰宝。欧洲的玻璃匠虽有化石成水之术，我练就的玻璃硬度比花岗岩更高！"②"呼谛本是浩瀚无边的茫茫海洋……勇敢的人在呼谛里浮沉自如，对懦弱的人不能指望什么！"③诗集《自我的秘密》是伊克巴尔的代表作之一，也是他的伊斯兰宗教民族主义思想的文学表现之一，伊克巴尔在写给诗集的英文译者的信中表示，诗集中蕴涵的哲学思想是直接来自于古老的穆斯林苏菲主义者和思想家们。④

《自我的秘密》于1915年出版，是伊克巴尔创作的第一部波斯语诗集。在这部诗集中，伊克巴尔赋予了"自我"以全新的含义。不但将它看

---

① *The Secrets of the Self*, E. M. Forster, *Hundred years of Iqbal studies*, compiled by Dr. Waheed Ishrat, Islamabad: Pakistan Academy of Letters, 2003, p. 196.

② 伊克巴尔：《伊克巴尔诗选》，王家瑛译，人民文学出版社1977年版，第7—8页。

③ 同上书，第11页。

④ *Iqbal's Letter to Nicholson*, Dr. Muhammad Iqbal, *Hundred years of Iqbal studies*, compiled by Dr. Waheed Ishrat, Islamabad: Pakistan Academy of Letters, 2003, p. 194.

作是一切事物和作为自然人的生命源泉和本质,更认为它是作为社会人的一切活动和行为的动力。[1]他高扬"自我"的价值,鼓励全体穆斯林培育自我,改造世界,并由增强个体的"自我"进而发展为形成集体的"自我",为恢复穆斯林的光荣传统,建立一个全新的、统一的伊斯兰民族、伊斯兰国家而奋斗。重现伊斯兰历史上的辉煌,表达复兴伊斯兰的愿望,对同一的伊斯兰文化的呼唤,是伊克巴尔创作这部诗歌的主要出发点和归宿。在1910年冬他曾说过:"伊斯兰对我们来说其意义远远超出宗教的范围,它有着特别的民族的意义,所以,不紧紧地把握伊斯兰教义,我们的群体生活是不可想象的。换句话说,伊斯兰观念是我们生活和活动的永久家园和国家。"[2]《自我的秘密》正是他这一思想延伸和发展的产物。在《自我的秘密》中,他将全体穆斯林比作是"一个欢笑的早晨的露滴""酒和酒杯""一朵玫瑰,花瓣虽多,芳香一致",而穆罕默德则是一切伊斯兰教制度的"生命"和"唯一"。因此,《自我的秘密》的目的就在于,通过对伊斯兰传统教义的重新阐释,批判和扬弃其消极成分,并通过对民族光荣传统的回忆,唤起穆斯林的自豪感,从而为当时的印度穆斯林们重新建立起一个同一的文化心理基础,确立一种能为不同地域,不同种族、种姓,不同经济阶层的广大穆斯林民众共同接受和认同的独特的民族文化,促使统一的穆斯林民族文化的形成。因此,《自我的秘密》处处都流露出一种同一的伊斯兰民族文化的呼唤。伊克巴尔在1939年的演讲中也明确指出他所说的伊斯兰既不是地理的也不是政治的,既不是国家种族的也不是个体私人的概念,而是一种可以将人类联合和组织起来的宗教。[3]

---

[1] 穆罕默德·伊克巴尔:《自我的秘密》,刘曙雄译,北京大学出版社1999年版,第25页。
[2] 同上书,第39页。
[3] *Speeches and Statements of Iqbal, Founding Fathers of Pakistan*, edited by Prof. Ahamd Hasan Dani, Lahore: Sang-e-Meel Publications, 1998, p. 187.

二 重建伊斯兰民族文化传统

要建立一个文化的伊斯兰民族，必先确立一种伊斯兰民族文化。伊克巴尔认为，穆斯林民族与世界其他民族的根本区别在于对民族这一概念的理解完全不同。"穆斯林民族不要求具有统一的语言、统一的祖国和统一的经济目标，而是在穆罕默德创立的教义下继承共同的历史传统和文化遗产，表明其民族性的具体形式是一个具有不断前进和拓展能力的群体。"[①]因此，在重建伊斯兰民族文化传统的努力中，伊克巴尔着重强调的是继承和发扬伊斯兰教传统中的积极因素。这首先表现在伊克巴尔在创作《自我的秘密》时对语言的选择上。

《自我的秘密》是伊克巴尔的第一部波斯语诗集，此前他一直用乌尔都语进行创作。伊克巴尔的乌尔都语诗歌洋溢着真诚的爱国主义热情，呼吁消除宗教隔阂，摒弃教派纷争，以印度国家的利益为重。但从1915年开始，他改用波斯语进行创作。这是因为，一方面，在表达深奥细微的哲学思想方面，波斯语比乌尔都语具有更强的表现力；另一方面，更重要的原因在于，这个时期伊克巴尔的思想已脱离早期的印度民族主义。他不但认为基于领土界限民族主义是与由穆罕默德建立并体现在哈里发中的普遍的兄弟情谊相对立的，同时也认为民族主义是殖民主义用来肢解伊斯兰世界的工具。伊斯兰教的政治理想是建立超越国界的跨人种、跨种族、跨民族联盟，其内在的凝聚力来自于穆斯林团体宗教政治理想的同一性。[②]因此，伊克巴尔的哲理思想是要为整个伊斯兰世界传递信息，是超越任何政治疆域和地理界限的。而当时散居在亚洲各地的伊斯兰民族最通用的语言仍然是波斯语。[③]为了能实现最大限度地宣传自己的思想，唤醒广大穆斯林的目的，伊克巴尔选择了波斯语。他在诗集中写道：

---

① 穆罕默德·伊克巴尔：《自我的秘密》，刘曙雄译，北京大学出版社1999年版，第39页。
② *Islam: The Straight Path*, John L.Esposito, New York: Oxford University Press, 1998, p. 141.
③ 季羡林主编：《印度文学研究集刊·第一辑》，上海译文出版社1984年版，第186页。

> 虽然印度语无疑是甜美的,
> 然而波斯语的表达更加甘甜。
> 她的光彩魔术般映出我的思想,
> 我的笔来自西奈山的树枝。
> 波斯语符合我思想的深邃,
> 亦能表现我思想的本质。①

《自我的秘密》出版后曾引起广泛的争议。再版时,伊克巴尔删去了序言中引起争议的有关内容。因为在他看来,属于伊斯兰教内部的理论问题不应该影响他向整个伊斯兰世界传布他的信息。可见,伊克巴尔孜孜以求的,就是想通过自己的诗歌,唤起广大穆斯林的心理认同感,使广大的穆斯林能在文化上统一起来。事实上,伊克巴尔的诗歌在伊斯兰世界确实引起了巨大反响,他也被誉为穆斯林的"民族诗人"。选取了合适的传播工具之后,伊克巴尔在《自我的秘密》中对伊斯兰教传统文化中的积极因素做出了自己的理解和阐释。

首先,伊克巴尔强调了对真主的"爱"。希望将全体穆斯林集合在对真主的爱之下,并指出爱真主是增强自我的手段。对真主的爱是印度伊斯兰教苏菲派的一个重要思想。从8世纪后期苏菲神秘思想就主要是以神爱论来解释人与真主的关系,强调爱是接近真主的必由之路。②而"认一论"则是伊斯兰教最基本的教理,万物非主,唯有安拉,信仰唯一的安拉,穆罕默德是安拉的使者。因此,伊克巴尔在诗集的开篇就写道"奉至仁至慈的真主之名",并说:

> 爱他之人比被爱者更好,
> 更甜美,更英俊,更可敬。
> 爱他使心变得坚强,
> 使尘埃飞上天牛宫的灵境。③

---

① 穆罕默德·伊克巴尔:《自我的秘密》,刘曙雄译,北京大学出版社1999年版,第64页。
② 姜景奎选编:《印度文学研究集刊·第五辑》,上海译文出版社2002年版,第116页。
③ 穆罕默德·伊克巴尔:《自我的秘密》,刘曙雄译,北京大学出版社1999年版,第82页。

对真主的爱不但能使人变得美好,更重要的是,爱真主是每个穆斯林都应该遵守和铭记的:

> 穆斯林的品性用爱炼就,
> 没有爱的穆斯林只是异端。①

为此,伊克巴尔向真主发出虔诚的祈祷,希望他能让全体穆斯林都重新懂得对真主的爱,都重新团结在真主的名下,在统一的信仰下为民族利益而战:

> 请将散乱的书籍重新装帧,
> 让爱的情操得以复生。
> 请召唤我们回归,效忠于你,
> 让你的诚信者担当重任。
> ……
> 赐予他们以易卜拉欣的信念。
> 请让我们懂得"惟一",
> 请让我们知晓"真主"的秘密。②

对真主的爱不但能形成统一的信仰文化基础,而且它还能使穆斯林得到净化,更加勇敢坚强,能增强自我,发展自我的力量,自我天性"从爱中获得火焰",自我的闪光点因为对真主的爱而"更持久,更具活力,更能燃烧,更闪光华"。由于对真主的爱而获得了加强的自我的力量,能够征服宇宙的表面的和潜在的力量:

> 自我的手变成了真主的手,
> 月亮由于它的手指而破裂。③

这样,在伊克巴尔看来,对真主的爱与自我之间形成一种互相促进

---

① 穆罕默德·伊克巴尔:《自我的秘密》,刘曙雄译,北京大学出版社1999年版,第167页。
② 同上书,第192页。
③ 同上书,第97页。

的关系,二者互为动因和手段,既有利于形成一种共同的宗教信仰文化,又促进了穆斯林民众的自尊自强。需要指出的是,伊克巴尔关于对真主的"爱"的阐释,既有继承伊斯兰传统文化的一面,又有其改革的一面。一般地说,伊斯兰教神学家极力强调安拉的超越万物和至高无上,认为人们只有绝对服从安拉才能得到幸福。即使是苏菲主义的神爱,也往往认为只要人还活着,就与被爱者(真主)永远分离,只有死亡才能使他们结合到一起。如此,在传统的伊斯兰教里,人与神之间存在着一条巨大的鸿沟。而伊克巴尔则致力于填平这一鸿沟。他所强调的对真主的爱,不是要使自我消失在真主的本体中,而是通过这种爱使自我得到增强和提升,使自我的形象在真主面前不断成长:

> 靠爱的力量创建一支军队,
> 在爱的法拉山上显现你自己。
> 以便克尔白的真主赐予你恩惠,
> 使你成为"我设置代理人"的注释。①

人不但不用消失在真主的本体之内,更能成为真主在大地上的代理人。这无疑有利于增强穆斯林的自信心,也比传统的教义具有更大的可行性,更适合当时穆斯林民族的需要,从而成为为广大穆斯林共同接受的观念。

其次,为了进一步唤起穆斯林的民族自豪感,增强民族自信心,伊克巴尔在《自我的秘密》中对伊斯兰教历史上杰出的人物进行了赞颂。他歌颂穆罕默德建立的丰功伟绩:

> 他在世界上开始了新的法律,
> 他推翻了古代各部落的王权。
> 他用伊斯兰的钥匙打开了世界的大门,
> 这大地上从未诞生过他这样的伟人。②

---

① 穆罕默德·伊克巴尔:《自我的秘密》,刘曙雄译,北京大学出版社1999年版,第87页。
② 同上书,第83—84页。

赞美圣人阿里·胡奇维利具有无比的德行和威力:

> 他的美德使欧麦尔的时代再现,
> 他的言辞将真理之声高扬。
> ……
> 他的一瞥使谬误的门庭倾覆。
> 他的气息使旁遮普获得新生,
> 我们是清晨沐浴着他的光辉。①

追忆英雄阿里·穆尔达扎的指令"表明伊斯兰的力量,他的门庭使万物井然有序"。圣贤布·阿里的一道口谕就令国王"不寒而栗,兢兢战战"。著名诗人霍斯陆的一曲诗歌就拯救了一个王国。这些关于伊斯兰教历史上著名人物的传说和故事,其本身就是伊斯兰民族传统文化不可或缺的组成部分。伊克巴尔通过自己的诗歌,追述、再现这些贤哲们的事迹,既能在最直接的层次上唤起穆斯林们的民族自豪感,又在更深的层面上强化了民族的集体记忆,巩固和加强了穆斯林中原有共同文化基础。

第三,在《自我的秘密》中,伊克巴尔专门列出一节,以谢赫和婆罗门的故事、恒河与喜马拉雅山的对话来说明"民族生命的延续有赖于坚持具有民族特色的传统",明确提出了伊斯兰民族与传统文化之间休戚相关的依存关系:

> 呵,摆脱悠久传统的人!
> 你应该重新戴上这银质的脚链。
> 不要抱怨法则的严厉,
> 不要超越穆罕默德的规范。②
>
> 呵,悠久文明的继承者,
> 你不要离经叛道,背弃祖先。

---

① 穆罕默德·伊克巴尔:《自我的秘密》,刘曙雄译,北京大学出版社1999年版,第143页。
② 同上书,第126页。

> 如果一个民族的生活源于群体,
> 那么异教徒亦是群体的一脉。①

伊克巴尔不仅认识到了继承传统的重要性,更可贵的是,他并不囿于传统的圈子之内,而是大胆地指出了变革的必要性,并认为,变革也是源于传统,对传统有着更大的促进作用,可以为传统注入新的活力。这种变革,就像高耸入云的喜马拉雅山一样,既扎根于传统文化的土壤之内,又有不断向上的精神。

要振兴伊斯兰民族,重建民族文化传统,伊克巴尔认识到仅仅是继承和发扬传统文化中的积极因素是不够的。因此,他也对传统文化中的消极因素进行了严厉的反驳和批判。他斥责传统教义中新柏拉图主义的思想,认为这种消极遁世的思想是"人类受支配民族的一个发明,从而以这种方式削弱支配民族的意志"。他用老虎与绵羊的故事作比,将伊斯兰民族比作勇猛的老虎,将柏拉图喻为向老虎灌输享乐思想、老于世故的绵羊。他讽刺新柏拉图主义耽于经院派的沉思,对现实生活毫不在意,对人们来说是有害无益,只能是毁损生活:

> 他让自己的理性跃上高空,
> 却把实在的世界当作神话传扬。
> 他的目的是把生活的不见肢解,
> 将美好的生活之树砍去枝叶。②

伊克巴尔对深受这种思想毒害的伊斯兰民族的现状痛心疾首,认为正是因为听信了柏拉图的话,伊斯兰民族这头猛虎才失去了行动的决心,权力和坚毅也烟消云散,自信和尊严也不复存在:

> 丧失勇气带来千百种疾病——
> 贫困、懦弱和消沉。③

---

① 穆罕默德·伊克巴尔:《自我的秘密》,刘曙雄译,北京大学出版社1999年版,第160页。

② 同上书,第111页。

③ 同上书,第107页。

《古兰经》的主题不是神秘思考,而是行动。①因此,伊克巴尔在痛斥新柏拉图主义的同时也力图挖掘、恢复伊斯兰教固有的注重现实、肯定自我力量、锐意行动的精神,从文化根源上振奋伊斯兰民族,为他们的民族自尊自强增添永不枯竭的动力源泉。鼓励广大的穆斯林都投身于现实生活中去,去切实改变自身的生活状况,为了个体、为了民族的利益而战斗:

> 生活的含义潜在于行动,
> 生活的法则体现为创意。
> 起来!创造一个新的世界!
> 当易卜拉欣吧,投身于熊熊的火里!②

最后,伊克巴尔再次强调,要想真正战胜这种堕落的遁世思想,只有依靠真主的力量,真主的爱是医治柏拉图疯狂理念的手术刀,"全世界崇尚爱,爱是战胜苏摩那陀理性的迈哈姆德"③。

三 伊克巴尔创作成因及现实意义

从历史上看,民族主义是伴随着刀枪和炮火传入东方的。19世纪上半叶,随着印度与英殖民统治之间的冲突,印度人的民族意识开始觉醒,在与英殖民统治者斗争的过程中,印度的穆斯林们逐渐处于一种尴尬的位置。

1905年,英国殖民政府提出分治孟加拉的方案,并极力鼓吹这是一项对穆斯林有利的政策,当时曾得到广大穆斯林的支持。但是1911年,迫于印度教徒的巨大压力,英国政府单方面宣布取消了这一方案,引起了印度穆斯林民众的普遍不满;紧接着,在第一次世界大战中,英

---

① 李萍:《东方伦理思想简史》,中国人民大学出版社1998年版,第30页。
② 穆罕默德·伊克巴尔:《自我的秘密》,刘曙雄译,北京大学出版社1999年版,第137页。
③ 同上书,第178页。

国与同属伊斯兰世界的土耳其作战,战后又不顾印度穆斯林的反对,对土耳其及其哈里发做了严厉的惩罚。这两个关键性的事件导致印度穆斯林丧失了对英国政府的信任,看清了所谓的朋友的真实面目,认清了英国政府其实并无诚意为印度的穆斯林谋利,而只是将他们作为政治斗争的工具。因此同时也对主张与英国政府合作的改良主义政策彻底失望,民族主义情绪高涨。另一方面,印度的穆斯林们又对当时代表印度利益的国大党持怀疑态度。尽管印度教教徒和伊斯兰教教徒之间曾有过良好的合作关系,但由于英国殖民政府的挑拨和分离,加上原有的教派权力和利益的冲突,以及在群众性的反英斗争中,为了提高印度人的民族自信心和自豪感,国大党一些思想家和社会活动家过分强调印度教的文化传统,这给两大教派群众的关系带来了不利影响。例如,早期民族运动活动家提拉克(1856—1920),利用印度教经典教育群众,把莫卧儿王朝时期反穆斯林统治的马拉提封建主西瓦吉树为全国学习的榜样。甘地也自称是虔诚的印度教教徒,他说的是印度教的语言,遵守的是印度教的习惯,把绝食、祈祷、对神宣誓、罢业、保护母牛等印度教的习惯和做法纳入政治斗争。所有这些策略,在唤醒、宣传印度教教徒群众、迫使英国政府向国大党做出让步方面,起了显著作用,但同时却引起了非印度教教徒特别是伊斯兰教徒的反感。这就有意无意地助长了教派矛盾,使得穆斯林们产生一种感觉,国大党是印度教的国大党,而不是全体印度人民的政党,从而促使穆斯林们产生强烈的愿望,希望能拥有一个属于自己的政党和政府,真正关心穆斯林的切身利益。

留学欧洲归来的伊克巴尔思想的核心是真主的统一性,而真主的统一不仅仅体现在它的本性上,同时也体现在它与世界的关系上。由此伊克巴尔认为"因此所有世俗的一切从其存在的根本上说都是神圣的",对穆斯林来说清真寺和土地是真主不可分割的两面[①]。伊克巴尔强调对于伊斯兰教和穆斯林的社会政治和宗教存亡来说,最核心的一

[①] *Islam: The Straight Path*, John L.Esposito, New York: Oxford University Press, 1998, p. 138.

点是伊斯兰教教法。由此他提出在次大陆建立一个伊斯兰国家或是穆斯林州。但另一方面伊克巴尔承认西方的优点：充满活力、智力传统、先进的科技，但他对其表现形式予以严厉的批判，如欧洲的帝国主义和殖民主义、经济掠夺和资本主义、世俗主义的道德败坏。因此他转而向伊斯兰传统寻求能拯救现代穆斯林社会的方法，通过重新发现传统的原则和价值来重建伊斯兰教。[①]

历史上，公元7世纪中期到10世纪末，曾有一场波斯人反抗阿拉伯异族统治的"舒欧毕思潮"。它以《古兰经》的条文为依据，争取"马瓦里"（新穆斯林）的平等权利，宣扬波斯民族的历史传统和文化，增强民族意识，振奋民族精神。在文学领域内，涌现了一大批具有强烈民族意识、富于民族主义激情的作品。这种从古代积淀下来的"民族意识"，也是伊克巴尔宗教民族主义产生的强大的集体无意识基础。正是在这种种原因的共同作用之下，伊克巴尔出版了《自我的秘密》，试图在文化上为印度的全体穆斯林提供一套可以广为接受的观念体系，促使分散的穆斯林首先在文化上重新形成一个统一的民族。而事实上，伊克巴尔的设想也是在当时的情况下，印度穆斯林唯一可行的道路。印度穆斯林在经历了半个多世纪的磨难和探索之后，在政治上已经逐渐成熟，并产生了自己的领袖人物和思想理论。伊克巴尔正是在这种情况下成了印度穆斯林的代言人。他的诗歌也成为独立斗争中印度穆斯林的战斗号角。

今天，在全球化迅速推进的时代，伴随着经济一体化的过程，文化上的后殖民也在悄然展开，"民族主义"再次成为令人瞩目的焦点。伊克巴尔在《自我的秘密》中所表现出来的强烈的民族文化自豪感，在文化上充分肯定本民族的价值，是值得我们在批判后殖民侵袭时充分借鉴的思想力量。

[①] *Islam: The Straight Path*, John L.Esposito, New York: Oxford University Press, 1998, p.140.

第四节　安纳德：民族寓言与三四十年代小说创作

穆尔克·拉吉·安纳德（1905—2004）是印度现代文学史上的著名作家，他不仅发起组织了"印度进步作家协会"，推动印度文学的发展，而且以其坚实的创作实绩，为印度现代文学的繁荣做出了自己的贡献。他在印度独立前创作了《苦力》（1933）、《贱民》（1935）、《两叶一芽》（1937）和"拉卢三部曲"的《村庄》（1939）、《黑水洋彼岸》（1940）、《剑和镰》（1942）等长篇小说。他的这些作品集中于对社会底层人们的生存状态的描写，展示他们的痛苦、怀疑和抗争。然而这些只是字面的意义。透过安纳德创造的形象体系和艺术画面，可以看到一个哲学博士对印度民族传统、印度社会出路的深刻思考。

美国当代文学理论家弗雷德里克·詹姆逊认为，第三世界的文学，"甚至那些看起来好像是关于个人和利比多趋力的本文，总是以民族寓言的形式来投身一种政治：关于个人命运的故事包含着第三世界的大众文化和社会受到冲击的寓言"[①]。的确，我们可以把安纳德独立前的小说创作摆在印度处于英国殖民统治下，西方文化对印度民族文化、社会产生剧烈冲突的背景下，当作"民族寓言"来阅读。但他的"寓言"中不仅仅传达出民族主义的政治信息，还包含对民族主义的超越。

一　《苦力》《贱民》：奴性的揭示

安纳德20世纪30年代开始小说创作，最初的两部作品就是《苦力》和《贱民》。

30年代的印度，经历了19世纪后半期的启蒙运动和20世纪初的民族起义，以甘地为领袖的国大党正领导全国性的"非暴力不合作运动"，在抵制英货、手工纺织的民族行为和回到"吠陀"的民族呼声中，全国民众情绪高涨。但构成印度社会基础、在底层的广大民众依然生活在贫困、屈辱当中。作为一个受到"红色30年代"国际思潮影响，又真

---

① 张京媛主编：《新历史主义与文学批评》，北京大学出版社1993年版，第235页。

正具有社会良心的作家,安纳德把眼光专注于社会底层,表现底层人民的痛苦和不幸,并进而思考:究竟是什么原因导致他们的悲惨?

《苦力》的主人公是孤儿孟奴。小说描述他短促而痛苦的一生。14岁那年由叔父带到一小城做佣人,不堪忍受主家的折磨而逃到道特拉浦尔,做了一个酱菜作坊的帮工。作坊倒闭,他流落到大城市孟买,成为一个纺织工人,备受摧残和折磨。在一次印度教教徒和穆斯林的冲突后失业,沦为一贵妇的侍仆兼车夫。15岁劳累吐血而死去。《贱民》的主人公是18岁的巴克哈,他是一个身强力壮、充满幻想的小伙子,但他的"贱民"身份决定了他倒霉的生活。小说描写他一天的遭遇,从被窝中被人叫起来打扫兵营厕所,进城打扫街道时无意碰撞了一位印度教教徒,遭到侮辱责骂和人们的围攻,只因他没有边走边喊让行人回避。打扫寺庙时和尚调戏他妹妹,反而诬陷他玷污了庙堂。沿巷行乞食物,也受到人们的恶意辱骂。小说中他悲愤地说:"我随便走到哪儿,都只会遭到谩骂和嘲笑。玷污,玷污,我做不出好事,只会玷污人家。"

无论是死去的苦力孟奴,还是活着的贱民巴克哈,他们过的都不是人的生活。作者在阴惨惨、脏乎乎的背景上描写他们的遭遇。我们不妨看看孟奴在作坊工场劳动的情景:

> 洞中吹来的微风闷住了炉子里盘旋跳荡的火焰,整个工场都是烟雾弥漫……辛辣的煤烟从炉口缭绕而出,跑进了孟奴的鼻孔中,使他透不过气来,他的嘴巴里也有了煤烟的苦味。后来他觉得烟煤往下钻,刺激他的喉管,他咳嗽了,吐出一口痰。他的耳鼓好像封住了。可是,弥漫的烟雾中传来了刺耳的、嘶哑的叫嚷声,在他的耳边单调地回响着。①

孟奴和工人们在这个地洞里"从黎明干到半夜以后"。再看巴克哈和贱民们的"住宅区":

> 贱民区里是一连片烂泥墙的房子……一条小河从胡同附近流过,

---

① 安纳德:《苦力》,施竹筠、严绍端译,中国青年出版社1955年版,第101页。

河水本来是又透明又清澈,可是这条河现在已经给弄得肮脏不堪;因为附近的公共厕所里积满了污秽,晾在河堤上的兽皮臭味扑鼻,四下里又是大堆大堆准备做燃料饼的牛羊驴马的粪,还有那从四面八方飘来的辛辣呛人的气味。这儿没有排水阴沟的装置,一年四季的雨水便使得这一块地方泛滥成一片沼泽,发散出一种再难闻不过的臭味儿。在这块小地方,四周是人和畜牲粪便狼藉遍地,里头是一片丑恶、邋遢、穷愁潦倒,真成了一个"不像话"的住宅区。①

这样污秽的生存环境,繁重的体力劳动和极度的精神摧残,使得孟奴、巴克哈们处于非人的境地。但安纳德不仅仅是展示他们的悲惨,而是把笔触伸进他们的心灵世界,尤其突出地表现他们是怎样对待他们的境遇的——

孟奴的态度和方式:逃;巴克哈的方式:忍。

孟奴东逃西藏,最终年纪轻轻逃到了永恒的黑暗世界,他死得安详,因为他觉得是为一个上等人做侍仆而累死的,他感到满足;巴克哈忍耐屈从,从飘散着臭气和暮霭的旷野回到幽暗的小屋,明天天亮又开始屈辱的一天,直到和他父亲一样,成为整天躺在破床上、咳嗽不止、张口骂人的废物。

"逃"和"忍"的共同心理基础是麻木、惧怕和自卑。巴克哈撞了一个印度教教徒,当街受到辱骂,他的反应是:"站在那儿又是惊异、又是不安。他变得又聋又哑。他的知觉麻痹了。只有恐惧攫住了他的灵魂,恐惧、屈辱、奴隶性。"

奴性,是他们性格最确切的概括。这种奴性不仅表现在两个主人公身上,小说中的其他印度人都程度不同地表现了这种劣根性。从两部小说的艺术描写可以看到,这种奴性最突出地表现在两个方面:媚上压下和自我封闭。

媚上压下就是对比自己地位高的人表现出奴颜媚骨、卑躬屈膝;而对比自己地位低的人表现得青面獠牙、洋洋自得。孟奴这个苦力受尽了

---

① 安德纳:《不可接触的贱民》,王科一译,平明出版社1954年版,第2页。

压迫,但他遇上"叫花子",便觉得他是上流社会的人,因为他一生中有过两件荣耀的事,一是上过五年小学,二是曾经和一个洋老爷在一间屋子里待过。《苦力》中道特拉浦尔市政委员托达尔对酱菜厂工人极尽压迫之能事,成为摧垮酱菜厂的元凶之一,而对英国人玛克乔利班克斯却摇尾乞怜,以能和他并肩行走而沾沾自喜。小说中写道:"尽管印度人憎恨英国人留在印度,但大部分印度人却对白种官员怀有奴性的崇拜,喜欢跟他们接近时那种浑身颤栗的感觉。"

自我封闭就是把自己圈定在他人为自己划定的圈子中,不敢越雷池半步,以最大的自制压抑自己的追求,逆来顺受,听天由命。巴克哈在街上遭到辱骂,开始他有点愤懑,有过一番思索:为什么走到哪儿都是遭到嘲笑和侮辱?思索的结论是:"我是一个不可接触的贱民。"接下来作家写道:"好像一缕光线刺透了黑暗似的,他这才认识到自己的地位,自己命运的关键……一阵名副其实的震惊唤醒了他那一直迟钝麻痹的感觉,他全身起了一阵战栗,他的视觉、听觉、嗅觉、触觉和味觉的神经都活跃了起来。""我是一个不可接触的贱民,"他自言自语地说。这是一种何等的麻木和奴性!受到羞辱后的思索,只是真正确认了自己的贱民地位。

问题是,是什么原因导致了他们的奴性?安纳德的理解是几千年来印度社会严格的等级制传统:种姓制度、贱民制度等。印度是一个有着悠久文化传统的古老民族,其文化传统有注重内在精神修炼、平和求善等长处和美德。但这个笃信宗教的民族,由宗教教义演绎出人的不同等级,形成严格的种姓制度。按印度教教义的说法,人生来不平等,血统有纯洁、污浊之分。婆罗门出自梵天之口,生来血统纯洁高贵;低种姓出自梵天的脚,生来污浊低贱。这种教义在印度文化中逐步演进,规定了不同种姓的行为规范,并加以习俗化、制度化。这些规范不可逾越,否则受到严厉惩罚。如《政事论》中规定:低种姓若自称婆罗门,要受到弄瞎双眼的惩罚,低种姓若殴打婆罗门就要砍掉用以殴打的肢体。等级传统就像一张钢铁之网,将人们固定在不同的网眼之中。近代以来,随着社会的发展,西方文明的冲击,印度的种姓制度本身发生了很大变化。

但种姓制度形成的观念,作为一种社会群体意识或潜意识,仍是一种强大的传统习惯势力,支配着人们意志和行为。

安纳德描写孟奴和巴克哈的奴性,并不是要将这两个青年人漫画式地加以嘲笑,而是把他们当作封建传统阴影下的印度的寓言化表现。作家的用意非常明显,在小说中他有意识地反复强调他的人物和封建传统的象征意义与牢固联系:

> 那笑容象征着六千年来的种族与阶级的优越感。①
>
> 巴克哈内心里一种奴隶的劣根性,这是祖先们遗传给他的,是被踩躏的人们的弱点。②
>
> 几千年的奴隶生涯已经使他变得卑躬屈节。③
>
> 他现在以听天由命的精神来默想着这一次的经历。这种精神,是多少世纪以来数不清的贱民身份的祖先一代代遗传的,真是根深蒂固。④

正是在这样的意义上,孟奴和巴克哈在安纳德笔下成了寓言式的印度本身。作家展示民族奴性的一面,其目的是出于民族独立和民族发展。一个麻木奴性的民族不可能摆脱异族的统治,不可能获得真正的独立。只有从奴性当中摆脱出来,每个民族成员都有自觉的自我意识,才能有民族的自立和自强。

对于奴性,奴性和传统的关系,黎巴嫩诗人纪伯伦有一段精彩的议论:"奴隶主义是一个永恒的灾难,给人间带来了无数意外和创伤,就像生命的继承一样,父子相传;就像这些季节收获那些季节种植的庄稼一样,这个时代将它的种子播撒在另一时代的土壤中间。"⑤

---

① 安纳德:《不可接触的贱民》,王科一译,平明出版社1954年版,第12页。
② 同上。
③ 同上书,第73页。
④ 同上书,第75页。
⑤ 纪伯伦:《纪伯伦散文诗全集》,浙江文艺出版社1993年版,第103页。

二 《两叶一芽》：苦难的思索

对传统的反思，是为了现实的发展，但不能代替对现实的清醒认识。安纳德是一个清醒的现实主义作家。他曾在伦敦组织"伦敦印度进步作家协会"，协会的《宣言》中说："印度的新文学，应该协调我们对待现代生活的基本事实的态度，这就是我们的吃饭问题，我们的贫穷问题，我们的社会倒退和我们在政治上处于从属地位的问题。"① 这个宣言体现了安纳德的思想。"现代生活的基本事实"，最突出的是英国的殖民统治，政治上的压迫和经济上的剥削带来的系列问题。因而，描绘英国殖民统治带来的民族新苦难成为安纳德创作的另一重要主题。

关于英国对印度的殖民统治，安纳德在《五卷书》《佛本身故事》寓言的基础上，改写过一篇含义深刻的寓言。说的是印度北部有一个美丽的大湖，一只冒险的飞鹤发现了大湖的富饶和旖旎，便阿谀贿赂湖国大王鳄鱼，请求允许它在湖边做点小生意。鳄鱼收下礼物，发给它执照。湖国经历几代国王，新王暴戾无比，国内出现纷乱。飞鹤假装做生意，寻找机会帮助一方，打击另一方。当湖国力量削弱时，它假装出面调停，并许诺若拥戴它为女王，可以保证湖国的永久和平与繁荣。湖中鱼蟹们相信了飞鹤。鹤却将湖中财富偷运回老家，但还不能满足它的贪欲，它想将湖中的鱼蟹全部吃光，便散布说将有一场12年的大旱，湖水将干涸，为了摆脱危机，只好将它们叼往安全的地方。鱼蟹对女王陛下非常感激。飞鹤将鱼儿叼出不远便吞下肚中。湖中鱼被吃光了，最后轮到一只蟹。蟹非常谨慎，不愿被鹤的长嘴叼着，而以蟹爪夹住鹤颈。飞到中途，鹤试图甩下蟹而啄食，蟹知道了鹤的目的，加强爪钳的力度，并要鹤飞回原湖，否则夹断它的颈项。鹤只好飞回，蟹却在湖边夹断了鹤颈。这篇题为《鹤与鱼》的寓言②只要稍稍了解印度近代历史的人都不难看出其指向性，这是一篇名副其实的"民族寓言"。

《两叶一芽》以小说形式，重复了这个"鹤与鱼"的故事。东印度阿

---

① 转引自《普列姆昌德论文学》，漓江出版社1987年版，第119页。
② 见《印度童话集》，冰心译，中国青年出版社1955年版。

萨密地区，原是山地酋长统治的独立领土。这里有浓密的原始大森林。一个英国人布鲁斯发现领土内有一种野生优质茶树，比之当时唯一闻名的中国茶叶更胜一筹。后来趁山民部落酋长们相互混战的机会，布鲁斯劝说东印度公司以"仲裁人"身份参与战争；不久后废除交战双方的国王，吞并了这块广袤的国土，建立起一个拥有百万英镑资金的阿萨密茶叶公司。公司这只外来飞"鹤"，正在积聚起财富，而茶园工人这些"鱼儿们"却经受着悲惨的剥削和压迫，正在被"鹤"吞食。

小说以阿萨密一个茶叶种植园为英国殖民统治的缩影，以契约劳工甘鼓一家的遭遇表现印度农民的悲惨命运。安纳德以现实主义作家的严谨和认真，深入阿萨密地区在一个种植园附近住了一段时间，调查和收集了大量的第一手材料，对"见到了盛行于当地的那灭绝人性的野蛮行为，以及这种情况下必然产生的殖民地人们的人性的丧失"，觉得"非写不可"[①]。

在小说中作家有意识地对比描写白人老爷和印度劳工的生活。小说的情节基本上在白人俱乐部、劳工居住区和茶园工作场三个场景中展开，在对比描写中充分展示出白人作为统治者的优越、闲适、专横，和劳工作为被统治者的自卑、贫困、劳累。

以茶园经理库克和副经理勒·韩特为代表的殖民统治者，视印度人为"天生的骗子"，"好吃懒做的小偷"，"在智力和文明上都是些令人吃惊的野蛮人"，"可鄙而微贱的下等人"，因而不把他们当人看待，无视他们的基本生存条件和人格尊严。当一位医生发现劳工饮用水中含大量细菌，致使霍乱和疟疾流行，提议改进饮水设施时，经理老爷回答："这些苦力是下等人，一点也不配享受卫生的好处。"他关心的是怎样从劳工身上榨取更多的利润。副经理老爷更是一位令劳工望而生畏的"魔鬼"，他傲慢残暴，任意鞭打劳工，奸淫妇女，为所欲为，无恶不作。小说结尾写的是这个无赖强奸未遂，却枪杀无辜劳工，经殖民政府

---

① 安纳德：《两叶一芽·印度版再版前记》，黄星圻、曹庸、石松译，新文艺出版社1955年版，第10页。

的法庭审判，竟无罪开释。

　　劳工都是来自印度各地的破产农民，他们被有地种、高工资、老爷慈悲、自由自在的谎言骗到茶园，一旦走进这个闷热潮湿、群山环绕的谷地，就像陷入了一座无墙的牢狱。每天从事繁重的劳动却只有微薄的收入，还得遭受工头、师爷、商贩的层层剥削，剩下的仅够维持最低限度的生存。他们生活在惊恐当中，工头的殴打，猛兽的侵扰，老爷的皮鞭，疾病的折磨，随时都有可能降临在每个劳工的身上。小说主人公甘鼓受到工头诱骗，抱着神话般美丽的幻想，带着妻子儿女，经过12昼夜的行程来到茶园，迎接他的是一连串的灾难，自己患病虽然死里逃生，妻子却染病身亡，为埋葬妻子求助老爷，却遭到经理老爷的一顿脚踢；只好向商贩高息借贷，背上沉重的债务；女儿遭遇副经理的强暴，他前来相救，却被副经理枪杀。甘鼓，这个勤劳淳朴、笃信宗教、忍辱负重、宽以待人的印度农民，就是寓言意义上的殖民统治下的印度。

　　从阿萨密茶园的寓言意义又可以看到，殖民统治者和印度人民是一种尖锐的对立关系。小说中通过一个具有人道主义思想的白人医生之口说道：

　　　　黑种苦力开辟森林、耕种田地、辛勤收获，而捞取钱财、驱使奴隶、毫无心肝的经理和董事们却拿薪水、分红利、建立独立企业。这个国家的革命必然性就在这里。一边是广大的群众，带着种种锁链的囚徒，身上盖着痛苦、疲劳、甚至死亡的印记，一边是狂妄自大，对于荣誉、权利和财富的理想从不过问的目空一切的富人……①

　　的确，这种对立关系，就是"这个国家的革命必然性"。印度近现代史上1857年的民族大起义，20世纪以来的民族独立运动，都是印度人民不堪异族压迫而进行的自由解放斗争。这种"革命"，在小说中也作了寓言式的表现。劳工们不堪工头的压迫，自发地组织请愿。恐慌的老爷们却调来了军队和飞机。其实老爷们过于紧张了，只是几只"铁鸟"飞越

---

① 安纳德：《两叶一芽》，黄星圻、曹庸、石松译，新文艺出版社1955年版，第113页。

低空的刺耳嗡声,就把劳工的"疑惧变成迷乱了",仅是几排子弹的呼啸,就把劳工吓得四散奔逃。看来,飞"鹤"的威力还不小,印度民族需要那只聪明、谨慎、夹断鹤颈的"蟹"。

三 "拉卢三部曲":出路的探寻

"拉卢三部曲"不仅篇幅长,而且容量大,它包含了作者以前小说创作的内容,既有对腐朽的封建传统文化的剖析,也有殖民统治下印度人民苦难的展示。但安纳德没有停留于这些,在"三部曲"中表现得更为突出的是对印度民族出路的探寻。

印度民族悠久的历史传统和古老文化,造就了印度的辉煌过去,既是一笔巨大的精神遗产,也成为迈向现代社会的沉重包袱。同时,英国殖民统治又给印度民族带来沉重的灾难。在这双重压力之下,印度究竟怎么办?20世纪以来,随着民族运动的发展,对待传统和对待民族独立一直存在不同的论争。20世纪初期有提拉克的宗教民族主义和泰戈尔的民主民族主义的分歧。提拉克为激发群众的民族激情,积极投身民族解放斗争,以使印度教作为精神武器和旗帜,从宗教经典《薄伽梵歌》中寻找依据,将迦梨女神作为民族精神的象征,宣称民族独立斗争是神赋予的争取自由的使命,是对神的虔诚。他这样赋予宗教以革命思想,把群众的爱国情感和宗教情感同时激发起来,在当时号召群众、组织群众起到很大作用。但以宗教提携政治,有强化落后封建意识的危险,相对于19世纪后期的启蒙思想家是一种倒退。泰戈尔不赞成他们的做法,认为社会改革比之民族独立更为重要,他说:"印度在没有摆脱个人和集体的愚昧,普通的人民不被当作真正的人看待的情况下,在地主把他们的农奴仅仅看作是一部分财产,强调践踏弱者认为是永恒法则的情况下,在高级种姓蔑视低级种姓,对待后者就像对待牲畜一样的情况下,是永远不能获得独立的。"[①]提拉克看重的是民族政治上的独立,泰戈尔注重的是人们精神上的自由。20世纪20年代以来,在国

---

① 转引自林承节:《印度民族独立运动的兴起》,北京大学出版社1984年版,第458页。

大党内又有甘地的以宗教道德为特征、倡导古老村社自由的自治体制的民族主义道路,尼赫鲁的以政治民主为特征,更具现代色彩的民族主义道路和改良派成立自治领,通过英联邦达到更加充实的民族生活的主张。

安纳德主张印度从英国殖民统治下获得完全的独立,从《鹤与鱼》的寓言中,蟹夹断鹤颈的寓意中透出这明确的意思。在《两叶一芽》中,通过一位具有人道主义的白人医生的口说:"干吗不让本地人自己当家做主呢?这是他们自己的国家呀。"他也曾明确地说过,实现独立自由,"以便印度人民能够变成自己家里的主人"①。但怎样获得民族独立?"拉卢三部曲"通过主人公的成长和变化艺术地表现了作者的思考。

主人公是一个名叫拉尔·辛格(爱称为拉卢)的青年农民。第一部《村庄》里,拉卢生活在贫困、落后、肮脏、疾病蔓延的北方农村,这里的农民辛勤耕耘,却难以维持生计,封建地主和寺庙主持剥削压迫农民,农民却忍耐屈从。拉卢在英国人办的教会学校念了8年书,懂得一定的科学知识,与父亲一辈相比有了一些变化。其中最大的不同,就是他盼望一种新的生活,并遇事能有自己的看法,从他的角度去判断是非。他虽然还没有力量反抗他父辈实行的一切,反抗他认为不合理的东西,但他有了自我意识,有一种朦朦胧胧却令他不安的向往,并且在可能的范围内做出他的抗争。小说中最大的反抗是剃发事件,这是他向往自由、公开叛逆传统宗教的勇敢行为。但他却因此遭到亲人的辱骂,被地主的儿子、寺庙僧侣将他满脸涂黑,游街示众,受尽侮辱。当地主设计诬陷他,给他以更大压迫时他跑去参加了雇佣军。第二部《黑水洋彼岸》写一战爆发,拉卢随军到法国参战,在欧洲的所见所闻。战场上面临死神,各类人物的充分表演和经历的各种艰难困苦,令他增长了见识,同时也使他进一步去思考压迫与被压迫、战争与和平、印度兵越洋参加欧战的意义等问题。虽然不能说他透彻地理解了这些问题,但他

---

① 杜比柯娃:《论安纳德及其作品》,《苦力》,施竹筠、严绍端译,中国青年出版社1955年版,第6页。

向往和平、进步和自由的愿望更加强烈。在最后的一次反击中他负伤被俘。第三部《剑与镰》中拉卢从德国回到印度，因被俘而清洗出部队回到原来的村庄，已是家破人亡，封建势力依然牢固地统治着这块贫困落后的土地。他抛弃了一切幻想，勇敢地追求和平、进步和自由的理想，积极投身农民解放斗争，成为一个自觉的革命者。

作品中的拉卢从一个备受压迫与欺凌的农民成为一个反抗压迫与奴役的革命者，是他对社会和人生不断思索、不满现实又有所追求的结果。不妨看看小说第一部和第三部的两段文字，从中体会他的思索与思索的发展：

> 有时候，当他不知不觉走到野外的时候，他会想到自己是多么天真，竟然想要改变这个世界……而他自己的整个生活看来毫无意义，不知怎样着手，也不知结果如何，他和他的家人们似乎都在不知不觉地走着下坡路。一想起家道逐渐衰败，以及村子里那满目倒塌败落的景象，他心中就充满了无可奈何的焦虑。他能为他们做些什么？他怎么才能最好地……（《村庄》）

> 只有在反抗奴役者之后……只有在为新的生活方式斗争之后，我们才能休息，才能歌唱季节的美。现在是学习斗争方法的时候……现在是在斗争里生活而且坚持斗争的时候……现在是改变世界，为了生活与幸福而斗争的时候……（《剑与镰》）

拉卢的思索，说到底是安纳德的思索。拉卢的性格发展变化中，寄寓的是安纳德对民族发展道路的探索。拉卢由茫然、无奈到焦虑、怀疑而觉悟，最后坚定信念，执着于理想。拉卢，成为安纳德笔下印度发展道路的寓言化形象。他的变化，促使他变化的契机和因素，都寓意式体现了作家对印度发展道路的思考。从小说的形象体系整体地看，安纳德对民族发展道路的探索，体现出以下要点：

第一，人民自主意识的觉醒是民族独立的前提。小说中描写的南达普尔村农民不仅贫穷、肮脏，而且愚昧、迷信、盲目崇信宗教教条、任人宰割。小说中写道："他们的嘴唇似乎因为怕死而颤抖着。为了得到一剂能治人生百病的万应灵药，他们卑贱地祈求着。他们显得卑鄙、下贱、一副可怜巴巴的样子。他们什么也不愿意想，什么也不愿意知道，什么也不愿意干，他们把一切祸福都委之于命运了……"以这样的社会基础，怎能摆脱殖民统治而求得民族独立？在这一点上，安纳德接近泰戈尔。泰戈尔认为，印度之所以受异族奴役，根源在内部。英国像一条大章鱼缠住印度，不是因为它有特别强大的力量，而是因为印度的落后、愚昧和分裂。一个在昏睡中的民族，只能是一个任人奴役的民族。只有像拉卢那样，遇事用自己的头脑去思考，去分析是非，认识到自己受压迫受奴役的地位，并投身于改变自身地位的实际斗争，这样才能真正获得民族的独立。

第二，学习借鉴西方的科学技术和先进文化。拉卢生长在南达普尔村，他之所以会有不同于父辈的变化，其中的重要原因是他念了8年教会学校，受到了初步的西方文化教育。为打仗来到欧洲，他更是亲自经历和体验了不同于印度传统文化的西方文化，他感受到西方文化的人与人之间的平等，"他们接触到普通的白人，了解到甚至这里的苦力也似乎只有在工作的时间里才是苦力，而事后，本身却都是够格的先生，可以穿上西装革履和女朋友出去玩……"拉卢总是自觉或不自觉地把他生活的欧洲与他生长的印度比较，在比较中看到西方文化的先进。他从欧洲给母亲写的信，集中体现了他的这种认识：这里孩子都上学，父母对孩子都很慈爱，女人一样读书工作，这里的农民用拖拉机翻地，一天比印度农民干十天还多四倍，还使用化肥、农药等等。信中他不无激情地连写两个"多好的国家"。拉卢的理解当然是安纳德的理解，他本人长期生活在欧洲，拉卢的体验就是他自己的体验。他看到祖国的贫穷和落后，需要新的文化因素的刺激，需要借鉴西方文化中的先进因素，促进社会的变革和民族的发展。

第三，和平和自由是社会发展的根本目的。安纳德是个和平主义者，他反对暴力，谴责压迫。印度独立后，积极投身世界和平运动，多次参加世界和平会议，曾担任世界和平理事会理事，获1952年国际和平奖。他曾写文章说："我觉得，知识分子如果不在和平问题上抱定一个基本立场,那他在自己平凡的日常生活中是不会做出什么有用的工作的,因为这个问题影响到我们这个时代亿万人的命运。"①

安纳德的这种和平、自由思想在独立前已经确立,也体现在"三部曲"对印度发展道路的探索中。他让主人公拉卢饱受压迫而有所反抗,经受一战炮火的洗礼而渴望和平生活,最后为自由、和平的理想而积极奋斗。"三部曲"最后一部《剑与镰》的标题就寓示着自由与和平的主题。安纳德引用英国诗人威廉·布莱克的诗句作为题词:

> 剑在光秃秃的荒原上歌唱,
> 镰刀在丰盈的田野里欢呼;
> 剑在唱着死亡之歌,
> 但却不能让镰刀屈服。

显然,这里"剑"是战争、暴力、压迫的象征,"镰"是和平、劳动、自由的体现。人们在田野自由自在地劳动,没有战争的恐怖,没有压迫的阴影,尽情地享受生活的美,劳动的美这就是安纳德探索的结论和社会理想。他的探索,有泰戈尔的因素,有甘地的影子,但又不等同于他们。

四 民族主义的超越

安纳德在印度独立前的小说创作在深层意蕴上形成一个完整的时间序列:传统过去;现实现在;出路未来。而且是在这个完整的时间序列中揭示印度民族的命运和前景。因而可以说,安纳德独立前的小说,是一个完整的印度民族的"民族寓言"。詹姆逊在他称第三世界作家的创作为"民族寓言"的同一篇文章中,谈到第三世界的知识分子:"在第三世界的情况下,知识分子永远是政治知识分子。"②安纳德虽然接受

---

① 转引自杜比柯娃:《论安纳德及其作品》。载安纳德:《苦力》,施竹筠、严绍端译,中国青年出版社1955年版,第10页。

② 张京媛主编:《新历史主义与文学批评》,北京大学出版社1993年版,第240页。

西方教育,长期在西方生活工作,但他是第三世界的知识分子,民族的命运是他创作的中心主题,从这个意义上说,安纳德也可被称为民族主义作家。

但安纳德的民族主义不同于印度同时代的民族主义作家的思想,在对待民族传统和西方文化的态度两个方面都是狭义上的民族主义的超越。

印度现代文学的民族主义,是甘地的民族主义思想在文学领域的表现。其基本倾向是批判西方工业文明,复兴印度民族文化传统的精神。甘地认为印度文明包括三个要素:手工业者的手纺车、农民的犁和印度的宗教哲学。他的民族主义思想就是要复兴这种自给自足的村社经济和以爱与忍为核心的宗教哲学体系。甘地极力反对西方工业文明,他说:"确实,西方工业化和剥削过度了。事实上,这种文明全是罪恶。……我关心的是,不惜任何代价摧毁工业主义,在此之后,适当地使用蒸汽和电力。"[①]甘地的民族主义思想深深地影响了现代印度文学的民族主义作家。普列姆昌德就是典型的民族主义作家,他创作中表现的理想和社会就是"重新建立黄金时代的纯朴和正直的社会"[②],在一些作品中赞美印度农村传统的五人长老会。他对工业文明心怀不满,认为它虽带来繁荣,却破坏了社会的宁静和纯朴,带来了罪恶。他塑造的理想人物体现印度民族的传统美德:同情、宽恕、善良、谦恭、施予、无畏、真诚等。

安纳德对印度传统文化的某些方面也有肯定的评价。但作为一种文化体系,他认为需要根本的改造与变革。尤其是与封闭的村社经济相适应的民族性格中的奴性、迷信、屈从和盲目的宗教狂热以及人为的等级压迫,他是坚决否定的。《两叶一芽》中的甘鼓,淳朴、虔诚、善良、宽厚,正体现普列姆昌德笔下理想人物的美德。安纳德对他的悲惨遭遇固然非常同情,但更有"怒其不争"的一面,他在老爷面前瑟瑟发抖,

---

① 引自彭树智:《东方民族主义思潮》,西北大学出版社1992年版,第163页。
② 黄宝生等编译:《印度现代文学研究》,中国社会科学出版社1980年版,第237页。

面对压迫造成的灾难他总以神的安排来平衡自己。在这些描写当中，无疑包含着安纳德对他不满的一面。至于孟奴、巴克哈性格中的奴性，安纳德是以否定的笔调予以揭示的。

安纳德小说中经常出现狂风暴雨的意象和场面。这些意象和场面往往出现在人们坚守的古老传统造成小说中人物不幸的时候。他对这种传统的愤激情绪难以言说，借助于暴风雨的意象和氛围做出象征性的展示。《村庄》中拉卢违反锡克教的规定剃掉了头发，结果遭到游街示众的侮辱。他非常痛苦，拼命向田野跑去，一场秋日暴雨，倾盆而下：

> 可怕的黑云，笼罩着茫茫一片泛白的辽阔大地，泼下倾盆大雨，无情地冲击着草木、大地以及这个在田间徘徊的孤独的人。只听得哗啦啦的一声响，惊天动地，仿佛一个奇大无比的水罐摔破在世界的头上。拉卢似乎感到所有生物所在的大地都被愤怒的上帝打得粉碎了。

从艺术情景和氛围来看，这里暴雨冲刷、惊雷粉碎的正是安纳德心目中要否定的封建陋习，人们的盲从和愚昧。

对于英国的殖民统治给印度人民带来的灾难，安纳德予以愤激的揭露，他说到《两叶一芽》的创作目的："我之所以要写它，是因为我对于我的一些同胞不断遭受白种老爷的侮辱与损害感到一种激愤。"① 但他不同于一般的民族主义者，不是出于强烈的民族激情，随着"愤激"把西方的文化全部否定，他是冷静而又理性地把殖民统治与西方文化加以区分，分别对待。对于西方文化面临的一些问题，他在小说中也作了表现，比如由竞争而导致第一次世界大战的残酷屠杀等，但对以西方现代科技和人格平等，人性自由为核心的工业文明体系是肯定的。

任何一种文明，都体现在其活的继承者的身上。从安纳德小说中的白人描写可以看到他对西方文化的肯定态度。他塑造过《两叶一芽》中的茶园经理库克、副经理韩特这样专横、残酷的殖民主义者形象，但在小说中作者具体分析造成这些生活在印度的英国人这种怪癖的社会

---

① 安纳德：《〈两叶一芽〉印度版再版前记》，施竹筠、曹庸、石松译，新文艺出版社1955年版，第1页。

历史甚至气候和个人经历方面的原因，在作者看来，他们代表的不是西方文化的本质，代表西方文化的是小说中塑造的英国医生德·拉·哈佛尔，他同情印度劳工的不幸，极力改善他们的生存环境，平等地对待印度人。从安纳德其它小说中的白人描写可以看到，白人有知识，待人和蔼。尤其是处于社会底层的印度人，饱受印度上等人的欺压，却能从白人那里得到平等相待，就是受教育的印度上等人，对同胞也显得仁慈得多。贱民巴克哈就愿意在英国兵营里干活，因为"英国兵把他当作一个人看待"，拉卢在部队里从印度下士洛克纳特那里受尽折磨和侮辱，以致心存恐惧，而从白人军官那里却得到关怀和赏识，体验到了做人的尊严。

"拉卢三部曲"中的拉卢性格发展变化的重要契机是他到欧洲参战过程中的亲身见闻和感受，他从印度到欧洲，把母体文化和这种陌生的文化加以比较，他感到印度的人过的是"牛过的日子"，法国牛却过的是"人过的日子"。由此有论者认为拉卢具有"崇洋思想"。①

其实，与其说是拉卢"崇洋"，不如说这里表现了安纳德的一种文化意识。他之所以安排拉卢到欧洲去体验感受西方文明，让他在两种文化的比较中而觉悟，意在表明：印度传统文化的变革转型，需要西方文明这种异质文化的刺激，西方文化的合理因素，可以为印度民族文化的建设提供新的启示，提供某些借鉴。

比如先进的科学技术，它推动社会的进步和发展，为人民的幸福创造条件，无疑是代表了人类社会的发展方向。安纳德小说中的人物对科学技术都是赞美的，《贱民》中的巴克哈寄希望于打扫厕所的卫生设备，不再用人力清扫，从而改变他的贱民身份。《村庄》中的拉卢对飞驰的火车的力量非常敬佩，他很想当一名火车司机，手握操纵杆奔驰在大地上，显得多威风。即使是深受茶园经理剥削压迫的甘鼓，对英国人的科技和管理能力也是非常赞赏："他望着身边的一片井然有序的深绿色

---

① 王槐挺：《黑水洋彼岸·译者前记》，《黑水洋彼岸》，王槐挺译，上海译文出版社1985年版，第8页。

的茶园在丘陵起伏的原野上连绵不断地伸展着,不禁惊叹着把这块不毛之地开垦出来的天才。"他对工程师在高原荒地上开动的机器犁着迷,感受到"这架了不起的工具给他的美"。从他的小说中的大量描写可以感受到,安纳德不太赞成在有了机器织布,再回到手工纺车,在拖拉机耕种以后,再回到牛拉木犁的时代。

当然,西方文化中的剧烈竞争与个性的极端发展也带来许多新的社会问题,印度传统文化中的谦卑忍让在一定的程度上也是一种美德,安纳德在对民族主义的超越中存在文化选择时的困惑。实际上这种困惑岂止安纳德,又岂止印度的现代作家,整个20世纪东方民族作家都普遍存在这种超越和选择的困惑。

第五节 库切:后殖民语境中的身份焦虑

20世纪中期之后,不少殖民地国家先后在政治上取得了独立,但是清除拥有强势话语的殖民国家的文化渗入的痕迹,即在精神上解殖的过程并非朝夕之功,前殖民地国家的知识分子们在后殖民时代出现了前所未有的强烈的身份诉求与身份焦虑。20世纪后期,人类进入了全球化时代,先进的通讯和交通工具压缩了地球的空间,为更多的人总是处于"漂"的状态提供了条件,没有定居之所和文化皈依的流散生存成为更普遍的一个文化现象。文化身份的问题成为每一个地球人面临的深度困惑。这种困惑在一些东方后殖民作家身上体现得更为强烈。

一 文化夹缝中的自我寻觅

米兰·昆德拉在《移民生活的算术》一文中归纳了三类移民作家:第一类无法与移民地社会同化,第二类虽然已经融入移民地社会,却摆脱不了乡土文化的根,第三类作家完全融入了移入国的社会,并从自己的母国的土壤中拔出了根。①但在他研究视野中的作家,都是族裔身份属于第三世界,现已移居第一世界的移民作家,而由第一世界移入第三世界的移民作家则都受到了忽略。对于像澳大利亚、美国这样的欧洲移民国家来说,由于现有居民组成中欧洲移民的后代远大于原住民,所以问题变得相对简单,在认同欧洲文化上,移民作家不会有太多的阻碍。而对于像南非这样的移民殖民地的作家来说,由于欧洲移民的人数远远小于土著非洲人,再加上其独特的"殖民主义、后殖民主义和新殖民主义"②的历史政治背景,白人移民作家的身份认同问题的复杂性远远超过前面提到的几类。处于历史频繁移位的历史时刻之中,个人位置的确立和身份的建构一方面增加了复杂性,另一方面也势必与政治的意识形态相关联,使主体身份的认证成为后殖民情状的一种。2003年诺贝尔文学奖得主库切就是这样的一位复杂的混杂文化身份的承载者。

库切的父亲是荷裔南非人,他的祖上在17世纪来到南非,参与了南非种族隔离的构造。历史先天地赋予他一个殖民者和后殖民者的位置,然而他的独特的家庭和教育背景又将他抛入了边缘。他的母亲有英国血统,从小他在家里说英语,对亲戚和朋友说南非荷兰语。学龄时进的是英语学校,写作用的语言也是英语,所以英语可以说是他的母语。作为说英语的南非荷兰人,库切在童年时代就经常因遭到英国裔和荷兰裔白人社会排斥而苦恼。库切的祖父母是农民,他的父亲是个退伍的军人,后来又从事会计和律师职业,但都失败了。所以库切的家境一直不算很好,属于南非白人中的中下等级,位于权力的边缘。库切随着父母工作的变换不断搬家,每换一个地方,他就面临着重新适应和融入周围环境的问题,库切也就经常品味孤独的痛苦。虽然是白色皮肤,在南非严格的种族、等级秩序下,库切很早就感受到了文化置换导致的边缘人身份的痛苦。

---

① 李凤亮、李艳:《对话的灵光:米兰·昆德拉研究资料辑要(1986—1996)》,中国友谊出版公司1999年版,第90—91页。

② J. M. Coetzee. *"Speaking: J. M. Coetzee." Interview with Stephon Waston.* Speak May June, 1978. p. 23.

边缘的位置带来的并不仅仅是痛苦,它还赋予了人们许多有益的东西。萨义德称一个社会中位于边缘位置的知识分子为"谔谔之人",认为"这些人与社会不合,因此就特权、权势、荣耀而言都是圈外人和流亡者"①。边缘的位置赋予人们一个独特的视角,"在边缘你可以看到一些事物,而这些是足迹从未越过传统与舒适范围的心灵通常所失去的。"②也就是说,边缘的位置使人们敢于说出权利和历史的真相。萨义德将边缘位置视为知识分子的理想位置。由于置身于权力话语的中心之外,库切不能认同南非的种族隔离文化,因为有了距离存在,他也就更能理性地审视种族隔离文化并探察其成因和后果。在一次访谈中,库切将南非现实描述为"赤裸裸的剥削",在这种现实里,"一小撮富裕的、实际上是后工业的剥削者"统治着"数量巨大的实际上是生活在19世纪的人们。"③在《纽约时代杂志》的一篇文章里,他宣称,种族隔离是"一种教条和一系列的社会实践,它在白人的精神存在里刻下伤痕,同时又削弱和降低了黑人的存在。"④在自传《青春》中,他径直写道:"在他仍把那个大陆叫做他家乡的时候似乎非常正常的一切,从欧洲的角度上看却显得越来越荒谬:一小撮荷兰人竟然在伍德斯托克海滩涉水登岸,声称他们对从来没有看见过的海外土地拥有所有权;他们的后代现在竟然将那块土地看作是生来就属于他们所有的。"这一切显得如此荒谬,他在内心里大声呼喊:"非洲是你们(黑人)的。"⑤库切把非洲还给了黑人,那么对于非洲的白人来说,非洲意味着什么?这是一个复杂的问题,需要我们以文本为基础,进行层层的解码。

对种族隔离、殖民主义和后殖民主义的现实和话语暴力的反抗成为库切几乎所有作品的主题,可以说库切背叛了他所属于的"荷裔南非

---

① 爱德华·W. 萨义德:《知识分子论》,生活·读书·新知三联书店2002年版,第48页。
② 同上书,第57页。
③ Susan VanZanten Gallagher. *A Story of South Africa: J.M.Coetzee's Fiction in Context*. Cambridge, Massachusetts: Harvard University Press, 1991, p. 15.
④ J. M. Coetzee. "Tales of of Afrikaners." *New York Times Magazine* 9 Mar, 1986, p. 21.
⑤ J. M.库切:《青春》,王家湘译,浙江文艺出版社2004年版,第136页。

人"的族裔身份,批评他自己的传统和遗产。作为他所属的种族和阶层的逆子,并不意味着库切与权力的另一极——他者(主要是土著黑人文化)产生认同。库切在小说中塑造了一系列他者形象,叙述主人公总是试图探寻他者,进入他者,揭示真相,然而这种探寻的结果总是归于失败,这种探索的失败可以看作库切进入他者文化失败的表征:《等待野蛮人》中的行政长官对于帝国的殖民暴行极为不满,对被帝国第三局人员拷打致残的野蛮人姑娘身体的残缺充满变态的好奇,然而从野蛮人姑娘那儿他什么也没有得到,只有用想象的残片来拼接历史的空白。黑格尔、萨特、萨义德等人都强调,文化的自我的确立需要某种对立面即他者的存在作为参照系,所以对他者的探询就是对自我的寻找。老行政长官对他者的探询最终使他得到了自我的答案,认识到自己对野蛮人姑娘的试图进入充满了"嫉妒、怜悯、种种残忍铸成的欲望",和乔尔"正好是帝国规则的正反两面","我是帝国的一个谎言——帝国处于宽松时期的谎言;而他(乔尔)却是真相——帝国在凛冽的寒风吹起时表露的一个真相"。《福》中的Susan Barton一直试图揭开星期五身上的秘密,但真相是不可能得到的,因为星期五早在被发现之前,就已经被割掉了舌头;《国家的中心》中的叙述者Magda的混乱意识里,她杀死了他的父亲,也即自己的殖民者身份,但在与父亲的雇工Hendrik发生两性关系时,她从Hendrik那里得到的不是爱的欲望而是仇恨的怒火。更有意味的是,当喝醉了酒的Hendrik拒绝去救助Magda的父亲时,Magda借助的依旧是她祖上所运用的殖民工具——枪的威力去强迫他者服从,无意识之中向她的祖先回归。借助于与他者的关系,Magda、老行政长官等人的真实的自我逐渐变得清晰。

维霍伊·米什拉和鲍伯·霍奇在《什么是后殖民主义》中,将后殖民主义区分为"共谋型后殖民主义"和"对抗型后殖民主义"两种形态[①]。库切显然不能简单地归于二者中的任何一个,而是在这二者之间

---

① 维霍伊·米什拉、鲍伯·霍奇:《什么是后殖民主义》,罗刚、刘象愚主编:《后殖民主义文化理论》,中国社会科学出版社1999年版,第381页。

的阈限空间,即中间的位置上滑动。他既不能认同他的白人祖先的传统,又无法归于土著的非洲文化传统,既不能与殖民者形成简单的共谋关系,又无力与受殖者的视角同一对后殖民主义进行对抗,只能以一个中间人的身份在历史的移位造成的文化夹缝中苦苦地寻觅自我。

二 如影随形的"南非自我"

作为一个有良知的知识分子,库切在反思历史的时候,颠覆了荷裔南非人作为上帝的选民创造南非历史的神话,在文本中力争让在白人历史的神话中沉默的黑人告诉他们自己的故事,然而作为白人移民的后代,无奈他又无法在血缘、思想和价值上与非洲黑色的历史传统认同,在南非这块负载着独特历史的土地上,库切无法找到此时此地的归属感,与自己的祖国产生了深深的隔阂。身份的悬置、对政治现实的不满以及对历史的大变动的预感使库切选择了再移民。1963年,23岁的库切离开南非,开始了身体上由边缘向中心的位移,这既是他的求学之路,也是他的精神家园的寻找之旅。库切先是来到英国做了两年电脑程序员的工作,这段时间的生活和心路历程在他的自传《青春》中记录了下来。

库切为了"逃离厌倦,逃离庸俗的市侩作风,逃离道德生活的萎缩,逃离耻辱",离开了南非这块令他痛苦的土地,来到伦敦这个欧洲的文化之都。像所有的移民一样,他想融入英国,为此他纠正自己的发音,像伦敦的职业人士一样穿着黑色的西服在电脑公司上班,读着英国中产阶级的报纸,甚至假装着融入周末寻欢作乐的人群。但这一切并不表明他就已经进入了英国的主流社会,他的位置依旧在边缘。他很快发现,"他在他们的国家里不受欢迎,不受正面的欢迎",无论他如何改装,伦敦人都会给他贴上南非人的标签。他们的眼睛告诉他:"我们不需要一个没有风度的殖民地人,何况还是个布尔人。"在伦敦他异常的孤独,他没有朋友,空余时间只能在电影院、书店和大英博物馆阅览室里度过。他来到欧洲寻根,反倒把自己变成了一座孤岛。虽然在种族和血统上,他曾经属于中心,但经过历史的移动和文化的迁徙,在此时的中心看来,这位来自移民殖民地的白人无疑是一位"他者"。

既然伦敦满大街的美女不属于他,伦敦的生活不属于他,他就沉浸在文学的梦想之中,或许文学需要孤独。他想在欧洲浩瀚的文学传统中寻找自己的灵感之源,然而当他提笔创作一个散文体故事时,他却发现无意识之中把故事的背景放在了南非,这篇文学的杂交品种让他忧虑和愤怒,他继而想到:"如果明天大西洋上发生海啸,将非洲大陆南端冲得无影无踪,他不会流一滴眼泪。他将是被拯救者中的一个。"然而,陷入文化困境的库切真的能够被欧洲文化所拯救吗?对此,文学家再次陷入了否定,在思绪之中,他紧接着又意识到,这篇作品是没有必要去发表的,"英国人不会理解的"。因为"他没有掌握伦敦。如果存在着什么掌握的话,是伦敦在掌握着他"。文学的实践没有给他带来心灵的慰藉和精神的故乡,反而让他饱受身份的悬置带来的灵魂分裂的痛苦。在两种力量的拉扯之下,文学家在家园的迷宫之中找不到出口。

库切离开南非,是"宁愿像把南非的土地留在了身后一样,把南非的自我也留在身后",然而精神空间往往并不随着身体的地理空间的移位而移位,离开了南非,"南非的自我"依旧像幽灵一样时时缠绕着身处欧洲的库切。南非成了他"无法摆脱的沉重负担",他想与南非隔绝,但他却禁不住怀着畏惧地去购买和阅读记载着南非消息的报纸,以保证自己知道关于南非的所有消息。他极力想让自己与英国人同化,在语言上他已经将自己改造得几乎和伦敦人一样,但当他去看望从南非来的表妹和她的朋友时,一开始时他们说英语,他后来"改用家里人说的话,即南非荷兰语。尽管他已经多年没有说南非荷兰语了,但仍能感到自己立刻就松弛了下来,仿佛滑进了热水澡里"。语言不仅仅是交流的工具,他所负载的是更为深厚的文化内涵。厌恶南非的库切却在南非的文化容器中悠然自得。这一切表明,在精神的宇宙里,真相往往和意愿相反,虽然库切想极力摆脱,但"南非的自我"却始终如影随形。

移居欧洲时期的库切处在了萨义德所描述的流亡的真实情境里:"流亡存在于一种中间状态,既非完全与新环境合一,也未完全与旧环境分离，而是处于若即若离的困境。"①他有着南非的国籍，南非被视作他的故乡，但他在南非的历史之中不仅找不到自己的文化之根，反而感到一种道德的耻辱；他的身上流淌着他的欧洲祖先的血液，但脑子里却没有贮存欧洲的文化，欧洲排斥他，他也无法在欧洲找到任何意义的承诺。历史的迁徙导致了个人的错位，作为欧洲文化和非洲文化交合的私生子，库切找不到自己的文化母体，身份疆界的模糊使他无论身处何方，都位于边缘的位置，他变成了一个无可皈依的精神上的"永恒的流亡者"。当然，混杂文化身份并不意味着获得了身份的认同，如果那样，库切就会拥有四海为家者的逍遥，不会因身份的分裂而品味无处可去的苦恼。从一定意义上讲，流散导致的"世界公民"的身份只是一种永远无法抵达的理想状态，有时甚至是一块精心设计的纱幕。

在英国工作了两年之后，库切来到美国，几年后获得了语言学博士学位，此后在美国的大学里教授英语和文学，1972年回到南非，此后一直在开普敦大学教书，其间不乏每年几个月到美国的一些大学作客座教授。但回到了南非的库切依旧无法融入周围的环境，2002年库切再次离开南非，移居澳大利亚。澳大利亚虽然也是移民殖民地，但毕竟欧洲移民的人数大大超过了土著人口，在那里生活，大概可以比较少地陷入混杂身份以及历史的道德耻辱带来的痛苦，这也可以说是库切无奈的一个选择吧。

三 隐含的叙述者、对话张力与语言选择

身份的断裂与混杂影响了库切的写作，多重身份的纠缠出现在他几乎所有的作品中，《等待野蛮人》中的行政长官、《国家的中心》中的Magda、《铁器时代》中的柯伦太太、《耻》中的卢里教授和露西等主人公都在通过各种形式苦苦探寻着自己的历史位置和文化身份。更为重要的是，身份的错乱直接打造了库切小说的一些形式上的特征。

从总体上看，库切的文学创作继承的是欧洲的文学传统，但他的文

---

① 爱德华·W. 萨义德：《知识分子论》，生活·读书·新知三联书店2002年版，第45页。

本却总也离不开南非的现实语境。他所熟悉和经常引用的是像笛福、卡夫卡、贝克特、陀思妥耶夫斯基、福特、庞德、艾略特、哈代、金斯伯格等欧洲的作家。他的小说的创作手法虽然每一部都不相同,但基本上沿袭的是欧洲的叙事传统,然而由于库切撕裂了的文化身份,他的文学理想虽然指向欧洲这个中心,但是他的人生经验的舞台却扎根在边缘的殖民地,正像David Attvell所说,在库切的"每一部小说的叙述主题之后,存在着一个隐含的叙述者,在反对和支持南非文化中的暴力游戏中不断变换立场。换句话说,库切在文本与历史之间的紧张的特征本身是一个历史行为,必须把它们放置到南非的背景——在那里人们可以看出他的阐述力量"①。这个背景指真实的南非地貌,更指南非的历史和现实的政治情境。这个政治情境有时会直接的嵌入:《铁器时代》的背景明显地放在了南非开普敦的市郊和黑人棚户区,两个孩子的被杀和黑人棚户区上空的大火再现了索韦托事件的混乱和血腥;《耻》则以不加藻饰的笔触揭示新南非建立之后新旧交替时期南非各种肤色的人们之间的新的问题和关系,反思殖民历史。这种反映和揭示是犀利的。然而,更多的时候,库切的指涉并不那么直接,他的很多作品并没有明确的地点和时间,但通过隐喻的形式令人不能不联想到南非语境:《等待野蛮人》中的帝国和野蛮人的关系隐喻着殖民者和被殖民者的关系,行政长官对野蛮人姑娘每天进行的怪异的洗涤和抚摸隐喻着殖民者对他者的强行进入,作品中的第三局指现实中的秘密警察,他们对野蛮人的暴行是现实中种族主义者对黑人及黑人运动领袖的暴行的翻版;《迈克尔·K的生活和时代》以一个小人物的命运和对时代的逃离喻指着南非现实中各种暴力对人的压迫,迈克尔逃亡的那个荒芜的战争背景指向历史上旷日持久的荷兰人和英国人争夺南非的统治权的战争;《国家的中心》中的荒芜的风景是一个适于殖民者居住的空间,Magda的老处女的命运指涉着实行种族隔离政策的南非在国际上的孤

---

① David Attwell. *J.M.Coetzee: South Africa and the Politics of Writing.* Berkeley·Los Angeles·Oxford: University of California Press, 1993, p. 3.

立；即使像《福》这样的作品，表面上看起来与南非、与种族隔离毫无关联，但它的主题明显没有离开库切一向关注的压迫和权利的问题，这也是南非的现实问题。在以欧洲的文学传统装载南非的社会内容和生活经验方面，库切取得了突出的成就，同时也代表了非洲现代文学的一个发展方向。

库切的后殖民主义中间人的身份打造了他作品明显的对话性特征。或许对话这种形式对作为像库切这样遭遇身份困境的南非白人作家尤为合适。多重身份的冲突致使库切文本中的各种意识处于商讨之中，获得叙述的张力。在医官的视角里，迈克尔是一个"不属于任何营地的人"，"一个了不起的逃跑艺术家"，他对营地食物的拒绝表现出的是一种"别出心裁的抵抗"，但这是在主体不在场情况下的猜测。迈克尔拒绝这种解释，他认为关于自己的事实就是"我是一个园丁"，他对自己的故事全部意义的解释是"总是有时间做每一件事情"。迈克尔在用一贯的沉默躲避最后的意义，迈克尔的故事到底喻示着什么，作品的叙述形式并不能使读者得到任何最终的结论。《耻》中的卢里教授和他的女儿露西在南非新的现实下面对颠覆了的身份，采用了不同的态度，卢里毫不犹豫地对自己的道德堕落认罪，但坚决拒绝宗教式的忏悔只为保持自己的尊严，而露西却宁肯以牺牲自己的土地、财产甚至身体这些身份的符号，来保留自己身体生存的空间，并以自己的坠落为白人的历史罪恶赎罪，父女两人的难以沟通来源于观念的不和，这种分裂直到最后还保持着，露西决定接受原先雇工的保护，卢里则守护在即将临盆的女儿身边，以维护女儿和自己最后的尊严。身份发生了新的移位的白人到底应对历史的罪恶和现实的生存采取什么态度，对此，《耻》的结尾依旧是敞开的。

在库切的小说中，还充满着和陀思妥耶夫斯基、卡夫卡、贝克特、笛福等文学大师文本的对话，表现出一种互文性特征。《彼得堡的大师》让陀思妥耶夫斯基走入其作品《群魔》的场景，巧妙地改动陀思妥耶夫斯基的生活经历，将他放置在继子死亡这一感情的危机时刻，迫使心灵深处的自我意识暴露出来，使陀思妥耶夫斯基本人也具有他笔下创作的人物的特征。作品中充满了陀思妥耶夫斯基和继子巴维尔、《群魔》中彼得·韦尔霍文斯基的原型涅恰耶夫的对话。库切本人则通过对作家创作的释义,也和笔下的大师之间形成了对话关系,"最后形成了双重的'他'和'他的人'的对话奇景";库切与卡夫卡在文本中的对话也是明显的,很多评论家认为《迈克尔·K的生活和时代》与卡夫卡的《审判》关系密切,迈克尔的最小的身体需求让人想起卡夫卡的《饥饿艺术家》,《等待野蛮人》中乔尔上校对野蛮人俘虏的殴打与卡夫卡在《在流放地》中的情节相似……从一定意义上讲,正如阿契贝所说,从处女作《幽暗之地》到《福》,库切都一直与笛福的《鲁滨逊漂流记》进行着持久而深刻的文本间的对话。"与《鲁滨逊漂流记》的对话不仅涉及对强加给南非白人身上的宗主国视角的颠覆,而且涉及对那种在白人移民区不断重复、沉积、蔓延的宗主国势力的颠覆"①,因为通过长时间的流传,《鲁滨逊漂流记》已经成为欧洲与"他者"固定关系过程的一部分,参与了殖民话语的建构,成为权力的一个符码。《幽暗之地》《国家的中心》《等待野蛮人》《迈克尔·K的生活和时代》等作品颠覆了《鲁滨逊漂流记》所表征的欧洲探险家和先驱者"发现"非洲和欧洲人创建非洲历史的神话,《福》则让《鲁滨逊漂流记》直接进入文本,形成叙述者Susan Barton与笛福、作家库切与Susan Barton和笛福的多重对话,文本关系错综复杂。库切作品中的这种互文性特征一方面与他的学者身份有很大关系,另一方面也是他刻意选择的一种独特的叙述策略,是他的作品张力的源泉,或许我们可以在他的诺贝尔文学奖受奖演讲"他和他的人"中得到库切用意的奥妙吧!

　　混杂性文化身份还影响了库切的语言,在库切的文本中,语言也参与了对身份和权威的解构。语言作为文化的承载媒介,总是昭示着某种特定的文化身份。库切是南非的荷裔白人移民作家,但他却基本上使用在全球化的时代日益被视为混杂的媒体的英语进行创作。如果了解

---

① 希努亚·阿契贝:《殖民主义批评》,罗刚、刘象愚主编:《后殖民主义文化理论》,中国社会科学出版社1999年版,第326页。

1976年索韦托暴动的导火索是南非当局决定在南非黑人学校里,全面使用阿非里卡语(即南非荷兰语),停止使用英语教学,就会知道是南非荷兰语而不是英语在南非被视为殖民语言,也就会理解库切放弃南非荷兰语,意味着对自己的殖民者身份的放弃。然而对传统的放弃不可能那么彻底,南非荷兰语还是会时常地闯进库切的文本,而《国家的中心》这部小说的南非版,对话是用南非荷兰语写的,剩下的叙述部分采用英语。尽管英语在南非不被视为殖民语言,众多学者也认为英语是第三世界作家走向世界与外界进行跨文化交流的一个最为合适的媒介,但毕竟在南非这个一度的英国殖民地使用英语暗含着某种权利和支配关系,因此,陷于移民作家的归属困惑中的库切感到了宗主国的语言传达南非经验的无力,他借卢里教授之口说道:"英语极不适合用作传媒来表达南非的事。那一句句拉得长长的英语代码已经变得十分的凝重,从而失却了明晰性,说者说不清楚,听者听不明白。英语像是头陷在泥潭里的垂死的恐龙,渐渐变得僵硬起来。"①所以卢里希望佩特鲁斯不要用英语讲述自己的故事。他者要为自己说话,必须使用自己的语言,用英语为他者说话,从一定意义上来讲,体现了权利的暴力。然而欧洲移民的身份又使得库切先天地不具备用他者的语言(南非土著语言)去书写他者的经验和历史的条件。在后殖民主义的语境里,库切陷入了语言的陷阱,被逼入了言说的困境。由于意识到了这一点,库切一方面在文本中尽量使用地方化了的南非英语,另一方面对语言本身的权威进行了解构:《等待野蛮人》中的行政长官,在解构了大历史的神话之后,要自己去记录历史,要说出历史的真相,却发现自己的书写,与古人留下的杨树木简上记录下的文字一样"同样的曲折隐晦、同样的模棱两可、同样的该死的难懂"。语言在库切的笔下,失去了对意义的绝对控制,也颠覆了叙述本身。从一定意义上来讲,使用变异了的英语本身就是对大英语权威的颠覆。库切虽然不能为他者说话,但对权威颠覆的行为本身,就是在说关于他者的事,对他者建构文化的自我意识具有

---

① J.M.库切:《耻》,张冲、郭整风译,译林出版社2002年版,第131页。

重大意义。

　　综上所述，作为一个移民殖民地的白人移民的后代，移位的历史和南非独特的历史和现实语境注定了库切的混杂文化身份承载者的境遇。作为非洲文化和欧洲文化交合的私生子，库切处在了殖民者和受殖者中间的位置上。在文本中他始终立足于边缘，积极地进行身份的认证，这种主体身份的认证意味着对中心和权威的反抗，也使库切的创作具有了独特而丰厚的美学和伦理内涵。或许对自我的不断寻找，对像库切这样的移民殖民地的作家来说，本身就是对自我的塑形和再现。

第七章 散论：禁书、国歌与侨民作家

前面各章从纵向和横向的诸多层面对东方现代民族主义文学思潮进行了比较系统的论述。但东方现代民族主义文学中还有一些重要的现象应该进入我们的视野，以使论述更为严密和完整。本章选择东方现代文学中的禁书、国歌、侨民作家几个问题略作展开，从不同视角来把握东方现代民族主义文学思潮的丰富性和多样性。

第一节 禁书：民族政治文化的冲突

禁书，是社会文化内在张力的直接体现。无论古代还是现代，东方抑或西方，禁书现象都普遍存在。现今被世人津津乐道的许多文学名著，历史上都曾列在禁书名单之中。禁书是国家或者社会组织对文化出版所进行的一种行政干预。书籍被禁的原因主要有二，一是因为伦理道德问题，包括社会道德与宗教伦理；二是因为政治问题。现代以来，西方资本主义国家政治结构比较稳定，社会现代化程度较高，文学作品政治色彩减弱，禁书更多偏重伦理问题，缘于艺术家的审美伦理与社会伦理间的冲突，如《查泰莱夫人的情人》《尤利西斯》等即如此。

相较而言，现代东方各国历史命运较为相似，知识分子的使命就是要建立新的民族国家，一方面要推翻原有的封建统治，另一方面是要打倒西方帝国主义的殖民，所以文学的政治色彩比较浓烈。其禁书现象直接反映出东方国家民族政治文化之间的冲突。由于实施禁书的权力组织不同，政治文化冲突对象不同，被禁书籍种类也不同。由此大概可归纳为以下三类：一为东方民族与西方殖民者间的政治冲突，是西方殖民政府对东方民族文学的禁除；二为东方民族内部在发展过程中的不同政治文化间的冲突,是东方民族政府对本民族持不同政见者文学作品的查禁;三为东方宗教文化与世俗文化间的冲突,是宗教组织对文学的干涉。

一　民族独立运动与禁书

现代东方国家最关键的一个问题,就是国家的独立。整个东方在近代几乎都沦为西方的殖民地,东方国家的民族复兴之路始终伴随着反抗西方帝国主义的民族独立问题。为了把帝国主义赶出去,东方民族的知识分子积极投入到民族的独立运动之中,创作了大量作品揭露殖民者的残暴与人民的苦难,以召唤人民团结起来,反抗压迫。于是,东方民族作家与西方殖民者之间存在尖锐的矛盾,殖民者为了维持自己的统治,不惜利用任何手段来禁绝民族主义文学,包括查禁作品,查封杂志报纸,逮捕甚至杀害作家等。民族国家独立以后,此类禁书情况也就不复存在。

在诸多受西方殖民的东方国家中,印度是相当具有代表性的。印度是最早遭受帝国主义侵略的亚洲国家。从16世纪开始,西班牙、葡萄牙、荷兰、英国、法国等就先后侵入印度,其中英国于1757年取得了对印度的统治权,1849年控制了印度全境,从而把印度彻底变成它在东方的殖民地。直到第二次世界大战结束,1947年印度才获得独立。在长达400多年的殖民历史中,印度始终有着要求独立的声音,而这些声音是英国殖民政府所不能容忍的,因此那些代表着这种独立声音的作品被英国政府大力禁止。

作为印度现代文学的奠基人,普列姆昌德的作品始终和印度人民的反帝反封建斗争结合在一起。他的第一部短篇小说集《热爱祖国》(1908)真实地反映了1905年至1908年的印度民族解放运动,字里行间洋溢着爱国主义的激情,这部作品一出版,就因它"富有感人力量的煽动性言论"①被英国当局查禁,烧毁了尚未卖出的700余册小说。《热爱祖国》由五篇小说组成,最重要的主题是:宣传爱国主义思想,号召祖国独立。其中《世界上的无价之宝》写的是蒂尔菲迦尔为追求蒂尔帕勒巴公主而寻找世界上最宝贵的东西的故事,最终在印度遇到了为祖国独立而流出最后一滴血的壮士,才明白世界上最宝贵的东西就是祖国母亲。该作品被禁同时,普列姆昌德的文学活动也被官方禁止。但这并没有把他吓倒,反而更激起他的反抗和斗争,他改换原名,用普列姆昌德作笔名继续发表文章。他不仅在创作中更深刻有力地反映印度社会的尖锐矛盾,高举反帝爱国旗帜,还亲身参加实际斗争的行列。20世纪30年代,为了使印度进步作家团结在一起,有发表作品的阵地,普列姆昌德于1930年创办了大型文学月刊《天鹅》和周刊《觉醒》;为了保障刊物的发行,又开办了"智慧之神"出版社。因为刊物的进步倾向,触怒了英国殖民当局,他曾几度遭到报复,《天鹅》也曾一度被迫停刊。这两个刊物的创办,经历了艰难曲折的道路,但它在印度现代民族文学的发展上,曾起过重大的推动作用,成了印度进步文学的一面光辉旗帜,鼓舞印度人民起来为争取祖国的独立而斗争,同时还培养和锻炼了许多年轻的作家。1934年,普列姆昌德为解决经济上的困难,使《天鹅》和《觉醒》继续出刊,不得不到孟买一家电影制片厂工作。他写了《纱厂工人》《流刑犯》等几个电影剧本,拍成电影后,却禁止上映。之后制片厂和导演任意删改情节,插进淫秽内容,普列姆昌德无法忍受,愤然离去。在书籍、刊物、电影作品等都遭到了殖民政府的封杀的情况下,普列姆昌德仍然坚持为国家独立而奋斗。1936年4月,他与同仁发起成立印度进步作家协会,他当选为作家协会主席。并以主席身份发表了题为《文学的意义》的重要演说,呼唤表现真实,催人行动和战斗的文学。大会以后,他以身作则努力贯彻大会精神,使文学进一步为现实斗争服务。直到1936年10月逝世前夕他还在撰写长篇小说《圣线》,同时着手

---

① 普列姆昌德:《一生的主要经历》,《如意树》,刘安武译,上海译文出版社1983年版,第365页。

筹办新的文学刊物，以培养更多的文学战士。

如普列姆昌德这样一生战斗不息，用自己的作品和行动来争取祖国独立的作家在印度并不少见。如孟加拉语诗人伊斯拉姆，因其长诗《叛逆者》塑造了一个"叛逆者"的形象，表现了反帝反封建的时代精神，而被称为"叛逆诗人"。伊斯拉姆1922年出版的第一部诗集《燃烧的弦琴》，鼓励被压迫者勇敢地起来斗争，遭到英国殖民当局的查禁。同年，他的散文集《时代的讯息》被禁；他创办《彗星》双周刊，由于杂志的反帝立场，他被当局逮捕判刑。但正如他在狱中所呼喊的："我的呼喊是世上受压迫灵魂的痛苦呼喊。任何强暴手段都休想压制这种呼喊。即使掐住了我的喉咙，它也会在另一个人的喉咙迸发。"①诗人在狱中仍然坚贞不屈，展开英勇的绝食斗争，得到社会各界的声援，诗人泰戈尔还将自己新写的剧本《春天》题献给他。1923年出狱后，诗人于1924年出版诗集《毒笛》和《毁灭之歌》，描绘印度所受的屈辱和苦难，号召印度人民为民族独立而英勇反抗英国殖民统治，又遭到当局查禁。他还经常在全国各地发表演说，诵唱诗歌，鼓舞人民的爱国热情和斗争精神。从1929年开始，他主要从事歌曲创作，共有3000多首作品。之后又有诗集《毁灭的火焰》和歌曲集《鼻音符号》遭到查禁。

孟加拉文学史上著名的小说家萨拉特·钱德拉·查特吉，其作品政治倾向明显，小说《秘密组织——道路社》是以反抗殖民统治、争取祖国自由独立为主题的重要作品，连载于1923—1924年的《孟加拉之声》杂志，后来出单行本时被英国殖民当局查禁，直到1939年，迫于群众的压力，英国殖民当局才不得不允许出版。印地语作家耶谢巴尔，中学期间就积极参加民族解放运动，之后一生都未中断过与殖民者的斗争。1931年他成为印度社会主义共和军的领导人，被英国殖民当局悬赏通缉，于1932年被捕，判刑14年。他在狱中努力学习理论，积极从事文学创作。出狱后创办《起义》杂志，组建"起义"出版社，1940年，杂志与

---

① 转引自黄宝生、石真：《伊斯拉姆诗选·前言》，《伊斯拉姆诗选》，人民文学出版社1979年版，第3页。

出版社被殖民当局查封,他再次被捕入狱,直到第二次世界大战结束,才被释放出狱。出狱后,他在积极创作的同时一直坚持从事反殖活动。印度当代作家安纳德,虽长期定居英国,但密切关注祖国发生的大事,以文学为武器声援国内同胞的正义斗争。他20世纪30年代发表的前三部作品:《不可接触的贱民》《苦力》和《两叶一芽》因描写下层人民,反对殖民主义,都遭到英国殖民当局查禁。

这种禁书现象存在于受到殖民压迫的各个东方国家。如菲律宾作家何塞·黎萨尔,早在中学时期,就积极参加民族解放活动。留学欧洲期间,投身"宣传运动",成为运动的领袖。1887年出版长篇小说《社会毒瘤》,表达民族解放、要求西班牙实行改革的愿望,因小说揭露了殖民统治的罪恶,正如作者在给友人的信中所言,"这本书所说的事情,如今在我们当中还没有人说过;那些事情是如此敏感,以致任何人都不敢轻易去碰它……我把社会情况、生活、我们的信念和希望、意愿和愤懑,以及我们的苦难描述出来"[①],从而被殖民当局查禁。从欧洲回国后遭驱逐,再度流浪欧洲。在西班牙,黎萨尔和同道创办宣传运动的喉舌《团结报》。以此为阵地,黎萨尔写作系列政论,呼吁菲律宾的改革,要求菲律宾人和西班牙人法律上的平等,谴责殖民统治和教士们的种种暴行。1891年发表了第二部长篇小说《起义者》,对民族解放和改革作了进一步的探索。1892年返回马尼拉,组建政党"菲律宾联盟",成立仅四天,就被当局逮捕并流放。1896年为推翻西班牙统治的武装起义爆发,当局以"组织非法团体","以写作煽动人民造反"的罪名再次逮捕他,并判处死刑。

非洲的殖民主义形势略有不同,一方面表现在殖民者利用西方文化对非洲民族进行同化,这遭到了非洲知识分子从"黑人性"运动开始所进行的各种文化反抗。另一方面西方统治者采用种族主义的方式对非洲进行深入持久的控制,从而在非洲一些国家获得独立之后,占有绝

---

① 转引自何塞·黎萨尔:《社会毒瘤》,"译本序",陈尧光、柏群译,人民文学出版社1988年版,第8页。

大多数的黑人仍然在白人的统治之下,造成一种变相的殖民统治。这一历史在南非以完备、极端的形态表现出来。殖民主义者在南非鼓吹"白人种族优越,白种人必须做南非的主人"的观念,并分别通过1909年《南非法》、1961年南非共和国宪法、1983年南非宪法等,确保南非能实行有效的种族主义统治。南非的特定历史与国情决定了该国肤色意识重于民族意识,种族关系制约民族关系,所以对他们而言,争取种族平等就是为了民族的独立与发展。广大黑人为了反抗种族隔离制度进行了不懈的斗争,终于在20世纪90年代获得胜利,使得政府制定出新宪法确保南非黑人的平等权利。南非获诺贝尔文学奖的女作家纳丁·戈迪默,作为一位白人作家,却一直以来都关注种族问题,其作品深入刻画出"种族政治"所造成的人类关系的扭曲,揭露种族主义的黑暗现实,并反映出黑人以及有进步意识的白人所进行的反种族主义斗争。为此,南非政府一直希望戈迪默离开南非,但她拒绝离开,选择了写作这种精神流亡的形式。戈迪默有三部作品被当局查禁,分别是《陌生人的世界》(1958,遭禁达10年之久)、《已故的资产阶级世界》(1966,遭禁达12年之久)和《伯格的女儿》(1979,遭禁达四个月)。

二 民族内部政治文化冲突与禁书

民族不断现代化的过程中,需要建立现代意义上的新的民族国家,这成为民族文学另一重要主题及文化任务。但在民族的这种自我解放过程中,进步的民族主义文学与落后的政府之间必然有着激烈的矛盾,而这种民族政治文化的矛盾突出地体现在书籍被禁这一文化现象中。这种冲突主要发生于民族内部,属于民族内部各种政治文化间的矛盾。

日本在这一方面表现得非常突出。近代以来,日本自觉地进行改革,积极地发展资本主义制度,从而避免了被殖民的命运。在较早的明治时期,日本政府主要集中于对淫秽读物,以及具有亵渎宪法尊严等方面内容的书籍进行查禁。但也有涉及政治问题的禁书现象发生。如1868年发生的被称为"明治禁书第一例"的《讽歌新闻》遭禁事件,在该刊上发表短歌的井上文雄因"讥讽时政"的罪名被捕入狱,该期杂志也遭到查禁。进入20世纪后,随着日本走上军国主义道路,在思想言论方面的控制逐渐加强。如1904年《平民新闻》因刊登幸德秋水、堺利彦翻译的《共产党宣言》而遭到查禁。1910年的"大逆事件"是一次代表性事件,反动政府为了阻遏社会主义运动,对全国的社会主义者进行大肆逮捕,封闭工会,禁止出版一切进步书刊。对被捕的进步人士进行秘密审判,叛处幸德秋水等24人死刑。该事件对日本进步文学打击很大,如唯美主义作家永井荷风在"大逆事件"后,开始抱着玩世不恭的态度,越发沉湎于酒色享乐的生活中,以此来表示对现实的不满。其作品多表现对妓女、女招待不幸生活的同情,通过间接方式影射时政,仍然多次被禁。而同时,永井荷风在自己所创办《三田文学》上,发表了谷崎润一郎的小说《飙风》,也被政府以有伤风化为理由禁止出售。

"九一八"事变后,日本步入全面战争状态,1934年修改《出版法》,强化行政审查制度,增加了"冒渎皇室尊严"的违禁名目。1938年又颁布《国家总动员法》,规定政府在战时可以根据国家总动员的需要,对报纸和其他出版物登载的内容进行限制和禁止。直至战争结束,日本政府通过行政手段查禁的出版物,除了色情淫秽读物外,大量是涉及不利于战争动员的内容,甚至有的出版物因披露了日本军队一些吃败仗的情况,也会遭到查禁。至于被捕入狱的人士,一般也不准出现在出版物的作者名单中,即使此人确实参加了书稿的编写,也会被检查部门要求强令删除。当年因未能呼应所谓"大东亚圣战"而被禁的作品最为著名的当属德田秋声的《缩影》与谷崎润一郎的《细雪》。德田秋声1941年发表长篇小说《缩影》,被誉为日本私小说的一个代表。作品描写卖身女艺人银子艰辛的一生,对日本的战争政策流露出不满,德田秋声也被迫搁笔,这部小说终成未竟之作。长篇小说《细雪》是谷崎润一郎的代表作,描写的是太平洋战争爆发前夕关西世家大族莳冈氏四姐妹的故事,1943年在报刊上连载,因日本军部的压制,连载被迫中断。

在各国民族解放历程中,与统治政府关系最为紧张的当属坚持社会主义革命思想的无产阶级作家。20世纪初,世界各国都或多或少发生过无产阶级运动。作为贫穷落后受到各种压迫的东方各国,人民在寻找救国图存之路时,社会主义成为其主要的政治目标。由于无产阶级革命的坚决性,社会主义运动更是经历了最严酷的考验。无产阶级作为民族解放运动中最坚决的一脉,与统治阶级的冲突也最为激烈,无产阶级文学与反动政府之间的矛盾也最为突出,所以成为被禁的首要对象。20年代开始,由于十月革命的影响,各国革命运动都开始高涨,无产阶级文学迅速活跃起来,所以这一期间各国禁书中出现了不少宣传马克思主义和共产党的出版物。如朝鲜成立了"卡普",日本成立了"纳普"等无产阶级艺术联盟,但都受到镇压而被迫解散,作家遭到逮捕,作品与杂志遭到禁除。随着社会主义思潮的延续,这种冲突在非社会主义国家中也一直持续。如在之后的印度尼西亚,其最杰出的作家普拉姆迪亚在14年的监狱生涯中,完成了代表作《人世间》《万国之子》,因作家具有共产主义思想倾向,作品遭到当局查禁。

20世纪前期,日本是当时少有的独立的东方国家,所以因为民族内部政治文化冲突而遭禁的无产阶级文学作品最为突出。在日本的无产阶级作家中,小林多喜二是其最出色的代表。他是日本20世纪20年代后半期到30年代前期革命作家群中成就最突出的一位,创作出了那个时代日本无产阶级文学最优秀的作品,但也正是如此,他重要的作品几乎全部被禁,自己也遭到迫害,未满30岁就被反动政府严刑拷打致死。1928年3月15日,日本政府动员全国检察局和警察署,逮捕了3千多名革命的工人、农民和知识分子,并下令禁止报道这次事件,组织反宣传,于4月10日命令解散革命的党派和组织。此后,长达两个月的大搜捕中,仅小林多喜二所在的北海道小樽一地,被逮捕、拘留和传讯的人就有500多名。正是在这种气氛中,小林多喜二写出了中篇小说《1928年3月15日》。作品送交出版革命刊物的《战旗》,编辑部担心官方的检查,进行了删节,分载在两期上。即使如此,该两期《战旗》仍被禁止发售。之后通过地下发行网络,使其在一定范围内流传。由于作品直接揭露了日本警察的劣行,小林多喜二成为警察的眼中钉。接着他于1929年创作了著名的抨击日本天皇制国家本质的长篇代表作《蟹工船》,这部作品取材于1926年在蟹工船渔业中的真实事件，描写了蟹工船在帝国海军保护下，侵犯苏联领海去捕蟹，工人们无法忍受蟹工船上的剥削，终于团结起来进行斗争。该作品最初发表在《战旗》上，日本政府立即下令禁止发售。但作品仍以惊人的速度销售着，单行本也被抢购一空。战前的日本，天皇是至高无上的神，谁都不能对他表示怀疑和不敬。而小林多喜二却在《蟹工船》里第一个指出，天皇是吞食人民膏血的魔王。因此东京的警察当局以对天皇不敬的罪名，把他逮捕入狱。就在小林多喜二遇害前一年，他还完成了中篇小说《为党生活的人》，是以国内反对侵华战争为背景，以自己的地下生活经历为素材写成的一部不朽名著，在其牺牲后改换了题目才得以出版。

20世纪后期，东方国家在先后获得独立以后，还要面临艰巨的社会建设任务。在经过漫长的殖民地时期之后，很多东方国家都贫穷落后，社会的现代化还远远不够，政治问题依然层出不穷。其中尼日利亚就是代表。1963年尼日利亚获得独立，独立后却多次发生军事政变，长期由军人执政。60年代后期，尼日利亚发生内战，1986年获诺贝尔文学奖的尼日利亚著名作家沃尔·索因卡，痛感战争造成的生灵涂炭，置个人安危于不顾，奔走于交战双方的营垒之间，一再呼吁休战停火，结果却遭到逮捕，被军事独裁政府关押了近两年。1967年至1969年在狱中秘密写作笔记《此人已死》，靠地下渠道传阅，直到1972年才得以在西方出版。1997年，作家写了《一个大陆的显露的伤口》一书，抨击1995年尼日利亚军政府处死作家肯·萨罗-维瓦等八名异议人士的暴行，从而被尼日利亚政府在缺席审判中判处死刑。

三　宗教民族主义与禁书

东方宗教种类繁多，世界三大宗教（基督教、伊斯兰教、佛教）中，除了东方的伊斯兰教与佛教，基督教在东方也有着深远影响。对于大多数东方国家而言，宗教问题就是政治问题，宗教冲突直接带来的就是政治文化冲突。一些宗教有着严苛的宗教信条，宗教观念与世俗观念格格不入，常会发生碰撞。各国的民族主义阵营无论多么强大，都不可能建成一个完全独立于宗教文化传统的思想体系，只能确立政治统治，但也必须以融合的态度来对待宗教文化。宗教文化与世俗文化包括政治文化之间的张力显得突出，文学在其中以禁书的形式出现时，集中地反映出不同文化观念的强烈冲突。

作为阿拉伯世界最优秀的小说作家马哈福兹，被称为阿拉伯小说世界中的"金字塔"，1988获得诺贝尔文学奖，成为第一位获此殊荣的阿拉伯作家。然而，他的全部小说在许多阿拉伯国家被查禁多年。其中突出的当属长篇小说代表作《我们街区的孩子们》(1959)，这是他搁笔六年之后重新执笔的第一部著作，标志着作者新时期创作的开始。在这部作品中，作者以历史回顾的方式和说书人的讲述，描绘了一个街区发展演变的过程。小说并没有历史事件的依据，以寓言方式，借用了犹太教、基督教、伊斯兰教的神话故事，在人物身上投射出上帝、亚当与夏娃、摩西、耶稣以及穆罕默德的身影，象征了人类在善恶之争中经历无数磨难从而逐步前进的历史命运，从而被称为"人类的精神史"。小说最初在开罗报纸连载，却因"亵渎神明"引起伊斯兰世界最高宗教学府——艾兹哈尔大学宗教学者的围攻，他们强烈要求停止连载，并查禁小说。埃及当局也以小说中伤前总统纳赛尔为由禁止小说出版。原作一直只能以报纸连载的形式在地下流传，后来在黎巴嫩出版回流到埃及，直到1996年才在埃及出版全书。

第二节　国歌：民族主义文学的集中体现

自1561年，世界上最早的国歌——荷兰的《威廉·凡·那叟》(即《荷兰王国》)产生，至今已有440余年。每一个国家成立之日，对国歌的认定就成为一件标志性的历史事件，使得国歌与整个民族的命运连接在了一起。所以，国歌已然被染上了历史与政治的光芒，不仅仅是一首制作精良的歌曲。从制度上看，它由政府制定或采用，并写入国家宪法。从演唱形式看，往往在隆重集会、国际交往仪式等重要场合演奏或演唱，而演唱者要庄重严肃，情绪饱满。因为国歌已经成为国家荣誉与尊严的象征。作为艺术形态的国歌作品，是一个国家和民族民众共同心声的表达和共同意志的体现，能起到统一思想、激发爱国情感、催人奋进的巨大作用。通过对国歌的透视，可以看清其民族主义的底蕴及实质。国歌包括歌词与歌曲两个部分（部分国家国歌只有曲调没有歌词），作为东方现代文学的一部分，国歌歌词显露出鲜明的民族主义特性，从而成为民族主义文学的集中体现。这首先可以从东方各国国歌创作者群体的组成就可见一斑。

  1. 民族诗人。这一类作者最有代表性的当属印度诗人泰戈尔。作为印度的孟加拉语诗人，泰戈尔所创作的《人民的意志》和《金色的孟加拉》分别成为印度和孟加拉的国歌。除此以外，黎巴嫩国歌词作者拉契德·纳克雷（？—1939）是黎巴嫩著名诗人；阿尔及利亚当代著名诗人牟夫迪·札卡里亚为本国创作了国歌《誓言》；塞内加尔国歌歌词也来自本民族最优秀的诗人利奥波尔德·塞达·桑戈尔的创作等等。民族的优秀诗人属于最显耀的国歌作者，他们一生所创作的作品成为民族文学中耀眼的组成部分，为此他们成为民族精神的代表，他们所创作的国歌本身就象征着民族的最高精神。

  2. 民族英雄。如几内亚国歌作者阿尔法·雅雅，他是几内亚反帝斗争的领导者，1904年因斗争失败，被法帝国主义流放，在流放中牺牲；几内亚比绍共和国国歌作于"几内亚和佛得角非洲独立党"领导几内亚比绍人民对葡萄牙殖民者进行武装斗争期间，词曲作者阿米尔卡尔·卡布拉尔，是该党的总书记，被暗杀身亡。民族英雄作为民族精神的实践者，不懈战斗，为民族解放、国家独立做出极大贡献，甚至献出了生命。他们在炮火中用血铸炼成的文字，成为民族历史进程中不朽的精神丰碑。

  3. 国家领袖。如泰国国歌原为皇家颂歌，专供皇帝或皇后到场时演奏之用，由H. R. H. 萨拉努瓦德提冯斯亲王作词，1913年国王拉玛六世（瓦基拉夫德）修改；利比里亚国歌作于1860年，词作者丹尼尔·巴舍尔·瓦尔纳是利比里亚的第三个总统（1864—1868年在任）；塞内加尔国歌词作者利奥波尔德·塞达·桑戈尔为塞内加尔总统等。国家的政治领袖也是国家尊严的象征。国家领导人在政治上直接作为国家的代表，他们所创作的国歌是民族精神的标志性作品。

4. 最直接体现民族性的国歌作品，来自于本民族的民间文学，或者属于民族大众的集体创作。首先，众多国歌的曲调都采用了本民族民间曲调，如以色列、马来西亚、冈比亚、肯尼亚、卢旺达、毛里塔尼亚、斯威士兰等国家的国歌。其次，许多国家的国歌歌词来自于集体创作。如文莱国歌是1957年由一批学生发起创作的，作词、作曲各选定二人执笔写成；布隆迪国歌以让·巴蒂斯特·塔霍卡贾神父为首的委员会作曲；喀麦隆国歌由雷纳·冉·阿法姆及一组学生集体作词；乍得国歌是由S. J. 哲德罗神父和圣保罗学校学生集体作词。其他还有缅甸、马来西亚、加纳、肯尼亚、卢旺达等国都为集体作词。再次，另有许多国家国歌采用公开征求选定方式。如阿富汗、多哥、马拉维、毛里求斯、斯威士兰、乌干达、赞比亚等都是如此。可以说这是把国歌的创作权交给了大众，虽然最后选定的作品只属某一特定作者，但民间大众都可以参与到创作之中，甚至有时是选出多部作品进行整理而成。如坦桑尼亚国歌就是教育部征集，选出六首，整理成现在的歌词。第四，直接采用民族经典诗歌来做国歌歌词，如日本国歌《君之代》歌词来自日本古典诗歌集《古今集》里的和歌。当然还有众多创作者不详的国歌作品，在某种程度上说，也是来自民族大众的创作。

因此，国歌作为艺术作品，直接成为民族艺术的最突出代表。国歌歌词部分作为民族文学的一种，集中而明确地体现出民族的核心精神，成为民族主义文学的代表。具体从国歌歌词的主题思想及主要内容来看，它表现出强烈的民族情感与精神，有的鼓舞士气，号召人民与敌人做斗争，追求民族的独立与解放；有的赞美国家壮丽河山，表达对民族的挚爱之情；还有的呼吁人民团结一致建设美好家园。以下分别从这三个方面来一览国歌的民族主义内涵。

一 战火中的民族歌声

世界上不少国歌都产生于战火纷飞的民族革命年代。著名的法国国歌《马赛曲》,就产生于1792年法国大革命时期;而具有国歌性质的《国际歌》也是在1871年的巴黎公社革命时期,由著名无产阶级诗人欧仁·鲍狄埃在血与火之中创作出来的;中华人民共和国国歌《义勇军进行曲》也是诞生于1935年国难当头的日子。东方国家近代以来命运坎坷,无不是经历无数斗争才最终获得民族的解放,所以有不少东方国家的国歌都是于战火中产生。

1940年,日本法西斯侵入印度支那,越南人民在印度支那共产党领导下进行抗日斗争。1944年,越南解放军宣传队成立,并在越南北方六省建立了解放区。越南国歌《进军歌》就是在这时产生的:

> 越南军团,为国忠诚,崎岖路上奋勇前进。枪声伴着行军歌,鲜血染红胜利旗。敌尸铺平光荣路,披荆建立根据地。永远战斗为人民,飞速上前方。向前!齐向前!保卫祖国固若金汤。越南军团,旗标金星,指引民族脱离火坑。奋起建设新生活,打破枷锁一条心。多年仇恨积在胸,为了幸福不怕牺牲。永远战斗为人民,飞速上前方。向前!齐向前!保卫祖国固若金汤。①

在战火与鲜血中发出的歌声,充满了火的光芒与勇气,血的壮烈与热情。越南国歌是以越南军团作为抒情主体,高呼军团为祖国,为人民,不怕牺牲,永远战斗的精神与决心。这是典型的战歌,在战争时期,发挥鼓舞士气的作用。随时革命不断高涨,流传到战斗的每一个角落,渐渐成为属于整个民族共同的歌曲。在之后的1945年8月,越盟阵线的国民大会指定《进军歌》为越南临时政府的国歌,接着发动总起义。8月19日群众起义夺回政权,所有人都涌向大剧院广场,升起国旗,《进军歌》第一次作为国歌响起来时,标志着首都起义的胜利。由此可见,优

---

① 世界知识出版社美术编辑部编:《世界各国国旗、国徽、国歌》,世界知识出版社1988年版,第154页。

秀的战歌来自于民族艰苦斗争的年代,又在战斗中不断传播,最后随着革命的胜利,从而确立为代表整个民族精神的国歌。国歌的认定是一件历史性事件,它往往象征着一个新时代的到来。政府组织人们周期性举行升旗仪式,演唱或演奏国歌,作为一种现代性的政治仪式,通过国歌召唤人们回到历史的火热年代,这种共同的民族斗争历史使得国歌达成一种心理的凝聚力。即使到了和平年代,依然以这样的"战歌"作为国歌,在于它能够警醒人们不忘历史,居安思危,筑起精神长城,时刻都能以战斗的热情与勇气来面对民族的新问题,团结一致,建设新国家。

所以这种"战歌"式国歌最容易受到注目,在众多东方国家的国歌作品中地位突出。如阿尔及利亚国歌所要记住的历史是,自从1830年法国入侵,一个多世纪以来,为争取民族独立,阿尔及利亚人民举行过50多次武装起义,最终于1962年7月获得独立。正如下面的歌词所昭示出的:

> 凭着纯洁无垢的血渠,凭着震撼大地的雷霆,凭着迎风招展的旗帜,它自由飞舞,满怀豪情,我们发誓起义,不惜流血牺牲,为了保全阿尔及利亚的生命。天作证,天作证,天作证![①]

该国歌歌词取自阿尔及利亚民族诗人札卡里亚所作的诗歌《誓言》,该诗取材于一个真实的阿尔及利亚历史故事,阿尔及利亚一位民族解放战士被殖民军处死的前夕,诗人为此做出坚决的誓言,这一誓言也成为整个民族的誓言。其标题"誓言"及诗歌的"誓言"形式,使得国歌在集体演唱现场的仪式作用更为鲜明,激发演唱者自然地投入集体的民族情感之中,从而达成其效果。同样,埃及今天的国歌,也源于1956年反抗英、法和以色列入侵战斗中广泛流传的一首战歌:"勇敢的军队冲上前,发出雷霆般的呐喊,不获划时代的胜利,誓决不生

---

① 世界知识出版社美术编辑部编:《世界各国国旗、国徽、国歌》,世界知识出版社1988年版,第155页。

还！"①1963年8月，刚果人民发动"八月革命"，推翻尤卢反动政权，成立新政府。其国歌《光荣的三天》，就是昭示"八月革命"中的"光荣的三天"，以时间作为标题，直接作用达到对共同历史的召唤："祖国，勇敢地站起来，她在光荣的三天里，树立起刚果的旗帜，自由的新刚果的旗。永远不可战胜的旗，它使人鼓起勇气。如果敌人叫我死亡，勇敢的同志拿起我的枪。如果子弹击中我的心脏，千万颗心无所畏惧，大地河山也要奋起，把敌人赶出去！"②如此这般的国歌数量惊人，如原是作为印度尼西亚民族党党歌，之后做了国歌的《大印尼歌》中所唱"为了保卫我们的祖国，头颅可抛身可杀"。③柬埔寨国歌《四月十七日，伟大的胜利》更是直接列出革命的日期："鲜红的血洒遍了柬埔寨国境，工人农民的珍贵的血，革命战士的崇高的血，化为深仇大恨，坚决斗争。四月十七，在革命旗帜下，鲜血解放了奴隶。"④莫桑比克国歌歌词："万岁，万岁，'弗累里莫'，领导莫桑比克人拿起武器，拿起武器，推翻殖民主义，坚决推翻殖民主义。全体人民团结一心，从鲁伍马到马普托齐奋起，齐向帝国主义开火，再接再厉，到最后胜利。"⑤其中"弗累里莫"是"莫桑比克解放阵线"的简称，这一组织是时代的印记，也被留在国歌的历史中。

战歌式国歌，无疑是最能调动民族激情的一类国歌。它创作于民族生死存亡的关键时期，把战争时期的烈火熔铸于文字，以召唤歌者共享同一火热历史时刻，从而达到民族认同，激发丰沛的民族情感。

二 民族的颂歌

颂歌是自古以来就有的诗歌类型，因此颂歌式国歌，具有一定的

---

① 世界知识出版社美术编辑部编：《世界各国国旗、国徽、国歌》，世界知识出版社1988年版，第156页。

② 同上书，第166—167页。

③ 同上书，第152页。

④ 同上书，第121—122页。

⑤ 同上书，第155页。

历史传承性。在东方诸国中，这一类国歌作品也占有相当的比例。颂歌式国歌的主题即对本民族进行赞美与礼拜，包括对民族的山川江河、历史文化、英雄领袖以及神的热情歌颂，呼唤人民对民族的强烈热爱，从而表现出民族主义文学的突出个性。如朝鲜国歌《爱国歌》中首句即提到"看一轮旭日光芒普照美丽富饶的土地矿藏，祖国三千里江山如画，五千年历史悠长。灿烂辉煌的民族文化，培育着光荣人民成长"，有"如画"的山川风景，有"辉煌的民族文化"，如此才值得人民热爱，从而呼吁道："让我们英勇保卫祖国，贡献出全部力量。学长白山的英雄气概，发扬勤劳勇敢的精神，为真理我们团结斗争，经风雨意志坚韧。按人民心愿建设国家，力量无穷像海涛奔腾"，并且在结尾处，为祖国的明天献上美好期愿："愿祖国永远光辉灿烂，永远繁荣昌盛。"①赞美与表达热爱之情作为东方国歌最重要主题之一，可归纳为以下几种类型。

1. 赞美民族山川

因为热爱而美丽，因为美丽而热爱。每个民族的人民对于生养自己的土地，都会觉得她是最亲切美丽的，所以总是以饱满的激情来加以表达。如泰戈尔所创作的孟加拉国的国歌，就真切地表现出这一点。

泰戈尔生于印度的孟加拉邦，在诗歌创作中广泛吸收和运用孟加拉民间语言，为孟加拉语文学开创了一片新天地。1905年，英国政府为了削弱民族运动的力量，在孟加拉邦制造印度教徒和伊斯兰教徒的矛盾，企图对孟加拉实行分治。孟加拉分治令泰戈尔非常愤怒，他毅然投身于民族解放运动洪流中。他创办政治性刊物，发表大量政论文章，抨击殖民当局的政策。同时参加集会，发表演讲，领导反对分治的游行。这一时期，他创作了大量爱国主义歌曲，其中就有这首著名的《金色的孟加拉》：

我的金色的孟加拉，我的母亲，我爱你。我心里永远歌唱你的蓝

---

① 世界知识出版社美术编辑部编：《世界各国国旗、国徽、国歌》，世界知识出版社1988年版，第119页。

天,你的空气。金色的孟加拉,我的母亲,我爱你。在那十一月和十二月里,芒果林中清香扑鼻,使我心醉,使我神迷。在那九月里和十月里,稻谷一片金黄,长得无比温柔,无比美丽。

　　金色的孟加拉,我的母亲,我爱你。在那榕树下,在河岸上,你铺开你的长裙,它的样子多么神奇。你的话语有如甘露,令人心旷神怡,金色的孟加拉,我的母亲,我爱你。啊,我的母亲,你如果沉下脸来,我将热泪滚滚,为你哭泣,我将为你哭泣。①

这首歌曲,词曲都是泰戈尔所作,音乐又经过萨马尔·达斯整理,长达142小节,是世界上最长的国歌。泰戈尔将其对孟加拉的爱与因为民族分裂而感受的强烈痛苦融入作品之中,真挚而深沉,分外动人。因孟加拉绝大部分地区为低平冲积平原,河流纵横交错,池塘、沼泽星罗棋布,水网沼泽地带到处可见美丽的荷花。孟加拉人视荷花为纯洁美好的象征,每当收获季节,大地上一片金色的稻浪。诗中所描绘正是孟加拉丰收季节的美丽景象。如此诗情画意,隽永深挚的文字在国歌中并不多见。

其他国家国歌在颂歌形式上显得较为简单,在表达对祖国母亲的热爱,祝福祖国的物产丰富,繁荣昌盛时,语气直接,语言直白,但整体效果是类似的,都是通过赞美,而感动,通过感动,而获得民族的认同感。如斯里兰卡国歌《顶礼,顶礼,母亲》:

　　顶礼、顶礼母亲,祝福斯里兰卡,顶礼、顶礼、顶礼、顶礼母亲。繁荣昌盛、物产富饶、温雅慈祥、美丽可爱的兰卡,五谷丰硕、瓜果甘美、花枝鲜艳芬芳、光彩夺目的兰卡。你使一切善良的物类获得生命,向你致敬,母亲!我们对你称颂,我们向你感谢,顶礼、顶礼母亲。祝福斯里兰卡,顶礼、顶礼母亲。②

---

① 世界知识出版社美术编辑部编:《世界各国国旗、国徽、国歌》,世界知识出版社1988年版,第130—132页。

② 同上书,第138—139页。

"斯里兰卡"这个名字,本是锡兰岛的僧伽罗语古名,意为"乐土"或"光明富饶的土地",国歌在某种程度上是对国名的一种阐释与升华,都是为了召唤对生存之地的共同感情,而达到民族的认同。同样如阿拉伯叙利亚,国名的阿拉伯语意为"高地",古称"玫瑰的土地"。在国歌歌词中也歌颂了这样一块瑰丽的土地:"你神圣的殿堂,阿拉伯故乡,你星星的座位将永保无恙。叙利亚的平原是山上的城,像建筑在天空,高出云层。阳光普照壮丽的祖国江山,使人疑心人间别有一天。"①

2. 弘扬传统民族文化

在弘扬传统文化方面,以色列国歌可为代表。名为《希望之歌》,词作者纳夫塔里·赫尔茨·伊姆贝尔是一位犹太巡回传教士,歌曲采用犹太民族传统曲调。这首歌原为犹太复国主义者的颂歌,在1897年第一届世界犹太复国主义者大会上首唱。以色列建国后将其确定为国歌。

> 只要我们胸怀里还藏着犹太人的心灵,面向着东方的眼睛,还望着郇山和耶路撒冷,两千年的希望不会化为泡影,我们将成为自由的人民,立足在郇山和耶路撒冷。②

歌词悲凉哀婉,仿佛又重现了犹太民族几千年的苦难。其中所使用的词汇都具有鲜明的民族传统文化特征,直接表明了民族属性——"犹太人"。"犹太人的心灵"当然就可以解释为是犹太民族的精神。诗中有关于民族空间定位的词汇:"东方""郇山"(耶路撒冷的圣山,"郇山主义"即犹太复国主义)、"耶路撒冷";关于民族时间定位的词汇:"两千年"等;以及用一系列具有心理内涵的动词:"藏着""面向""望着""希望""成为""立足"等,制造出一套民族精神生活场景,从而使得现代以色列人与传统犹太民族精神紧密地连接在一起。

对民族精神的弘扬也可以被编织在赞美祖先的颂词中,以间接的

---

① 世界知识出版社美术编辑部编:《世界各国国旗、国徽、国歌》,世界知识出版社1988年版,第145页。

② 同上书,第148页。

第七章 散论：禁书、国歌与侨民作家

方式表达出来。如加纳国歌中所唱："快乐的星在天空里闪耀着祖先的荣光，他们庇荫着我们生生不息"[①]；乍得国歌《乍得人民》中说："欢欢喜喜唱着歌向前进，要忠于祖先，他们正在看你们"[②]；布隆迪国歌中有"我们祖先的神圣的遗产"[③]；南非国歌《南非的呼唤》中要求"唤起我们民族的精神"[④]等等都是如此。

最直接与传统文化相连的是日本国歌《君之代》（又译《君主御世》），歌词出自《和汉朗咏集》，原形为9世纪《古今和歌集》中的一首和歌，作者不明。歌词大意是：

> 君王的朝代，一千代、八千代无尽期，直到小石变成巨岩，岩石上长满藓苔衣。[⑤]

从歌词创作来看，日本国歌应是世界上最古老的国歌。1880年，日本政府决定采用宫内省乐师长林广守（1831—1896）所作的乐谱。因此日本国歌的词曲都采用了日本传统形式，表现出对古典文化的尊崇。然而日本从战败至今，实际上没有正式法律意义上的国歌，1999年才正式确定《君之代》为法定国歌。而该国歌歌颂的天皇"万寿无疆"，渗透出的却是日本的军国主义和皇权思想，所以引起了众多日本民众及其他国家的不满。在日本国会众议院会议上，小渊首相对其做出解释："'Kimigayo'（君之代）中的Kimi，根据现行的日本宪法，指的是天皇，他是国家及民族团结的象征，他的位置来自拥有主权权力的人民的意志；'Kimigayo'作为一个整体描述的是我们的国家状态，而国家有天皇，他的位置来自拥有主权权力的人民的意志，天皇是国家本身及民族团结的象征，所以将国歌的词解释为替我们的国家的永久繁荣与和

---

① 世界知识出版社美术编辑部编：《世界各国国旗、国徽、国歌》，世界知识出版社1988年版，第166—167页。
② 同上书，第209页。
③ 同上书，第162页。
④ 同上书，第192页。
⑤ 同上书，第135页。

平而祈祷是合适的。"①这种对传统民族精神的追溯,已经不仅仅是为了弘扬民族的文化精粹,同时也有着潜在的对极端的民族主义情感的召唤。但不管怎样,国歌歌词都显露出鲜明的民族主义思想。

3. 赞颂民族领袖

国家领袖是一个国家政治上的代表,对伟大领袖的歌颂也表现出对祖国的深切感情。尤其是仍然属于君主政体的国家,国王的权力至高无上,直接成为国家的象征。所以歌颂国王成为众多君主制国家国歌的重要内容之一。

泰国是君主立宪制国家,国王是至高无上的。泰国新《宪法》规定泰国实行以国王为元首的民主政治制度,国王为国家元首和皇家武装部队最高统帅,任何人不得指责或控告国王。泰国国歌创作于1872年,1934年被正式确定为国歌。歌词由拉玛六世国王于1913年改写,胡维曾作曲。歌词内容直接表达了对泰国国王的赞颂,祝泰王万寿无疆,表达人民群众对国王的忠诚。

> 祝圣躬安康,我王万寿无疆!尊贵的皇帝陛下,我们向您致敬,我们向您表忠诚。您的恩泽广被,我们快乐安生。伟大的保护人,万寿无疆!祝颂您,年年月月,万事兴旺,我王万寿无疆!②

沙特阿拉伯是政教合一的君主制王国,无宪法,禁止政党活动。国王是国家元首,又是教长,沙特王室掌握着国家的政治、经济、军事大权。内阁决议,与外国签订的条约和协议均需国王最后批准。《古兰经》和穆罕默德的《圣训》是国家执法的依据。国王采用世袭制,由其缔造者阿卜杜勒-阿齐兹·拉赫曼·费萨尔·沙特国王的子孙中的优秀者出任国王。由此,其国歌也表现出了鲜明的国王至上的民族理念,在1950年出版的国歌乐谱上冠有如下的标题:"以大慈大悲的上帝的

---

① 日本国旗和国歌_国家概况_全球教育网http://www.earthedu.com/CountryInfo/Japan/Profile/200704/20070426110533.shtml,访问日期:20190607。

② 世界知识出版社美术编辑部编:《世界各国国旗、国徽、国歌》,世界知识出版社1988年版,第140页。

名义,为受到赤胆忠心地为之献身的人民所拥戴的皇帝陛下所作的颂歌。"①国歌歌词如下:

> 我们光荣的国王万万年,我们热烈地祝颂你,万万年!神圣国土的保护者,我们赞美你的歌唱不完。国王万岁!国旗万岁!国王万万岁!②

同样类型的国歌在东方国家中有一定比例。如约旦是君主立宪制国家,政权掌握在哈希姆家族的王室手中。宪法规定立法权属议会和国王。国王是国家元首,有权审批和颁布法律;任命首相,批准和解散议会;统帅军队。约旦国歌原为军乐演奏的皇家典礼音乐,歌词是后来加的,直接表达出对国王的颂赞:"万岁,万岁,我王至高无上,您的旗帜光荣地高高迎风飘扬。"③文莱、尼泊尔、斯威士兰等等都是如此。

4. 歌颂民族的神

东方宗教种类繁多、历史悠久、影响深远,东方多数民族有着浓重的宗教情感,不少民族全民性信教,许多国家政教合一,宗教情愫与民族情感融合为一体,从而构成特有的东方宗教民族主义。这一点,在国歌作品中分外明显。这首先表现在,众多东方国家国歌作品的创作者的身份就是宗教人士。如以色列国歌《希望之歌》原为犹太复国主义者的颂歌,作者伊姆贝尔是一位希伯来巡回传教士;布基纳法索国歌是由罗伯·奥德劳戈神父词曲;科特迪瓦国歌也是神父作词作曲;莱索托国歌采用由法国传教士写的歌曲为国歌;乍得是由S. J. 哲德罗神父和圣保罗学校学生作词,作曲是A. J. 维拉尔神父等等。

在歌词内容方面,众多国家直接赞颂本民族的神,或者祈求神的赐福。国歌出现颂神内容的国家,其民众的绝大多数都有宗教信仰,宗教情愫就成为其民族主义情感的重要组成,通过共同信仰的神把人民联

---

① 世界知识出版社美术编辑部编:《世界各国国旗、国徽、国歌》,世界知识出版社1988年版,第137页。

② 同上。

③ 同上书,第153页。

结在一起。所以颂神本身具有鲜明的民族主义特征。如伊斯兰教是巴基斯坦国教,所以巴基斯坦国歌中唱道:"过去的历史、现在的光荣、未来的企望,象征真主的保护。"① 阿曼居民绝大多数信奉伊斯兰教,其国歌中言:"愿上帝保佑苏丹塞义德安宁,快乐光荣,永得民心。愿祖国保独立,万古长新。愿国旗长飘扬,大荫永庇穆斯林。"② 津巴布韦40%的人口信奉原始宗教,58%的人信奉基督教,1%信奉伊斯兰教,国歌《欢乐颂》歌词:"上帝保佑非洲安康,促使她的声名远播四方。请听我们念着祷文,上帝保佑我们,上帝保佑我们。来吧,圣灵,来吧,来吧,来吧,圣灵,赐福赐恩,求您保佑我们,非洲的子子孙孙。"其它包括肯尼亚、坦桑尼亚、马拉维、博茨瓦纳、斯威士兰、莱索托等等都是如此。

印度是一个宗教大国,宗教种类繁多,几乎全民信教,其中约82%的居民信奉印度教,其次为伊斯兰教(12%),基督教(2.3%),锡克教(1.9%),佛教(0.8%)和耆那教(0.4%)等。印度国歌《人民的意志》的词曲都是泰戈尔所作。歌词最初刊载于他本人主编的《塔特瓦博的尼·帕特里卡》杂志(1912年1月号)上,当时歌词的题目为《巴拉塔·维尔塔》。1919年由作者本人译成英文,题作《印度晨歌》。1950年1月24日,印度国民代表大会通过定为国歌。歌曲由泰戈尔于1912年创作。歌词分五段,下面是其中一段:

> 印度人的心和命运都由你管辖,你的名字使全国奋发,旁遮普、辛德、吉甲拉特、马拉塔、达罗毗荼、奥利萨、孟加拉;文底那、喜马拉雅发出回响,朱木拿、恒河奏乐回答,印度洋的波浪唱着歌,向你颂赞向你祝福,一切人都等你拯拔。印度人的心和命运都由你管辖,你永远无敌于天下。③

泰戈尔所作的这首国歌歌词中的"你"指什么,历来都有争议。根

---

① 世界知识出版社美术编辑部编:《世界各国国旗、国徽、国歌》,世界知识出版社1988年版,第116页。
② 同上书,第115页。
③ 同上书,第149—150页。

据泰戈尔自己所说，"把他当作引导着上路的巡礼者经过绵延不断的历史时代的永恒的驭者"①（这首歌词第三段中有"巡礼者的行列在无穷无尽的崎岖不平的道路上前进，经历着邦国的盛衰兴亡，他们的车轮在震响，永恒的驭者！……"等词句），如此回答仍然没有指明"你"谓何。就如同泰戈尔的众多抒情哲理诗，尤其是代表作《吉檀迦利》中反复出现的"你"引起众多研究者的争论。但其中被多数人认同的是，这个"你"是指"神"。诗里的"你"本就虚指，并未落实于某具体之物，所以在很大程度上可以认为，"你"相当于"神"。从这个意义上说，这也是一首赞颂神的诗歌，而且这个神是属于印度民族的神，他"管辖"着"印度人的心和命运"。

5. 赞颂与对国家的美好期待

所有的赞美都归结于一处，就是对祖国对民族的爱，所以在更多的国歌中，直接表达出人民对祖国的热爱以及美好期待。如马达加斯加国歌《啊，我们亲爱的祖国》就是鲜明的代表：

啊，祖国，我们亲爱的祖国，啊，美丽的马达加斯加。我们热爱你，我们忠于你，天长地久始终不渝。啊，上帝，我们向你祈祷，保佑祖先的宝岛。让我们一致衷心期望，愿她兴旺。②

这仍是典型的颂歌体。以复数的第一人称"我们"直接向祖国"你"表达"我们热爱你"，"我们忠于你"，并且为祖国献出最美好的祝福，"愿她兴旺"。这样的国歌数量众多。如喀麦隆国歌《集合歌》唱道："不分东西将身心奉献，唯一的愿望就是效忠祖国"，甚而表达自己的一切都来自祖国，"没有你就没有幸福，你是我们的欢乐和生命，光荣和爱，非你莫属。"③塞拉利昂国歌也是如此："我们对你的爱无边无际"，"衷心地歌颂你……亲爱的祖国塞拉利昂，幸福和平永无疆。"④

---

① 世界知识出版社美术编辑部编：《世界各国国旗、国徽、国歌》，世界知识出版社1988年版，第149页。

② 同上书，第183页。

③ 同上书，第176页。

④ 同上书，第196页。

科特迪瓦国歌《阿比让之歌》有云:"祝福你,好客的国家,祝福你,有希望的大地。"①布隆迪国歌《亲爱的布隆迪》中说:"亲爱的布隆迪,值得我们热爱的对象,我们誓以心、手和生命为你高尚地服务。"②布基纳法索国歌宣称:"我们要使你更强大、更加美丽,我们永远坚定地效忠于你。我们自豪地跳动的心,赞赏着你的美丽。"③卢旺达国歌《美丽的卢旺达》呼唤道:"啊,卢旺达,给我生命的大地,我无畏地、不疲倦地赞美你!"④

三 谱写民族未来之曲

如果说战歌式国歌主要以追溯危难、斗争与光荣的历史,来召唤民族的使命感,以过去来激发今天;颂歌式国歌则直接从现有的民族情感焦点出发,力图扩张民族的自豪感;另一种国歌可以被称为希望之歌,是一种面向未来,以塑造民族理想的方式来推进民族的奋进之心。当和平已经成为时代的主潮,国家的社会建设成为最重要的历史使命。这个时候便产生了一批这样的国歌,它们除了对国家表达爱与赞颂以外,更多的内容是面向祖国的未来,号召人民团结一致,共同建设美好的明天。如新加坡国歌《前进吧,新加坡》所唱道的:

> 让我们新加坡的人民,一同携手前进,向着幸福前进。我们热烈地希望看见新加坡繁荣昌盛!我们一致团结起来,怀抱着新的精神。我们共同来祝愿:新加坡无限前程!⑤

新加坡是一个年轻的国家,于1965年脱离马来西亚联邦而独立。独立前夕,总理李光耀觉得新加坡应该有自己的国歌,以此团结和激

---

① 世界知识出版社美术编辑部编:《世界各国国旗、国徽、国歌》,世界知识出版社1988年版,第177页。
② 同上书,第162页。
③ 同上书,第160页。
④ 同上书,第182页。
⑤ 同上书,第144页。

励全国各族人民同心同德,全心全意效忠祖国。当时,李光耀总理的好友、作曲家朱比尔·沙伊德很快就创作了这首歌曲,被选作刚刚诞生的新加坡共和国的国歌。歌曲的核心在于"怀抱着新的精神",以一个"新"字,使其与其他众多国歌显出不同,已不是从历史或者现有事物中去汲取力量,而是把目标放在未来,探求"新的精神",召唤新的力量,来改造祖国,建设新的国家。

其他很多国家没有如此明确地提出"新的精神"之言,但要团结一致,建设祖国的愿望与决心是共通的。如黎巴嫩国歌中唱道:"我们献身于祖国,把事业树建。我们为祖国、为荣誉迈步向前,为祖国奔向前。"①冈比亚国歌中说:"我们奋斗、劳动和祈祷,为了祖国冈比亚。每天享受自由与和平,亲密团结如一家。"②几内亚比绍国歌《独立之歌》中反复唱道:"我们建成了亲爱的国家……这是我们团结的无穷力量!……我们正在建设自己和平进步的不朽国家。"③马来西亚国歌《我的祖国》中也有"愿她的人民团结坚强"④。赞比亚国歌如是说:"勤劳人民联合成一家,为权利而斗争获得胜利……她的人民联合成一家,同在太阳底下,统一、自由、强大。"科特迪瓦国歌《阿比让之歌》也同样宣称:"为你的荣誉团结一致快乐地建设家乡。"⑤

无论战歌、颂歌、还是希望之歌,其目标是一致的,都是为了壮大民族的自信心与自豪感,激发人们的勇气与决心,团结在一起,共同建设美好的家园。对于具体某一首国歌而言,有的偏向于某一种类型,也有的融合了其中两种或者三种内容,但所有国歌的基本主题都是相通的。我们可以发现,几乎绝大多数国歌共有的现象,就是其中所出现的抒情主体都是群体性的"我们"。(泰戈尔所作的孟加拉国歌就显得

---

① 世界知识出版社美术编辑部编:《世界各国国旗、国徽、国歌》,世界知识出版社1988年版,第126页。

② 同上书,第165页。

③ 同上书,170—171页。

④ 同上书,第128页。

⑤ 同上书,206—207页。

独特了,其抒情主体只是作为个体的"我",从而显示出作为一个诗人对个体的重视。)国歌这种以群体性的"我们"作为抒情主体的基本抒情模式,其要旨在于,个体必须融化到群体的"大我"之中,以对"你"(民族的历史、山川、领袖、神等)表达赞美的方式,让个体感受到对"你"的共有,而与民族里的其他个体融为一体,从而激发出相通的群体性体验,就是民族情感。在国歌的大合唱仪式中,国歌内在的主题与合唱的群体性活动互相促进,实现了国歌的最终精神旨归。如研究民族主义的专家本尼迪克特·安德森所言:"在唱国歌的行动当中却蕴含了一种同时性的经验。"①这种经验,就是作为同一个民族的共同历史,尤其是那些于战火中挣扎过的历史,以及在这种历史过程形成的精神体验,包括共同感受的文化,共同生长的土地,共同的领袖,以及共同信仰的神,等等这些,把人们联系在一起,由此"创造"出惊人的民族情感与丰沛的民族精神。所以国歌当仁不让地成为最直接最坦白的民族主义情绪的表达,国歌歌词也就成为民族主义文学最集中的体现。

第三节　侨民作家与民族文化

侨民作家,在不同的场合和文本中也往往被称作流亡作家或移民作家。拉什迪对移民作家的定义是:"传统上,一位充分意义上的移民要遭受三重分裂:他丧失他的地方,他进入一种陌生的语言,他发现自己处身于社会行为和准则与他自身不同甚至构成伤害的人群之中。"②也就是说,在拉什迪看来,地理空间的位移、语言的转换、进入异域文化等多重界限的跨越是侨民的构成性特征。分裂和越界的经历使流亡者们失去了与本土文化、政治现实的直接联系,但同时也让他们获得了本土作家所不具备的人生体验和独特视角。

---

① 本尼迪克特·安德森:《想象的共同体——民族主义的起源与散布》,吴叡人译,上海世纪出版集团,2005年,第140页。

② 萨尔曼·拉什迪:《论群特·格拉斯》,黄灿然译,《世界文学》1998年第2期。

造成侨民作家文化侨居者命运的原因是多方面的，有的是政治流亡，有的是自愿流放，有的是商贸移民，还有的是劳工输出，而对有些作家来说，流亡则是一种无法选择的先在的命运。侨民作家的写作是一个历史现象，但现当代以来变得尤为惹人注目，其直接的原因来自两次移民浪潮。第一次浪潮是殖民主义这一"历史发动机"造成的广泛的集团迁徙，第二次则是20世纪80年代以后的全球化的压缩空间产生的巨大的人员流动。这两次人员流动的规模都是前所未有的，其结果是移民成为各国人口构成的一个重要组成部分，他们的生存状态和文化体验也就成为人们所关注的一个热点话题。再加上20世纪末期以来，像爱德华·萨义德、霍米·巴巴、斯皮瓦克等族裔是东方民族的文化精英在西方知识圈内崛起，大有独领风骚之势，他们对于散居现象的关注和理论阐释使得侨民作家的跨文化创作问题更为引人注目。近些年来诺贝尔文学奖连连授给像戈迪默、奈保尔、莫里森、沃尔科特、库切等具有双重或多重身份的作家，就是人们对侨民作家关注的一个明证。

对于这些年来日益抢眼的侨民作家群体，人们不禁要问：侨民作家与本土作家相比，到底有些什么特征？回答这个问题的关键是弄清侨民作家与民族文化的关系。这两个问题很多时候是合而为一的。当然，对于这一问题的研究肯定无法完全适用于每一个侨民作家，因为移民的人生经历在不同的作家身上产生不同的作用，变幻出各种各样的表现形态，还应具体情况具体分析。

一 浓浓的文化乡愁

对于移民，尤其是第一代移民来说，最普遍也最深刻的痛苦是乡愁的痛苦，文化民族主义的先驱人物赫尔德曾经说过，乡愁是最高贵的一种痛苦感。白先勇则感慨道："去国日久，对自己国家的文化乡愁日深。"[①]离开自己的故乡，来到陌生的国度，"对于我们曾是亲近的变成

---

① 张葆辛：《白先勇的文学生涯》，《文汇（增刊）》1980年第5期。

为异外",而"异外的渐渐变成熟悉和亲切"①,这本身是一种文化的异化,对任何人来讲,这都不是一种愉快的经历。刚开始时的孤独寂寥是难免的,印裔英籍作家奈保尔在20世纪80年代与人谈起50年代他刚从特立尼达移居英国牛津的那些日子时,还是心有余悸:"那是一个困难的岁月……我非常孤独。……由于陌生和寂寞,我产生了精神混乱。远离家乡,远离熟人。"②黎巴嫩旅美作家纪伯伦也不禁哀叹:"我是个陌生人,远离故乡,孤独寂寞,痛苦不堪;但是,它使我永远思念着我不认识的神秘故乡,在我的梦想里总出现我从未见过的遥远的土地。"一个人的身体发生空间的位移是容易的,但是要置换一个人的文化却是困难的。母国及其所包含的一切,成为文化迁徙者们一个无法摆脱的牵挂,他们犹如"贫血的向日葵","不由自己,总是微仰着贫血的脸孔,节节转动朝向一个太阳——那十万八千里的客观存在或者早已不存在的中心"③。

从根本上讲,侨民作家大多是爱国的,远离文化母体的痛苦更容易激发他们对祖国、故乡和亲人的思念,黎巴嫩旅美诗人艾布·马迪在诗中吟唱:"有两样东西,岁月无法让他们消亡,一是黎巴嫩,一是亲人对它的希望。我们想念它那夏天山岳披绿装。我们热爱它那雪盖河谷白茫茫……"④流亡苏联的土耳其作家希克梅特晚年的诗歌中充满对祖国的炽热之爱:"你是我的主宰,又是我的自由;你是在炽热的夏夜里燃烧的我的肉体;你就是我的祖国。你是在褐色的眼睛里跳动的绿焰,你是我伟大的、美好的、骄傲的,可望而不可即的思念。"⑤有民族主义倾向的纪伯伦强调将对自我的爱与对祖国的爱结合在一起,他说:"我

---

① 米兰·昆德拉:《被背叛的遗嘱》,孟湄译,牛津大学出版社、上海人民出版社1995年版,第88页。
② 转引自张德明:《流浪的缪斯:20世纪流亡文学初探》,《外国文学评论》2002年第2期。
③ 龙应台:《干杯吧,托马斯·曼》,《读书》1996年第2期。
④ 季羡林主编:《东方文学史》,吉林教育出版社1995年版,第1405页。
⑤ 同上书,第1384页。

爱故乡,爱祖国,更爱整个大地。"①即使是离开出生地特立尼达并再也不愿意回去的被异域文化同化较深的奈保尔也会时不时地思念家乡:"我怀念家乡。你们知道我怀念什么吗?我怀念那突然地,没有任何警告地降临的黑夜。我怀念那夜晚的一阵暴雨。我怀念那沉重的雨点打在铁皮屋顶上的咚咚声,或是雨点打在野芋,那种美丽植物的宽大叶片上的声音。"②

  侨民作家的文化乡愁是浓浓的,但如果将这份情感仅仅停留在怀旧的甜美的哀伤之中,则无助于母国的现实和未来,很多侨民作家将对故土的爱转换成为一种战斗的力量:寄居英国的印裔作家安纳德密切关注祖国发生的一切事件,接连发表了长篇小说《不可接触的贱民》《苦力》和《两叶一芽》,谴责殖民压迫的罪恶,以文学为武器声援国内同胞的正义斗争;纪伯伦一方面亲身投入到了祖国的民族主义运动中去,而且通过自己的文化活动促进黎巴嫩的民族解放事业,在作品中更是充满对受异族侵略的苦难的人民的同情和对祖国命运的关心,并为自己不能减轻和分担祖国人民的痛苦而深深自责;印裔加拿大作家迈克尔·翁达杰有很强的反殖民主义意识,在论及第二次世界大战时他说:"大多数历史著作将那场战争描写为白人之间的战争,有意忽视亚洲人的贡献。我对此很反感。实际上,在那场战争中,印度大陆的损失也是巨大的。"③所以,他在代表作《英国病人》中借同英军协同作战但内心里对英国的殖民统治深恶痛绝的印度工兵吉普这个形象表达自己内心的不平和愤怒;留学美国的加纳作家阿尔马赫始终关心祖国的政治现实,在《美好的人尚未诞生》《碎片》等作品中愤然谴责加纳政治的腐败,充满忧国忧民之情,这份对母国的爱中又交杂着恨的情感,恨来自于爱,是哀其不幸、怒其不争的理性审视催生的愤慨之情;对于身在英美的库切来说,他的国籍所在地南非成了他"无法摆脱的沉重负

---

① 纪伯伦:《纪伯伦全集》(第一卷),河北教育出版社1996年版,第6页。
② 转引自谈瀛洲:《奈保尔:无根的作家》,《毕斯沃斯先生的房子·代序》,译林出版社2002年版,第6页。
③ 任一鸣、瞿世镜:《英语后殖民文学研究》,上海译文出版社2003年版,第119页。

担",他痛恨南非的种族隔离政策,愿意忘掉种族隔离的一切丑行,然而那种"南非的自我"却始终如影随形,困扰着他的心灵,也营造了他作品的中心主题:反对种族压迫,解构殖民话语。

对于像安纳德、罗辛顿·米斯垂、布奇·埃默切塔、本·奥克利等作家来说,文化乡愁更多地表现为对母国文化的眷恋和回望,他们的作品大多取材于母国或以母国为背景,关注母国的政治现实和人民的历史命运,以故国的文化生活和人物的现实命运为题材,对此,罗辛顿·米斯垂总结道:"我生长在孟买,……我是一个作家,我必须创作优秀的文学,这也是我写作的初衷。为了写出好作品,我就必须写我所熟悉的,于是,我自然而然地选择了我的'部落'。"① 除了以故国为背景的作品,这些作家还将目光投向了移民群体,关注他们的生存现状和文化挣扎,以移民个人的或家族的历史来表征对于民族的集体记忆,像翁达杰的《经过斯洛特》和《世代相传》、罗辛顿·米斯垂的《费洛查拜格的故事》等都是这方面的杰作。移民作家通过这样的叙述,获得了将"被压缩的现在和传统中的过去联系起来的能力"②,而移民叙述的本身也变成了一种重新唤起民族记忆的途径。

对于我们每个人来说,家园的含义都是非常丰富的,它不仅是指某一块一定界限内的土地,而且包含着族群认同、文化认同和价值认同。侨民作家的浓浓的文化乡愁就是对家园的向往,他们试图将对母国家园的记忆永远封存在自己的记忆之中,并使之成为生存的根基,然而对于地理空间、语言和文化都发生了移位的侨民作家来说,在精神中守住自己的家园并不是一件简单的事情。

二 混杂性身份和双重视角

正如韦伯所说,人是生活在文化之网上的动物,任何人都不能逃

---

① 任一鸣、瞿世镜:《英语后殖民文学研究》,上海译文出版社2003年版,第121页。

② 博埃默:《殖民与后殖民文学》,盛宁译,辽宁教育出版社、牛津大学出版社1998年版,第216页。

离这个意义之网而在文化的真空中飘浮,作家也必定要为自己在文化中寻找到一个定位作为发言的位置,对于本土作家来说,这不会构成很大的问题,而对于生活在两种或多种文化空间中因而身份模糊的侨民作家来说,这个问题显得尤为迫切和重要,于是关于"我是谁""我来自何处""我身处何处""我去往何方"的身份困惑便成为侨民作家普遍面临的问题。

离开母体文化,不管你情愿不情愿,势必要造成与母体文化的疏离,时间越长,疏离越深。即使那些始终坚持拒绝同化,在移民地社会为自己保留一块文化飞地的作家,也难以摆脱这种无奈的失落,他们即使有机会,也多拒绝重返故国,昆德拉认为:"真正拒绝的理由只能是关于存在的。并且无法交流。"①在异国他乡,熟悉的家园只能在你的回忆和梦境里出现,现实的家园在存在的意义上则是陌生的。如果你不能及时地置换语言,就无法实现沟通和获得基本的生存权利,迈克尔·翁达杰在《身着狮皮》中描绘了一个场景,一个演员在移民聚会时临时搭建的舞台上演绎移民失语的痛苦和恐惧。由于不会说当权者(移居国)的语言,他备受侮辱与殴打,只能用手势表示恳求,这一个没完没了的场景触目惊心,是移民文化困境的真实再现。侨民作家要想发言并让自己的声音为周围的人所听到,也必定要完成语言的置换,用移居国的语言或用双语进行写作,拉什迪对此有很深的感慨:"移居他国必定失去自己的语言与家园。"②

进入异域文化,不论你愿意不愿意,你都无法完全融入移居国的文化。虽然裂隙会随时间推移而渐渐缩小,但根本的弥合却几乎是一件不可能的事情,尤其是对第一代移民作家来说,因为"在数量上相等的生活块面,在年纪轻时或在成年时不具有相等的重量。如果说,成年时期对于生活和对于创作活动更加丰富和更加重要,潜意识、记忆、语

---

① 米兰·昆德拉:《被背叛的遗嘱》,孟湄译,牛津大学出版社、上海人民出版社1995年版,第88页。

② Salman Rushdie. *Imaginary Home Land: Essays and Criticism (1981—1991)*, Grant Books, 1991, p. 210.

言,所有的创作基础则很早就已形成"①。虽然随着地理空间的转变,已经成型的文化品格会发生断裂,但被压抑在心灵深处的封存的经验即使动用全部的力量也是难以抹掉的,更何况有很多作家要刻意地维持与母国的文化维系。对于第二代、第三代移民作家来说,与母国文化的原生纽带已经松弛,可能民族文化的记忆已经碎片化而变得模糊,但是他们的血缘、肤色、体型却使移居国的居民为他们打上了"殖民地人"的烙印,他者眼中的自我对真实的自我有塑型的作用,所以第二、三代移民依旧会普遍地感到被边缘化的苦恼。或许随着时间的推移,移民的后代们终将退却种族的印记,完全融入了移居国文化,但这样的移民已经不能算得上移民,他们的文学故事已经可以归为另一种民族的文学传统了。

　　侨民作家既与母体文化疏离,又无法完全融入移居地文化,他们多多少少都患上了"文化分裂症",对这两种文化而言,他们都远离中心,居于边缘的位置,很难断然说他们的身份是此还是彼,只能是如霍米·巴巴所说"既是此又是彼",很多学者和理论家用混合来形容他们的文化身份,是非常合适的。混杂文化身份所蕴含的双重的隔离势必造成侨民作家的漂泊感、无归属感、失落感和错位感,印裔英国作家拉什迪将自己的情感分成两半:"这一半爱着伦敦,那一半怀念孟买","一定意义上,我既身在印度与英国文化之内,又身处两种文化之外。在许多方面我不再是印度人。同样我也从未成为英国人。"②祖先是印度人、荷兰人和英国人又移民加拿大的迈克尔·翁达杰自称:"我认为自己既是亚洲作家,也是加拿大作家,也可能是两者的混合。"③穆克尔吉一方面无法忍受加拿大的种族歧视,愤然说道:"说得严重一点的话,在加拿大,我不是被当作妓女,就是被当作扒手。"④但当她数年后

---

① 米兰·昆德拉:《被背叛的遗嘱》,孟湄译,牛津大学出版社、上海人民出版社1995年版,第89页。
② 尹锡南:《拉什迪:印裔移民作家的后殖民诗学观解读——"殖民与后殖民文学中的印度书写"研究系列之四》,《南亚研究季刊》2004年第4期。
③ 任一鸣、瞿世镜:《英语后殖民文学研究》,上海译文出版社2003年版,第116页。
④ 同上书,第146页。

回到印度，她却悲哀地发现自己仍是一个外国人，她是以一个外国人的眼光在看待、在审度印度文化，她发现印度文化对于她来说也成了一个陌生的文化。

混杂文化带来的不仅仅是割裂的痛苦，在众多理论家看来，它还会带来许多丰厚的回报：巴巴通过对国际文化的研究，提出"国际文化的基础并不是倡导文化的多样性的崇洋求异思想，而是对文化的杂交性的刻写和表达"①，在他看来，当今文化的定位不是在于纯粹的民族文化之中，而是在于两重或多重文化的重叠之处和居间的空间，而混杂性的模范就是那些颠覆宗主国中心民族空间的"少数族"移民主体："殖民地居民、后殖民地居民、移民、少数族裔——不会被含纳于民族文化界限之内的四处漂泊的人……他们本身就是变换不定的疆界的标志"，我们正是"从那些遭受历史宣判——征服、统治、流散、移位——的人那里学到最持久的生活和思想的教训"，他因此断言："最真的眼睛现在也许属于移民的双重视界（doublevision）"，而"民族"文化也"越来越从被剥夺的少数族的视角生产出来"。②与巴巴同为后殖民文化批评的理论主将的爱德华·萨义德也极力推崇知识分子的流亡状态，在他看来，"流亡这种状态把知识分子刻画成处于特权、权利、如归属感、这种安适自在之外的边缘人物——这种说法是正确的。然而，也有必要强调那种状态带有某种报偿，是的，甚至带有某种特权"③。最主要的特权在于"大多数人主要知道一个文化、一个环境、一个家，流亡者至少知道两个，这个多重视野产生一种觉知：觉知同时并存的面向，而这种觉知——借用音乐的术语来说——是对位的。流亡是过着习以为常的秩序之外的生活。它是游牧的、去中心的、对位的……"④

---

① 霍米·巴巴：《献身理论》，罗钢、刘象愚主编：《后殖民主义文化理论》，中国社会科学出版社1999年版，第201页。

② 转引自生安锋：《后殖民主义的"流亡诗学"》，《外语教学》2004年第5期。

③ 爱德华·W. 萨义德：《知识分子论》，单德兴译，生活·读书·新知三联书店2002年版，第53页。

④ 同上书，第1页。

霍米·巴巴和萨义德都将混杂性身份和随之产生的双重视角看作移民作家的某种认识论特权，在他们的阐释之下，让人感到困惑的文化杂交成为一种审美的便利，虽有夸大之嫌，但也的确说出了部分真理。移民作家既在内部又在外部的位置，或者说内部的局外人和外部的局内人的身份使他们可以同时进入两种文化，从而占据了可以从一种文化立场去观望另一种文化立场的优势：对于西方的权力中心来说，移民作家的创作背后隐藏的是一种弘扬"差异的政治"，作为去中心的力量对西方的文化民族主义起着从内部消解的作用。而另一方面由于站立在母国文化之外，侨民作家可以避免某些本土作家身上狭隘的民族主义，更为理性地进行民族文化反思和辩证地看待东方文化与西方文化的关系：东方大诗人纪伯伦一方面以东方纯朴的文明作为参照系抨击西方物质文明的弊端以及殖民主义的侵略本性，另一方面又从西方的民主、平等、自由的思想出发谴责阿拉伯文化中的政治高于一切、因循守旧、固守传统的惰性，他对于东西方之间的关系的看法至今具有启示意义，他认为："西方人的精神是我们的朋友和敌人。如果我们能把握它，它便是朋友；如果我们被作为祭品，它便是敌人。如果我们从他那里得到适合我们的东西，它就是朋友；如果我们被置于适合它的位置，它就是敌人。"[1]在纪伯伦这里，东西方不是简单的二元对立关系，而是可以进行和谐的交流和转换的平等对话主体。充满爱国热情的安纳德一方面注意与祖国人民的密切联系，另一方面也批判了印度的种姓制度等旧传统的落后，他对西方文化的看法也更加冷静，并不像很多民族主义知识分子那样将西方文化视为洪水猛兽，而是将之看作反思民族文化的一个基点；奥克利则在《饥饿之路》中通过路的意象告诉他的同胞，西方资本主义不仅仅是罪恶的象征，而且也同时是促进东方社会进步和发展的力量。

混杂性身份和"双重外在性"视角使得侨民作家总是处于中间的位置，在他们的文本形成的话语场中，往往充满多种哲学的张力和多种

---

[1] 纪伯伦：《纪伯伦全集》（第三卷），河北教育出版社1996年版，第228页。

相互对立的社会行为,它们相互碰撞,也相互妥协,其结果势必使流亡者能够介入跨文化对话,并通过这种对话肯定自己的独特性。有"后殖民主义文学教父"之称的拉什迪深信文学的长处在于它是"进行对话的场所,是展现语言斗争的地方",在他看来,"在任何社会里,文学都是这样一个所在,我们在自己大脑的隐秘处,可以听见各种声音以各种可能的方式谈论世间万物……世上不管哪里,文学对话的小屋一旦关闭,文学大厦之墙迟早就会坍塌下来"。[1]他的魔幻般的作品中充满东西方文化的有机调和,往往是印度文化、基督教文化和阿拉伯文化的同时汇聚,包罗万象的片断化而又混杂的历史像万花筒似的变化多端,令人眼花缭乱。奥克利的《饥饿之路》"引进了一种从约鲁巴神话中借来的非理性周期循环式梦幻逻辑"[2],将人世与冥界、理想与现实沟通,在拉美的"魔幻现实主义艺术手法上深深打下了约鲁巴神话——非洲文化的烙印,把自己大陆的精神注入其中,在以现代意识发掘民族传统文化遗产上走出了一条新路"[3]。拉美魔幻现实主义、非洲精神、西方的现代意识这三者融汇为一体,这样的作品无异于在文化之间架设起了一条中间通道,通过侨民作家的文本媒介,阅读者可以从一种文化进入另一种文化,从一种思维方式进入另一种思维方式,在这一文化互译过程中,阅读和写作变成了不同文化的复杂交流,这种交流有利于扩大民族文化的包容性,侨民作家的创作成为跨民族、跨文化、跨语际传播的有效媒介和不同文化之间交流互动的较为适宜的话语场。

总之,混杂性文化身份并不是仅仅意味着文化分裂的痛苦,它还会给侨民作家带来一些审美的便利,就像穆克尔吉所认为的,"生存之地

---

[1] Salman Rushdie. *Imaginary Home Land: Essays and Criticism (1981—1991)*, Grant Books, 1991, p. 429.

[2] 博埃默:《殖民与后殖民文学》,盛宁译,辽宁教育出版社、牛津大学出版社1998年版,第265页。

[3] 邹海仑:《他"引导非洲的长篇小说进入后现代时期……"——记〈饥饿的道路〉和它的作者》,《世界文学》1994年第3期。

的转变不是一种枯竭,而是一种文化和审美经验的扩展"①,所以当代侨民作家们极力宣扬自己的混合身份、杂交写作。作为一个中间通道,侨民作家的混杂性文本形成的文化互动的话语场也可为不同文化的平等交流提供一定的契机。

三 民族文化重构

近些年来,国际文化理论界出现了对民族主义解构的倾向,波普尔说道:"民族国家的原则不仅是不适用的,而且从来就没有被明确地考虑过。它是一个神话。它是一种非理性的、浪漫的和乌托邦的梦想,是一种自然主义的和部落集体主义的梦想。"②安德森提出民族是一个"想象的共同体",民族主义则是一种对未来的想象。一方面,通过将居住在一定疆界之内的人想象成为一个统一的社会共同体,为人们提供了一个重要的精神基础,但另一方面,由于是想象的产物,民族主义本身却又无法摆脱其内在的有限性:"即使是最小民族的成员也从来都无法认识其民族的大多数成员,无法见到甚至是听说过其他成员。"③这样,在安德森的理论里,民族实际上变成了"一个虚实相间、似是而非的抽象存在,是民族主义创造出'民族'的精神和神话"④。霍米·巴巴从安德森的观点中受到启发,提出了他的关于民族文化神话解构的理论。在他看来,"文化永远不是自在统一之物,也不是自我和他者的简单二元关系"。其原因就在于传统和现代的二元划分导致的分裂主体的出现,即位于第三空间的主体,"发布行为之第三度空间的介入使意义和指涉结构成为一个矛盾过程,摧毁了习惯上把文化知识显示为统一的、开放的、扩展的符码的这面再现之镜。这样一种介入方

---

① 博埃默:《殖民与后殖民文学》,盛宁译,辽宁教育出版社、牛津大学出版社1998年版,第264页。

② 卡尔·波普尔:《开放社会及其敌人》(第二卷),郑一明等译,中国社会科学出版社1999年版,第97页。

③ 石海军:《从民族主义到后殖民主义》,《文艺研究》2004年第3期。

④ 同上。

式理所当然地使我们对文化的历史身份的看法受到了挑战","只要明白所有的文化陈述和系统都在这种矛盾对立的发布空间里得到构建,就能明白坚持文化的固有原创性或'纯洁性'的等级观念为什么站不住脚"。在此基础上,霍米·巴巴进而提出,只有弘扬杂交性的国际文化基础"才可能开始设想民族的、反民族主义的'人民'历史。通过探索这个第三度空间,我们有可能排除那种两极对立政治,有可能作为我们自己的他者而出现"①。

在民族神话解构的文化语境之下,侨民作家的写作可谓适逢其会。混杂性身份和双重视角都是在强调主体的流动性,其实质是对关于自我身份的本质主义界定的挑战,侨民作家跨越了文化的疆界,形成了跨文化的思维,这样的主体看到的世界,必定是变动不居的,以混杂的文化眼光去审视民族性,也必定会产生对固定的民族性的质疑和对发展的民族性的呼唤。纪伯伦早在20世纪初就已经在考虑与西方的现代性碰撞中的民族性发展问题,在他1923年出版的杂文集《奇珍异宝》里,有一篇杂感《独立与红毡帽》,这篇短文写了两个事件:一个文学家在欧洲轮船上的室内拒绝按欧洲人的习惯摘下红毡帽(那顶红毡帽恰是欧洲制作的),一个印度王子因不能坐在一个禁止缠头巾和吸烟的地方而拒绝去意大利的剧院看歌剧,这两个事件传达出的是"东方人恪守固有的习俗,甚至执着于某些民族习惯的影子"②的信息,纪伯伦不由感慨道,那位文学家为什么不先亲手制作红毡帽再决定如何处置那顶帽子,也就是说,面对现代文明的冲击,东方人不能总是困守在古老的民族文化的影子里,而是应该在变化中求得自身的发展,这样才能获得平等的民族对话,而不是仅仅留守住虚幻的民族文化表面。当代侨民作家对这一问题的思索在继续着,罗辛顿·米斯垂在短篇小说集《费洛查拜格的故事》中通过一些印度的波斯人后裔试图挽留住古老的民族文化的努力,不无哀婉地发现民族文化不在民族习俗里,不在民族语言

---

① 霍米·巴巴:《献身理论》,罗钢、刘象愚主编:《后殖民主义文化理论》,中国社会科学出版社1999年版,第198—201页。

② 纪伯伦:《纪伯伦全集》(第三卷),河北教育出版社1996年版,第207页。

里,也不在宗教信仰里,本真的民族文化只能到记忆中去追寻,在现实生活中只能意味着僵化和惰性。①民族性只有在东西方文化的交流碰撞中不断调整自身才能获得生生不息的活力,对于东方民族来说,更是如此,因为正如法农所说,东方"在一个或两个世纪的剥削之后,产生了民族文化全貌的真正极度消瘦。民族文化变成一种原动习惯、衣着传统、分成块的制度的储备。从中发觉很少的变动。没有真正的创造性,没有激情"②。重建民族文化的属性,也就是民族文化身份重构对于摆脱殖民统治之后的东方民族来说,显得尤为迫切。

建设新的事物,意味着首先要对旧有事物进行解构,在这方面,拉什迪的表现虽然有些极端化,但却颇具有代表意义。拉什迪的作品中充满对纯粹民族身份的解构,当每个人都为印度的独立而欢欣鼓舞的时候,他却对纯粹印度的存在表示否定,他说:"我心目中的印度建立在多样、复数和混杂的理念之上。"③在1982年发表的《午夜的孩子》中,他对庄严神圣的印度独立日进行了恣意的调侃:"日历中出现一个新的特殊的节日,一个可喜可贺的新神话,因为一个以前从未存在的民族将要赢得自由,尽管它已有五千年的历史,尽管它发明了象棋的游戏,尽管它曾与中东王国埃及进行过商业贸易,然而它依然只是一种想象性的存在,新民族的出现把我们抛入了一个神话般的国土,它从来都不存在,只不过是某种表面的、集体意志的渴望——只是在我们甜蜜的梦想中它才存在;它是大众的迷狂……"④在这番言说之下,实体的印度统一体变成了想象中的虚幻存在,很明显是对安德森的"想象的共同体"概念的回应。在这部小说中,拉什迪还将民间的历史与官方的历史混合在一起,他自己称这种调制为"历史的混合辣酱",唯一的本质历史在

---

① 任一鸣、瞿世镜:《英语后殖民文学研究》,上海译文出版社2003年版,第123—130、186、185页。

② 弗朗兹·法农:《全世界受苦的人》,万冰译,译林出版社2002年版,第166页。

③ Salman Rushdie. *Imaginary Home Land: Essays and Criticism (1981—1991)*, Grant Books, 1991, p. 70.

④ 转引自石海军:《从民族主义到后殖民主义》,《文艺研究》2004年第3期。

这种调制中失去了其权威性，本真的民族性变成了多数可能的复合，印度"民族国家"的神话在拉什迪的演绎里，消失了。

解构自然是为了重建，那么新的民族性是什么，重建之后的民族文化身份又在何方，对于这个问题，侨民作家缺少明确而有力的回答，或许，世界主义是他们所普遍认可的一个取向。世界主义倾向在很多侨民作家身上存在：有民族主义倾向的纪伯伦同时主张摒弃一切人世权力，希望一切国家和民族都消失。他说："整个地球都是我的祖国，所有的人类都是我的乡亲。"石黑一雄则直言自己"是一位希望写作国际化小说的作家"，他甚至对自己努力追求的国际化小说进行定义，"简而言之，我相信国际化小说是这样一种作品：它包含了对于世界上各种不同文化背景的人们都具有重要意义的生活景象。它可以涉及乘坐喷气飞机穿梭往来于世界各大洲之间的人物，然而他们又可以同样从容自如地稳固立足于一个小小的地区"[①]；奈保尔则宣称"自己是一个无家园的世界主义者"，并进而提出了一个"普适文明"的概念："我感到此刻有一种伟大的普适文明，人们会说是西方的，但这种文明是由无数个源头组成的。它是一种非常折中的文明，正征服着整个世界。"[②]地球——祖国也好，国际化小说也好，共同文明也好，都是力图将各民族文化揉成一团，再整合为一个统一的世界文化，家在这些世界主义者那里，失去了疆界的限制，变得"非领地化"，其中的每个个体都成为"世界公民"，他们的身份不再以民族、阶级、性别等属性来划分，只剩下了教授、学生、医生、工人、演员、职员、经理、总统等"场合身份"。这样一种消灭边界的身份景观初看起来颇令人向往，但仔细推敲起来，后果又颇为令人害怕，正如赫尔德所说，人需要吃喝，需要安全感与行动自由，但同样也需要归属某个群体。假如没有可归属的团体，人会觉得没有依靠、孤单、渺小、不快活。世界的家园太大，我们无法在其中扎下自己的文化之根，处处是家的逍遥势必造成处处无家的困境，丧失了民族

---

① 任一鸣、瞿世镜：《英语后殖民文学研究》，上海译文出版社2003年版，第186页。
② 黄芝：《飞跃本土和种族主义的流亡者——解读V. S. 奈保尔的"普适文明"》，《江苏外语教学研究》2004年第2期。

归属的世界公民们将没有稳定的价值认同和意义承诺,从而形成的民族虚无主义将同走向另一极端的侵略性的文化扩张主义和排斥一切外来影响的保守民族主义同样可怕。再者,世界主义的最重要的话语基础是全球化语境,虽然表面上看来,全球化世界是要"使文化同化为一个单一的、大一统的全球文化"①,但是这个单一文化从来都不是没有中心的,其实质是强势的西方文化对弱势的东方文化的"同化",表面的多元文化弘扬之下掩藏着欧美的文化霸权和文化扩张意识,第三世界国家如果不加分析地盲目地让"全球化"牵着鼻子走,很可能会形成新一轮的文化和经济殖民,所以世界主义并不是新的民族文化身份的合适选择。其实,弘扬世界主义的侨民作家们在创作中也并没有实现真正的世界主义:在纪伯伦,世界主义只是消除本民族所受民族压迫和文化歧视的一个乌托邦幻想,骨子里的纪伯伦依旧是一个民族主义者;石黑一雄的《荒凉山景》《浮世艺术家》《上海孤儿》等作品无论把背景放在哪里,都能让人感到一个日本知识分子对第二次世界大战日本军国主义挑起的侵略战争的反思,而《长日留痕》中的追求尽善尽美的职业形象的英格兰男管家史蒂文斯形象,按照安东尼·瑟瓦特的说法,实际上是"经典日本人物的英国版本"②,在他身上,体现了日本人的历史经验:类似武士道精神的"效忠"和"尊严"及其导致的固执和自我丧失,石黑一雄的整个创作风格"令人想起浮世绘、书法、园艺等日本文化所具有的内在气质"③;奈保尔对印度母国的几次无力进入,则让人想起一位挑剔的西方旅游者,以西方文化的居高临下的视野不断地对印度文化表达看法,有适度的惊奇,更多的是不解和厌恶,可以说,奈保尔已成功地进行了文化置换,但不是进入世界文化,而是进入了英国文化。

由此可见,世界主义的文化身份对目前还处于弱势文化地位的东方

---

① 戴维·伯奇:《论跨国/民族文化研究》,王宁、薛晓源主编:《全球化与后殖民批评》,中央编译出版社1998年版,第284页。
② 唐岫敏:《历史的余音——石黑一雄小说的民族关注》,《外国文学》2000年第3期。
③ 任一鸣、瞿世镜:《英语后殖民文学研究》,上海译文出版社2003年版,第185页。

国家争取平等对话权利的现实任务来说,不仅是难以实现的,而且很难说有些什么好处,反倒很容易掉进西方霸权话语的陷阱。当然,我们并不能因此而谴责侨民作家的无力,由于远离母体文化环境,侨民作家对这一问题的思索更多的是建立在想象和话语的层次上,而东方国家的新的民族自我的崛起在过去和将来都不会取决于话语游戏,而是要依靠源于现实的反省、抵抗和斗争,在这一意义上,身处民族国家现实环境中且拥有更多成员的本土作家群体更应该承担起也实际上在承担着重建民族文化身份的重任。

综上所述,侨民作家与民族文化的关系是复杂的、多层面的,那么,这样的问题就出现了,侨民作家与当代民族文化是否形成了积极的代言关系?这是一个很不容易回答也很难下断言的问题,还需要大量的深入研究和冷静思考才能给出公允的结论。

后　记

　　"民族主义文学思潮"是东方近一百多年来的重要文学现象。随着源于西方的现代化全球扩散，东方各民族对西方现代化带来的冲击和挑战，从各自的民族传统和现实需求出发，在文化的冲突与融合中作出各自的回应，成为东方文化现代转型中民族发展道路选择的共同模式。在文学领域，东方各国在差异性中形成具有现代共性的"民族主义文学思潮"。

　　"东方现代民族主义文学思潮研究"是一个学术领域的开拓，既有重要的学术意义，也有突出的现实意义。学界对东方文学的整体研究远逊于对西方文学的研究，而东方文学的研究，对古代东方文学的研究又胜过对现代东方文学的研究。东方现代文学的宏观整体研究可以说是有待开拓的处女地。我们从文学思潮层面，将亚洲、非洲近150余年的文学纳入研究范围，是一种开拓性的尝试。从学术层面说，以"思潮"研究将东方现代文学加以整合研究，无疑对以地区国别文学作相对封闭的研究单元的学科模式是一种突破，对把握东方现代文学的共性，获取宏阔的学术视野，与西方文学平等对话都具有重要意义。从现实层面讲，这一课题涉及的是现代东方社会的生存与发展及其情感愿望的审美表达，是从文学角度对东方150余年走向现代化的历史足迹的追踪，这无疑对处于东方文化语境中的中国现实具有重要启示意义。希望著作的出版，能促进东方文学和东方学学科的理论建设，拓展新的研究领域。

　　早在10年前，我主持的国家社科基金项目"东方现代民族主义文学思潮研究"完成结项，书稿本来交给一家出版社，签了出版合同，也看了两次清样，但因出版社的某些原因，著作迟迟不见出版，出版似乎"流产"了。为了岗位科研考核的需要，只好将我执笔的纵向发展的部分书稿，以《东方现代民族主义文学思潮发展论》为题，在中国社会科学出版社出版。这次恰逢北京大学刘曙雄教授主持的"东方学工作室"策划出版"东方学研究丛书"，编委会对"东方现代民族主义文学思潮"这一课题很有兴趣，我将当年书稿中的另一部分加以调整补充，作为"丛书"的一种。本书与《东方现代民族主义文学思潮发展论》本来是一个整体，因出版方面的原因而拆分为二。为了著作的完整性，第一章的部分内容相关章节有重合之处。

"东方现代民族主义文学思潮"是一个拓荒性的研究课题，但它关涉的东方近现代社会、政治、经济、文化、文学方面的成果不少。相关学者的研究成果为本课题的研究铺垫了基础。在课题研究中，相关的研究论文、学术著作拓展了我们的视野，给我们的研究以启示。这些都在书中注释中有所体现。学术研究就是在社会全体的学术积累中推进。

作为当年项目的主持人，我构设全书体例，形成著作章节纲目内容，对参与课题研究人员的书稿进行修改、整合。作者写作的章节具体如下：黎跃进：第一章；第二章第四节；第六章第一、二、四节。史锦秀：第二章第一节。林丰民：第二章第二节。高文惠：第二章第三节；第六章第四节；第七章第三节。王春景：第三章第一、二节。周密：第三章第三、四节。周骅：第三章第五、六节。刘舸：第四章。齐园：第五章。曾琼：第六章第三节。王涛：第七章第一、二节。

书稿出版过程中，得到"东方学研究丛书"编委会的大力支持，也得到北京大学出版社张冰主任的热情帮助，责编朱丽娜为本书的出版付出了辛勤的劳作和心血。在此向他（她）们表示诚挚的感谢！

黎跃进

2019年仲春于天津西郊